U0586965

只留清气满乾坤

周啸天 著

四川人民出版社

图书在版编目（CIP）数据

啸天说诗. 6, 只留清气满乾坤/周啸天著. —成都：
四川人民出版社，2017.12
　ISBN 978-7-220-10507-4

　Ⅰ.①啸…　Ⅱ.①周…　Ⅲ.①古典诗歌－诗歌欣赏
－中国　Ⅳ.①I207.2

中国版本图书馆 CIP 数据核字（2017）第 273162 号

XIAOTIAN SHUOSHI ZHILIU QINGQI MANQIANKUN
啸天说诗6 只留清气满乾坤

周啸天　著

责任编辑	李淑云
封面设计	张　科
版式设计	张　妮
责任校对	王　璐
责任印制	祝　健

出版发行	四川人民出版社（成都槐树街2号）
网　　址	http://www.scpph.com
E-mail	scrmcbs@sina.com
新浪微博	@四川人民出版社
微信公众号	四川人民出版社
发行部业务电话	（028）86259624　86259453
防盗版举报电话	（028）86259624
照　　排	四川胜翔数码印务设计有限公司
印　　刷	四川机投印务有限公司
成品尺寸	145mm×210mm
印　　张	12.75
字　　数	350千
版　　次	2018年5月第1版
印　　次	2018年5月第1次印刷
书　　号	ISBN 978-7-220-10507-4
定　　价	46.00元

■版权所有·侵权必究
本书若出现印装质量问题，请与我社发行部联系调换
电话：（028）86259453

凡例

一、本书性质为中国传统诗词歌赋之历代名篇赏析，划分为"诗经楚辞""八代诗赋""唐宋诗词""元明清诗词曲""近现代诗词"五部分。

二、全书析文累计一千三百余篇。为读者便携、便览计，分为六册出版，每册分量大致相当。作品排列，大体上以时代先后为序，并附作者小传。

三、第一册含"诗经楚辞""八代诗赋"；第六册含"元明清诗词曲""近现代诗词"；"唐宋诗词"为全书重点、居十分之七，累计析文九百六十篇，故跨越一至六册。

序

文学研究最基础的工作，是对具体文学作品的阅读。而对于一篇具体文学作品的阅读，实包含着三个要素：一，文本解读。二，艺术分析。三，审美判断。

首先，我们要读懂作者在"说什么"。这就是"文本解读"。文本解读有两种不同的定位："作者定位"与"读者定位"。所谓"作者定位"，是指读者以作者为本位，不带任何先入为主的有色眼镜，尽可能做到客观、冷静，在作品文字所给定的弹性范围内，披文入情，力求对作品做出有可能最接近作者本意的解读。它关注的焦点，是作者的创作。所谓"读者定位"，是指读者以自我为本位，带有强烈的主观色彩，不关心作者想说的是什么，只关心我从作品中读到了什么。这种定位，理论后盾是西方的"接受美学"与"读者反应批评"，在中国古典传统则是"六经注我"，"作者未必然，读者何必不然"。它关注的焦点，是读者的接受。作为一般读者，普通文学爱好者，爱怎么读就怎么读，这是他的自由，不容他人置喙。但作为学者，专业研究者，当我们在对具体作家具体作品创作的本身进行研究，而非对其作品的大众接受进行研究时，通常都采取"作者定位"。

然而，光读懂作者在"说什么"还不够。还要探讨作者"怎样说"，审视其写作技术，这就是"艺术分析"。然而，光读懂作者在"说什么"，弄明白作者"怎样说"，也还不是我们的终极目的。最终，我们还必须对该作品作出评价：它"说得怎样"？"说"得好还是不好？好到什么程度，不好到什么程度？这就是"审美判断"。文学之区别于其他文字著述的本质属性，在语言艺术之审美。其他文字著述，或求真，或求真且善，至于其语言运用，辞达而已，作者说得清楚，读者看得明白，目的便达到了。而文学作品则不仅求真，求善，更求其美。因此，将文学等同于其他各类文字著述，阅读文学作品仅求其真、其善，而不提升到审美的层次，即无异于对蒙娜丽莎做人体解剖，真正是煞风景了。

总的来说，在古典文学的各类文体中，"诗词"是篇幅最短小，语言最精练，技术含量最高，从而被人们公认为最难读懂，最难鉴赏的一类文体。一般读者不必说了，一般学者也不必说了，即便是资深的专家，乃至于大师级的学者，对具体诗词作品的文本阅读，误解的现象也时有发生；对某些诗词作品的艺术分析与审美判断，也未必切中肯綮，甚或不免于隔靴搔痒。

笔者这样说，并非信口雌黄，而是以事实为根据的。三十多年前，笔者还在攻读博士学位，承蒙上海辞书出版社信赖，诚邀笔者作为《唐宋词鉴赏辞典》的总审订者之一，与上海古籍出版社原副总编辑陈振鹏先生共同审订了该书的全稿。该书是上海辞书出版社继《唐诗鉴赏辞典》开创体例并获得巨大成功、巨大社会效益之后编辑的第二部鉴赏辞典，约稿规格是很高的。撰稿人当中，不乏当时诗词研究界的著名专家学者乃至大师级的学者。但即便如此，书稿在文本解读、艺术分析与审美判断这三个方面，还是存在着大量的失误。笔者前后花了一年多时间，细细审读，写下了数千条具体的审读、修改意见。这些意见，绝大多数都经陈振鹏先生裁决认可，由他亲自操刀对原稿做了订正；或反馈给作者，请他们自行修改。

在笔者的审读印象中，鉴赏文字质量最高，几乎无懈可击的撰稿人为数并不太多。而在这为数不多的撰稿人当中，笔者印象最深刻的一位便是周啸天先生。当时啸天硕士生毕业不久，尚未成名，笔者与他素昧平生，缘悭一面，亦无通讯往来。但每读其文，辄击节叹赏，钦服不已。笔者在与《唐诗鉴赏辞典》《唐宋词鉴赏辞典》的责任编辑汤高才先生闲谈时，对啸天所撰鉴赏文章曾做过大意如下的评价：别人没有读懂的诗词，啸天读懂了；别人虽然读懂了，但没能读出其好处来，而啸天读出来了；别人虽然读懂了，也读出好处来了，但下笔数千言，刺刺不能自休，却说不到位，而啸天的鉴赏文章，既一语破的，文字又简净明快，绝不拖沓，行于所当行，止于所不可止。高才先生对此评价深为赞同，并说他在《唐诗鉴赏辞典》的组稿过程中就已发现啸天的长才，因此一约再约，以致在此两部鉴赏辞典中，啸天所撰稿件篇数独多。高才先生实在是一个爱才的前辈，真能识英雄于风尘之中，不拘一格用人才啊！

三十年后，笔者与啸天已成为熟识的朋友。啸天应四川人民出版社之约，将其历年精心撰写的古典诗词鉴赏文章汇编出版，而不以笔者为谫陋，来电命序。义不容辞，乃重述当年所见如此，今日所见依然如此的评价，以为喤引。如此精彩的古典诗词鉴赏文集，必将得到广大读者的宝重，其传世是必然的！

2017 年 5 月 23 日，钟振振撰于南京仙鹤山庄寓所之酉卯斋

目录

元明清诗词曲

唐宋诗词（续）

【陈亮】(1143—1194) 字同甫，世称龙川先生，婺州永康（今属海港）人。绍熙四年（1193）进士第一。授签书建安府判官，未赴任卒。有《龙川文集》《龙川词》。

水调歌头
送章德茂大卿使虏

不见南师久，谩说北群空。当场只手，毕竟还我万夫雄。自笑堂堂汉使，得似洋洋河水，依旧只流东。且复穹庐拜，会向藁街逢。　　尧之都，舜之址，禹之封。于中应有，一个半个耻臣戎。万里腥膻如许，千古英灵安在，磅礴几时通？胡运何须问，赫日自当中。

唐代有政治诗，杜甫是一大宗，而宋代向无政治词，直到辛派词人，尤其是陈亮乃有之，据叶适说，他每作一词便叹道："平生经济之怀，略已陈矣。"词以载道，这是新鲜事，又是陈亮的一大特色。《龙川词》压卷第一篇便是这首送章森使金的议论词。

自隆兴和议之后，宋金处于和平对峙阶段。和议规定双边为叔（金）侄（宋）关系，骨子里不平等，表面上却和平亲善。每年元旦和皇帝生辰，双方照例互派使者，但尊卑名分既定，礼数上便有微妙差别，"冠盖使，纷驰骛，若为情"（张孝祥《六州歌头》）！淳熙十二年（1185）十二月，孝宗命章森（字德茂）以大理少卿试户部尚书衔为贺万春节（金世宗生辰）正使，出使金国，陈亮便写了此词为他送行。章森使金充当的是摇橄榄枝的角色，"使虏"这种说法是关起门讲的话。

陈亮在著名的《上孝宗皇帝第一书》中沉痛地指出"南师之不出，于今几年矣"，但主张北伐的志士仍不乏人。"不见南师久，谩说北群空"

就这意思。"北群空"出自韩文"伯乐一过冀北之野而马群遂空"（《送温处士赴河阳军序》），与"南师久"在字面上对仗工稳。当时朝廷不少人患恐金症，即使担任贺使，也避之唯恐不及，乐意接受使命也不容易。陈亮在书信中称赞章森为"英雄磊落，不独班行第一，于今大抵罕其比矣。"这正是"当场只手（只手支撑局面），毕竟还我万夫雄"的意思。但无论怎么说，这使命本身是并不光彩的，所以称赞只能到此为止，难道堂堂大宋使节就像河水永远朝宗于海那样，去向北方的穹庐（毡帐）施礼吗？不，那只能是权宜之计，不得已而为之。汉代的长安有一条外国使节下榻的藁街，汉将陈汤曾斩匈奴郅支单于悬首此街，以示"人若犯我，我必犯人"之意。汉唐气魄到哪里去了呢，宋人就心甘情愿当孙子吗？不！——这是陈亮的回答："且复穹庐拜，会向藁街逢。"宋人不能永远示弱，仇要报，耻要雪。

现实障碍是巨大的，但它不是外敌的强大，而是内部的软弱。言念及此，词人不禁热血沸腾，大声疾呼：难道产生过尧舜禹的民族，如今没种了吗！"尧之都，舜之址，禹之封，于中应有一个半个耻臣戎！"从绍兴和议起，宋每年向金纳贡称臣，连皇帝在名义上都由金册立，双方文书金称诏、宋称表，"臣戎"的说法乃是事实。"应有一个半个"云云则出以义愤，并不意味着有良心的国人就这么少，其目的在于唤醒国人的自尊心和同仇敌忾。陈廷焯评这几句"精警奇肆，几于握拳透爪，可作中兴布露读"，正是以论为词。紧接着，词人直面现实，正视危机，大声为民族精神招魂："万里腥膻如许，千古英灵安在，磅礴几时通！"最后以乐观的预言结束，言金必败，宋必胜："胡运何须问，赫日自当中。"与陆放翁诗："群阴伏，太阳升，胡无人，宋中兴"同具有我无敌气概。赫日即光芒万丈的太阳，这是爱国者心目中的祖国的象征，词以这一意象结束，给人以信心和希望。

这是宋词中大发政论的典型词作，词中正气歌。它大气磅礴，有很强的鼓动性。尽管它反映的不是什么永恒的人性，也不追求含蓄凝练的艺术魅力，却产生了巨大的精神力量，在当时和后世都能唤起读者的民族自尊心和历史责任感，自有其不可替代的审美价值和教育作用。陈亮自许有"推到一世之智勇，开拓万古之心胸"，毛泽东很赏识他的词，尝赞美柳亚子道："尊作慨以当慷，睥视陈亮陆游。"把陈亮和陆游并提，并许似"慨以当慷"，就是一种高度评价。

【周紫芝】（1082—？）字少隐，自号竹坡居士，宣城（今属安徽）人。绍兴中进士。历官枢密院编修、右司员外郎、知兴国军。有《太仓稊米集》《竹坡诗话》《竹坡词》。

禽言（四首）

婆饼焦

云穰穰，麦穗黄，婆饼欲焦新麦香。今年麦熟不敢尝。斗量车载倾囷仓，化作三军马上粮。

"禽言"是一种诗歌类型，指模仿鸟的叫声，或依据鸟名（亦从叫声得名），加以发挥的抒情诗。唐人偶有所作，宋人作者颇多（如梅圣俞、苏轼等），间涉游戏笔墨。而此诗作者生活在北宋后期，目睹国家内忧外患，农民无复生意。他就把现实性极强的内容，纳入这种歌谣风味的诗体，深入浅出，推陈出新，遂高于前人同类之作。

"婆饼焦"这种鸟儿活跃在麦收季节。其时"丁壮在南冈"，而妇人在家烙饼，这鸟叫就像提醒人们"婆饼欲焦"。在古诗中，常将待割的熟麦比做"黄云"。故此首起二句即云："云穰穰（丰盛貌），麦穗黄。"翻腾的麦浪，有如风起云涌，丰收的景象中流露出农人的喜悦。这是打麦的季节，是烙饼的季节。"新麦"比陈麦可口；烙得二面黄，"欲焦"未焦的新麦炊饼，更是清香扑鼻。"婆饼欲焦新麦香"直写出难写的气息，几使读者垂涎。同时，它兼有欲夺故予的艺术功用。正是在这样美滋滋的诗句之后，"今年新麦不敢尝"一句才特别令人失望。

为什么不敢尝？"斗量车载倾困仓，化作三军马上粮。"盖宋时军费开销极大，负担转嫁于平民。所以尽管是"斗量车载"的丰年，农人仍不免饥寒。在口中粮化作军粮的同时，丰收的喜悦也就化为乌有。表面上看，这好像是说支援前方，无话可说。却也是出于无奈。"不敢尝"、"化作"（军粮），用字轻便，而心情是沉重的。

提壶卢

　　提壶卢，树头劝酒声相呼，劝人沽酒无处沽。太岁何年当在酉，敲门问浆还得酒。田中禾穗处处黄，瓮头新绿家家有。

"壶卢"通常作"葫芦"，可为盛酒器具，"提壶卢"的叫声有若"劝酒"。然而鸟叫实出于无心，所以也就不必合于实际："劝人沽酒无处沽。"在那种"夺我口中粟"、剥削甚重的世道，酒在民间简直成为奢侈之物。麦且不敢尝，何论杯中酒！所以鸟儿的叫声，实令人啼笑皆非。前三句妙在幽默。话到这里，似更无可申说。殊不知诗人笔锋轻转，来一个画饼充饥："太岁何年当在酉，敲门问浆还得酒。"二句出自古谣谚"太岁在酉，乞浆得酒；太岁在巳，贩妻鬻子。"虽化用其前半，意谓盼望世道清平，年成丰收，酒贱如水；亦兼关后半，暗示而今是个"贩妻鬻子"的艰难世道。最后两句更将这种画饼充饥式的愿望写得形象、真切："田中禾穗处处黄，瓮头新绿（指新酿酒）家家有。"唯其如此，更衬托出梦想者企盼的迫切，和现实处境的艰窘。

思归乐

山花冥冥山欲雨，杜鹃声酸客无语。客欲去山边，贼营夜鸣鼓。谁言杜宇归去乐？归来处处无城郭！春日暖，春云薄，飞来日落还未落，春山相呼亦不恶。

"思归乐"乃杜鹃别名，以其声若"不如归去"。此诗以兴法起："山花冥冥山欲雨"，造就一种阴沉沉的气氛，衬托出客子沉甸甸的心情。同时，将"思归乐"的鸣声放在这山雨欲来、山花惨淡的环境中写，更见酸楚。"客无语"，是闻鹃啼而黯然神伤之故，"无语"适见有恨。既然"思归"，这流落他县的游子为何不归去？原来"客欲去山边（即山外，指家之所在），贼营夜鸣鼓。"这横行不法者，不是一般的盗匪，而是一伙明火执仗，鸣鼓扎营的"贼"（不必指实）。可见时世是怎样的不太平了。杜鹃传说是古蜀王杜宇死后所化，因思念故国，故啼曰"不如归去"。下二句即就鹃声着想，加以反诘："谁言杜宇归去乐？归来处处无城郭。""处处无城郭"，指城市普遍遭到劫掠之苦，语近夸张。末四句进而劝鸟说，山中可恋，何必归去！一连用三个"春"字，"春日暖，春云薄"将"春山"写得那么迷人，以反衬城市居之不易。"亦不恶"三字，实是退后一步的说法，颇见其无可奈何。此诗后半只写鸟，而归趣却在于"客"，可说是运用了宾主映衬手法。

布谷

田中水涓涓，布谷催种田。贼今在邑农在山。但愿今年贼去早，春田处处无荒草。农夫呼妇出山来，深种春秧答飞鸟。

"布谷"之鸣，在春耕播种之时。"田中水涓涓"，正好插秧；而布谷鸟又声声催促。然而没有下文，看来此田难种。这不是农夫失职，而是因为"贼今在邑农在山。"世道正常应是农在田而"贼"在山的，而现在一切都颠倒了。"贼今在邑（城市）"，似乎连官家一齐骂了。前首写城市无法安居；这里写农村也无法耕作，必然草盛而苗稀。以下就写农夫的祷愿："但愿今年贼去早，春田处处无荒草。""但愿""去早"，这真是个低标准的要求。所求之微，正反映出处境的可悲。"但愿今年贼去早"，可见流寇横行，远不是一年两年的事情了。末二句说果如其然，则一定把妇女也动员起来，深种春秧，以报答布谷鸟的殷勤之意。似乎对鸟颇为内疚，语尤憨厚，这正是封建社会大多数善良农夫的写照。

这四首诗虽统一在"禽言"的题目下，但内容上各有侧重，艺术手法上也富于变化。它们以七言为主，杂用三、五言句，形式也不尽相同，笔致生动活泼。最基本的共同之点，是将严肃的内容，寓于轻松诙谐的形式，似谐实庄，是含泪的笑。虽然不著一字议论，不着意刻画，却能于清新爽利之中自见深意。

【姜夔】(1155？—1209) 字尧章，号白石道人，饶州鄱阳（江西波阳）人。少随父宦游汉阳。父死，流寓湘鄂间，诗人萧德藻以兄女妻之，移居湖州，往来于赣、皖、苏、浙间。终生不第，卒于杭。有《白石道人诗集》《白石诗说》《白石道人歌曲》等。

惜红衣

吴兴号水晶宫，荷花盛丽。陈简斋云："今年何以报君恩，一路荷花相送到青墩。"亦可见矣。丁未之夏，予游千岩，数往来红香中，自度此曲，以无射宫歌之。

簟枕邀凉，琴书换日，睡馀无力。细洒冰泉，并刀破甘碧。墙头唤酒，谁问讯、城南诗客。岑寂。高柳晚蝉，说西风消息。　　虹梁水陌。鱼浪吹香，红衣半狼藉。维舟试望故国。眇天北。可惜渚边沙外，不共美人游历。问甚时同赋，三十六陂秋色。

词人寓居吴兴，水乡荷花盛丽，人称水晶宫。淳熙丁未（1187）夏，他多次过去千岩萧家，来往于红香之中。此番还去。

当日天气暑热，午眠之后，洗来水果，用刀切了，啖毕。顺手翻开一本杜诗，《夏日李公见访》："贫居类村坞，僻近城南楼。隔屋问西家，借问有酒否？墙头过浊醪，展席俯长流。"念罢，没人来访，只有窗外蝉声聒噪，声声提醒说：秋天快到了，荷花快谢了，可以出行了。

一条水路通过垂虹桥，鱼戏莲叶间，水面四处飘浮着红色的花瓣，未谢的荷花，如半老徐娘，风韵犹存。系船登上洲渚，忘了千岩，只望天北，那是合肥方向。心想：水乡湖塘之多，号称三十六陂，伊在，一定拍手叫好。究竟何时能与伊同赏、同咏这大好秋光呢。

此词基本上叙一日情事，结构意脉曲折精微，上片专写永昼难消，就是为下片写怀人之苦预为铺垫。曲为自度，调名《惜红衣》，取贺铸"红衣脱尽芳心苦"词意，兼有惜荷花与思美人的双重含意。

念奴娇

予客武陵，湖北宪治在焉。古城野水，乔木参天。予与二三友，日荡舟其间，薄荷花而饮，意象幽闲，不类人境。秋水且涸，荷叶出地寻丈。因列坐其下，上不见日，清风徐来，绿云自动，间于疏处，窥见游人画船，亦一乐也。揭来吴兴，数得相羊荷花中，又夜泛西湖，光景奇绝，故以此句写之。

闹红一舸，记来时、尝与鸳鸯为侣。三十六陂人未到，水佩风裳无数。翠叶吹凉，玉容销酒，更洒菰蒲雨。嫣然摇动，冷香飞上诗句。　　日暮，青盖亭亭，情人不见，争忍凌波去？只恐舞衣寒易落，愁入西风南浦。高柳垂阴，老鱼吹浪，留我花间住。田田多少，几回沙际归路。

小序不可不读，大意说昔日为客武陵（常德），曾于古城野水中赏荷，今来吴兴，又赏荷于太湖。继而游杭，夜泛西湖，更得赏荷奇趣。而这首词，就是综合三地赏荷的生活体验，提炼而为的。

在开繁的荷花中，只著我一条小船，但有对对鸳鸯做伴。许许多多的水塘，没有别人，荷花便成了人，看她们"风为裳，水为佩"（李贺），一个个全是苏小小的化身。凉风吹着翠叶，花容销红如醉，一阵细雨洒来，似为美人醒酒。再没有灵感的人，在这样的环境下，怕还写不成诗！"嫣然摇动，冷香飞上诗句"不就是神来之笔，不就是现身说法！

换头已是晚景，荷叶亭亭玉立，犹如等候情人的仙子，不忍凌波而去。只怕西风来时，荷将红衣脱尽，空余苦心。高处垂下柳枝，游鱼掀起波浪，无不留人暂住花间，以慰寂寥。人呢，不得归，当其沿着沙际回船时，又总忘不了那田田的荷叶，深深为之歉然。

此词善于造境，极有兴致，颇多俊语。虽是为荷传神，却也多少打并入词人身世，隐隐流露出美人迟暮之感。

琵琶仙

吴都赋云："户藏烟浦，家具画船。"唯吴兴为然。春游之胜，西湖未能过也。己酉岁，予与萧时父载酒南郭，感遇成歌。

双桨来时，有人似、旧曲桃根桃叶。歌扇轻约飞花，蛾眉正奇绝。春渐远、汀洲自绿，更添了几声啼鴂。十里扬州，三生杜牧，前事休说。　　又还是宫烛分烟，奈愁里匆匆换时节。都把一襟芳思，与空阶榆荚。千万缕、藏鸦细柳，为玉尊起舞回雪。想见西出阳关，故人初别。

此湖州冶游，感怀旧情之作。盖词人年轻时，在合肥有一段终生难忘的恋爱经历，对方身属歌女，善弹琵琶，此曲自度，故名《琵琶仙》。

词人方泛舟太湖，忽有画船从旁驶过，船上靓女载歌载舞，一看惊了：竟酷似当年坊曲中的相知，看她轻举歌扇如接飞花的动作，还有那眉目，真是一般莫二哩。不待回过神来，船儿早已过了，越去越远了。耳畔传来"不如归去"的鴂声，汀洲空绿，恍然如梦，游湖的兴致如此这般都给搅了。

又是一个寒食节，风景依然，年华却暗中偷换。面对杨花榆荚乱飞，成何心情。千条柳丝，渐可藏鸦，令人回想起当时别筵，柳絮扑面，有如风雪；还记得那人为唱阳关别曲，劝我更进一杯酒。万万没有想到，那就是彼此最后的一面呵。

抓住一个冶游的偶发事件，倾倒出多年积压的感情。虽然用了一些典故，但词境是浑成的。合肥在南宋已成边城，其南城赤栏桥西，柳色夹道，词人尝寓居焉，词中提到阳关与柳色，亦有由矣。

扬州慢

淳熙丙申至日，予过维扬，夜雪初霁，荠麦弥望。入其城则四顾萧条，寒水自碧，暮色渐起，戍角悲吟。予怀怆然，感慨今昔，因自度此曲。千岩老人以为有《黍离》之悲也。

淮左名都，竹西佳处，解鞍少驻初程。过春风十里，尽荠麦青青。自胡马窥江去后，废池乔木，犹厌言兵。渐黄昏，清角吹寒，都在空城。　　杜郎俊赏，算而今、重到须惊。纵豆蔻词工，青楼梦好，难赋深情。二十四桥仍在，波心荡、冷月无声。念桥边红药，年年知为谁生！

　　作于淳熙三年丙申（1176）。扬州在宋是淮南东路首府，又是历史文化名城。宋高宗在位时，金人曾两度大举南侵，扬州亦两遭焚掠。十余年后，词人来到扬州，看到的还是一座芜城。词从"淮左名都"说起，自然包含许多追忆繁华，撷拾旧闻的内容。比如禅智寺的竹西亭，就是杜牧诗中歌咏过的名胜。"春风十里扬州路"也是杜牧诗中名句，这与词人眼前见到一片黍离麦秀的景象，构成多大反差！一切废池古木，都是铁的见证，无言地控诉着侵略的罪行。写胡马只言"窥江"，写芜城只言"厌兵"，却包含无限伤时念乱意，何等含蓄。

　　杜牧歌咏扬州的名句还多，除"娉娉袅袅十三余，豆蔻梢头二月初"外，还有"十年一觉扬州梦，赢得青楼薄幸名""二十四桥明月夜，玉人何处教吹箫"等。词中运用之妙，在于不是一般地化用，而是虚拟情景：假如诗人故地重游，纵有天赋才情，怕再也找不到往日的灵感了吧？二十四桥中，有一座红药桥，桥边原种芍药花，眼下想必也无人经营，任其自生自灭了呗。

　　这是姜夔自创乐曲的一首歌词，作者笔端驱使杜牧奔走不暇，由于运用唐代大诗人留下的丰富语言材料，从而处处让人联想到扬州美好的过去，与衰落的现在形成对比，很好地表达了谴责侵略、揭露战争破坏性的主题。作为一首慢词，作者很注意领字的运用，如自、渐、算、纵、念等，在语气行文上起到很好的转接作用，同时也适当点缀骈语（"淮左名都，竹西佳处"，"豆蔻词工，青楼梦好"），更见工整。

踏莎行

自沔东来，丁未元日至金陵，江上感梦而作。

燕燕轻盈，莺莺娇软。分明又向华胥见。夜长争得薄情知？春初早被相思染。　　别后书辞，别时针线。离魂暗逐郎行远。淮南皓月冷千山，冥冥归去无人管。

"肥水东流无尽期，当初不合种相思。"（姜夔《鹧鸪天》）作者二十多岁时在合肥（宋时属淮南路）结识了某位女郎，后来分手了，但他对她一直眷念不已，淳熙十四年（1187丁未）元旦，姜夔从第二故乡汉阳（宋时沔州）东去湖州途中抵金陵时，梦见了远别的恋人，写下此词。

北宋时苏轼听说张先老人买妾，作诗调侃道："诗人老去莺莺在，公子归来燕燕忙。"这首词一开始即借"莺莺燕燕"字面称意中人，从称呼中流露出一种卿卿我我的缠绵情意。这里还有第二重含义，即比喻其人体态"轻盈"如燕，声音"娇软"如莺。可谓善于化用。这"燕燕轻盈，莺莺娇软"乃是词人梦中所见的情境。《列子》载黄帝曾梦游华胥氏之国，故词写好梦云"分明又向华胥见"。夜有所梦，乃是日有所思的缘故。以下又通过梦中情人的自述，体贴对方的相思之情。她含情脉脉道：在这迢迢春夜中，"薄情"人（此为昵称）啊，你又怎能尽知我相思的深重呢？言下大有"换我心，为你心，始知相忆深"的意味。

过片写别后睹物思人，旧情难忘。"别后书辞"，是指情人寄来的书信，检阅犹新；"别时针线"，是指情人为自己所做衣服，尚着在体。二句虽仅写出物件，而不直接言情，然读来皆情至之语。紧接着承上片梦见事，进一层写伊人之情。"离魂暗逐郎行远"，"郎行"即"郎边"，当时熟语，说她甚至连魂魄也脱离躯体，追逐我来到远方。末二句写作者梦醒后深情想象情人魂魄归去的情景：在一片明月光下，淮南千山是如此清冷，她就这样独自归去无人照管。一种惜玉怜香之情，一种深切的负疚之感，洋溢于字里行间，感人至深。

这首词紧扣感梦之主题，以梦见情人开端，又以情人梦魂归去收尾，意境极浑成。词的后半部分，尤见幽绝奇绝。在构思上借鉴了唐传奇《离魂记》，记中倩娘居然能以出窍之灵魂追逐所爱者远游，着想奇妙。在意境与措语上，则又融合了杜诗《梦李白》"魂来枫林青，魂返关塞黑"、《咏怀古迹》"画图省识春风面，环佩空归月夜魂"及小晏词《玉楼春》"梦魂惯得无拘检，又踏杨花过谢桥"等句意。妙在自然浑融，不着痕迹。王国维说："白石之词，余所最爱者，亦仅二语，曰'淮南皓月冷千山，冥冥归去无人管'。"（《人间词话》删稿）可见评价之高。

庆宫春

绍熙辛亥除夕，予别石湖归吴兴，雪后夜过垂虹，尝赋诗云："笠泽茫茫雁影微，玉峰重叠护云衣。长桥寂寞春寒夜，只有诗人一舸归。"后五年冬，复与俞商卿、张平甫、铦朴翁自封禺同载诣梁溪，道经吴松。山寒天迥，云浪四合。中夕相呼步垂虹，星斗下垂，错杂渔火，朔吹凛凛，厄酒不能支。朴翁以衾自缠，犹相与行吟。因赋此阕，盖过旬涂稿乃定。朴翁咎余无益，然意所耽，不能自已也。平甫、商卿、朴翁皆工于诗，所出奇诡，予亦强追逐之。此行既归，各得五十余解。

双桨莼波，一蓑松雨，暮愁渐满空阔。呼我盟鸥，翩翩欲下，背人还过木末。那回归去，荡云雪，孤舟夜发。伤心重见，依约眉山，黛痕低压。　　采香径里春寒，老子婆

婆，自歌谁答。垂虹西望，飘然引去，此兴平生难遇。酒醒
波远，正凝想、明珰素袜。如今安在，唯有阑干，伴人
一霎。

词有小序述写作缘起。它追叙了绍熙二年辛亥（1191）除夕，作者从
范成大苏州石湖别墅乘船回湖州家中，雪夜过垂虹桥即兴赋诗的情景。
诗即《除夜自石湖归苕溪》十绝句，"笠泽茫茫雁影微"是其中的一首。
当时伴随诗人的还有范成大所赠侍女小红，故又有《过垂虹》一首云：
"自作新词韵最娇，小红低唱我吹箫。曲终过尽松陵路，回首烟波十四
桥。"五年过去，庆元二年（1196）冬，作者自封禺（二山名，在今浙江德清
县西南）东诣梁溪（无锡）张鉴别墅，行程是由苕溪入太湖经吴松江，循
运河至无锡，方向正与前次相反，同往者有张鉴（平甫）、俞灏（商卿）、
葛天民（朴翁，为僧名义铦，这次又是夜过吴松江，到垂虹桥，且顶风
漫步桥上，因赋此词，后经十多天反复修改定稿。这次再游垂虹，小红
未同行，范成大作古已三载，作者追怀昔游，感慨无端，这种心情都反
映在这首写景纪游的词中。

上片从环境描绘起：日暮天寒，一叶孤舟，荡漾在水天空阔之处。
飘浮着莼菜的水面，浪头不大；松风时送雨点，疏而有声；暮霭渐渐笼
罩湖上，令人生愁。起三句"莼波""松雨""暮愁"，或语新意工，或情
景交融，"渐"字写出时间的推移，"空阔"则展示出景的深广，为全词
定下了一个清旷高远的基调。以下三句继写湖面景象：沙鸥在盘旋飞翔，
仿佛要为"我"落下，却又背人转向，远远掠过树梢。这里，作者不仅
饶有情致地写出鸥飞的特点，而且融进了自己特定的感受。因为故地重
游，所以称这些水鸟为"盟鸥"（和"我"有旧交的鸥鸟）。"我"殷勤地呼
唤它们，然而它们却终于疏远"我"，"背人还过木末"。一种今昔之慨见
于言外。这就自然而然回想到"那回归去，荡云雪、孤舟夜发"的情景，

正是："笠泽茫茫雁影微，玉峰重叠护云衣"。眼前出现的不又是那重叠蜿蜒的远山？这是旧梦重温么？然则当年的人又到何处去了？结句"伤心重见"三句，挽合昔今，感慨浓沉。"依约眉山，黛痕低压"，将太湖远处的青山，比作女子的黛眉，不是无缘无故作形似之语，而显然有伤逝怀人的情绪。

下片过拍写船过采香径。这是香山旁的小溪，据《吴郡志》："吴王种香于香山，使美人泛舟于溪以采香。今自灵岩望之，一水直如矢，故俗又称箭径。"面对这历史陈迹，最易引起怀古的幽情，"嗟叹之不足，故永歌之。""老子婆娑（犹徘徊），自歌谁答。"既写出作者乘兴放歌的情态，又暗自对照"那回归去"的情景——"自作新词韵最娇，小红低唱我吹箫"，仍与上片结句伤逝情绪一脉潜通。西望是垂虹桥，它建于北宋庆历年间，东西长千余尺，前临太湖，横截吴江，河光海气，荡漾一色，称三吴绝景，以其上有垂虹亭，故名。船过垂虹，也就成为这一路兴致的高潮所在。从"此兴平生难遇"一句看，这里的"飘然引去"之乐，实兼今昔言之。这一夜船抵垂虹时，作者曾以"卮酒"祛寒助兴，在他"飘然引去"时，未尝不回想那回"曲终过尽松陵路，回首烟波十四桥"的难以忘怀的情景。从而，当其"酒醒波远"后，不免黯然神伤。正凝想、明珰（耳坠）素袜。"这里"明珰素袜"所代的美人，联系"采香径里春寒"句，似指吴宫西子，而联系"那回归去"，又似指小红。其妙正在于怀古与思今之情合一，不说明，反令人神远。末三句即以"如今安在"四字提唱，"唯有阑干，伴人一霎"一叹作答，指出千古兴衰、今昔哀乐，犹如一梦，只余空蒙云水，令人长叹。由怀想跌到眼前，收束有力。

此词虽然有浓厚的伤逝怀昔之情和具体的人事背景，但作者一概不直抒，不明说，只于一路景物描写之中自然带出。并将它与怀古之情合并写来，既觉空灵蕴藉，又觉深厚隽永。张炎《词源》所谓"野云孤飞，去留无迹"的评语，于此词最为切合。从小序看，这一夜同游共四人，且相呼步于垂虹桥，观看星斗渔火，而词中却绝少征实描写。惟致力刻画在这云压青山、暮愁渐满的太湖之上、垂虹亭畔飘然不群，放歌抒怀的词人自我形象，颇有遗世独立之感。

淡黄柳

客居合肥南城赤阑桥之西，巷陌凄凉，与江左异，惟柳色夹道，依依可怜。因度此阕，以纾客怀。

空城晓角，吹入垂杨陌。马上单衣寒恻恻。看尽鹅黄嫩绿，都是江南旧相识。　　正岑寂。明朝又寒食。强携酒，小桥宅。怕梨花落尽成秋色。燕燕飞来，问春何在，唯有池塘自碧。

根据作者自序，此词是写客居合肥的情怀。夏承焘《姜白石系年》编在光宗绍熙元年（1190）。由于金人南侵，南宋偏安，文恬武嬉，不思恢复，江淮一带在当时已是边区。符离之战后，更是民生凋敝，风物荒凉。"合肥巷陌多种柳"（《凄凉犯》序），作者客居南城赤阑桥西，虽时近寒食清明，春光正好，却"巷陌凄凉，与江左异，惟柳色夹道，依依可怜"。作者饶有感慨，便自度了这支曲子，即名之曰《淡黄柳》。

上片写清晓在垂杨巷陌的凄凉感受，主要是写景。首二句写所闻，"空城"二字先给人荒凉寂静之感，这样的环境中，"晓角"的声音便异常突出，如空谷猿鸣，哀啭不绝。其声随风吹入垂杨巷陌，像在诉说此地的悲凉。听的人偏偏是异乡作客，更觉难以为情，此二句与《扬州慢》"清角吹寒，都在空城"意境相近。那词前面还说："自胡马窥江去后，废池乔木，犹厌言兵。"此词虽未明说如此，但其首二句传达的"巷陌凄凉"之感，亦有伤时意味，不唯是客中凄凉而已。

紧接一笔倒卷，点出人物，原来他是骑在马上踽踽独行的，同时写其体肤所感。将"寒恻恻"的感觉系于衣单不耐春寒，表面上是记实，其实也有推宕，这种生理反应当更多地来自"清角吹寒"的心理感受。城市的繁荣已成过去，但春天还是照旧来临。下二句写所见，即夹道新绿的杨柳。"鹅黄嫩绿"四字形象地再出现柳色之可爱。"看尽"二字既表明除柳色外更无悦目之景，又是从神情上表现游子内心活动——"都是江南旧相识"。"旧相识"唯杨柳（江南多柳，所以这样说），这是抒写客怀。而"柳色依依"与江左同，又是反衬着"巷陌凄凉，与江左异"，语意十分深沉。于是，作者就从听觉、肤觉、视觉三层写出了"岑寂"之感。

过片以"正岑寂"三字收束上片，包笼下片。当此环境冷清、心情寂寞之际，又逢"寒食"这个踏青邀游的日子，虽是荒凉的"空城"，没有士女郊游的盛况，但客子想到本地的相好。白石词中提到合肥相好实有姊妹二人，如《解连环》云："为大乔能拨春风，小乔妙移筝，雁啼秋水。""乔"姓，本字作"桥"。此词"小桥"即指"小乔"。郑文焯谓"小桥宅"即赤阑桥西客处，然"携酒"已宅，应指所欢居处无疑。说"强携酒，小桥宅"，是本无意绪而勉强邀游，"携酒"上着"强"字，则醉不成欢可以预知。

上数句以"正岑寂"为基调，"又寒食"的"又"字一转，说按节令自该应景为欢；"强"字又一转，说载酒寻欢不过是在凄凉寂寞中强遣客怀而已。再下面"怕梨花落尽成秋色"的"怕"字又一转，说勉强寻春遣怀，仍恐春亦成秋，转添愁绪。合肥之秋如何？作者《凄凉犯》有云："绿杨巷陌秋风起，边城一片离索。"作者只将李贺"梨花落尽成秋苑"易一字叶韵，又添一"怕"字，意恐无花即是秋，语便委婉。以下三句更将花落春尽的意念化作一幅具体图景，以"燕燕归来，问春何在"二句提唱，以"唯有池塘自碧"景语代答，上呼下应，韵味自足。"自碧"云者，是说池水无情，则反见人之多感。这最后一层将词中空寂之感更写得入木三分。

词从听角看柳写起，渐入虚拟的情景，从今朝到明朝，从眼中之春到心中之秋，用淡笔渲染"空""寒""岑寂"等感受，其惆怅情怀似不涉具体实事，然而，前人曾道"自古逢秋悲寂寥"，作者却写出江淮之间春亦寂寥，并暗示这与江南似相同而又相异，又深忧如此春天恐亦难久。这就使读者感到词情决非"客怀"二字可以概尽。白石的伤春，实反映出同时代人一种相当普遍的忧惧。故张炎把此词与《扬州慢》等并提，云："不惟清空，且又骚雅，读之使人神观飞越。"（《词源》）

暗香

辛亥之冬，予载雪诣石湖，止既月授简索句且征新声，作此两曲。石湖把玩不已，使工妓隶习之，音节谐婉，乃名之曰暗香、疏影。

旧时月色，算几番照我，梅边吹笛。唤起玉人，不管清寒与攀摘。何逊而今渐老，都忘却、春风词笔。但怪得、竹外疏花，香冷入瑶席。　　江国，正寂寂。叹寄与路遥，夜雪初积。翠尊易泣。红萼无言耿相忆。长记曾携手处，千树压、西湖寒碧。又片片、吹尽也，几时见得。

此词因梅伤逝怀人，所怀之人即词中所谓"玉人"者。他们曾同在月下此吹彼唱，同折梅花，同在西湖游玩。事过既久，仅成追忆。作者在嗟伤自个儿年光过尽，才华枯萎的同时，回首往事，不禁神伤。"几番照我梅边吹笛"一句，读者不应忽略，当另有一人在和着笛声妙曼歌唱着。这从"小红低唱我吹箫"一类诗句可以得到启示，联系下文"唤起玉人"也应此联想。可见"梅边吹笛"是伴奏。这些往事对于丧失了青春的人特别值得怀念。"但怪得"几句则是说梅花不省人事，一味撩拨人来着。下片出语点明眼前孤寂。欲折梅寄远，但路遥雪深，这里不仅是空间的间阻，有时间的间隔，根本无从相通消息。于是回忆到西湖旧事。花落是象征青春易逝，"几时见得"似指梅而实指人。

由此想到郭沫若《瓶》中有几首因西湖梅花忆念情人的诗，如果说不是受到姜夔此词的启发，至少也是一种暗合。为什么怀人要出以咏梅呢？梅花是当日情事之见证啊。今译如下：

皎洁的月光，曾多少次洒在你我身上，我在梅下吹笛，你傍梅树低唱。唤起心爱人儿，在清寒中摘来花香。我而今渐渐老去，词笔下更无热情激荡。只怪那梅花，还和过去一样的幽香，从竹边飘飘而来，落在我莹洁的席上。啊，我伴着寂寞，独自羁留边远的江乡。一枝红梅在手，无奈夜来雪深路长。无由相寄，可叹我心中惆怅。对酒杯我落了泪，对花枝我沉入回想：在那西子湖旁，你我携手的地方，千树梅花倒影在湖水，那么清，那么凉，啊，花瓣片片飞尽，你几时再回我身旁？

疏影

苔枝缀玉，有翠禽小小，枝上同宿。客里相逢，篱角黄昏，无言自倚修竹。昭君不惯胡沙远，但暗忆、江南江北。想佩环、月夜归来，化作此花幽独。　　犹记深宫旧事，那人正睡里，飞近蛾绿。莫似春风，不管盈盈，早与安排金屋。还教一片随波去，又却怨、玉龙哀曲。等恁时、重觅幽香，已入小窗横幅。

这才是一首纯粹的咏梅之作。如果说有寄托，也只是通过梅花幽独哀怨形象的刻画，寄托着词人孤高的情怀。《暗香》明写梅，其实意不在梅。此词无"梅"字，却句句咏梅。

作者用了一连串比兴手法，运用了一个梅的典故，并融入唐人诗句（两处出于杜诗），用美人来比喻梅花。最末一句构思别致，余韵深远，令人回味。今译如下：

着了苔藓的枝头缀满如玉的花朵，有一双小小翠鸟在枝头交颈而眠。旅途中我看到篱角翠竹参天，暮色降临了，你凝伫在竹旁脉脉无言。想是昭君不习惯胡地的沙漠荒远，心里总惦念着江北江南，美人的幽魂在月夜返回家园，这孤高的梅花便是她所变幻。记得宫中传出的佳话，那人正在安眠，飞来梅花五瓣、恰落在她弯弯的眉边。快安排好金屋让娇娃居住吧，莫似那东风一任花朵飘零不管！啊，波涛又卷去梅花一片，《梅花落》的笛声里有几多哀怨！不久后你要再寻那幽香的花儿，只有小窗的画幅中才能相见。

本篇以技巧取胜，与《暗香》纯乎抒情不同。

【吴文英】（1212？—1272？）字君特，号梦窗，晚号觉翁，本姓翁氏，入继吴氏，四明（浙江宁波鄞州区）人。绍定中入苏州仓幕。曾任浙东安抚使幕僚，复为荣王府门客。出入贾似道、史宅之之门。有《梦窗甲乙丙丁稿》。

唐多令

何处合成愁？离人心上秋。纵芭蕉不雨也飕飕。都道晚凉天气好；有明月，怕登楼。　　年事梦中休，花空烟水流。燕辞归、客尚淹留。垂柳不萦裙带住，谩长是、系行舟。

这首词写羁旅怀人，在梦窗词中写法别致，论者的反响也很特别。抑梦窗者如张炎，偏予推选；而尊梦窗者如陈廷焯，反而加以诋毁，认为是下乘之作。平心而论，此词不事雕琢，自然浑成，在吴词中为别调，自有其可喜之处。

就内容而论可分两段，然与词的自然分片不相吻合。

从起句到"燕辞归、客尚淹留"为一段，先写羁旅秋思，酿足愁情，为写别情蓄势。起二句先点"愁"字，语带双关。从词情看，这是说造成如许愁恨的，是离人悲秋的缘故。单说秋思是平常的，说离人秋思方可称愁，命意便有出新。从字面看，"愁"字是由"秋心"二字拼合而成，近于字谜游戏。信手拈来，涉笔成趣，无造作之嫌，且紧扣主题秋思离愁，实不得以"油腔滑调"（陈廷焯《白雨斋词话》卷二）目之。

两句一问一答，出以唱叹，凿空道来，实属倒折之笔。下句"纵芭蕉不雨也飕飕"是说，纵然没有下雨，芭蕉也会因秋风飕飕，发出令人凄然的声音。这分明告诉读者，先时有过雨来。"一夜不眠孤客耳，主人窗外有芭蕉（杜牧《雨》）。"而起首愁生何处的问题，正从蕉雨惹起。所以前二句即由此倒折出来。倒折比较顺说，平添千回百折之感。沈际飞释前三句说："所以感伤之本，岂在蕉雨？妙妙。"（《草堂诗余正集》）

秋雨晚霁，天凉如水，明月东升，正宜登楼纳凉赏月。"都道晚凉天气好"，是人云亦云，而"有明月，怕登楼"，才是客子独特的心理写照。"月是故乡明"，望月是难免触动乡思离愁的。这三句没有直说愁，却通过客子心口不一的描写把它表现充分了。

秋属岁晚，容易使人联想到晚岁。过片就叹息年光过尽，往事如梦。"花空烟水流"是比喻青春岁月的逝去，又是赋写秋景，兼二义之妙。可见客子是长期漂泊，老大未回。看到燕子辞巢而去，不禁深有感慨。"燕辞归"与"客尚淹留"，用曹丕《燕歌行》"群燕辞归雁南翔"与"何为淹留寄他方"句意，两相对照，见得人不如鸟。以上蕉雨、明月、落花、流水、去燕无非秋景，而又不是一般的秋景，于中无往而非客愁，这也就是"离人心上秋"的具象化了。

此下为一段，写客中孤寂之叹。"垂柳"是眼中秋景，而又关离别情事，写来承接自然。"萦""系"二字均由柳丝绵长着想。十分形象。"垂柳不萦裙带住"一句写其人已去，"裙带"二字暗示对方的身份和彼此关系；"谩长是，系行舟"二句是自况，言自己不能随去。羁身异乡，又成孤另，本有双重悲愁，何况离去者又是一位情侣呢。伊人已去而自己仍留，必有不得已的理由，却不明说（也无须说），只怨怪柳丝或系或不系，无赖极，却耐人寻味。"燕辞归、客尚淹留"句与此三句，又形成比兴关系，情景相映成趣。

前段于羁旅秋思渲染较详，蓄势如盘马弯弓。后段写客中怀人直是简洁，发语如弹丸脱手，恰到好处。没有堆砌典故、词旨晦涩的缺点。

【戴复古】(1167—1247?) 字式之，号石屏，宋台州黄岩（今属浙江）人。一生不仕。长期浪游江湖，卒年八十余。曾师从陆游。有《石屏诗集》《石屏词》。

淮村兵后

小桃无主自开花，烟草茫茫带晓鸦。

几处败垣围故井，向来一一是人家。

南宋时，淮河地区一再遭受金兵侵占，生产生活被严重破坏。春天本是生机盎然的时节，料峭春风中的暖阳格外惹人怜爱，簇簇桃花枝头争相绽放。这本是一幅神清气爽怡人自乐的田园风光画。谁知在一场战争刚刚过去的这个春天，作者眼前的这个小村庄里却是荒凉破败之景，肃杀气氛恣意蔓延；敌人铁蹄的肆虐，摧毁了这个小村的安宁祥和。

"小桃无主自开花"。桃花不识人间苦，年年春来，花开依旧。艳丽的春色倍增兵后的凄凉。无主，是因为没有育花养花人，亦再无惜花赏花人。桃树是果树，并非野生野长的树木，应该是有主的，眼前的"小桃无主"，是因为主人逃难或遭遇不测的缘故。战争的洗劫，让这里的人或死去，或逃亡，即便留下来的，也没有赏花的心情了。桃花的情怀惆怅而寂寞——树犹如此，人何以堪！

兵后的乡村，了无生趣，满眼凄凉。"烟草茫茫"已使人感到凄凉，何况还"带晓鸦"——乌鸦在古典诗词中，常常是和黄昏连在一起的，作者别出心裁让它出现在早晨，使得这个早晨失去了朝气，感觉荒凉。此二句含不尽之意于言外，在今昔之慨中暗寓家国兴衰之思，语极沉痛，格调低抑。所铺陈的衰败景色为后文点题蓄足了势。

"几处败垣围故井，向来一一是人家"——这是全诗主旨所在。断壁残垣、故井废池，犹厌言兵；想起这里曾经物阜人丰，想起这里曾有过的宁静闲适、热闹欢腾，如今荡然无存，只留下些许的物件在想象的碎片里，用来凭吊，用来感伤。诗句中的井，乃是生机的象征，乡村里有井处，方有人家。井作为人们日常生活的象征物，最能触发怀旧心理。井旁人家，饮用洗涤，须臾不能离开；井旁人家，悲欢离合，多少人间真情。战乱中，国破家亡、世事维艰，人们可以迁徙避难，唯有井，不可迁。典型的环境，典型的细节，诗人在这个微冷的春日早晨找到了兵后荒村最真实的遗迹，找到了追怀往昔最有力的载体。

战乱之后，十室九空，作者眼前的荒村，就看不到一处人家。但他偏不正面说出这个意思，却反过来说——"向来一一是人家"，即过去到处都有人家，这是绝句婉曲表达的一种手法，叫侧面微挑，或不犯本位。正因为如此，就特别耐人寻味。试把这一句改成正面的表达，这首诗的诗味就会大减。可以说，这一句是成就了这首诗的关键之句，不失为宋诗之名句。

【赵师秀】(1170—1219)永嘉（今浙江温州）人，字紫芝，号灵秀，亦称灵芝，又号天乐。宋太祖八世孙，光宗绍熙元年（1190）进士。诗尊姚、贾，编《二妙集》。为永嘉四灵之一。

约客

黄梅时节家家雨，青草池塘处处蛙。

有约不来过夜半，闲敲棋子落灯花。

这是一首闲适诗。作者居乡下，是一位有棋瘾的人，"约客"即约客下棋，结果是"有约不来"。不来的原因很简单，阻雨。所以这首诗从下雨写起。"黄梅时节"即江南的五月，梅子成熟的季节，也是多雨的季节。田里关满了水，蝌蚪全都长成了青蛙，夜晚到来的时候，叫声特别欢。客人不来，主人只好听雨、听青蛙叫。两句对仗工整，特别是颜色字打头的对仗，为诗句增加了不少美感。

后两句写主人等待。结果雨不停，客也不至。时"过夜半"，明知道对方不可能来了，主人潜意识中还抱着一线希望。"闲敲棋子"是一个下意识的动作，表明百无聊赖。当然，也可以是自个儿跟自个儿下棋，落子或得子"敲"出声音。灯芯燃久会结成灯花，甚至会自动脱落，"落灯花"则暗示时间的流逝。

作者从自身跳出来，玩味人生闲适之趣，像是不动声色地揶揄别人，极有诗味。诗中突出运用了几种听觉形象，一是雨声，一是蛙声，还有闲敲棋子声，衬托出乡村五月夜晚的和平宁静，具有很强的美感。

【朱熹】(1130—1200)，字元晦、仲晦，号晦庵，谥文，世称朱文公。祖籍江南东路徽州府婺源县（今属江西），出生于南剑州尤溪（今属福建）。南宋著名的理学家、思想家、哲学家、教育家、诗人、闽学派的代表人物，儒学集大成者，世称朱子。是四书的辑定者。

春日

胜日寻芳泗水滨，无边光景一时新。
等闲识得东风面，万紫千红总是春。

从表面上看，这是一首游春踏青之作。然而"泗水"在今山东省境内，春秋时属鲁国，是孔子弦歌之地。当时属于金人统治的地区。作者生长在南方，不可能到泗水之滨春游。因此，这首诗中所描写的春游，实属文学虚构，是用来包装诗人要说的道理的。

"胜日寻芳泗水滨"，诗人把春游地点设想在泗水上，是因为孔子在洙、泗二水间聚徒讲学，后人即以"洙泗"代替孔子及儒家。表明这首诗立意，乃是劝学。作者取"泗"，不取"洙"，是协调平仄的需要。"无边光景一时新"，是形容"胜日"即好天气、好风光，"一时新"指春回大地，除旧布新。也隐喻做学问，贵在立新、创新。

"等闲识得东风面"两句，形容春游的欢乐，隐喻学习的快乐。因为春游是欢乐的，人们在不经意（"等闲"）间，就领略了春光的美丽（"东风面"）。教育也应该寓教于乐，学习也应该为乐趣而读，就容易进入知识的殿堂。"万紫千红总是春"是诗中名句，紧扣"东风面"，说百花齐放才是真正的春天。"万紫千红""百花齐放"，也可以形容学术昌明的时代。鲁迅在书信中说："学习必须如蜜蜂一样，采过许多花，这才能酿出蜜来，倘若叮在一处，所得就非常有限，枯燥了。"此诗也包含这个道理。

【林升】字梦屏，温州平阳人，约生活于宋孝宗年间（1163—1189），生平不详。《西湖游览志馀》录其诗一首。

题临安邸

山外青山楼外楼，西湖歌舞几时休？
暖风熏得游人醉，直把杭州作汴州。

这是一位南宋诗人忧念时局的诗。"临安"是南宋都城，一称杭州（今属浙江）。"邸"是旅店，这首诗是题在杭州的旅店粉墙上的。

"西湖"是杭州名胜，汉时称明圣湖、唐后始称西湖。首句写西湖山水形胜，湖的周围青山重重叠叠，楼台鳞次栉比，好一座杭州城。这句用四个不同的字，"山""外""楼"三字各自重叠一次，包含的信息却十分丰富，是千古传诵的名句。次句写眼前的现实，整个城市都处在歌舞升平之中，"几时休"是说没完没了。

因为作者想起宋室南迁的痛史。北宋覆灭，不正是由于统治者纵情声色，奢靡无度造成的么。北宋汴京，诗中称"汴州"，风月繁华之盛，实有过于临安，记载于《东京梦华录》一书。转瞬之间，已沦陷于金人。而眼前杭州的歌舞升平，与当年汴京一模一样，暗示着南宋王朝将蹈历史的覆辙。

作者不直接说出他的揪心，却把两种相似做成一个结句："直把杭州作汴州"。不动声色，明褒实贬。句中又用了一个叠字（"州"），使全诗在修辞上臻于完美。三句，作者不直接挑明导致的原因，只轻描淡写、道是"暖风熏得游人醉"。这是反讽，也是此诗耐人寻味的地方。

【翁卷】字续古，一字灵舒，永嘉（今浙江温州）人，生卒年不详，屡试不中。与赵师秀、徐照、徐玑合称永嘉四灵。

乡村四月

绿遍山原白满川，子规声里雨如烟。

乡村四月闲人少，才了蚕桑又插田。

这是一首乡村四月的田园诗，又好比一幅乡村四月的田园画。

"绿遍山原白满川"二句先描绘一幅江南乡村烟雨图："绿"的是草木，"白"的是水面，空中罩着雨幕，然后是画外音：布谷鸟（"子规"）的叫声。"遍""满""川""原"几个字，展示的视野之开阔，场面之宏大，令人心旷神怡。在唐诗中只有"南朝四百八十寺，多少楼台烟雨中"（杜牧），可以比美。但那是城市诗，这是田园诗，趣味又完全不同。

"乡村四月闲人少"二句，写农忙的情景。作者非常了解乡村生活，农忙时节，一场豪雨不是歇息的理由，反而是赶工的时机。"闲人少"，就是农忙季节村庄的写照。"才了蚕桑又插田"，是说农家是放下这样又忙那样，才采罢桑叶养蚕，又赶紧下田插秧。"才""又"的呼应，写出田园忙忙碌碌的气氛。辛苦虽然辛苦，但农人靠天吃饭，只要风调雨顺，再苦再累，心里都是乐滋滋的。

这首诗虽出于文人之手，但他对农家生活一点都不隔膜，才能写得这样深入，这样具有感情色彩。感谢《千家诗》选入这样的作品，使其传世。

【叶绍翁】（? ～?）字嗣宗，号靖逸，祖籍建安浦城（今属福建）人，徙居处州龙泉（今属浙江）。有《靖逸小集》。

游园不值

应怜屐齿印苍苔，小扣柴扉久不开。
春色满园关不住，一枝红杏出墙来。

"游园不值"，意思是访故人园宅，不料对方不在家，这是一个生活事件。这种事，在人际信息沟通不那么方便的古代，是很多人都曾有过的经验。

"应怜屐齿印苍苔，小扣柴扉久不开"，前二句写来到故人门首敲门的情形。在这之前，作者应该走了不少路，希望到达后能好好歇口气。"应怜"二字，包含着一种预期，即主人立即开门接待。但预期不等于现实，结果出人意料，没有人来应门，作者在门外站了半天，门前覆盖着青苔的地面上，留下了许多的脚印。"小扣柴扉"的"小"，和"久不开"的"久"，在次句中形成一个有意味的呼应。"小扣"就是轻轻地很有礼貌地敲门，虽则轻轻，却又是很有耐心的，这从"久不开"三字可以体会出来。这两句在整首诗中，只是一个铺垫，但写得非常有意思，写出了"游园不值"的失望心情。

"春色满园关不住"，第三句在绝句中很重要，通常要转折，从门外"苍苔"到"春色满园"，从"久不开"到"关不住"，这就是一大转折。同时也丢下了一个悬念，人家春色满园，自己被关在门外，又何从知晓呢，须知这是一个有垣墙的院子啊。这个悬念有居高临下之势，于是末句势如破竹："一枝红杏出墙来"。关不住的是满园春色，出墙来的却是一枝红杏，这很有意味。王安石句云："浓绿万枝红一点，动人春色不须多"，这里万紫千红露一点，同样是"动人春色不须多"。同时，这出墙来的一枝红杏，与久不开的柴扉，也形成一种对照，有情和无情、热情和冷寂的对照。主人不在家，客人遭到冷落，本来是一种遗憾。然而红杏的致意，却弥补了这个遗憾，从冷寂中写出繁华，这就使人感到一种意外的喜悦。

钱锺书评这首诗说，"这是古今传诵的诗，其实脱胎于陆游'平桥小陌雨初收，淡日穿云翠霭浮。杨柳不遮春色断，一枝红杏出墙头。'不过第三句写得比陆游新警。这种景色唐人也曾描写，例如温庭筠《杏花》'杳杳艳歌春日午，出墙何处隔朱门'，等等，都不及宋人写得这样醒豁。"（《宋诗选注》）温庭筠的诗句写杏花出墙，给人印象不深。陆游诗的末句，与叶绍翁这首诗几乎是一样的，然而陆的第三句相形见绌，明明有墙遮挡春色了，还弄个"杨柳"来做什么，分散了注意力，远不及叶诗的"春色满园关不住"，"满园"和"一枝"的呼应，确实醒豁。由此可见，绝句的末句出彩不出彩，与第三句的造势，是大有关系的。还有，"一枝红杏出墙来"的"来"字，也使这句较"一枝红杏出墙头"句更有张力。后人因此造出一个"红杏出墙"的成语，那是诗人始料未及的，但也说明这两句诗的形象，真是大于它的思想的。

杏花是粉红色的、浪漫的，开时灿若云霞，与桃李并称"春风一家"，宋人咏春特别喜欢写杏花，如"客子光阴诗卷里，杏花消息雨声中"（陈与义）、"小楼一夜听春雨，深巷明朝卖杏花"（陆游）、"一冬天气如春暖，昨日街头卖杏花"（戴复古），以及此诗后二句，就是脍炙人口的佳句。作者的这次《游园不值》，其实很值。

夜书所见

萧萧梧叶送寒声，江上秋风动客情。

知有儿童挑促织，夜深篱落一灯明。

这首诗是诗人旅行途中，泊船江上写的，诗题说"夜书所见"，是当晚所见江边农家一种熟悉的情景，勾起对自己童年生活的记忆，使人感到十分温馨和亲切。

"萧萧梧叶送寒声"二句，写秋风中泊舟江上所起的乡愁。"萧萧"是秋风的声音，"梧叶"是梧桐树叶，古人于庭院中多植梧桐，所以是熟悉的声音。声音本无冷暖，由于通感的作用，秋声给人以凉飕飕的感觉，所以称之"寒声"。俗话说"在家千日好"，夜宿舟中，不免寒冷，自然会引起乡愁，这就是"动客情"的意思。

"知有儿童挑促织"二句，写作者看到岸上农家篱落边，有灯火，又有蟋蟀的叫声。勾起他儿时的记忆，虽然看不清那里的情况，但他完全知道是怎么回事。那就是有儿童借着灯火，在篱笆墙边捉蟋蟀。"知有"二字，表明不是作者看到的，是他凭经验知道的。因为他小时候干过这种事。"夜深篱落一灯明"才是他看到的现象和推断的依据。同时代姜夔《齐天乐·蟋蟀》"笑篱落呼灯，世间儿女"，说的也是同一回事。

后两句勾起的儿时记忆，与前两句中的乡愁，有机地联系在一起。既有温馨，也有感伤，这种人生感慨，也就是陶渊明说的"欣慨交心"了。

【龚开】(1222～1307?) 字圣予，一作圣与，号翠岩，又号龟城叟，宋末山阳（今江苏淮安）人。

黑马图

八尺龙媒出墨池，昆仑月窟等闲驰。

幽州侠客夜骑去，行过阴山鬼不知。

这首诗是作者为自己创作的《黑马图》而作的题画诗，末二句极有奇趣。假如画院出一个考试题目，让画"幽州侠客夜骑去，行过阴山鬼不知"，最有创意的画法是怎样的呢？那就是，什么也别画，把纸全部涂黑，然后交卷。估计可以得到最佳创意奖。

真是太有意思了，一匹黑马，黑到什么程度呢，就好像在墨池里打滚后跃出来的。估计画家作画的时候，用的也是泼墨写意的方法，想起来都令人神往。这是一高头大马——"八尺"是说它的高，"龙媒"乃骏马名，古代名马多来自西域——"昆仑"山在今西藏、新疆之间，即西域；"月窟"是传说中月落之地，方位为西极，这个传说地名的运用，为黑马增添了神话色彩，古人赞名马为神骏，这匹黑马就是神骏。

三、四两句是匪夷所思的，作者觉得，这样一匹不同寻常之马，应该由谁来骑呢？他不费吹灰之力就想到了"幽州侠客"，为什么有这样的联想呢。因为幽州不但是产马之地，而且是产生马客之地，北朝乐府有《幽州马客吟歌辞》，《折杨柳歌辞》则有"健儿须快马，快马须健儿"之句，还有什么比幽州健儿、健儿中的健儿——侠客，更合适的人选呢。没有了。接下来的想象更奇了，"夜骑去"，一匹黑马在黑夜中奔驰，那真是神不知鬼不觉，连影儿都看不到的。不说人不知，说"鬼不知"，更增加了奇句的魅力。还有，"幽州""阴山"这些名词的选择，与"夜"与"黑马"在感觉上是属于同一类的——黑到一块去了。这首诗是属少数将通感运用到极致的杰作。

如果用一句话来点评这首诗，只有三个字：太酷了。在唐代似乎没有这样的诗。有人点评这首诗说："点出侠客、阴山，似有恢复故国之意在，因为阴山一带是元朝统治者的后方基地。"（《宋诗绝句精华》）解说者的用心是很好的，但是，这首诗的奇趣是在政治寄托（假如有的话）以外的。这首诗本身就是唐宋绝句中的一匹"黑马"。

【刘辰翁】(1232—1297) 字会孟，号须溪，吉州庐陵（江西吉安）人。少登陆九渊门，补太学生。景定三年 (1262)，廷试对策，忤贾似道，置丙第，以亲老，请濂溪山院山长。入元，不仕。有《须溪集》《须溪词》等。

宝鼎现

春月

红妆春骑，踏月影、竿旗穿市。望不尽楼台歌舞，习习香尘莲步底。箫声断，约彩鸾归去，未怕金吾呵醉。甚辇路喧阗且止，听得念奴歌起。父老犹记宣和事，抱铜仙、清泪如水。还转盼沙河多丽。　　溅溅明光连邸第，帘影动、散红光成绮。月浸葡萄十里。看往来神仙才子，肯把菱花扑碎？　　肠断竹马儿童，空见说、三千乐指。等多时、春不归来，到春时欲睡。又说向灯前拥髻，暗滴鲛珠坠。便当日亲见霓裳，天上人间梦里。

　　《历代诗余》引张孟浩语云："刘辰翁作《宝鼎现》词，时为元成宗大德元年 (1297)，自题曰'丁酉元夕'。亦义熙旧人（指陶渊明）只书甲子之意。"确乎，在《须溪词》里凡只书甲子的都是感怀旧事、悼念故国的作品。如此词虽一题作"丁酉元夕"，但词中大量篇幅还是回忆宋代元宵节繁华旧事，于眼前元夕只"到春时欲睡"一句了之，大有"故国不堪回首月明中"之慨。

　　《宝鼎现》是三叠的长调。这首词就以阕为单位分三段分别写北宋、南宋及作词当时的元夕情景。最后形成强烈对比。

　　一阕写北宋年间汴京元宵灯节的盛况。于元夕游众中着重写仕女的游乐，以见繁华喜庆之一斑。因为旧时女子难得抛头露面，所以写她们的游乐也最能反映游众之乐。"红妆春骑"三句写贵家妇女盛妆出游，到处是香车宝马；官员或军人也出来巡行，街上尽是旌旗。这里略用沈佺期咏元夕《夜游》诗句"南陌青丝骑，东邻红粉妆"及苏轼《上元夜》诗句"牙旗穿夜市"的字面，可谓善于化用。紧接着便写市街楼台上的文艺表演，是"望不尽楼台歌舞"，台下则观众云集，美人过处，尘土也带着香气（"习习香尘莲步底"）。这其间就方便了钟情怀春的青年男女。

林坤《诚斋杂记》载，钟陵西山有游帷观，每至中秋，车马喧阗。大和末，有书生文箫往观，见一女子名彩鸾者姿色绝佳，意其神仙，注视不去，女亦相盼，遂同归钟陵为夫妇。"箫声断，约彩鸾归去"即用此事写男女恋爱情事。古代京城有金吾（执金吾，执行警察职务）禁夜制度，"唯正月十五日夜，敕许金吾弛禁，前后各一日。"（韦述《西都杂记》）"未怕金吾呵醉"句就写出元夕夜的自由欢乐。紧接着便是一个特写，在皇家车骑行经的道路（"辇路"）人声嘈杂，一忽儿鸦雀无声，原来是为时所重的著名女歌手演唱开始了。"念奴"本是唐天宝中名倡，此借用。

以上写北宋元夕，真给人以温柔富贵繁华的感觉。过片时总挽一句"父老犹记宣和（宋徽宗年号）事"，就自然而然地转入南宋时代了。魏明帝时诏宫官牵车西取汉武帝时铸造的铜人，铜人临载，竟潸然泪下。"抱铜仙、清泪如水"即用此事寓北宋灭亡之痛。到南宋时，元夕的情景自然不能与先前盛时相比。虽说偏安一隅，却仍有百来年的"承平"。所以南宋都城杭州元夜的情景，仍有值得怀念的地方。沙河塘在杭州南五里，居民甚盛，歌管不绝，故词中谓之"多丽"。

周密《武林旧事》写南宋杭州元夕云："邸第好事者间设雅戏烟火，花边水际，灯烛灿然。""溟漾明光连邸第，帘影动，散红光成绮"写的正是这种情景。然后写到月下西湖水的深碧。滟滟金波，方圆十里，极为奇丽。在湖船长堤上，士女如云，则构成另一种景观。在那灯红酒绿之夜，那些"神仙（佳人）才子"，有谁能像南朝徐德言那样预料到将有国破家亡之祸，而预将菱花镜打破，与妻子各执一半，以作他日团圆的凭证呢？"肯把"一句，寓有词人刻骨镂心的亡国之痛，故在三阕一开始就是"肠断竹马儿童，空见说、三千乐指"，总收前面两段，大有"俱往矣"的感慨。宋时旧例教坊乐队由三百人组成，一人十指，故称"三千乐指"。

入元以后，遗老固然知道前朝故事，而骑竹马的少年儿童，则只能从老人口中略知一二，自恨无缘得见了。人们仍然盼着春天的到来，盼着元夕的到来。但在蒙古贵族的统治下，元夕这一汉人传统节日，却不免萧条。"等多时、春不归来，到春时欲睡"，于轻描淡写中哀莫大焉。元宵是灯节，可再也看不到"红妆春骑""辇路喧阗"的热闹场面了。"灯前拥髻"云云，乃用《飞燕外传》伶玄自叙说其妾樊通德"顾视烛影，以手拥髻（愁苦状），凄然泣下，不胜其悲"语意。专写妇女的情态，与一阕正成对照。年少的人们诚然因为生不逢辰，无由窥见往日元夕盛况而"肠断"；而年老的人们呢，"便当日亲见《霓裳》"，又怎么样？还不是一场春梦，空余怅恨而已！"天上人间梦里"用李后主《浪淘沙》"流水落花春去也，天上人间"语，以抒深巨的亡国之痛。

词人根据词调三叠的结构布局，逐阕写三个时代的元夕景况。在下一阕开始时均作回忆语，将上一阕情事推入梦境，给人以每况愈下，不堪回首之感。第二阕是"父老"的追忆，第三阕则写"儿童"的揣想（根据父老的闲谈），写来极有变化，不着痕迹。由于词人将回忆、感慨、痛苦交织起来，"反反复复，字字悲咽"（张孟浩语），所以深尽当日遗民心情。故杨慎《词品》说它"词意凄婉，与《麦秀》何殊。"

【蒋捷】字胜欲，号竹山，阳羡（江苏宜兴）人。咸淳十年（1274）进士。宋亡不仕。有《竹山词》。

一剪梅

舟过吴江

一片春愁待酒浇，江上舟摇，楼上帘招。秋娘渡与泰娘桥，风又飘飘，雨又萧萧。　　何日归家洗客袍，银字笙调，心字香烧。流光容易把人抛，红了樱桃，绿了芭蕉。

在宋词人中蒋捷算不上卓然大家，但《一剪梅》（舟过吴江）却无疑是南宋词中最富魅力的篇章之一。他是吴地人，亡国前后过着东奔西走的生活，故有人将此词与亡国之思联系起来，其实，无论是词题还是词文本身均没有提供这方面内容，哪怕是一点点暗示。这首词之所以传诵不衰，使代代读者为之迷恋陶醉，恰恰是因为它没有涉及具体的人事，却具有更普遍的人生情境和寄慨。说它表现的是春愁加乡愁固然不错，但它的兴象所启，又远非伤春羁旅所能包容。在太湖之东山明水秀的吴江（即吴淞上游）行舟，暮春的江景是那样销魂，连一阵乡愁袭来也是轻飘飘的，词就从这感觉写起。

注意"一片"这个辞儿在诗词中的基本含义是一小块，一点点（如"一片孤帆""一片孤城""一片月""一片冰"）。"一片春愁待酒浇"这个富于暗喻（愁来如渴）的说法和"浇"这字眼，都是很尖新的。行舟在渌水上，那酒楼上的帘招才够诱惑呢，叫人望梅止渴吧。江上行船速度不慢却不易察觉，"回头迢递便数驿"呢，"秋娘渡与泰娘桥"句便给人这样的感觉。这渡口和桥用唐代著名歌伎命名，便具江左特有的文化氛围（另一首《行香子》则有"过窈娘堤，秋娘渡，泰娘桥"），要是诗句便有软媚之嫌，而对于"娇女步春"为特色的词，则无妨其哆。这是一路充满柔情绮思的旅程呢，恰好遇到雨丝风片的天气，该让人如何神魂颠倒？"风又飘飘，雨又萧萧"的两"又"字表现出如怨如慕的语调，"飘飘""萧萧"兼有拟声之妙，在这种凄清美丽的行程中，要不思念闺中人才怪呢。

过片就写思家思乡的情绪。"何日归家"四字乃人人心中所有，"何日归家洗客袍"的措语乃人人笔下所无。回家之乐岂止浣洗客袍，以下两句将闺中的温馨更描绘得无以复加："银字笙调，心字香烧"。这里的"银字""心字"都应是带儿化音的名词，亦饶音情之妍媚。笙上镶嵌银字为的是标示音调，说唱文学中的"银字儿"应得名于此。"心字香"则是盘成篆文心字的盘香。这情景宛如周美成《少年游》所写的："锦幄初温，兽香不断，相对坐吹笙"，与上片的"秋娘""泰娘"字面暗相映带，微妙地表现出客里相思梦想中的小家庭生活之舒适宜人。

想象归想象，现实归现实，看来他今春还赶不到家。随着"流光容易把人抛"一声长叹，他又沉入遐想，春天即将逝去，故乡的芭蕉应已绿了，而樱桃也熟透了吧。言外之意是，我可要赶不上喽。然而只写到"红了樱桃，绿了芭蕉"为止，便画意盎然，美不胜收。似乎还启发人家，尽管春天流逝，而成熟的夏季景物，也别有鲜妍甜美呢。

《一剪梅》有只叶六韵和逐句押韵，四字联可骈可散等不同调式。蒋捷采用了逐句押韵、四言句皆对仗的限制较多的调式，句琢字炼，因难见巧，色彩鲜明，音调铿锵，看也可爱，念也可爱。

【史达祖】字邦卿，号梅溪，汴（河南开封）人。尝为韩侂胄堂吏，韩败，坐受黥刑。有《梅溪词》。

双双燕

　　过春社了，度帘幕中间，去年尘冷。差池欲住，试入旧
巢相并。还相雕梁藻井，又软语商量不定。飘然快拂花梢，
翠尾分开红影。　　芳径，芹泥雨润。爱贴地争飞，竞夸轻
俊。红楼归晚，看足柳昏花暝。应自栖香正稳，便忘了天涯
芳信。愁损翠黛双蛾，日日画栏独凭。

　　今之歌曲大体词曲同时创作，或先有歌词，作曲家据词谱曲，故一
首歌一支曲，歌名即曲名。而唐宋时代情况不同，当时有众多流行曲调，
词作者则按曲调作词，叫作依声填词，一支曲子随时可填新词，故曲调
名与词题不是一回事。但也有例外，调即是题者，如秦观《鹊桥仙》、姜
夔《扬州慢》，而史达祖《双双燕》也是如此，通行本调下别有"咏燕"
之题，实蛇足可删。

　　春社在春分前后，其时春暖花开，是燕子归来的时节，燕子旧巢久
空，早已尘封泥落，失去向来的温暖。所以燕子归来访问旧居，"度帘幕
中间"，便觉"去年尘冷"，这里藏过一番感叹。《诗经·燕燕》用"参差
其羽"来形容双燕尾翼舒张的样子，"差池"即"参差"。词人用极富人
情味的笔墨来体贴燕子的感受，想象他们从瀚海飘零归来，是有定居打
算的，尽管旧巢败坏，但跳进巢里试了一下，仍感到比海上风雨中的山
崖别有温馨，况且"雕梁藻井（天花板）"的环境很不错，真是温故知新。
"又软语、商量不定"，燕语呢喃，如媚好的吴音，像是在商量谋划收拾
旧巢，重建新居。然后便开始衔泥补巢，劳劳花底。

　　词人用"飘然快拂花梢，翠尾分开红影"的倩丽彩笔，描绘双燕穿

花姿态之美，使人感到勤劳者重建家园重建新生活的愉快心情，又使人如观任伯年飞燕图。燕子衔泥往往带有腐草，以其纤维增强附着力，诗人美化为"芹泥随燕嘴"（杜甫）、"落花径里得泥香"（郑谷），"芳径、芹泥雨润"点出的正是燕子建筑取材所自，系自然的加惠。紧接写双燕营巢，却并无艰难劳苦之态，"爱贴地争飞，竞夸轻俊"，倒像是在进行着一场劳动竞赛。对小燕子来说，这劳动是一种本能，一种需要和一种享受，所以只有惬意而没有疲倦，"红楼归晚，看足柳昏花暝"。一天劳动下来，新居甫就，它们就共同享受劳动成果，栖香正稳了。

至此我们完全可以认为，词人借小燕子，写出了一种令人羡慕、值得憧憬的理想化的生活图景。此词最大的特点和成功之处，就在于无假乎用典隶事，全凭灵犀一点，用拟人和白描的手法把燕子写活了，写绝了。词中的双燕就像一对自由恩爱的夫妇，亲昵和睦，共同创造美好生活。词中描写，用"欲""试""还""又"等字勾勒，小小情事细腻曲折，委婉动人。相形之下，现实人生则有太多的不幸或缺憾，本词结尾便展示着一颗破碎的心。

"愁损翠黛双蛾，日日画栏独凭"，孤单的少妇呵，你为什么就不配享受燕子的幸福呢？这不是节外生节。据《开元天宝遗事》有燕足传书故事，所以少妇才嗔怪词中双燕竟不能为她捎个好信，这不免是因嫉妒而生的埋怨和厚诬罢。词人这样悠谬其辞，通过杜撰情节，又从另一面表现了世人对幸福生活的赞美和渴望，从而深化了主题。但有人说这里寄托的是"中原父老望眼欲穿之苦"，恐为云雨无凭之说；而今人则多批评此词内容单薄，"除了描写技巧以外，也就没有什么可以称道的了"，则不免为隔膜的苛求，均非知言。

【王沂孙】（？—1289?）字圣与，号碧山、中仙、玉笥山人，会稽（浙江绍兴）人。入元，任庆元（浙江鄞县）学正。有《花外集》（《碧山乐府》）。

齐天乐

蝉

　　一襟余恨宫魂断，年年翠阴庭树。乍咽凉柯，还移暗叶，重把离愁深诉。西窗过雨，怪瑶佩流空，玉筝调柱。镜暗妆残，为谁娇鬓尚如许。　　铜仙铅泪似洗，叹移盘去远，难贮零露。病翼惊秋，枯形阅世，消得斜阳几度？余音更苦。甚独抱清商，顿成凄楚？漫想西风，柳丝千万缕。

　　咏物词在宋代末世词人笔下，成为隐晦纡曲表达亡国哀痛的一种方式。词题为"蝉"，其寄托的深微，又不止于蝉而已。

　　先写蝉为齐后怨魂所化的传说，赋词情以感伤色彩。马缟《中华古今注》："昔齐后忿而死。尸变为蝉，登庭树嘒唳而鸣，王悔恨。故世名蝉为齐女焉。"蝉鸣于庭树，为提防天敌，得经常转移位置。"乍咽凉柯，还移暗叶"几笔，隐隐写出遗民自危心态。秋雨送寒，蝉命朝不保夕，蝉声却宛转动听，清脆悦耳，如佩玉相叩，玉筝试弹。魏宫人曾发明一种鬓型，薄如蝉翼（见崔豹《古今注》），词中反用道，秋蝉娇鬓如许，可惜只是残妆。

　　从蝉的饮露餐风，词人想到承露金盘，再联想到汉魏易代的故事。魏明帝将长安汉宫中仙人承露盘铜像拆迁洛阳，铜人临载竟潸然泪下。无生命的铜人尚且如此，何况敏感如蝉者：本属病翼，哪堪惊秋；已自枯形，何忍阅世；只能独抱清商，顿成凄楚了。结尾仍从蝉的角度，回想熏风送暖，柳丝摇曳的季节，大有昨梦前尘不堪回首之慨。

　　亡国之音哀以思，写蝉处皆亦顾影自怜处。遗民词情调固不免低沉，然而心理学告诉人们：一个人忧郁时，借欢乐的音乐来破除哀伤，会适得其反；而带有忧郁感的音乐，才是排遣忧虑的一帖良药。这就是感伤词的美感与价值之所在。

【张炎】(1248—1314) 字叔夏，号玉田、乐笑翁，先世成纪（甘肃天水）人，寓居临安（浙江杭州）。张俊后裔，张枢之子。元至元二十七年（1290）北游元都，失意南归。晚年在浙东、苏州一带漫游，与周密、王沂孙为词友。有《词源》《山中白云词》（《玉田词》）。

解连环
孤雁

楚江空晚，怅离群万里，恍然惊散。自顾影，欲下寒塘，正沙净草枯，水平天远。写不成书，只寄得相思一点。料因循误了，残毡拥雪，故人心眼。　　谁怜愁苦荏苒？漫长门夜悄，锦筝弹怨！想伴侣，犹宿芦花，也曾念春前，去程应转。暮雨相呼，怕蓦地、玉关重见。未羞他，双燕归来，画帘半卷。

南宋词咏物多取孤凄的物象，如王沂孙咏蝉，张炎咏孤雁，其作用在于抒发遗民特有的寂寞情怀吧。传说北雁南飞经潇湘止于衡阳回雁峰，词中楚江就是指湖南这一带地方。在江天空阔，暮色苍茫的背景上，着一孤雁的形象，给人以极渺小极孤单的感觉。何况它是长途飞行中失群，惊魂未定的一只呢。大雁是乐群的鸟儿，白天作队飞行，黑夜宿塘有雁奴为之警戒，孤雁首先失去的就是以往的安全感，"恍然惊散"固然写出这种情态，而"自顾影，欲下寒塘"也全是一片惴惴不安的神情。而"正沙净草枯，水平天远"的空旷背景，又有以大压小，以空欺独的作用——由于自卫本能使然，狭小隐蔽的场所给人以安全感，而开阔无余的场所，实在不是可以借宿之地。词人灵机一动，忽出巧思："写不成书，只寄得相思一点。"盖孤雁在天原只一点，直写则失于平淡，于是词人联想到雁字，乃是雁群的队列所致，而单只的大雁是构不成字的，比其一；"相思"二字也不是硬贴上去的，盖雁字像"人"，则易引起怀人的联想（清纳兰性德有"隔窗书破人人字"可参），此其二。于是词人又联想到雁足传书故事。据史载苏武被匈奴扣作人质十余年，牧羊于北海。后来汉与匈奴和亲，要求释放苏武，匈奴诡称已死。汉使探得实情，也诡言天子射上林中得雁，足系帛书言苏武等在某泽中。匈奴只得放苏武归汉。有人认为"料因循误了，残毡拥雪，故人心眼"数句，寓有对身在北地的爱国志士如文天祥一流的思念，则这里的节外生枝，又是借端托寓了。

　　这片以"谁怜旅愁荏苒"引出两个与雁相关的语典。一是杜牧《早雁》"仙掌月明孤影过，长门灯暗数声来"，本以雁形容乱离中人民；二是钱起《归雁》："二十五弦弹夜月，不胜清怨却飞来"。词人又从孤雁的角度，替远方的伴侣着想："想伴侣、犹宿芦花，也曾念春前，去程应转。"不怜己身漂泊寒塘，而念伴侣之犹宿芦花；不言己之相思情切，而言同伴盼望自己去程应转，柔肠百折，耐人寻思。以下更凭空想象孤雁在暮雨中归队的情景，这本应是欣喜莫及的事，词人却用"怕暮地"三字，写其喜极转怕的心理，与"近乡情更怯"（宋之问）笔墨同妙。篇末一气贯注，"未羞他"即不羡他，"双燕归来，画帘半卷"是多么快乐的情景，而"暮雨相呼"，"玉关重见"的归队之乐，似有过之而无不及了。这里表现了作者深谙生活的底蕴，此即没有乐群的体验，岂知掉队的凄苦；只有充分体会离群的苦楚，才能更珍视重逢的时光。此词实言近旨远，给人以生活哲理的启迪，当时人们称作者为张孤雁，并不仅仅因为词中有一二名句吧。

【文天祥】（1236－1283）字履善，一字宋瑞，号文山，吉州庐陵（江西吉安）人。宝祐四年（1256）进士。度宗朝，累迁直学士院，知赣州。德祐初，除右丞相，以都督出江西，兵败被执，囚于燕京四年，不屈而死。有《文山集》《文山乐府》。

扬子江

几日随风北海游，回从扬子大江头。
臣心一片磁针石，不指南方不肯休。

南宋德佑元年（1275），元兵大举南下进犯，文天祥在赣州知州任上，应勤王诏，捐家产充军资，入卫临安。次年元军兵迫临安，朝廷官员纷纷出逃。文天祥临危受命，拜右丞相兼枢密使，赴元营议和。他不辱国体，慷慨陈词，触怒元丞相伯颜，被扣；伯颜见文天祥宁死不屈，诱降无果，遂将其拘押北方。行至镇江，文天祥冒死出逃，变更姓名、草行露宿，"避渚洲，出北海，然后渡扬子江，入苏州洋"，历尽艰险，方得南归。此述志诗便作于渡扬子江、从南通往福州拥立端宗以图救宋的途中。

扬子江，指长江流经扬州、镇江的一段，因扬子津、扬子县而得名。当时长江口崇明岛南边的江中小岛已被元军占领，诗人要通过长江口入海，必须绕道崇明岛北面的水路，也就是在这个时候，顾望茫茫扬子江的文天祥，临风长吟了这首千古名诗。

作者这一番经历，可以说是虎口脱险，九死一生，在诗中却轻描淡写为"几日随风北海游，回从扬子大江头"，似乎只是一次寻常的北行，轻松的往还。实际上，这句话的背后却蕴含着辛苦遭逢、艰难经历——它是指作者赴元和谈无果被拘押北上、再乘机逃脱这一大段周折。当时，宋朝半壁江山已被元军占领，只剩下两淮、江南、闽广等地还未被元军完全控制，宋王朝逃至福州避祸；因此，相对于地处南方的福州，元营自然是北方。作者说得这样轻松，表现出他确实是一个惯经大风大浪，处变不惊的大丈夫，在他的面前，就没有什么值得惊慌失措的事体。

诗人历尽艰辛成功脱险，至此可以一路畅通直奔福州，回到毕生热爱的祖国。伫立扬子江头，顾望茫茫江海，他向往朝廷，可以说是归心似箭。

后两句为千古名句，亦是全诗点睛之笔："臣心一片磁针石，不指南方不肯休"。以身许国的决心和奔走报国的意志跃然纸上。"南方"，是南宋王朝的所在地。指南针是中华民族四大发明之一，有了这东西，在大海中行船就不会迷航。诗人以指南针喻自己的忠忱之心，通俗而恰切，即杜甫所谓"葵藿倾太阳，物性固莫夺"，同时富于民族感情。这个小小的意象，表达了作者冒死奔向南宋决不向来自北方的元军屈服的强烈感情，承载着这位爱国志士鞠躬尽瘁、死而后已的全部忠贞，更寄托着自己在九死一生的情形下依然不改不灭的爱国情怀。

这首诗之所以流传千古，光照天地，主要原因不在于艺术技巧，而在于诗中所充盈的血性精神。这既是诗人人格魅力的体现，也集中表达了中华民族独特的精神美，其感人之处远远超出了语言文字的范围。不过就诗论诗，这首诗也很不错——指南针这个比喻，给诗人的情感找到了一个最适合的载体，同时也成就了这首诗歌的形象美。它很有独创性，文天祥曾将文集命名《指南录》，可见他对这个比喻的满意。一个比喻是可以照亮一首诗的。（与殷志佳合作）

正气歌

天地有正气，杂然赋流形。下则为河岳，上则为日星。
于人曰浩然，沛乎塞苍冥。皇路当清夷，含和吐明庭。时穷节乃见，一一垂丹青。在齐太史简，在晋董狐笔。在秦张良椎，在汉苏武节。为严将军头，为嵇侍中血。为张睢阳齿，为颜常山舌。或为辽东帽，清操厉冰雪。或为出师表，鬼神泣壮烈。或为渡江楫，慷慨吞胡羯。或为击贼笏，逆竖头破裂。是气所磅礴，凛烈万古存。当其贯日月，生死安足论。地维赖以立，天柱赖以尊。三纲实系命，道义为之恨。嗟予遘阳九，隶也实不力。楚囚缨其冠，传车送穷北。鼎镬甘如饴，求之不可得。阴房阗鬼火，春院闭天黑。牛骥同一皂，鸡栖凤凰食。一朝蒙雾露，分作沟中瘠。如此再寒暑，百沴自辟易。哀哉沮洳场，为我安乐国。岂有他缪巧，阴阳不能贼。顾此耿耿在，仰视浮云白。悠悠我心悲，苍天曷有极。哲人日已远，典型在夙昔。风檐展书读，古道照颜色。

本篇系作者就义前一年作于大都（今北京）狱中，是一首在后世影响巨大的义理诗，也是一首应该以超审美的标准来予以评价的诗。诗前有序，自言被囚禁于大都一座幽暗龌龊的土牢中，与他囚杂处，夏季气味特别难受，潮气、地气、暑气、烟气、霉气、汗气、腐臭气混合在一起，足人致人疫病。然而作者以文弱之身，在其中住了两年，安然无事。他把原因归结为修养所致，即孟子所谓养气，于是写下了这首《正气歌》。诗分三段。

一段阐明何为正气。作者认为正气是客观存在于天地之间，无所不在的绝对理念。表现在空间上，上则有日月之明，下则有山河之丽。对于人来说，正气就是孟子所谓可以充塞天地的"浩然之气"。在太平时代，正气蕴含为祥和之气，造成安定的政治局面。在动乱时代，正气则表现为气节操守，永为后世纪念。

二段表彰历代忠良。这是一个以高风亮节名垂千古的历史人物丹青画廊，各有具体不同的表现。有的表现为秉公正直、威武不屈，如春秋时代齐国的太史兄死弟继、晋国的董狐书法不隐，结果是邪不侵正。文天祥早年在朝不趋附权臣贾似道，乞斩内侍董宋臣，勇气似之。有的表现为爱国义举、民族气节，如张良破家财为韩报仇，苏武持汉节北海牧羊，文天祥举兵抗元，被执不屈似之。有的表现为宁为玉碎、不愿瓦全，如口称"只有断头将军，没有投降将军"的汉臣严颜、死于王事血溅晋惠帝衣的诗中嵇绍、死守睢阳眦裂齿碎的唐臣张巡、讨逆骂贼断舌殉难的常山太守颜杲卿、拒绝拉拢以笏击贼官赠太尉的段秀实，等等，文天祥终于以生命的实践与之同归。有的表现为在政治上不同流合污，坚持清白，如汉末节士管宁，文天祥在度宗时曾被诬落职，身体力行于此道。有的表现为恢复国土、救亡图存，如击楫中流收复河南的晋将祖逖、率军北伐写下《出师表》的蜀相诸葛亮等，文天祥和他们有同样的志向。然后作一小结——正气不但在空间上无所不在，在时间上也万古长存。于是照应首段，说明上述事例，证明正气是维系天柱、地维、人伦的力量，是三纲、道义的本质。

三段自叙遭逢和决心。先六句写自己竭忠尽力，而不幸被俘，传车解送至大都，甘心成仁。继十六句（从"阴房阗鬼火"到"苍天曷有极"），基本上是将序言内容作诗体表述，末云：难道是有什么特异功能，使各种邪气不能侵害于我？看来这是正气赋予我力量，"不义而富且贵，于我如浮云。"只是无力扭转国运这一点，使我悲伤痛苦，有时真想大叫一声"悠悠苍天，曷其有极！"（《唐风·鸨羽》）最后四句，承二段点明作歌主旨，谓古代忠良时代虽然越来越远，但他们树立了做人的榜样，在心理上和我非常亲近。我想象自己坐在通风的屋檐下读圣贤书，受到传统美德的感召，心里充满正气，容颜自然开朗了。

本篇由生命实践写成，充满对伦理道德精神力量的赞美，是一支崇高人格的颂歌，因而对后世志士仁人产生过巨大影响，应以超审美的标准评价其伟大性。就诗论诗，受杜甫的影响较大，如充满爱国与战斗精神的《北征》有云："此举开青徐，旋瞻略恒碣。昊天积霜露，正气有肃杀。祸转亡胡岁，势成擒胡月。胡命其能久，皇纲未宜绝"，与此诗在音情相似。只不过《正气歌》更偏重义理，由于字字发自肺腑，故觉真力弥满，并不枯窘。

【无名氏】

山歌

月子弯弯照九州，几家欢乐几家愁？

几家夫妇同罗帐？几家飘散在他州？

这是一首南宋民歌。自产生以来，便一直传唱不衰，脍炙人口。最根本的原因是这短短四句歌辞，道尽了世上苦乐，人间不平。

"月子弯弯照九州"就意象而言并不新奇。但语言是民间新鲜活泼的口语，听来入耳。月照九州这一意象。与相思、乡思有关，古代诗歌中的例子不胜枚举。但诗人们大都强调的是人类共同的情思："海上生明月，天涯共此时"（张九龄）、"但愿人长久，千里共婵娟"（苏轼）"共看明月应垂泪，一夜乡心五处同"（白居易）。此歌却第一次揭示了同一明月下人情的悬殊："几家欢乐几家愁？"一个简单的事实，一经道出，便有石破天惊之感。这个问句的涵盖面极大，是不成问题的问题，它引导读者去思索的不是到底有"几家"问题，而是"为什么？"

"几家欢乐几家愁"具体表现形态是多种多样的，难以穷尽的。比如几家住高楼，几家宿蓬蒿；几家厌粱酒，几家粥不足；几家衣锦绣，几家无完褐……写起来够瞧的。而此诗三四句对二句的具体化，却只选择了爱情生活这一为人们普遍关心的方面作比较，便有无限凄婉："几家夫妇同罗帐？几家飘散在他州？""夫妇同罗帐"在世上原也是不稀罕的事，以此作为美满生活标准，要求不高，可是许多人还办不到。"飘散在他州"，即有人不能与家人团聚，这在人间也不算最悲苦的事，相形之下却也凄凉。

这首诗在对比手法运用上的特点，即避重就轻。它有两个妙用。一是举其一隅，让读者反思三隅，有悠悠不尽的情思。二是所举的这一隅，虽然不很严重，却是最易打动人心的那个方面，即爱情生活的满足与欠缺，所以能引起听众普遍的共鸣。此诗用"问句体"，即通篇只提问题（连用四个"几家"发问），而不作答，发人深省。

【蔡松年】(1107—1159) 字伯坚，号萧闲老人，真定（河北正定）人。以宋人随父降金，官至右丞相，加仪同三司，封卫国公。词与吴激齐名，号吴蔡体。有《明秀集》

大江东去

　　离骚痛饮，问人生佳处，能消何物。江左诸人成底事，空想岩岩青壁。五亩苍烟，一丘寒玉，岁晚忧风雪。西州扶病，至今悲感前杰。　　我梦卜筑萧闲，觉来岩桂，十里幽香发。块垒胸中冰与炭，一酹春风都灭。胜日神交，悠然得意，离恨无毫发。古今同致，永和徒记年月。

《大江东去》与《念奴娇》同调而异名，这个词牌名系取自苏东坡那首鼎鼎有名的赤壁怀古之作，其词开篇就是"大江东去，浪淘尽千古风流人物。"蔡松年此词，不仅用东坡名句为词牌，而且也取了假吊古以抒怀的格局，乃至步韵东坡。故写法上自属豪放一派。

词以纵饮遣怀开篇，"离骚痛饮，问人生佳处，能消何物"，亦有铁板铜琶气象。语出《世说新语·任诞》："王孝伯言名士不必须奇才。但使常得无事，痛饮酒，熟读《离骚》，便可称名士。"原是清狂自饰，玩世不恭之语，作者这里却用其语而更其意，说人生的乐趣，只须读骚饮酒。这是极达观的话。但既标出"离骚"，又显然是有感而发的话。以放言议论开篇，又与坡词以江山起兴的手法不同，显得格外痛快。同时也引起一番伤今吊古之情。

上片中词人怀想到两起古人。一是晋时空谈误国的王衍诸人，"江左诸人"一作"夷甫当年"，夷甫是王衍的字，其人曾位居宰辅，清谈误国，桓温曾说："使神州陆沉，百年丘墟，王夷甫诸人不得不任其责。"（《世说新语·轻诋》）又据载他徒有其表，顾恺之曾借识者之言赞为"岩岩秀峙，壁立万仞。"所以词中说"空想岩岩青壁"。再就是晋时一代名相谢安，《江宁府志》载："晋时谢安为人爱重，及镇新城，以病舆入西州（即古扬州）门，薨后，所知羊昙，辍乐弥年，不由西州路。尝游石头，大醉，扶路唱乐，不觉至州门，左右曰：'此西州门'，昙悲感，以马策叩门，咏曹子建诗云：'生存华屋处，零落归山丘。'因恸哭而去。"词云："西州扶病，至今悲感前杰"本此。这里的怀古，既显有"浪淘尽千古风流人物"之概叹，又不无抑扬褒贬之意。

蔡松年乃随父由宋仕金，处于宋金对峙的时代，当其怀想晋代风流之际，自会有许多现实的联想和现实的感慨。词的上片在议论抒感之中，夹入"五亩苍烟，一丘寒玉，岁晚忧风雪"这样的暗示自身处境的写景之句，诚非偶然。这里有以岁寒翠竹自比之意，也有因岁晚风雪自忧之思。《明秀集》注称："是时公方自忧，恐不为时所容，故有此句"，正有见于此。

过片以"我梦"领起，进入了另一番境界。作者曾在镇江别墅筑有萧闲堂，并自号萧闲老人。可见"卜筑萧闲"非"梦"。"我梦卜筑萧闲"，意即我卜居萧闲堂酣饮醉梦，忘怀得失。其间有几分逃避现实的意味。所以上片还有"岁晚忧风雪"之虞，而这里却是春和景明，馨香宜人："觉来岩桂，十里幽香发。"所谓"岩桂"，当属春桂，取其"幽香"也。在这种境界里，自使人"心旷神怡，宠辱皆忘，把酒临风，其喜洋洋者矣。"（范仲淹《岳阳楼记》）所以下文便说："块垒胸中冰与炭，一酹春风都灭。"这里"春风"指酒而言（苏轼："万户春风为子寿"）。是说尽管胸中有不平之气，但一醉之后全都消失了。值此青春佳日，神交古人，又使人感到悠然自得，毫无遗恨了。

词人根据自己的一番生活体验，就很自然地想到王羲之《兰亭集序》所抒发的人生感慨，起了共鸣。王序云："夫人之相与，俯仰一世。虽取舍万殊，静躁不同，当其欣于所遇，暂得于己，快然自足，曾不知老之将至；及其所之既倦，情随事迁，感慨系之矣。"作者从"忧""悲"转而"悠然得意"，不也正是一种暂得的欣遇么。于是他又想到王序"每览昔人兴感之由，若合一契，后之视今，亦犹今之视昔，虽世殊事异，所以兴怀，其致一也。"因而结句说："古今同致，永和徒记年月。"其所以这样说，是因为王序首先写明了年代时令（"永和九年，岁在癸丑，暮春之初"）的缘故；也有凑韵的考虑在内。在写法上还是颇具别趣的。

表面看来，这首词的内容仍未出"昔人兴感"的范围，但实际上却反映了宋金对峙时期文人中特有的一种复杂心理，由于他们身处忧患，故多悲咽之声，因而此作是颇具代表性的。词中多用晋人典故，亦非偶然，盖时势有相近之处，故精神风度亦与相通。元好问以此词为蔡氏"乐府中最得意者"，诚非偶然。

【宇文虚中】(1079—1146)，字叔通，金成都华阳（今属四川）人。宋徽宗大观三年（1109）进士，累官至中书舍人。高宗建炎二年（1128）使金被留。在金屡迁至礼部尚书，翰林学士承旨。因谋归宋被杀。有集行世，今不传。

在金日作

遥夜沉沉满幕霜，有时归梦到家乡。

传闻已筑西河馆，自许能肥北海羊。

回首两朝俱草莽，驰心万里绝农桑。

人生一死浑闲事，裂眦穿胸不汝忘。

作者本宋朝文士，高宗建炎初使金被羁留，为翰林学士。金熙宗皇统六年（1146）密谋劫持金帝，挟宋钦宗南归，事败被杀。这首七律是留金初期的作品，其心志已俱见诗中。

由于南宋政权从一开始就实行了妥协求和的对金政策，大大助长了金人气焰，所以出使金国早就成为屈辱的使命。加之作者北上后又被羁留，无法南归，故其内心的愤慨是难以言传的。时令不过深秋，北方的气候已经十分寒冷。身在毡乡，尤觉长夜难消："遥夜沉沉满幕霜"写的就是这种情景。"沉沉"是长夜的深沉，也是沉重的心理感受。严霜本来布满帐外，而寒气逼人，令人觉得它已经充斥帐幕。"有时归梦到家乡"有两重意味，须反面会意。一是暗示身被软禁，欲南归家乡已不自由；二是暗示更多时候不能成梦，或梦不到家乡。故"有时"一句流露出一种似喜实悲、喜过生悲的凄凉。

在春秋时的平丘之盟时，晋人执鲁国季孙意如，晋国的叔鱼和季孙意如说："鲋（叔鱼）也闻诸吏将为子除馆于西河。"（《左传·昭公十三年》）诗人借用这个典故来譬喻金人对自己的招降。"传闻已筑西河馆"，既是"传闻"，也就还未成为事实。但后来的情况证实了这传闻的可靠性。筑馆招降："礼遇"有加，而背后还有威逼。这对于被招降者，不只是荣辱的选择，简直是生死的考验！诗人抉择十分明确，表达却很婉曲："自许能肥北海羊。"用苏武牧羊故事（《汉书·苏武传》），意谓别的事我作不了，但自信还能够养肥北海的羊群。换言之，即金帝也别费心啦，要安排我官职的话，就让我到北海去当放羊倌吧，在这上面我还有点信心。其诗味全在潜的幽默感。在生死关头还能幽默的人，往往都有大智大勇。虽然后来宇文虚中并没有牧羊北海，却仍然以一种曲线方式，实践了自己的诺言，成全了民族大节。"自许"一句至今使人感到意味深长。

诗人冷冷地一笑之后，立刻恢复了阴沉的面容。因为他时时未忘国难国耻。一是靖康之乱，徽钦被虏，六宫北辕："回首两朝俱草莽。"二是山河破碎，河洛腥膻，农业生产遭到惨重破坏："驰心万里绝农桑。"这两句忧君忧民，唯独没有提到个人休戚，分量是很重的，非等闲对仗可比。可以说字字血，声声泪。它实际上说明了"自许能肥北海羊"的立志的原因或动机。

结尾处诗人再次明确表示他早已置个人生死于度外，而以国家民族大仇为重的态度："人生一死浑闲事，裂眦穿胸不汝忘！"这里的"汝"指金人；"裂眦穿胸"极言愤怒，逾于"痛心疾首"。后一句以传统诗教衡之，于含蓄沉着略有欠焉，比起文文山"人生自古谁无死，留取丹心照汗青"来，也许算不得名句。然而，它们表达的意念，却是完全一致的。"愤怒出诗人"，"诗可以怨"，而诗到愤极怨极，只一真字动人，原是难以寻常工拙相计较的。

【元好问】（1190—1257）字裕之，金太原秀容（山西忻县）人。曾读书于山西遗山，因号遗山山人，世称元遗山。金宣宗兴定五年（1221）进士。官镇平、内乡、南阳等县县令。后入朝，历尚书省左司员外郎，入翰林，知制诰。金亡不仕。有《遗山先生文集》四十卷。又编金人诗为《中州集》十集。

论诗（录三）

其一

慷慨歌谣绝不传，穹庐一曲本天然。

中州万古英雄气，也到阴山敕勒川。

　　《论诗》绝句三十首以评论作家作品为主，间或也发表诗歌主张。总的看来，元好问赞成刚健、自然的风格。这从他高声赞美曹植刘桢为"四海无人角两雄"，陶潜的"一语天然万古新"、韩愈乃"合在元龙百尺楼"，皆可以证明。特别值得寓目的，是他以突出地位标榜一首北国民歌，那就是以"天苍苍，野茫茫，风吹草低见牛羊"的歌唱蜚声百代的《敕勒歌》。

　　"歌谣数百种，子夜最可怜。慷慨吐清者，明转出天然。"（《大子夜歌》）这是南朝歌手夸耀南方民歌的一首比老杜更早的论诗绝句。民歌从来言为心声，不假雕琢，所以具有"慷慨""天然"的本色。不过，"宫商发越"的南朝民歌，同"重乎气质"的北朝民歌一比较，又要旖旎得多。换言之，"慷慨"与"天然"的评语，似乎更适用于北歌。但北方文化毕竟落后于南方，歌谣的记录和整理远未受到重视，任其自生自灭，湮没不少。《敕勒歌》这首本出于鲜卑语的民谣，居然通过汉译而流传下来（据《乐府诗集》引《乐府广题》），不能不说是一大奇迹。明乎以上道理，本篇上一联"慷慨歌谣绝不传，穹庐一曲本天然"方有确解。两句起码含有三层意思，一是为北方民歌未受到应有的重视而慨叹惋惜（"绝不传"啊）；二是说《敕勒歌》的流传弥足珍贵。因其诗有"天似穹庐"之句，故以"穹庐一曲"呼之。三是说北国民歌才是"慷慨""天然"的典范，

《敕勒歌》则是典范的典范。

显然，元好问的意思又绝不是说"慷慨""天然"之作舍此莫属。如果作这样理解，读者就无法解释他对刘琨、老阮以及前面提到的那些作家的由衷激赏。遗山似乎正是为了消除这种误会和可能导致的指责，从而写出了既豪迈而更有分寸的下一联："中州万古英雄气，也到阴山敕勒川。"这里的"英雄气"，乃指汉魏杰出诗人"鞍马间为文"的气概。以"英雄"名其气，是由其诗慷慨的特色着想，也是一种高度评价。"也到阴山敕勒川"，则给《敕勒歌》以同样高度的评价。将一首短小民歌与诗人杰作相提并论，在当时不能不说是一种新见和高见。前二句曾将《敕勒歌》称为"穹庐一曲"，这里又据歌的首句（敕勒川，阴山下），以"阴山敕勒川"相代指，"中州"和"阴山敕勒川"本是两个地理概念，在诗中则分别指代中原诗歌和北方民歌。说此处风气也到彼处，就与"春风不度玉门关"那样的说法恰恰相反，令人感到很新鲜，很有意味。

作为北魏拓跋氏的后裔，元遗山唱出"中州万古英雄气，也到阴山敕勒川"，显然是充满自豪之情的，其意蕴超出了就诗论诗之本身。虽然并非汉族人，然而在诗歌理论上，他继承了杜甫陈子昂，自成大宗，诗歌创作上则"气旺神行，平芜一望时，常得峰峦高插，动地澜翻之概，又东坡后一作手。"（《说诗晬语》）他是可以以中原文化的传人自许的。因而"中州万古英雄气，也到阴山敕勒川"二句，似乎还传出了由于文化联系促进民族融合的亲切消息。"江山代有才人出，各领风骚数百年"（赵翼）的豪情，在这里从另一个角度，另一种意义上，得到抒发。

其二

东野穷愁死不休，高天厚地一诗囚。

江山万古潮阳笔，合在元龙百尺楼。

同时齐名的两位作家，随着时间的推移，往往也会分出高低，一般认为是品评孟郊这首诗，实际上是一篇"韩孟优劣论"。

孟郊字东野，中唐著名诗人，与韩愈齐名。他性格孤直，一生贫困，与贾岛一样以"苦吟"著名。韩愈形容他"刿目鉥心，刃迎缕解，钩章棘句，掐擢胃肾"（《贞曜先生墓志》），又给他的诗以相当高的评价："有穷者孟郊，受才实雄鸷，冥观洞古今，象外逐幽好。横空盘硬语，妥帖力排奡。"（《荐士》）不过，韩愈说孟郊可上继李杜，就不免有私阿之嫌。襟抱旷达的苏东坡是尊韩的，但不甚喜孟郊诗，以"郊寒岛瘦"并列而不赞成韩孟并称："夜读孟郊诗，细字如牛毛，寒灯照昏花，佳处时一遭。要当斗僧（指贾岛）清，未足当韩豪。"但有时也表示欣赏："我憎孟郊诗，复作孟郊语。"（《读孟郊诗二首》）而推崇苏轼的元好问对韩孟诗亦作如是观。

《六一诗话》说："孟郊贾岛，皆以诗穷至死，而平生尤喜为穷苦之句。"大体符合事实。此即首句"东野穷愁死不休"的最好注脚。《诗经·小雅·正月》云："谓天盖高，不敢不跼；谓地盖厚，不敢不蹐。"而孟郊诗曰："食荠肠亦苦，强歌声无欢。出门即有碍，谁谓天地宽！"（《赠崔纯亮》）元好问就概括这些诗意来作为孟郊及其诗的形象性评语："高天厚地一诗囚。""诗囚"这个谥号，恰当地概括了孟郊诗穷愁局束的主要特征，及作者本人的主观看法，虽不如"诗仙""诗圣""诗豪"、"诗鬼"之谥那样被普遍认可，要亦有充足理由。

在《放言》中，诗人干脆把贾岛也圈进来："郊岛两诗囚。""诗囚"这个称呼在这里显然是带有贬义的，在这一抑之后，诗人用韩愈作对比，对后者给以很高评价："江山万古潮阳笔，合在元龙百尺楼。"韩愈曾被贬为潮州（即潮阳）刺史，故诗中以"潮阳笔"代指韩愈诗文，以"江山万古"予以标榜，则暗用杜诗"不废江河万古流"（《戏为六绝句》），意言其足以不朽。末句用《三国志·陈登传》的著名典故，陈登（字元龙）因不满于许汜碌碌无为，令其睡下床而自卧上床，许汜一直怀恨，刘备知道了却说，如换了他，则"欲卧百尺楼上，卧君于地，何但上下床之间邪！"元好问把陈登事刘备语精要地铸为"元龙百尺楼"一语，说韩孟诗的比较岂止上下床之别而已。联系到韩愈"低头拜东野，吾愿身为云，东野变为龙"（《醉留东野》）等诗句，这里言下之意也有"退之正不必自谦"之意。

如果仅仅是扬韩抑孟，也只不过揭示出中唐诗中奇险一派两大诗人孰优孰劣的事实。但本篇的用心不限于此，它包含着更丰富的意味。元好问其实并不鄙薄孟郊，倒常常引孟郊自喻："苦心亦有孟东野，真赏谁如高蜀州。"（《别周卿弟》）"孟郊老作枯柴立，可待吟诗哭杏殇"。（《清明日改葬阿辛》）就作诗的苦心孤诣，情感真挚，不尚辞藻，不求声律而言，他与孟郊也有一致之处。然而正如苏东坡爱白居易，而又批评"白俗"一样。由于知深爱切，反戈一击，反容易命中要害。元好问对孟郊的批评，实际上也是爱而知其丑。赵翼《题遗山诗》有句云："国家不幸诗家幸，赋到沧桑句便工。"像元好问这样以国事为念的诗人，当然不会十分推崇孟郊那样言不出个人身世的作家。对于雄健奇创，有大家风度的韩愈，也就更为低首下心。在《论诗》中他曾两次通过对比表扬韩愈诗风，实有"高山仰止"的诚意。

元好问《论诗》系效法杜甫《戏为六绝句》而又有所发展。杜诗数首于作家只及四杰，而元诗常在一诗中比较两家，就是一种出新。本篇在写作上很注意形象性，因而说理议论中颇具情采，"江山万古潮阳笔，合在元龙百尺楼"比"未足当韩豪"那种概念化抽象的诗句，也就更有韵味、更易传诵。

其三

晕碧裁红点缀匀，一回拈出一回新。

鸳鸯绣了从教看，莫把金针度与人。

这首论诗绝句最别致之处，就在于它的隐喻性，诗本身刻画展示的是闺房女红。诗人虚构情节，也有一点凭借，那就是《桂苑丛谈》的一段故事："郑侃女采娘，七夕陈香筵，祈于织女曰：'愿乞巧'。织女乃遗一金针，长寸余，缀于纸上，置裙带中，令三日勿语，汝当奇巧。"后来人们就用"金针度人"代指传授秘诀。"晕碧裁红"，是女红剪裁之事，犹言"量碧裁红"；但"晕"有染色之义，亦是做衣绣花的一环。"点缀匀"指略加衬托装饰，使成品更完美。"一回拈出一回新"，则是说采娘得了织女秘传，遂能得心应手，花样翻新。

这两句完全是元好问的创造，根据在"汝当奇巧"一句话。后两句则转折到故事的要义上来，就是采娘对织女有所承诺，即不泄露天机。所以对于别的女伴只能是"鸳鸯绣了从教看，莫把金针度与人。"诗人在叙事中，略去了原型的神话成分，而更多地描绘了一种生活情景。生活中不是就有这样的能干而矜持的巧妇么。所以元诗实是一种再创造。其手法大致与唐人朱庆余《近试上张水部》（洞房昨夜停红烛）相近，二诗可谓异曲同工。

元好问运用古代传说的目的乃在论诗。从这个角度看，本篇又有深刻的理致。《桂苑丛谈》故事本身就包含一个生活哲理，那就是创作能力是不能像技术一样传授的。虽然它采用了神话的外衣，类乎天方夜谭，但剥去这层玄虚的外壳，就能看到闪光的内核。《庄子》中"轮扁斫轮"的故事匠人可以教人方圆规矩，但不能把修习的造诣传给人，哪怕这人是他的儿子。这个不能传人的造诣，在《桂苑丛谈》中就形象化地变成"金针"，看来"鸳鸯绣了从教看，莫把金针度与人"，并非不把金针度人，而是无法金针度人。

大抵圣于诗者，早已到了得鱼忘筌的境界，你要向他要筌，筌早已不知哪里去了，他只能示人以诗。通过这首诗，元好问形象地告诫人们，要写出好诗，就要加强自身的修养（不外思想、生活、艺术三个方面），修养到家，自然会"得之于手而应于心，口不能言，有数存焉于其间"（《庄子》），所谓"眼处心生句自神"，如果一味贪走捷径，最多只能得到"古人之糟粕"，正是"纵横正有凌云笔，俯仰随人亦可怜。"

朱熹说："子静说话，常是两头明，中间暗，其所以不说破，便是禅。所谓'鸳鸯绣出从教看，莫把金针度与人'，他禅家自爱如此。"（《元诗纪事》引《月山诗话》）这并非元好问诗句的原意，但由此也可以见出"鸳鸯"两句富于机锋或理趣，可以给人多方面的启发。

秋怀

凉叶萧萧散雨声，虚堂渐渐掩霜清。

黄花自与西风约，白发先从远客生。

吟似候虫秋更苦，梦和寒鹊夜频惊。

何时石岭关头路，一望家山眼暂明。

诗作于金宣宗兴定二年（1218）元好问寓居河南登封期间。早在贞祐元年（1213），蒙古军即南侵河东（山西），元好问故乡忻县也受到波及。翌年三月忻县隐落并遭屠城，元好问的哥哥好古遇难。诗人流寓三乡（属河南宜阳）。兴定二年（1218）又移居登封，是岁之秋，蒙古军占领山西全境。这个坏消息，使诗人心情十分沉痛，在县北十里的嵩山中，他写下了这首悲秋怀乡之作。

诗一开始就展现了一派"秋风秋雨愁煞人"的情景。"凉叶萧萧散雨声"使人联想到唐人"听雨寒更尽，开门落叶深"（无可《秋寄从兄岛》）的诗句。也许只是风吹落叶萧萧有声，但人误听作雨声。也许是叶也萧萧，雨也萧萧，加之空堂之上渐渐风声，响成一片，胜似霜威逼人，让人感到不胜清寒。于是生出无比哀怨："黄花自与秋风约，白发先从远客生。"

深秋菊花盛开，是自然界物候现象。不过，上句著一"约"字，便有拟人化色彩；著一"自"字，更多一重怨思，似乎是说黄花约来西风，得到了繁荣，却将寒冷带给人间，真不叫话。愁多添人白发，是一种生理现象。而下句著一"先"字，又似反驳"公道世间唯白发"的古诗人语，怨白发欺生，专侵"远客"。二句之妙在主观色彩甚强，无理之至而表情极真。正是：黄花自与西风约，关人何事？白发先从远客生，并不公道。

"吟似候虫秋更苦，梦和寒鹊夜频惊"。二句写夜不安寝，愁而赋诗。用了两个比喻，其表达的意思或许本是"秋吟更苦似候虫，夜梦频惊如寒鹊"，为了适合格律而作了词语的倒装，然而这种句式读起来反而多了一层意味即："吟似候虫——秋更苦，梦和寒鹊——夜频惊"。像候虫一样，我的吟声本苦，而秋来更苦；和寒鹊一样，我的梦不安稳，中夜特易惊醒。中国古典诗歌语言的灵活微妙，于此可见一斑。元好问七律诗的语言造诣，于此可见一斑。

以上三联都运用了对仗，层层渲染悲苦的"秋怀"。然而，这一切真是因为秋气袭人的缘故吗？表面上是这样，骨子里却是因为乡愁。这乡愁又不是一般的乡愁，而是"感时花溅泪，恨别鸟惊心"（杜甫《春望》）那样的有家难归的悲痛。这使人想到杜甫的一首《恨别》："洛城一别四千里，胡骑长驱五六年。草木变衰行剑外，兵戈阻绝老江边。思家步月清宵立，忆弟看云白日眠。闻道河阳近乘胜，司徒急为破幽燕。"两位诗人心情是接近的，两首诗在表现手法上是不一样的。杜诗基本上是直抒胸臆，而元诗则只写"秋怀"，而"恨别"之意表现得十分含蓄。"石岭关"是太原到忻县间的要冲，是从登封返忻的必经之路。诗人早先有过《石岭关书所见》写当时战乱景象："轧轧旃车转石槽，故关犹复成弓刀。连营突骑红尘暗，微服行人细路高。已化虫沙休自叹，厌逢豺虎欲安逃？"由此可见，"何时石岭关头路，一望家山眼暂明"的结句是含有盼望朝廷收复失地之意的，与杜诗结句内容略同而表现较隐约不露。

游天坛杂诗

湍声汹汹落悬崖，见说蛟龙擘石开。
安得天瓢一翻倒，蹋云平下看风雷。

天坛山是王屋山北峰绝顶，在今河南济源。元好问于元太宗十年
(1238) 八月游天坛，作七绝组诗，此系第八首，咏山中飞瀑。天坛山的
瀑布从很高的悬崖上飞落，坠于涧中响声雷鸣，很远便能听到。"湍声汹
汹落悬崖"是瀑布的写真，读者不但能据此想象"飞流直下三千尺"的
情景，还能够想象瀑水在涧中化着湍流奔驰的情景。第二句从眼前实景
写到传说，"见说蛟龙擘石开。"飞瀑自天而降和长流不息，都容易引起
古人对龙的联想，民间关于龙的神话传说很不少，看来天坛当地也流传
着这样一个。诗人将传说揉进诗中，使瀑布具有了几分神奇的色彩，为
诗人进一步展开想象提供了依据。

既然飞瀑是蛟龙擘石造成的景观，那么水的来源就该是天池了。于
是诗人就立刻将它与当时的旱情联系起来 (原注"时旱甚")，从而生出一
个奇想："安得天瓢一翻倒，蹋云平下看风雷。"如果单从字面看，诗人
似乎嫌瀑布还不够壮观，恨不得倒倾天池，化作滂沱大雨，那时他将站
在山顶云头，平视山下风雷交加的奇观。这是何等奇特瑰丽的景象，它
简直可以与苏东坡《有美堂暴雨》"游人脚底一声雷，满座顽云拨不开"
的诗句比美。然而诗人的用意还不仅在赏景，他的动机主要还在抗旱救
旱，字里行间洋溢着一种民胞物与的情怀。当然，如果真有这样一场好
雨，他也会站在天坛尽兴观赏的。

元好问一生推崇师法的唐宋诗人，最推杜甫与苏轼。就在这样一首
小诗中，读者也能感觉到少陵情怀和东坡格调所产生的影响。

水调歌头

赋三门津

　　黄河九天上，人鬼瞰重关。长风怒卷高浪，飞洒日光寒。峻似吕梁千仞，壮似钱塘八月，直下洗尘寰。万象入横溃，依旧一峰闲。　　仰危巢，双鹄过，杳难攀。人间此险何用，万古秘神奸。不用燃犀下照，未必伏飞强射，有力障狂澜。唤取骑鲸客，挝鼓过银山。

　　这是一首赋写黄河三门峡（即三门津）的壮词。三门峡为黄河中游著名峡谷之一，在今河南三门峡市和山西平陆县间，旧时河床中有岩岛将水道分成三股急流：北为"人门"，中为"神门"，南为"鬼门"，故名。

　　词的上片在描写黄河雄壮气势之中着重渲染三门峡的险要。开篇就以夸张的手法，点出黄河源头之高。"黄河九天上"，与李白"黄河之水天上来"的名句先声夺人的效果仿佛。紧接笔锋一掉直取峡形，堪称竣快："人鬼瞰重关"。言及"人""鬼"而不及"神"（门），乃举二以概三，这种省略，为格律诗体所习用。不过这里的省略还造成一种双关，即三门津这样的险关，是人见人愁、鬼见鬼怕的。句中不曰"看"而曰"瞰"，则照应首句得居高临下之势。"长风怒卷高浪，飞洒日光寒"二句承"黄河九天上"，标出一个"高"字。三门峡风高浪快，日色长昏的自然现象，在词人笔下被染上了神奇色彩：那长风怒卷着高浪，飞洒天宇，使得太阳的热力也为之消退。"峻似吕梁千仞，壮似钱塘八月"承"人鬼瞰重关"，再写峡形的险峻壮观。据载"孔子观于吕梁（山名，在今山西离石县东北），悬水三十仞，流沫三十里，鼋鼍鱼鳖之所不能游也。"（《列子·黄帝》）这里即

061

用以此三门峡之险峻；又用了钱塘江八月潮水，来比峡中急流的壮观。以上结合河与峡写来，笔势奇横，既而总挽一句"直下洗尘寰"。于是这里的急湍横溢泛滥，可以吞没万象；而巍然屹立，不为所动者，唯中流砥柱而已。这里"万象入横溃"，形容黄河水势之大，"依旧一峰闲"，以见砥柱山势之稳，一动一静，相映成趣。至此三门峡的形势乃至声威可谓尽收笔底了。

过片仍承"依旧一峰闲"写起，但笔势由跳荡转为舒徐，写景由概括转为具体："仰危巢，双鹄过，杳难攀。"似乎是一个舟中人的自言自语，给人以身历其境的感觉。这就自然过渡到抒发感慨："人间此险何用，万古秘神奸。"这既是说三门峡险要如神鬼控御，奥秘莫测；又隐约暗示另一重意思，即天地设险，往往为大奸巨蠹所凭依，成为政治祸患。一旦势力养成，则难于制约。以下词人接连反用两个典故，一见《晋书·温峤传》："至牛渚矶，水深不可测。世云其下多怪物，峤遂燃犀角而照之"；一据传说周代楚国勇士佽非，渡江遇两蛟夹舟，非拔剑斩蛟以脱险（"佽飞"又为汉武官名，掌弋射）。"不用燃犀下照，未必佽飞强射，有力障狂澜"，既是承上意言中流砥柱亦未能力挽狂澜，然而接上政治借喻，又觉弦外有音。读到这里，不禁使人想起李白《横江词》中的兴叹："白浪如山那可渡，如此风波不可行！"

词情至此已极悲壮激愤，大有抑塞不舒之气。不料末二句忽作积极振起之词，足以立懦起顽："唤起骑鲸客，挝鼓过银山。"这里"银山"形容波涛的高大（张继："万迭银山寒浪起"），"骑鲸客"意指作者理想之中能驾驭时势的风云人物。既曰"唤取"，则现实当中还未出现。这二句的含义倒与异日龚定庵"我劝天公重抖擞，不拘一格降人才"的名句用意颇为相近。这一笔对全词至关紧要，它使读者感受到一种奋发向上，积极乐观的人生激情，从而精神上为之振作。

综上所述，此词前十七句层层设险，唯结句作石破天惊之语，力足扛鼎，在结构上很奇特。虽以"赋"为主，却又杂以抒情议论；明写山川壮丽奇险，实寄寓着现实的政治感慨，乃至理想的召唤。笔墨纵横恣肆，情感深沉浑厚。慷慨悲歌,大声镗鞳,而不流于叫嚣,故堪为苏辛之匹亚。

双调·小圣乐

　　绿叶阴浓,遍池亭水阁,偏趁凉多。海榴初绽,朵朵蹙
红罗。乳燕雏莺弄语,有高柳鸣蝉相和。骤雨过,琼珠乱
撒,打遍新荷。　　人生百年有几,念良辰美景,休放虚
过。穷通前定,何用苦张罗。命友邀宾玩赏,对芳樽浅酌低
歌。且酩酊,任他两轮日月,来往如梭。

　　《小圣乐》或入双调、或入小石调,世人因元好问本篇中"骤雨过,
琼珠乱撒,打遍新荷"几句脍炙人口,又称《骤雨打新荷》。恰如《念奴
娇》经苏东坡写"赤壁怀古"后,又称《大江东去》一样。元陶宗仪
《辍耕录》卷九云:"《小圣乐》乃小石调曲,元遗山先生好问所制,而名
姬多歌之,俗以为'骤雨打新荷'是也"。

　　本篇由两曲组成。上曲写夏日纳凉,流连光景的赏心乐事,主景。看
他铺叙的层次,可说是渐入佳景:作者先用大笔着色,铺写出池塘水阁的
一片绿荫,并以"偏趁凉多"四字,轻轻点出夏令。然后,在此万绿丛
中,点染上朵朵鲜红的石榴花——"朵朵蹙红罗"这是全曲最富于原创性
的、出奇制胜的佳句,就算是有人这样想过,却从来没有人说过。"蹙红
罗"用红罗折叠的花——用假花来比真花,成吗!因为在人们的观念中,
真花总是胜于假花的呀。然而,凡事皆不可执一而论。假花也有一种好
处,胜于真花,比如更加鲜艳、更加持久。故《红楼梦》有"假作真时真
亦假"之叹——假的有时比真的还真,真的有时候比假的还假。文学创作
就是这种情况——实录有时看上去很假,而虚构却往往令人信以为真。

言归正传，作者进而写鸟语蝉鸣。写鸟，不写大鸟而写小鸟，"乳燕雏莺"——刚刚孵化的新雏，其声稚嫩娇软而可喜。使人联想到曲中的蝉，也必是刚刚蜕壳的蝉，踞高柳而长鸣，"居高声自远"（虞世南）也。在这一片新生命的合唱中，池塘水阁平添生趣。接下来，作者安排了一场"骤雨"。所谓骤雨，就不是阴雨绵绵，而是阵雨，给夏日带来凉意的雨，滋润景物的雨。它持续时间不长，却"打遍新荷"，吴敬梓小说中有一段描写，可以为之阐释："一阵大雨过了。那黑云边上镶着白云，渐渐散去，透出一派日光来，照耀得满湖通红。湖里有十来枝荷花，苞子上清水滴滴，荷叶上水珠滚来滚去。"（《儒林外史》）那滚来滚去的水珠，不正是"琼珠乱撒"后荷塘的写照么。难怪王冕会想："古人说'人在图画中'，其实不错"。总之，上曲写景，亦算得上绝妙好辞，无怪其一时传播。

下曲即景抒怀，宣扬浅斟低唱，及时行乐的思想，主情。作者的调子是低沉的，又是旷达的。在用笔上，作者一洗上片语言的华丽，而转为质朴。"良辰美景"句总括前文，言如此好景，应尽情欣赏，不使虚过。"穷通前定"，命运的好坏乃前世注定，这是一种宿命的说法，作者这样说意在反对"苦张罗"，即反对费尽心机的钻营。旷达的外表，掩不住内心的苦闷。"命友邀宾玩赏"二句，谓人生乐趣在流连光景、杯酒，这是从六朝以来，封建士大夫在无所作用之际典型的人生态度。因为光阴似箭，日月如梭，会使他们感到心惊，而在酩酊大醉中，庶几可以忘怀一时，取得片时的解脱。

此曲表现的思想你可以说他庸俗，可以说他缺少独到之处，但从全曲来看，你得承认作者在对于自然美的发现和再造上，做得相当出色、相当成功。数百年来读者津津乐道的，并不是曲中论道之语，而是那"骤雨打新荷"的生机盎然的夏令境界，以及其中流露的浓厚的生活情趣。赵松雪听姬唱此词，赋诗赞曰："主人自有沧州趣，游女乃歌白雪词。"诚非虚语。此曲写法与词体相近。这是因为在宋元之交，词、曲均为乐府，被诸管弦，传于歌筵的，所以早期的词曲分疆并不甚严。《莲子居词话》卷二把这个曲调当作词调，就是这个缘故。

元明清诗词曲

【刘因】(1249—1293) 字梦吉，号静修，元保定容城（河北容城）人。元世祖至元十九年（1282），以才学荐于朝，拜承德郎，右赞善大夫。不久因母疾辞归。后再以集贤学士征召，以病辞。仁宗延祐年中追赠翰林学士、容城郡公，谥文清。有《静修先生文集》。

白沟

宝符藏山自可攻，儿孙谁是出群雄？
幽燕不照中天月，丰沛空歌海内风。
赵普元无四方志，澶渊堪笑百年功。
白沟移向江淮去，止罪宣和恐未公。

"白沟"即巨马河，原为宋辽之界河。本篇通过咏叹宋对辽、金妥协，致使边界南移江淮的史实，指出有宋衰落的根源在不图强、不抵抗，抒发了深沉的历史感慨。

一起用典，《史记·赵世家》载赵简子语诸子"我藏宝符于常山上，先得者赏"，诸子求而无得，惟毋恤自谓得之云"从常山上临代，代可取也"，遂以毋恤为太子。本篇首句即"宝符藏山，代可取也"一转语。言在赵简子，而意归于赵匡胤，盖其尝有意于收取幽燕（五代石敬瑭在契丹扶持下建后晋，割燕云十六州与契丹，为儿皇帝）。次句言其后继无人，大有撒下龙种、收获跳蚤之慨。

紧承上联句意，三句言幽燕一直未能收复，所以和中原不共戴月，兴象颇妙。四句以宋太祖比汉高祖，谓其思"猛士守四方"的愿望不幸落空。

五、六重在批判"澶渊之盟"，而追究宋朝开国大臣（"赵普"是个共名）胸无大志、苟且偷安的责任（"四方志"承上"海内风"）。"澶渊之盟"

是在打了胜仗的前提下，订立的屈辱和约，充分表明赵家不肖子孙求和之心切。这一和议换得百年苟安，宋朝统治者不以为耻，反以为功，实在可笑。

作者用为宋徽宗缓颊的口气，谓边界（"白沟"是个代词）南移，终至衰亡，是有宋自开国以来的妥协投降的外交政策决定的，能探其原，故发人深省。

宋理宗南楼风月横披

物理兴衰不可常，每从气韵见文章。
谁知万古中天月，只办南楼一夜凉。

这首七绝是作者观看宋理宗一幅书法作品，而抒发对宋代兴亡感喟的诗作。理宗是南宋后期的皇帝。"南楼风月"，是其所书横披。按黄庭坚《鄂州南楼书事》有"并作南楼一夜凉"之句，是其所本。

诗一起说理——"物理兴衰不可常"，接下去从无常中翻出有常，就有些意思了："每从气韵见文章。"既然"每从"，可见有常。这个有常（即有规律性）的事体，便是文章关乎气韵；一个人的气质决定其文章的优劣；一个人的文章气象又往往预兆着他的前途命运，"诗"谶这个说法，多少有些道理。"往事只堪哀"，不是汉高祖诗。"大风起兮云飞扬"，不是李后主词。写"大鹏一日同风起"的，后来青云直上。写"岁岁年年人不同"的，不幸英年早逝。这其间难道没有必然性吗？只要不把问题绝对化，那正是"每从气韵见文章"！

前两句偏于说理，偏于抽象，那好处是很有限的。本篇之妙在于紧接便有后二句将那说理变作感叹，将那抽象变作具体，读者首先看到了两种"风月"的对比，一是"万古中天月"，二是"南楼一夜凉"。前句系隐括宋太祖《秋月》诗："未离海底千山墨，才到中天万国明"，那气象恢宏开廓，十足地表现出一个开国皇帝的气魄。而后者即化用黄庭坚"并作南楼一夜凉"句，相形之下，暗示了理宗皇帝前途的黯淡。两者都证明了"每从气韵见文章"的命题，通过"谁知""只办"的勾勒，连成一气。就境而言，仿佛画出一轮朗月高照南楼，可惜南楼上没有不负月色的风吹龙吟、欢歌笑语，而只有"一夜凉"！就意而言，这是形象地讽刺理宗无能，不能继承太祖的雄才大略；又是惋惜太祖一脉龙种，何以会退化为跳蚤。"谁知万古中天月，只办南楼一夜凉"，情妙、意妙、境妙、语妙。

【杨果】生卒年不详，元曲家，字正卿，元祁州蒲阴（河北安国）人。金正大甲申（1224）进士，历任剧县，以廉干称。入元为河南经略史天泽幕下参议。中统初（1260）任北京宣抚使，二年拜参政。以老致仕。卒年七十五，谥文献。有《西庵集》。

仙吕·翠裙腰

莺穿细柳翻金翅，迁上最高枝。海棠零乱飘阶址，坠胭脂。共谁同唱送春词。

【金盏儿】减容姿，瘦腰肢，绣床尘满慵针指。眉懒画，粉羞施，憔悴死。无尽闲愁将甚比，恰如梅子雨丝丝。

【绿窗愁】有客持书至，还喜却嗟咨。未委归期约几时，先拆破鸳鸯字。原来则是卖弄他风流浪子：夸翰墨，显文词，枉用了身心空费了纸。

【赚尾】总虚脾，无实事，乔问候的言辞怎使。复别了花笺重作念，偏自家少负你相思。唱道再展放重读，读罢也无言暗切齿。沉吟了数次，骂你个负心贼堪恨，把一封寄来的书都扯做纸条儿。

这是一套极富喜剧性的散曲，它通过一位女子接读一封不无虚情假意的"情书"的前后情态变化，将主人公既爱又恨的心理，剖绘得淋漓尽致，颇有生活气息。

首曲写一派暮春景象：黄莺儿金翅翩跹，在柳枝间穿梭，一忽儿又飞上高枝。它们的歌舞，是主人公寂寞孤独的反衬。红色的海棠花瓣，飘落满阶，如泪洒胭脂，是主人公怨苦的象征。这里的写景不但十分关情，而且造语尖新俏丽，"金翅""胭脂"等字面，色泽鲜艳可喜。末句点出孤独送春之意，有水到渠成之感。

次曲写主人公憔悴无聊的情态，反复形容。先说其姿容瘦损；继说其精神慵懒，既无心于女红，亦无心于修饰。凡此，皆因过度相思使然。"憔悴死"三字说到顶了，然后又巧设一喻，说女主人公的闲愁，有如梅雨之绵绵不绝。"梅子雨丝丝"状愁，直接取法于"贺梅子"（贺铸）。较之贺的"梅子黄时雨"（《青玉案》），本曲"丝丝"叠字，更有绘声绘形之妙，把"忧从中来，不可断绝"之意，传达得更为入化。

以上写主人公接信前的百无聊赖和寂寞孤独，是为铺垫。第三曲则开始切入全曲中心事件——读信。先写见信后的心跳："有客持书至，还喜却嗟咨。"这欣喜与忧叹交加，正见她此时心情的复杂与激动。欣喜为有书信捎来；忧叹为未见交代确实的归期（"未委归期约几时"）。所以急急忙忙打开了情书（"鸳鸯字"）想看个究竟。谁知信上通篇说了许多嘘寒问暖的话，果然没有触及"归期约几时"这个实质性的问题。这才是期待有多高，失望有多重呢。即便他"文章"写得蛮漂亮，信上全是甜言蜜语、山盟海誓一类的艳辞丽语（"夸翰墨，显文词"），却只是个虚情假意的"风流浪子",还不及老实巴交的情种好!难怪女主人公一点也不欣赏他的才华。看来他真是枉费心机——"枉用了身心空费了纸"。字里行间,活泼泼跳动着作家观察生活的机智和幽默,是曲中本色而上乘的文字。

尾曲承上,先自愤愤不平:"这样的虚伪,这样不实在的假惺惺的问候不知怎么亏他说得出口?"("乔问候的言辞怎使")全曲至此为一小高潮,以下作者却宕开一笔:女主人公疑心是自己错怪了对方,把放下的"花笺"又拿起来,实实在在看了一遍,觉得自己确实没有误会,才坐实了这桩"公案"。于是波澜又起,且来势更加猛烈——"读罢也无言暗切齿,沉吟了数次",简直像一个量刑的"法官",最后作出了如下感情的宣判:"骂你个负心贼堪恨,把一封寄来的书都扯做纸条儿。"曲在扯纸声中结束,极为精彩,大有"曲终收拨当心划,四弦一声如裂帛"之致。

看来作品的审美效果是"喜",不是"悲",读来让人忍俊不禁。如果读者认为作者的用意仅在揭露男子负心,那就太表面化了,且与作品气氛不合。其实这里更多地是在玩味着女主人公那份自相矛盾的心理,即爱情生活中一种普遍的心态。在这里,恨,是因为爱;失望,是因为憧憬。今天她撕了信,如果明天他归来,那么一切又都会言归于好。作者从生活中发掘出真(怨恨之情态)与善(爱恋之深挚)的矛盾冲突,给以轻松的披露,善意的揶揄,构成了一种喜剧的因素。如果说曲中有情有景二端,尚与诗词类同;那么,曲中有"戏",便与诗词迥异。元散曲在唐诗宋词后别辟新境,从此曲可见一斑。

【关汉卿】(1219—1301)晚号已斋、已斋叟。汉族,解州(今山西省运城)人,一说大都人。元曲四大家之首,被誉为曲圣。

南昌·四块玉

别情

　　自送别，心难舍，一点相思几时绝。凭栏袖拂杨花雪。
溪又斜，山又遮，人去也。

　　此曲用代言体写男女离别相思，从语言、结构到音情上，都有值得
称道处。

　　曲从别后说起，口气虽平易，但送别的当时已觉"难舍"，过后思
量，自有不能平静者。说"相思"只"一点"，似乎不多，却不知"几
时"能绝。这就强调了离别情绪的缠绵的一面，此强调其沉重的一面，
更合别后情形，以真切动人。藕（偶）断丝（思）连，便是指的这种状
况。"凭栏"一句兼有三重意味：首先点明了相思季节，乃在暮春（杨花
如雪）时候，或许含有"今年春尽，杨花似雪，犹不见还家"（苏轼）那种
意味；再就是点明处所，有"栏杆"处，应在楼台；第三点明了女主人
公这时正"独上高楼，望尽天涯路"（辛弃疾），她在楼头站了很久，以致
杨花扑满衣襟，须时时"袖拂"之。"杨花雪"这一造语甚奇异，它比
"杨花似雪"或"雪一般的杨花"的说法，更有感性色彩，差近温庭筠
"香腮雪"的造语。

　　末三句分明是别时景象，与前四句在承接上有一种不确定的关系。
可作多重解会：一种是作顺承看，前既说"凭栏"，此既写遥望情人去路
黯然神伤之态。"溪又斜，山又遮"是客路迤逦的光景，"人去也"则全
是痛定思痛的口吻。这种理解，造成类乎古诗"步出城东门，遥望江南
路。前日风雪中，故人从此去"的意境。另一种是作逆挽看，可认为作
者在章法上作了倒叙腾挪，先写相思，再追忆别况，便不直致，有余韵。

小山词所谓"从别后，忆相逢"，此法近之。以上两解还可融合，因为倒叙也可以看作女主人公在望中的追忆。这种"多义"现象包含着一种创作奥秘。接受美学认为，文学欣赏是一种补充性的确定活动，读者须用自己的想象填补作品的未定点和空白。此曲之妙，就在于关键处巧设了这样的空白，具有多义性、启发性、令人百读不厌。

　　曲味与词味不同，其一在韵度。曲用韵密，而一韵到底。韵，是较长停顿的表记，如此曲短句虽多，但每句句尾腔口均须延宕，读来有韵味悠扬之感。结尾以虚字入韵，为诗词所罕有，而曲中常见。别如马致远《夜行船》套"道东篱醉了也"。而"人去也"这个呼告的结尾，尤有风致，使人不禁想起"听得道一声去也，松了金钏"那一《西厢》名句。

【王和卿】生卒年不详。大名（今属河北省）人。现存散曲小令21首，套曲1首。

仙吕·醉中天

咏大蝴蝶

　　挣破庄周梦，两翅驾东风，三百座名园一采一个空。谁道风流种，唬杀寻芳的蜜蜂。轻轻地飞动，把卖花人扇过桥东。

　　王和卿与关汉卿友善，散曲多戏谑之作。"咏大蝴蝶"这个题目就有谐趣，在诗词中，有咏蝴蝶的——如唐代的徐寅、宋代的谢无逸等皆有佳作，但咏大蝴蝶、却是闻所未闻的。据元人陶宗仪《辍耕录》记载，燕市（即大都北京）真的出现过一只大蝴蝶，其大异常。又说，作者与关汉卿相约就此题作唱和，王和卿先写了这支曲，关汉卿看后即搁笔，颇有"眼前有景道不得，崔颢题诗在上头"的意味。王和卿也因为这支曲而获大名。

既是"咏大蝴蝶"，当然要在"大"字上做文章了。然而，一只蝴蝶，就算大吧，又能大到哪里去呢。作者一起用庄周梦蝶事，很有意味。表明这只蝴蝶不像是现实中的蝴蝶，而像是梦中的蝴蝶，这就给读者留下想象的空间——梦想有多大，蝴蝶就有多大。"挣破"一词有奇趣，挣破了梦，就成了现实。它就是一只真实的大蝴蝶了。"两翅驾东风"五字以夸张的笔墨写蝴蝶之大，是出人意表的。这是紧扣《庄子·逍遥游》而来的，那五字本来是形容大鹏的，用来写蝴蝶之大，真是匪夷所思。

蝴蝶是爱花成性的昆虫，宋代的欧阳修有一首词咏蝴蝶，用拟人的手法写道："身似何郎全傅粉，心如韩寿爱偷香，天赋与轻狂。……才伴游蜂来小院，又随飞絮过东墙，长是为花忙。"（《望江南》）令人联想到世间的轻薄少年、花花公子，为之解颐。而王和卿则说："三百座名园一采一空"，这又完全是从"大"字上着眼了。"三百座名园"该有多少的花呀，够蜜蜂采上多少日子呀，然而对于这只大蝴蝶，则是一扫而空，这还不吓坏"寻芳的蜜蜂"。同时，作者在这里顺手一击，讽刺了社会上那些高衙内式的人物，而且不是一般的高衙内，而是被人称之为花花太岁一类的权豪势要的人物。因为是顺手一击，所以这讽刺说有就有、说无就无，才特别耐人寻味。

结尾处，作者又抒情的笔调说：这只大蝴蝶只消轻轻地飞动，便可以把卖花人扇过桥东。这个想象仍是从"大"字著眼的，很有创意。虽然如此，却又是有来历的——盖宋代诗人谢无逸是个蝶痴，曾一连写了三百首咏蝴蝶的诗，有佳句云："江天春暖晚风细，相逐卖花人过桥。"王和卿的灵感，就是从这里得来的。那么，他的创意又在何处呢？细细寻思，"把卖花人扇过桥东"本是"相逐卖花人过桥"的一转语，但是，在谢诗中、卖花人是主动的，蝴蝶是被动的；在王曲中、蝴蝶是主动的，卖花人是被动的。谢诗中的图景，是生活化的；而王曲中的图景，是童话化、卡通化的——从而平添了几多奇趣！总之，这一改非同小可，使彼此的审美趣味截然不同，谢诗有雅趣，而王曲多奇趣。此外，此曲语言风格以通俗见长，其滑稽之美非诗词所得有。

【马致远】生卒年不详，元曲作家，号东篱，元大都（北京市）人。曾任江浙省务提举。元贞间尝与京师才人合撰杂剧，有《破幽梦孤雁汉宫秋》等杂剧十六种，尚存七本。

越调·天净沙

秋思

　　枯藤老树昏鸦，小桥流水人家，古道西风瘦马。夕阳西下，断肠人在天涯。

　　这是一首最著名的元人小令，"秋思"就是悲秋之思。真正的"秋思之祖"当推战国宋玉《九辩》，接下来要数唐代杜甫《秋兴》八首，而这首小令与之一脉相承。可以说是第三个里程碑。这首小令写作上的最大特色是空间显现，也就是诗中有画。

　　前三句皆为名词句，每句罗列秋天的三种景物，也有主从关系。首句以"老树"为主，"枯藤""昏鸦"（黄昏的乌鸦，语出杜诗）附着于老树。次句"小桥流水人家"，是郊行所见景色，三种景物的关系是平行的。三句"古道西风瘦马"，三种景物以"瘦马"为主，"古道""西风"是环境写照。"夕阳西下"点明时间，所有并列于空间的物体、一同出现的时间。

末句"断肠人在天涯",是瘦马驮着的主人公亮相,这就是画龙点睛,一幅秋郊行旅图到此完成。曲中所有的景物,都是没落的、衰飒的、萧条的,与悲秋之思相联系的。作者画成这幅天涯孤旅图时,负面情绪也得到了释放。

南吕·四块玉

巫山庙

　　暮雨迎,朝云送,暮雨朝云去无踪。襄王谩说阳台梦。云来也是空,雨来也是空,怎捱十二峰。

　　马致远令曲中有一组咏史怀古的〔四块玉〕,此即其一。"巫山庙"的来历,见宋玉《高唐赋》:"昔者先王尝游高唐,怠而昼寝,梦见一妇人,曰'妾巫山之女也,为高唐之客。闻君游高唐,愿荐枕席'。王因幸之。去而辞曰:'妾在巫山之阳,高丘之阻,旦为朝云,暮为行雨,朝朝暮暮,阳台之下。'旦朝视之,如言。故为立庙,号曰朝云。"古人诗文中说到巫山云雨,主要有两种寓意,一以言男女欢爱,一以刺帝王淫逸。

　　此曲即咏襄王梦遇神女一事,却反复在"云""雨""空"三字上做文章,意旨极为空灵,可说是归趣难求。前二句一"迎"一"送",可见暮雨朝云,说实有也实有;三句却又说"去无踪",可见云雨之为物,说虚幻也虚幻。这就兴起下句言楚襄王梦神女之事,用一个"谩说"、两个"空"字予以冷峻的否决,言好梦不长,难与巫山十二峰的存在较量。这些仅是字面意义,其象征意蕴却是扑朔迷离的。见仁见智,可因人而异。大致可从以下几方面索解:一、发思古之幽情;二、有现实的感讽;三、寓人生无常、欢爱难久的感慨。从知人论世的角度言,作者的本意以第三解可能性较大。从读者接受的角度言,则可各得其解。"空灵"者,不是什么玄虚之义，乃是作品在艺术表现上空白较多，而读者想象的余地较大，故而灵动。这正构成此曲的一个显著特色。

在语言上，相应也具有一种扑朔迷离感。这首先在于"暮雨""朝云"的离合翻弄，先分后合，最后又以"云""雨"单字形式重复一次，给人形式上幻化多变之感。对于"去无踪"，又以"空"的单字形式重复两次，加以补充阐发，从而强调了虚无的感觉。末三句本是三字句，分别在其中和句首加了"也是""怎揣"等衬字，使曲词富于口语色彩，增加了咏叹意味。"也是"的重复，更添了一分缠绵之致。

双调·夜行船

秋思

百岁光阴如梦蝶，重回首往事堪嗟。昨日春来，今朝花谢。急罚盏，夜阑灯灭。

【乔木查】秦宫汉阙，做衰草牛羊野，不恁渔樵无话说。纵荒坟横断碑，不辨龙蛇。

【庆宣和】投至狐踪与兔穴，多少豪杰。鼎足三分半腰折，魏耶晋耶？

【落梅风】天教富，不待奢，无多时好天良夜。看钱奴硬将心似铁，空辜负锦堂风月。

【风入松】眼前红日又西斜，疾似下坡车。晓来清镜添白雪，上床和鞋履相别。莫笑鸠巢计拙，葫芦提一就装呆。

【拨不断】利名竭，是非绝。红尘不向门前惹，绿树偏宜屋角遮，青山正补墙头缺，竹篱茅舍。

【离亭宴煞】蛩吟一觉才宁贴，鸡鸣万事无休歇，争名利何年是彻。密匝匝蚁排兵，乱纷纷蜂酿蜜，闹攘攘蝇争血。裴公绿野堂，陶令白莲社。爱秋来那些：和露摘黄花，带霜烹紫蟹，煮酒烧红叶。人生有限杯，几个登高节。嘱咐俺顽童记者：便北海探吾来，道东篱醉了也！

此套曲各本颇有异文，今据《中原音韵》，参它本酌改一二字。别本或无题，《中原音韵》《尧山堂外纪》俱题作"秋思"。全曲主要抒发愤世恬退的思想感情，在当时及后世颇受推崇，是马致远散曲的一篇力作。

此曲从谋篇布局到遣词造句均自然而精到。结构上是取先总后分，最后重唱的格局。首曲〔夜行船〕是全套的大纲，言人生若梦，对酒当歌。先用庄周梦蝶的故事兴慨，这里堪嗟的"往事"，不仅就一己而言，实暗含往古在内，直启后文的怀古悼亡之意。"昨日春来，今朝花谢"的夸张说法，极见青春易逝；"急罚盏（急令饮酒）"而"夜阑灯灭"，又可见行乐亦恐不及，何况不知惜阴者耶！又为后文"辜负风月"伏笔。短短几句，发唱惊挺，纲举目张。

〔乔木查〕〔庆宣和〕两曲承"往事堪嗟"，言古来帝王豪杰的功业与荣华的不足恃。人世沧桑，千年走马，"秦宫汉阙"居然"做衰草牛羊野"，真可慨叹。难道轰轰烈烈的历史就未留一点儿痕迹么？也不尽然。在渔人樵夫的闲话中，还流传着古老的故事。也就仅此而已。"不恁么渔樵无话说"，语极冷峭，耐人回味。即使是帝王陵寝，也"纵荒坟横断碑，不辨龙蛇"，何况那些"投至狐踪与兔穴"的英雄好汉呢？几句语极悲凉，真是"古今将相在何方，荒冢一堆草没了"（《红楼梦·好了歌》）。"不辨龙蛇"语带双关，既是说不辨碑上字迹，又指不辨贵贱尊卑。孔尚任《桃花扇》有一套著名的［哀江南］，其中写道："野火频烧。护墓长楸多半焦。牛羊群跑，守陵阿监几时逃？谁祭扫，牧儿打碎龙碑帽"，便可看做此曲的发挥，可以参读。"鼎足三分半腰折，魏耶晋耶?"二句暗用了陶渊明"不知有汉，无论魏晋"的名言，非常精练：汉室三分，天下呈鼎足之势；然曾几何时，三国归晋，而晋亦不免覆亡，如此类推，其意可知。

〔落梅风〕一曲，由怀古转入讽世，言富贵不足恃，对时人作当头棒喝："天教富，不待奢!"可惜世人多昧于此，富贵与贪痴往往是形影相随的。发财的人越好聚敛，乃至终生掉在钱眼里不能自拔，无从知解人生乐趣。元人称吝啬鬼为"看钱奴"，其本性冷酷（"硬得心似铁"），结果是对自己的冷酷，辜负了"好天良夜""锦堂风月"。所谓"终朝只恨聚无多，及到多时眼闭了。"（《红楼梦·好了歌》）作者的冷嘲是有力的。

通过悼古和讽世，作者表明了自己所否定的乃是时人追求的功名利禄；进一步，在〔风入松〕〔拨不断〕两曲中，他转而歌咏自己肯定的处世态度和生活情趣。紧接前文"没多时好天良夜"，写出"眼前红日又西斜，疾似下坡车"这样一个通俗而新鲜的比喻。一天又过了，自然人又老了一头。"晓来清镜添白雪"用李白"高堂明镜悲白发，朝如青丝暮成雪"句意。于是这看破红尘的人决心告别一切的庸俗、机巧，决心守愚、守拙（其实是大智如愚、大巧若拙），关上门儿稳睡。这几句说得很俏皮，不说告别尘世，而说告别"鞋履"，还隐含今天晚黑脱了鞋、不知明天穿不穿的意思；不说自己不善钻营，却说"鸠巢计拙"（俗谓斑鸠不会营巢），颇有几分玩世而不恭的意味。王世贞说"上床"句"大是名言"，不仅是因其内容的觉悟性，也是因其语言的独创性。在"名利竭，是非绝"两个斩钉截铁的短句后，作者推出一长串优美宜人的景语："红尘不向门前惹，绿树偏宜屋角遮，青山正补墙头缺。""绿树""青山"二句是巧妙地改造了孟浩然"绿树村边合，青山郭外斜"的名联，而信手拈来的"红尘"一句，对仗多么工新天成。作者的"竹篱茅舍"就著在这样一片未曾受过污染的天地里，多么可爱。全曲虽然多作虚无旷放之言，但这些生意盎然的句子，仍流露出对生活的依恋。

到此，讽世与恬退之意，两方面都写到了。在内容上似已无可增补，但元人散曲与诗词不同，不是务为含蓄蕴藉，而是务为淋漓尽致。抒情的套曲的煞尾，往往有对前若干曲的反复歌咏。关汉卿〔南吕·一枝花〕（不伏老）是如此，马致远此套也是如此。好比歌曲的结尾的副歌，能增唱叹之致。〔离亭宴煞〕既是总括前曲，又是再度致意，将上文的两方面意思作更加充分的发挥。前六句为一层，承前慨时讽世之意。"蛩吟一觉才宁贴"在语意上则继"上床与鞋履相别"来，"鸡鸣"句则开出一番争逐名利，是非蜂起的世态人情幽默画："密匝匝蚁排兵，乱纷纷蜂酿蜜，闹攘攘蝇争血。"用群聚忙碌的昆虫来形容人群，或是受唐传奇《南柯太守传》的启发，又加创新推广，寓否定功名利禄的思想。也形象地反映了元蒙时代争权夺利、如蝇逐臭的丑恶社会现实。这就将前文的讽世内容，写得更充分，更具体。后十一句为一层，重申个人志趣。以"裴公绿野堂，陶令白莲社"喻指退出官场后恬居的"竹篱茅舍"。唐相裴度晚年因宦官专权隐退，在洛阳筑绿野草堂；白莲社是晋僧慧远在庐山发起的宗教组织，邀陶渊明参加未果，此处未拘事实，以字面取对。以下四句进一步写隐者生活乐趣，"黄花""紫蟹""红叶"这些鲜明的形象，加上"和露""带霜"等字面，更突出了秋令的特色，可谓色香味俱全。"摘黄花"插发，"烧红叶"煮酒，而"烹紫蟹"以佐之，正是重阳佳节的乐事。想到人生有限，重阳无多，故须登高饮酒，一醉方休。最后，作者以嘱咐童子的口吻道，即使是好客的孔融来访，也应推辞不见。（东汉北海太守孔融曾说："座上客常满，樽中酒不空，平生愿足。"）这就照映了前文"上床与鞋履相别"闭门稳睡之意。同时信手拈来"北海"与自号"东篱"作对，亦妙。用对话吩咐的口吻作结，尤饶摇曳之姿。

全曲用第一人称的口吻抒写情怀，语言爽朗流畅，无论说古道今，讽世述怀，均能前后映带，一气贯注，形成一股豪放高亢的音情。而结构上又非一泻无余，而是两步重唱，有波澜荡漾。虽间涉理路，却并非抽象的论道，而是用极富形象性的语言予以演说。曲中的三组鼎足对乃全套的"务头","绿树""青山""黄花""紫蟹""红叶"的描画,"密匝匝""乱纷纷""闹攘攘"的形容,绘声绘色,为曲子生色不少。在造语铸词上,既像是满心而发、肆口而成,又做到推敲精当、毫发无憾。元人周德清赞道:"不重韵,无衬字,韵险语俊。谚曰百中无一,余曰万中无一。看他用蝶、穴、杰、别、竭、绝字,是入声作上声;灭、月、叶是入声作去声,无一字不妥。"(《中原音韵》)王世贞则称其"放逸宏丽,而不离本色,元人称为第一,真不虚也。"(《艺苑卮言》)。

般涉调·耍孩儿

借马

　　近来时买得匹蒲梢骑,气命儿般看承爱惜。逐宵上草料数十番,喂饲得膘息胖肥。但有些秽污却早忙刷洗,微有些辛勤便下骑。有那等无知辈,出言要借,对面难推。

　　【七煞】懒设设牵下槽,意迟迟背后随,气忿忿懒把鞍来备。我沉吟了半晌语不语?不晓事颊人知不知?他又不是不精细,道不得"他人弓莫挽,他人马休骑。"

　　【六煞】不骑呵西棚下凉处拴,骑时节拣地皮平处骑。将青青嫩草频频的喂。歇时节肚带松松放,怕坐的困尻包儿款款移。勤觑著鞍和辔,牢踏着宝镫,前口儿休提。

　　【五煞】饥时节喂些草,渴时节饮些水。著皮肤休使粗毡屈,三山骨休使鞭来打,砖瓦上休教稳着蹄。有口话你明明的记:饱时休走,饮了休驰。

　　【四煞】抛粪时教干处抛,尿绰时教净处尿。拴时节拣个牢固桩橛上系。路途上休要踏砖块,过水处不教践起泥。

这马知人义，似云长赤兔，如益德乌骓。

【三煞】有汗时休去檐下拴，渲时休教侵着颏。软煮料草铡的细。上坡时款把身来耸，下坡时休教走得疾。休道人忒寒碎。休教鞭颩着马眼，休教鞭擦损毛衣。

【二煞】不借时恶了弟兄，不借时反了面皮。马儿行嘱咐叮咛记：鞍心马户将伊打，刷子去刀莫作疑。只叹的一声长吁气，哀哀怨怨，切切悲悲。

【一煞】早晨间借与他，日平西盼望你，倚门专等来家内。柔肠寸寸因他断，侧耳频频听你嘶。道一声好去，早两泪双垂。

【尾】没道理没道理，忒下的忒下的。恰才说来的话君专记，一口气不违借与了你。

买马不易，怎不爱惜？马是新买，加倍爱惜。马是好马，三倍爱惜。爱得多多喂，却舍不得骑。偏偏有熟人开口要借。干脆借或干脆不借，都没有戏。唯独在借与不借之间，想推却对面难推的尴尬境地，戏出来了。

既牵马下槽，又拖延时间；明知对方很精细，还是有一番叮咛：存在与意愿不统一，造成谐趣。马主的叮咛太唠叨、太琐碎、太重复、太多余，休说照办，连记都记不过来。可他还说"休道人太寒碎"，岂不可笑？此中语言之妙，在戏剧化、性格化。切莫把人物语言认作叙述语言，而去责备它不精练。

叮咛罢了，马主并不放心：你要鞭打我马，就是个驴吊！虽骂人，却只能对马儿骂，却只能拆白道字，岂不等于"吹了灯瞪人两眼"？动机与效果的不统一，又构成谐趣。马还未走，已在盼归；明明不痛快，却说"一口气不违借与了你"，亦属可笑。

抓住"借马"这样一个普通生活事件，运用喜剧化手段，作者就把小私有者的自私心理刻画得入木三分。就是在元曲中，亦不可多得。

【白朴】(1226—1306?) 原名恒，字仁甫，祖籍隩州（今山西河曲），一说山西曲沃。后徙居真定（今河北正定县），晚岁寓居金陵（今南京市），终身未仕。与关汉卿、马致远等并称为元曲四大家。

越调·天净沙

秋

　　孤村落日残霞，轻烟老树寒鸦，一点飞鸿影下。青山绿水，白草红叶黄花。

　　作者与马致远是同样著名的元代戏剧家，这首小令的题目为"秋"，与马致远《天净沙·秋思》接近，写作手法上互有异同。相同之处是，在作品中大量使用名词句，也就是在一句之中并列几个名物，而不用谓词或连词，任其自然融合。不同之处是，马致远之作的名词句集中在前三句，后两句句子成分完整；这首小令的名词句分别为前两句和后两句，中间一句句子成分完整，所以此曲仍有别趣。

　　前两句中并列的名物为"孤村""落日""残霞""轻烟""老树""寒鸦"，这些意象与马致远之作大量雷同，毕竟是秋天嘛，景象不免有些萧瑟。"残霞""轻烟"的加入，再加"一点飞鸿影下"，分明化用了唐人名句"落霞与孤鹜齐飞"（王勃《滕王阁序》）而令人不觉。最后两句中并列的名物为"青山""绿水""白草""红叶""黄花"，用了五个颜色字，尽情展示秋天斑斓的色彩，从山水到花草树木，使人感到美不胜收。

这首小令更偏重于表现秋光明媚的一面。但在深刻和原创性上，不敌马致远之作。

【贯云石】(1286—1324) 畏吾人，阿里海涯孙，父名贯只哥，遂以贯为氏，名小云石海涯，自号酸斋。仁宗朝拜翰林侍读学士，后称疾辞仕，移居江南。卒后追封京兆郡公，谥文靖。

正宫·小梁州 (四首)

春

春风花草满园香，马系在垂杨。桃红柳绿映池塘。堪游赏，沙暖睡鸳鸯。

【幺】宜晴宜雨宜阴旸，比西施淡抹浓妆。玉女弹，佳人唱，湖山堂上，直吃醉何妨。

贯云石晚居西湖，视杭州为第二故乡。〔正宫·小梁州〕分别以春、夏、秋、冬为题，画出杭州西湖四季风光。

"春"写游园。春风和煦，花香草绿，园林外马系在垂杨，人呢？不言而喻，游园去了。园内桃红映日，柳绿映水，实在好玩。"泥融飞燕子，沙暖睡鸳鸯""水光潋滟晴方好，山色空蒙雨亦奇。若把西湖比西子，淡妆浓抹总相宜"，作者一高兴，笔底驱使杜工部、苏东坡奔走不暇。

加上"系马高楼垂柳边"(王维)，诗中化用唐宋诗名句不少，增添了许多的雅致。最后写到湖山堂小酌，"玉女弹，佳人唱"，也倒罢了，结尾却来一句大白话"直吃醉何妨"。杂烩雅俗，构成谐趣，可称本色。

夏

画船撑入柳阴凉，一派竹簧。采莲人和采莲腔。声嘹亮，惊起宿鸳鸯。

【幺】佳人才子游船上，醉醺醺笑饮琼浆。归棹晚，湖光荡，一钩新月，十里芰荷香。

"夏"写游湖。人在画船，船入柳阴，一边赏美景，一边听乐曲。忽然传来一阵歌声，把船中人的注意力引将过去，原来是采莲姑娘在唱《采莲曲》，歌声是那样嘹亮，恰是五代词中情景："乘彩舫，过莲塘，棹歌惊起睡鸳鸯。"（李珣）

游船上，江南才子，吴越佳人，谈笑欢洽，饮兴大增。待到酒阑歌竟，整装归去时，已是一弯新月当空，十里莲塘弥漫着荷花的香气，游人如在梦幻，哪还有半点夏日暑气，全是一派清凉世界。

游湖消夏，选材典型。"采莲人""采莲腔"的重叠，"一钩新月""十里芰荷"的对仗，为作品增添了声情和风韵。

秋

芙蓉映水菊花黄，满目秋光。枯荷叶底鹭鸶藏。金风荡，飘动桂枝香。

【幺】雷峰塔畔登高望，见钱塘一派长江。湖水清，江潮漾，天边斜月，新雁两三行。

"秋"写登高。先描绘金秋景色：水边芙蓉赤，篱下菊花黄，荷叶已枯，桂花飘香，水塘中有鹭鸶偷偷窥伺鱼虾。较之春夏，已别是一番风光。

重阳节登高，在雷峰塔畔放眼一望，长江下游入海口的钱塘，江面特别开阔。近处的西湖碧波，与远处的钱塘的潮水，此时俱收眼底。秋高气爽。到了傍晚，天上一片斜月高挂，几行新雁南飞，久久不想回去。

此曲除准确捕捉秋天物候，同时抓住杭州湖山特征，便觉不可移易。

冬

彤云密布锁高峰，凛冽寒风。银河片洒长空。梅梢冻，雪压路难通。

【幺】六桥倾刻如银洞，粉妆成九里寒松。酒满斟，笙歌送，玉船银棹，人在水晶宫。

"冬"写雪景。未写大雪，先以彤云、寒风预报气象，甚有理致。写下雪联系到"银河"，从来没有人道过。雪是水化的，是从天而降的，又是银白的，联想到银河，自然入妙。因雪及梅，便不俗。雪封了路，又可见原野一片白茫茫了。

再看西湖，已是冰雪世界：六桥桥孔成了银洞，九里寒松如经粉扑，载着歌酒的画船成了玉船，湖上湖下、湖里湖外、皆成琼瑶，游人恍恍惚惚，如掉进水晶宫了。

曲抓住雪景的特点，一再运用银、粉、玉、水晶等字面形容景和，再现了冬日西湖冰清玉洁的美景，颇具奇趣。

南吕·金字经（二首）

其一

蛾眉能自惜，别离泪似倾。休唱阳关第四声。情，夜深愁寐醒。人孤零，萧萧月二更。

男方要走，留是留不住了。从道理上讲，女主人公也知道忧能伤人，不宜过分忧伤；然而到了送别的时候，还是情不自禁地洒下了许多的眼泪。唐人诗道："相逢且莫推辞醉，听唱阳关第四声"（白居易），那是劝酒之辞，改一字作"休唱阳关第四声"，则是表明承受不了太多的别情。

一字句"情"耐人寻味，能使人联想到"世间只有情难尽"（雍陶）、"问世间情为何物"（元好问）等名言。最后写男方走后，女主人公深夜不能成寐，独起看月的情态。萧萧是风声，衬托出环境的凄寂。

散曲的用韵较诗为密，此曲除首句外，其余句句入韵，韵密则气促，读来更觉词苦声酸。

其二

泪溅描金袖，不知心为谁？芳草萋萋人未归。期，一春鱼雁稀。人憔悴，愁堆八字眉。

此曲为一位期盼远人的闺阁佳人造像。李白《怨情》诗道："美人卷朱帘，深坐颦蛾眉。但见泪痕湿，不知心恨谁。"此曲一起即用之，妙在从旁观的角度写出。"芳草萋萋"句用楚辞《招隐士》"王孙游兮不归，春草生兮萋萋"句意，点明佳人心之所恨，在远人未归。

"期"字如一锤定音，是全曲的主题字。"一春鱼雁稀"即"一春鱼雁无消息"（王实甫），这也是佳人所恨内容之一。结尾作特写：佳人形容憔悴，愁眉不展。

"八字眉"，本唐代妇女眉式，未必即佳人所描。只是因为她眉头高蹙，眉尖低垂，便成了八字眉。虽写闺怨，却带一点诙谐和风趣，这是散曲不同于诗词的特点之一。

中吕·红绣鞋

挨着靠着云窗同坐，偎着抱着月枕双歌，听着数着愁着怕着早四更过。四更过情未足，情未足夜如梭。天哪，闰一更儿妨什么！

开篇就是挨着、靠着、偎着、抱着，又是同坐，又是双歌，"云窗""月枕"的造语也很风雅别致，穷形尽相描出男欢女爱、卿卿我我之事。开诗词绝无之境界。

钱锺书对快乐有一个别致的解释，大意是说快乐的属性就是过得快。无怪有"春宵苦短"，"好景不长"之说。曲中这一对男女，就一面快乐着，一面又听着、数着、愁着、怕着，不知不觉早四更过。所以他们一面叫苦，一面央求：天哪，更闰一更儿妨什么！

常言道"穷苦之词易好，欢乐之词难工"，此曲写欢情，却不一味写欢，也写欢乐的美中不足，欢乐中的叫苦，所以工了，所以好了。

此曲的出色，不仅在内容，而且在形式。看他一口气八个"着"字，如大珠小珠落玉盘，又连连顶针"愁着怕着早四更过；四更过情未足，情未足夜如梭"，酣畅淋漓之至。充分表现了散曲豪辣的本色。人们听说过闰年、闰月，谁听说过"闰更儿"？亏他想得出。又充分表现了散曲的谐趣。

双调·蟾宫曲

送春

问东君何处天涯？落日啼鸦，流水桃花，淡淡遥山，萋

萋芳草，隐隐残霞。随柳絮吹归那答？趁游丝惹在谁家？倦

理琵琶，人倚秋千，月照窗纱。

送春曲，一起将春人格化，直呼"东君"，问他到远方何处去了。然后一气五句写暮春物候：落日啼鸦、流水桃花、淡淡遥山、萋萋芳草、隐隐残霞，其中后三句为鼎足对，是散曲延展了的一种对仗辞格，以寓取酣畅之致。

忽从书面化的语言，转入口语化的问话：你究竟随柳絮吹归那答(何处)？趁游丝沾惹谁家？柳絮、游丝皆暮春随风飘浮之物，一旦飞尽，春也归了，虽常情，却问得别致。

最后推出一个伤春人的形象：她是那样的慵倦，对着琵琶却不想弹琵琶，倚着秋千却不想打秋千，月照窗纱还不能入睡。不管她是何年龄，总是又送走一个春天了。

双调·清江引

弃微名去来快哉！一笑白云外。知音三五人，痛饮何妨

碍？醉袍袖舞嫌天地窄。

俗话说"无官一身轻"，何况是在那个蔑视文化、作践文人的时代。开篇大叫一声"弃微名去来快哉！"写法也令人感到快哉。诗歌语汇的"白云"与"青云"，各自代表山中与朝中、退隐和腾达。"一笑白云外"，一股洒脱而昂首天外之意，直通末句。

人生快意之事，莫若携友携酒，痛饮高歌，无牵无碍。酒精引起兴奋，令人起舞，自我感觉高大，顿觉袍袖宽而天地窄。天地尚窄，官场

还在话下？权贵禄蠹们还不成了裤缝之虱！

篇幅极短，而口气极大，也是以豪辣取胜的作品。

双调·清江引

咏梅

芳心对人娇欲说，不忍轻轻折。溪桥淡淡烟，茅舍澄澄月。包藏几多春意也。

古人有喻美人为解语花者，"芳心对人娇欲说"，则是反过来，说梅花解语。于是梅就成了一位冰肌玉骨的美人，也就叫爱花赏花的人不忍轻折，唯恐亵渎。

"溪桥淡淡烟，茅舍澄澄月"对仗精工。溪桥、茅舍，表明所咏是野梅。淡淡烟、澄澄月，恰合其疏淡、莹洁的风神，可谓妙于造境。

野梅冷清、寂寞，然而预告着春的消息，也可以说包藏无限春意。恰如高洁的美人，不苟言笑，内心生活却是丰富的，细腻的。"包藏几多春意"之说，更使人加深了对"娇欲说"的理解。此曲用拟人法是成功的。

【赵孟頫】(1245—1322)，字子昂，自号松雪道人，宋元间湖州（属浙江）人。宋太祖子秦王德芳之后。宋亡，家居力学。入元，以侍御使程钜夫荐，入朝为兵部郎中，迁集贤直学士。出同知济南总管府，历江浙等处儒学提举，官至翰林学士承旨。卒后封魏国公，谥文敏。有《松雪斋集》十卷，《外集》一卷行于世。

岳鄂王墓

鄂王墓上草离离，秋日荒凉石兽危。
南渡君臣轻社稷，中原父老望旌旗。
英雄已死嗟何及，天下中分遂不支。
莫向西湖歌此曲，水光山色不胜悲。

南宋民族英雄岳飞被害于宋高宗绍兴十一年，孝宗时恢复名誉，改葬西湖栖霞岭；宁宗时追封鄂王。本篇凭吊杭州西湖岳坟，而作者却是以宋王孙仕元的赵孟頫，是大有意味的。

宋亡之后，山河改色，岳坟也一度冷落。诗发端二句就描画了岳庙杂草丛生，破败荒凉的情景："鄂王墓上草离离，秋日荒凉石兽危。"一片野草，笼罩在秋日惨淡的余光下，是何等悲凉的情境！而"石兽"，本来是护陵神物，而它们在风雨侵蚀，野草肆虐之下，仿佛自身难保，一"危"字下得警策。

"鄂王墓"毕竟没有从战火中消失，它仍然屹立在西湖一畔，作为历史的见证，仿佛要告诉后人一段痛史。遥想南渡之初，宋朝军民抗金的热情高亢，曾经迎来恢复大业最有希望的年代。岳家军大举北上，连挫敌锋，直捣黄龙指期可待。谁知高宗、秦桧等人一心求和，强令退兵，致使复国大计化为泡影。中原父老濒于绝望。"南渡君臣轻社稷，中原父老望旌旗"一联，就以十分凝练的笔墨概括了这段痛史。"南渡君臣"，与"中原父老"形成对照，后者望穿秋水（范成大《州桥》："州桥南北是天街，父老年年等驾回，忍泪失声询使者，几时真有六军来？"陆游《秋夜将晓出篱门迎凉有感》："遗民泪尽胡尘里，南望王师又一年"皆此句所本），前者麻木不仁，一冷一热的对比中，词婉意严，对高宗、秦桧误国的批判冷峻无情。"轻社稷"的"轻"字，可谓一字褒贬，

091

鞭辟入里，狡兔未死，良弓先藏，此非轻社稷而何？

长城自坏，时机已失，虽然在孝宗淳熙年间，宁宗开禧年间也曾组织过北伐，然而均因将帅未得其人，准备草率仓促而失利。那时人们怀念岳飞，真的是"英雄已死嗟何及"呢，而"天下中分"，南北对峙既久，复有"一代天骄，成吉思汗"崛起金人之则，雀啄螳螂，蝉亦不免，虽有文天祥等努力国难，终因大厦将倾，独木难支。赵宋二百余年基业毁于一旦，究其祸根，实种于"风波亭"特大冤案。无怪乎诗人要对坟一哭："英雄已死嗟何及，天下中分遂不支！"

诗人谱写了这支悲歌，然而向哪里去唱呢？"莫向西湖歌此曲，水光山色不胜悲。"明明是诗人自己悲不自胜，偏偏说"水光山色"经不起更多的感伤刺激，便有纡曲婉转之妙。

这首七律在追吊南宋民族英雄的同时，未尝不包含一些惭愧羞赧。诗既没有藻绘，也没有典故，五六句几乎不成对仗，篇末以"莫向"作呼告，大有绝句或古风的味道。写景纯属白描，咏史纯属直叙。议论抒情，无不唱叹出之。诗到真处，丝毫不容假借。诗人选用"支微"韵部，其声细微低抑也有助于抒情，陶宗仪称赞说："岳王墓诗不下数十百篇，其脍炙人口者，莫如赵魏公作。"

【刘致】生卒年不详，元曲作家，字时中，号逋斋，元洪都（江西南昌）人，一说石州宁乡人。曾任永新州判、翰林待制及浙江行省都事。

双调·新水令

代马诉冤

世无伯乐怨他谁？干送了挽盐车骐骥。空怀伏枥心，徒负化龙威。索甚伤悲，用之行舍之弃。

【驻马听】玉鬃银蹄，再谁想三月襄阳绿草齐。雕鞍金辔，再谁收一鞭行色夕阳低。花间不听紫骝嘶，帐前空叹乌骓逝。命乖我自知，眼见的千金骏骨无人贵。

【雁儿落】谁知我汗血功，谁想我垂缰义，谁怜我千里才，谁识我千钧力？

【得胜令】谁念我当日跳檀溪，救先主出重围？谁念我单刀会随着关羽？谁念我美良川扶持敬德？若论着今日，索输与这驴群队！果必有征敌，这驴每怎用的？

【甜水令】只为这乍富儿曹，无知小辈，一概地把人欺。一迷里快蹄轻踮，乱走胡奔，紧先行不识尊卑。

【折桂令】致令得官府闻知，验数目存留，分官品高低。准备着竹杖芒鞋，免不得奔走驱驰。再不敢鞭骏骑向街头闹起，则索扭蛮腰将足下殃及。为此辈无知，将我连累，把我埋没在蓬蒿，坑陷在污泥。

【尾】有一等逞雄心屠户贪微利，咽馋涎豪客思佳味。一地把性命亏图，百般地将刑法凌迟。唱道任意欺公，全无道理。从今去谁买谁骑？眼见得无客贩无人喂。便休说站驿难为，则怕你东讨西征那时节悔！

借动物的冤口来抒写人间不平，也许要从诗经时代数起，《豳风·鸱鸮》便是托为禽言的不平之鸣。但这一手法，在诗词中并没有得到发展，到元曲始发扬张大。姚守中《牛诉冤》、曾瑞《羊诉冤》及本篇，便是这样的作品，这里不但禽言更为畜言，在篇幅体制上也大大扩张了。

此套题为《代马诉冤》，其实是借马托喻。这就导致了作品在艺术上的两个显著特点。其一是慨马与悯人，处处关合。其二是不特写一马，而是借典故的运用，概括集合了所有良马的特性和马的普遍遭遇。

韩愈曾饶有感慨地指出："世有伯乐然后有千里马。千里马常有，而伯乐不常有。故虽有良马，止辱于奴隶人之手，骈死于槽枥之间，不得以千里称也。"（《杂说》）此套首曲便以"世无伯乐"，致使骐骥落了个"挽盐车"的悲惨遭遇开端，诉说了马的一重不平。继而用宽解抑郁的口气说：虽有猛志长才，却不得其用，又何苦伤悲呢，"用之则行，舍之则藏（《论语·述而》）吧。"化龙"事见《马记》，王昌遇仙，其马化成龙；"伏枥"语出曹操诗"老骥伏枥，志在千里"（《步出夏门行》）。这几句含有马老见弃之意，诉说了又一重不平。所有这些与人间的英俊沉于下僚，将老遂被弃置，抑郁以终的不平遭际，构成一种象喻关系。

次曲承前老马伏枥意，先写其回首"玉鬉银蹄""雕鞍金辔"的往日荣光，通过"绿草""夕阳"的回忆，极见良马恋栈的心理。继借项羽《垓下歌》"时不利兮骓不逝"，以切眼前的厄运。最后反用燕昭王千金买骏骨以求良马的故事，回映篇首"世无伯乐怨他谁"之叹。

三四两支曲，一边用七个"谁"字领起的设问句。毕数了马的四德——"汗血功""垂缰义"（符坚之马的故事）、"千里才""千钧力"，又通过三数故事，写良马的具体功劳，即以上功、义、才、力四德的具体化，具象化。本来刘备的马（的卢）不是关羽的马（赤兔），关公的马又不是尉迟恭的马，在作品中却集合了这些马的勋业，即跳檀溪救主人脱危、赴单刀会共主人历险、战美良川协主人立功，由此抽出良马共同的特征，那真是"与人一心成大功""真堪托死生"（杜甫）呢。然而"若论着今日"句一跌，引出好马不如群驴的慨叹。"果必有征敌，这驴每（们）怎用的"，愤愤不平之至。所有这些（马的功成见弃，驴的无功食禄等等）与世上鸟尽弓藏，小人得志等不平现象，构成又一种象喻关系。

五、六两支曲继写驴、马的不同际遇。"乍富儿曹，无知小辈"，即指上文的"驴每"，既是拟人化的手法，也可说是托物喻人本旨的显露。它们专会仗势欺人，又会投机钻营（快蹄轻蹑，乱走胡奔）。而"官府"当局不明无知，在"验数目存留，分官品高低"中，贵驴贱马。驴充官用，马卖乡村，"把我埋没在蓬蒿，坑陷在污泥"即此之谓。此节与人间"直如弦，死道边；曲如钩，反封侯"（汉顺帝末《京都童谣》）的现象差近。

尾曲写马陷逆境中，还逃不掉更其悲惨的遭遇，即有被屠户宰割，充老饕口腹的危险。关键在于英雄无用武之地，"无客贩无人喂"，无"谁买"无"谁骑"。虎落平阳，焉有不受犬欺之理呢。同样的迫害人才现象，世间又岂少有！结处作者忍不住借马口对人们警告一句，这样作践糟蹋贤才，是要自食其果。不要说驿站少良马不得，"则怕你东讨西征那时节悔！"清代黄任《彭城道中》诗云："天子依然归故乡，大风歌罢转苍茫。当时何不怜功狗，留取韩彭守四方！"便可以为此处作一注脚。

套曲就这样借马之口，说尽了世上摧残人才的种种"任意欺公，全无道理"的不平事，是旧时代人才的一曲哀歌。历史虽然已将这一页翻了过去，但至今重温旧事，仍觉有相当的认识价值。

【周玉晨】字晴川，生平不详。朱晞颜《瓢泉吟稿》有与周晴川兄弟会饮词，瓢泉于元成宗大德前后在世，则周玉晨当为同时代人。

十六字令

眠。月影穿窗白玉钱。无人弄，移过枕函边。

《十六字令》为最短的词调之一，字数少于五绝，而单位容量与表现力似之，尤具"词之言长"的特点。此词实抵一首"静夜思"。

起句单字入韵，具有涵盖以下三句的力量。这个"眠"字，重重的一顿，实含有"虽就寝实未成眠"的意味。正因为夜不能寐，才有以下对"床前明月光"的凝视、玩味和遐想。紧接着的"月影穿窗白玉钱"七字，是个工于描写的句子，它写出了失眠者对月光产生的幻觉，与"疑是地上霜"的名句异曲同工。或谓此句是"形容月光穿过圆形小窗，影子好像白玉钱一样"，殊不尽然。盖窗影投地，面积较大，绝不类钱。且下文有"弄钱"(一种游戏)之想，联系生活经验，可悟句中之景，乃月光从窗外树枝树叶的间隙透过，由于"小孔成像"的原理，在地上（或床上）形成无数小小圆影，恰似断线散落的一枚枚白玉钱。于是词人由此产生了"弄钱"游戏的联想。然而月影毕竟不是钱，静夜亦无人"弄"之，所以随着时间的推移，这些光斑逐渐改变位置，移过"枕函"。

词人极善摹描物象，尤其末二句，可谓深得静夜观影之趣。但词的意味却不止此。它似直赋其事，却又暗中透露出词中人的心理活动。盖失眠者见月影初疑为"白玉钱"，至"无人弄，移过枕函边"，则知其非钱，乃是光影。其后必然因月光而有所思。但这一层，词人却没有像李白诗句"举头望明月，低头思故乡"那样明点，从而留下了一个空白，但读者却因此而得到了更大的发挥自己想象的余地。

此调的句式本来就很有特点，系一、三、五、七字句各一，而排列却是按最短句、最长句、次短句、次长句的顺序为之，长短错综，极有声情摇曳之致。词人选用这个调式来表现静夜不眠之思，是非常相宜的。

【张养浩】(1269－1329)，字希孟，号云庄，元济南（属山东）人。元武宗至大年间曾拜监察御史，上疏论时政，为权要所忌，当即罢官。仁宗即位，召为右司都事，官至礼部尚书，参议中书省事。有《云庄休居自适小乐府》。

中吕·山坡羊

潼关怀古

　　峰峦如聚，波涛如怒，山河表里潼关路。望西都，意踌躇，伤心秦汉经行处，宫阙万间都做了土。兴，百姓苦；亡，百姓苦。

　　这是首咏怀古迹的散曲，属小令。

　　潼关故址在今陕西潼关县东南，是秦汉以来称帝关中的必争之地，山川形势极险要。

　　"如聚"形容山峦之多，"如怒"以见黄河之险，曲一开头就造成雄关如铁的气势感，如豪放派的词。潼关西近华山，北据黄河，可说是"表里山河"（语出《左传》）。作者这是在歌颂壮丽的河山么、不是的。这里的言外之意是说山河形胜不足恃，历史的教训就在眼前，"西都"即咸阳、长安，乃秦汉建都之地，都在潼关以西，其往日的光荣已成陈迹："伤心秦汉经行处，宫阙万间都做了土。"言念及此，作者感慨万端，不禁行步踌躇。

　　如仅停留在感慨上，此曲也就不足称道了。其可贵处正在这里实际提出了一个"为什么"的问题，并给予了富于历史深度的答案，"兴，百姓苦；亡，百姓苦。"没有重复"旧时王谢堂前燕，飞入寻常百姓家"（刘禹锡）、"大江东去，浪淘尽千古风流人物"（苏轼）那一类慨叹，而是一针见血地道破了历史的真谛，指出封建王朝与人民群众的对立。读者对照秦汉兴亡的历史，联想唐太宗李世民"水能载舟，也能覆舟"的格言，眼前或许还能浮现出如此惊心动魄的图画："戍卒叫，函谷举；楚人一炬，可怜焦土。"（杜牧《阿房宫赋》）这正是"宫阙万间都做了土"一句最好的注脚。封建王朝的压榨致使"百姓苦"，百姓不堪其苦时也可导致封建王朝的兴亡，历史是无情的见证者。这结尾的两句不仅具有高度概括性，凝聚着深厚的思想内容，而且语言表现极为有力。"兴"字领出"百姓苦"三个字，与"兴"相反的"亡"仍然领出同样三个字，不期然而然，语言效果便尤有强烈，尤为气势。

作者是元时一个正直的官吏，此曲写在他任陕西行台中丞，治旱救灾，路经潼关的途中，显然富有现实感慨。曲中直接为百姓"鸣"冤叫屈，间接地，却是为当时统治者敲警钟呢。

【虞集】(1272—1348) 字伯生，号道园，元仁寿（属四川）人，侨居临州崇仁（属江西）。大德初 (1297) 荐授大都路儒学教授。历国子助教，累迁秘书少监，翰林直学士，兼国子祭酒，奎章阁侍书学士。卒赠江西行省参知政事，仁寿郡公。谥文靖。有《道园学古录》五十卷，《道园遗稿》六卷，《平猿记》。

挽文丞相

徒把金戈挽落晖，南冠无奈北风吹。
子房本为韩仇出，诸葛宁知汉祚移。
云暗鼎湖龙去远，月明华表鹤归迟。
不须更上新亭望，大不如前洒泪时。

南宋民族英雄文天祥于元世祖至元十九年 (1282) 就义于燕京。这首追挽之作在颂扬文天祥的忠烈的同时，也流露出作者的现实悲痛。

诗的前六句皆追怀文天祥事迹并寄感慨。《淮南子》中有一个鲁阳挥戈退日的故事，乃属传说。诗一开始就反用此典，叹惜文天祥虽鞠躬尽瘁，终于未能挽救宋室灭亡的命运，不幸被俘，杀身成仁："徒把金戈挽落晖，南冠无奈北风吹。"前句用典故活用固然不错，后句尤其是神到兴会的妙笔。"南冠""北风"的句中对自然贴切，以"无奈"联结，大有"时不利兮骓不逝，骓不逝兮可奈何"的意味。而北风吹南冠，还能造成一种"砍头只当风吹帽"的隐喻，这样的句子只能妙手偶得，著不得推敲气力。

紧接着诗人连用两典作对仗，褒扬文天祥一生出处大节。其人受命于危难之际，而以国家民族恩仇为重，故可比汉代张良，三国孔明。用典贴切"丞相"身份。想秦灭韩国，子房以张家五世相韩，极力为韩报仇，后来功成身退。"子房本为韩仇出"的"本为"二字，突出了一种大公无私的情怀。而诸葛亮为了复兴汉室，竭忠尽智，哪里管它蜀汉国祚已尽，势在必亡。"诸葛宁知汉祚移"的"宁知"二字，则表现一种知其不可而为之的精神，弥见其忠贞不移。尽管这两位历史人物有成败的不同，然英雄固不以成败论也。

下一联承前晖落祚移之意，写诗人对宋亡的隐痛。《史记·封禅书》记载传说，黄帝铸鼎荆山，乘龙升天，后人遂称其地为"鼎湖"。"云暗鼎湖龙去远"指宋帝已死，人世已换。《搜神后记》有汉丁令威学道灵虚山，化鹤归辽的故事。"月明华表鹤归迟"指文天祥如魂归江南，亦将有不胜今昔之慨。

诗的最后两句写作者的现实悲痛。《世说新语·言语》载，东晋初年，过江诸人宴饮新亭，因"风景不殊，正自有山河之异"而相视流泪。后人每用以表示怆怀故国之意。南宋的情况东晋也差不多，故辛词有"长安父老，新亭风景，可怜依旧！"这是据有半壁江山者的感慨，而眼前蒙古贵族已统治全国，南宋连半壁河山亦不复存在，当然也就"不须更上新亭望"了。这是沉痛深至的话。"大不如前"四字可入《世说新语》。

这首七律最令人注目的是几乎句句用典，密不透风。然而诗人所用的都是熟事，又皆贴切自然，所以读来无碍辞义，反有深味。

【范梈】(1272—1330) 字亨父，一字德机。元清江（属江西）人。少孤贫，刻苦学文。年三十六辞家北游，卖卜燕市，吴澄荐为左卫教授，迁翰林编修，出为闽海道知事，移疾归。天历二年（1329），授湖南岭北廉访使，以母老不赴。人称文白先生。有《范德机集》七卷。

王氏能远楼

　　游莫羡天池鹏，归莫问辽东鹤。人生万事须自为，跬步江山即寥廓。请君得酒勿少留，为我痛酌王家能远之高楼。醉捧勾吴匣中剑，斫断千秋万古愁。沧溟朝旭射燕甸，桑枝正搭虚窗面。昆仑池上碧桃花，舞尽东风千万片。千万片，落谁家？愿倾海水溢流霞。寄谢尊前望乡客，底须惆怅惜天涯。

　　这是一首题咏之作。楼名"能远"，取义在其高——高瞻方能远瞩。本篇虽以"王氏能远楼"为题，其实只是一首饮酒歌。读者且莫被他蒙了去。可以猜测，"能远楼"或是王氏酒家。

　　诗一起就用了两个典故。"天池鹏"出自《庄子·逍遥游》，说是南冥天池乃北海鲲鹏的目的地，此鸟一飞便在九万里高空之上。实在是逍遥之至。"辽东鹤"出自《搜神后记》，说是辽东人丁令威学道化鹤，千年一归，见城郭如故而人物一新，于是高唱"何不学仙"而飞去。诗人却道："游莫羡天池鹏，归莫问辽东鹤"，两个否定，抹杀两只神鸟，说鹏也不可羡，仙也不可羡。不是不可羡，而是办不到。要说办不到，却也办得到："人生万事须自为，跬步江山即寥廓。"好个范德机，揭出"自为"二字，实乃人生超脱必然而达到自由的妙义。"跬步"虽短虽近，"不积跬步，无以至千里"（《荀子·观学篇》）。只要人能自为（即发挥"主观能动作用"），"跬步江山即寥廓"——岂不是比大鹏还大鹏！诗的这个富于哲理启迪的开头，全在强调"人生得意岂暇愁，且饮美酒登高楼"（李白）的必要和快乐。是极富于兴会，出以挥洒的笔墨。

诗人正是在登高楼，正是在饮美酒。以下迸奔出一个痛快的长句："请君得酒勿少留，为我痛酌王家能远之高楼！"那气概，那声口，简直是太白复生，读者又看到《将进酒》的续篇。"醉捧勾吴匣中剑，斫断千秋万古愁"，不要说"抽刀断水水更流"，且须"与尔同销万古愁"，诗人翻用古人诗意，几使太白奔命不暇。"勾吴"一辞极新警，指产吴勾之吴地，如倒作"吴勾"，则平平，且与"匣中剑"犯复。

以下诗人以色彩斑斓的笔墨，写出醉中达到的神仙境界。大海之上旭日东升，光照幽燕古国，当然也照在能远楼头。诗人突发奇想，觉得那搭在窗口的树枝，是扶桑之枝。这使他的思绪又飞到昆仑瑶池，如睹王母桃花；那千树万树的桃花，一忽儿又乱落如红雨。"沧溟朝旭射燕甸，桑枝正搭虚窗面。昆仑池上碧桃花，舞尽东风千万片。"数句之瑰丽，有如时花美女，绝类李贺。这样浪漫放纵的笔墨，诗人居然能够一笔收拢："千万片，落谁家？"除了王氏酒家，不知更有谁家。不意诗人收拢一笔后，又能放出一个奇句："愿倾海水溢流霞"，称酒为"流霞"语出《抱朴子》，本指神仙饮料。已够浪漫了，还要倒倾海水以为琼酿。可令太白微笑，长吉拊掌。

最后归结题旨："寄谢尊前望乡客，底须惆怅惜天涯。"可见诗人是在宦游或羁旅中，以酒销忧。此即李白"但使主人能醉客，不知何处是他乡"一意。登"能远楼"，不仅可以远望当归，而且可以乐不思蜀——盖以有酒也。

范德机在元以诗名天下，编集唐人诗以为格式，于李杜二家尤为用力。虞集曾不无贬抑地说他是"唐临晋帖"，胡应麟回护道："唐临晋帖，近而肖也。"这首诗实出入于太白长吉之间，既挥洒自如，又绚丽多彩，然其情辞皆从胸次中流出，不是摹拟者所能及的。善临帖者，应有一定创意。唐人临王羲之《兰亭序》数家，不是各具风采么？范德机本篇好处，又岂"肖"字而已。

【萨都剌】(1272—?) 亦作萨都拉，字天锡，号直斋，回族人。其祖父、父以世勋镇守云、代，遂居雁门（山西代县）。曾远游吴、楚。泰定四年（1327）进士及第。授镇江录事司达鲁花赤（掌印正官）。后任翰林国史院应奉文字。晚年寓居武林（广西向都）。后入方国珍幕府，终年八十余。有《雁门集》三卷，《集外诗》一卷。

记事

当年铁马游沙漠，万里归来会二龙。
周氏君臣空守信，汉家兄弟不相容。
只知奉玺传三让，岂料游魂隔九重。
天上武皇亦洒泪，世间骨肉可相逢。

此诗本事见于《元诗纪事》引《归田诗话》："泰定帝崩于上都，文宗自江陵入据大都，而兄周王远在沙漠，乃权摄位而遣使迎之，下诏四方云：'谨俟大兄之至，以遂固让之心。'及周王至，迎见于上都欢宴，一夕暴卒。复下诏曰：'夫何相见之顷，宫车弗驾。加谥明宗。'文宗遂即真。"为争夺皇权，导致手足自残之事，几乎历代都有。汉代就有童谣讽文帝逼死淮南王事："一尺布，尚可缝；一斗粟，尚可舂；兄弟二人不相容。"元文宗谋位杀兄，还想掩天下耳目。诗人萨都剌以古代良史之勇气，写下了这首《记事》坐实他的罪名。

"当年铁马游沙漠，万里归来会二龙。"两句写泰定帝崩后，文宗抢班摄政，而遣使迎归其兄周王的情事。"会二龙"三字就暗示了一场权力之争的不可避免。天无二日，民无二主，是极权主义的信条。这场双龙会中，一真一假，而假者先入，真者敛手如宾，正是"假作真时真亦假"。于是周王在欢宴中不明不白地暴死，演出了一个轻信者的悲剧。汉时民谣所唱过的"兄弟二人不相容"的故事，又有了新的翻版。"周氏君臣空守信，汉家兄弟不相容"，妙在以"周"对"汉"，十分妥帖自然，而又融入民谣成句，故语似拙而实工。

"只知奉玺传三让，岂料游魂隔九重。"文宗事先诏告天下，说是待大兄之至，必以位固让。国人都以为泰伯"三以天下让"（《论语·泰伯》）的至德又将出现人间；殊不知周王一到就丧命，只落下帝王谥号的名义。这真是一大讽刺。于是天下人皆有一种受了愚弄的感觉。"只知""岂料"的勾勒字，写出诗人的愤慨。他想到文宗与周王同是武宗之子，本来同气连枝，孰知反不如民间兄弟的手足之情。皇权能泯灭人性也若此！"天上武皇亦洒泪，世间骨肉可相逢！"这"世间骨肉"，有所特指，正如"兄弟二人不相容"有所特指一样。"可相逢"是反诘语气，意谓骨肉成仇矣，岂可相逢哉！（俗话有"狭路相逢"；"仇人见面，分外眼红"。今于兄弟见之，可悲。）

元文宗图贴睦尔篡位杀兄一事，为正史所不载，赖此诗得以揭发。诗人的勇气值得肯定。

早发黄河即事

晨发大河上，曙光满船头。依依树林出，惨惨烟雾收。村墟杂鸡犬，门巷出羊牛。炊烟绕茅屋，秋稻上垅丘。尝新未及试，官租急征求。两河水平堤，夜有盗贼忧。长安里中儿，生长不识愁。朝驰五花马，暮脱千金裘。斗鸡五坊市，酣歌最高楼。绣被夜中酒，玉人坐更筹。岂知农家子，力穑望有秋。裋褐常不完，粝食常不周。丑妇有子女，鸣机事耕畴。上以充国税，下以祀松楸。去年筑河防，驱夫如驱囚。人家废耕织，嗷嗷齐东州。饥饿半欲死，驱之长河流。河源天上来，趋下性所由。古人有善备，鄙夫无良谋。我歌两河曲，庶达公与侯。凄风振枯槁，短发凉飕飕。

元顺帝至正四年（1344），黄河白茅堤、金堤（河南兰考东北）决堤，沿河州郡水旱瘟疫成灾。至正九年（1349）诏修黄河金堤。

这首诗作于元顺帝至正十年（1350）丞相脱脱与贾鲁治理黄河时。诗中用贫富对比的手法，对人民所受苦难，表示了深切的同情。对治理黄河也提出了自己的看法。

从"晨发大河上"至"夜有盗贼忧"十二句，写作者早发黄河看到的农家景色，和由此引起的悯农之情。是全诗的舒缓的引入。东方霞光照亮河上，两岸烟雾渐散，次第出现了村落，羊牛，鸡犬之声，这似乎是古人笔下的田园生活图画。然而诗人是了解民情的，所以他无法赞叹"真是农家乐啊"。紧接着倒写出了田舍忧："尝新未及试，官租急征求。两河水平堤，夜有盗贼忧。"租税、水患、盗贼，农家苦得什么似的，哪还有田园乐呢？

从"长安里中儿"到"玉人坐更筹"八句，诗人暂时撇开民情不表，转写都市富贵子弟骄奢淫逸的生活，是全诗的反衬之笔。这里以"长安"代旨豪华都市。诗中长安少年实指当时蒙古贵族子弟。"五花马""千金裘""斗鸡五坊市"，等等，都从唐诗借字面，其目的不外稍隐其批判现实的锋芒而已。这帮纨绔子弟，过着醉生梦死的生活，围绕着他们的是名马、美酒、玉人，他们能体察人民的疾苦吗？

从"岂知农家子"到"驱之长河流"十四句，诗人着重写当时民间疾苦，尤其是两河人民的疾苦。又分两层，前八句是写一般农民的疾苦，以"岂知"领起，文气紧接上段，形成鲜明对照：富家子弟是"朝驰五花马，暮脱千金裘"；他们则是"裋褐常不完，粝食常不周"。富家子弟拥尽美女，从不识愁；他们则只能与"丑妇"织作，共输国课。富家子弟成日斗鸡酣歌，他们则天天力穑望成。后六句则专写黄河流域人民遭受的徭役之苦，因为水患缘故，他们被官家征集筑防，受到非人待遇（"驱夫如驱囚"），荒废了农业生产，还不免于饥饿。饿得半死，还要浚河筑堤。《元史·顺帝纪》载：九年"三月丁酉，坝河浅涩，以军士、民夫各一万浚之。五月，诏修黄河金堤。"诗中"去年"云云，叙述的便是此事。

最后六句是诗人的感慨和自叙作诗目的。"河源天上来，趋下性所由"系针对丞相脱脱设想开凿新河道，诗人怀疑违背了流水的自然趋势。他希望能吸取古人治黄防备的经验，反用"肉食者鄙，未能远谋"的话委婉地批评当事者，不赞成劳民伤财。他自叙作歌目的是希望民情得以上闻。歌罢他并不能轻松，久久地沉浸于忧思之中，但觉悲风振响林木，头皮一阵阵发冷。"凄风振枯槁，短发凉飕飕"二句，凸现出一个忧国忧民的诗人自我形象。顺便说，诗写成的次年（1351），贾鲁为总治河防使，发沿河州郡近二十万人开凿新河道通淮，直接引发了元末红巾军起义。

这首五古是现实主义的诗作，它上承国风，汉乐府的传统，真实地描绘当时的民情，为的是"明乎得失之迹，伤人伦之废，哀刑政之苛，吟咏情性，以风其上"（《毛诗序》），就其"辞质而径"、"言直而切"、"事核而实"而言，与唐人新乐府毫无二致。

【张可久】生卒年不详，元至正初（1335）已七十多岁，八年尚在。字小山，庆元府（浙江宁波）人。平生怀才不遇，放情山水。曾以路吏转首领官，为桐庐典史，暮年居西湖。

中吕·卖花声

怀古（二首）

其一

阿房舞殿翻罗袖，金谷名园起玉楼，隋堤古柳缆龙舟。

不堪回首，东风还又，野花开暮春时候。

令曲与传统诗词中的绝句与小令，有韵味相近者，有韵味全殊者。本篇便与诗词相近。先平列三事：一是秦始皇在骊山造阿房宫以宴乐；二是西晋富豪石崇在洛阳建金谷园以行乐；三是隋炀帝"筑堤植柳"，修大运河下扬州游乐。此三例皆封建统治者穷极奢靡而终不免败亡的典型。但作者仅仅点出事情的发端而不说其结局。"不堪回首"四字约略寓慨，遂结以景语："东风还又，野花开暮春时候。"这是诗词中常用的以"兴"终篇的写法，同时，春意阑珊的凄清景象，又与前三句的繁华盛事形成一番强烈对照，一热一冷，一兴一衰，一有一无，一乐一哀，真可兴发无限感慨。

沈义父谈填词道："结句须要放开，含有余不尽之意，以景结情最好。"（《乐府指迷》）本篇与刘禹锡"朱雀桥边野草花，乌衣巷口夕阳斜。旧时王谢堂前燕，飞入寻常百姓家。"（《乌衣巷》）写法同致．而句式的长短参差，奇偶间出，更近于令词。不过，一开篇就是鼎足对的形式，所列三事不在一时、不在一地且不必关联（但相类属），这是它与向来的"登临"怀古诗词不同，而近于咏史诗。

其二

美人自刎乌江岸，战火曾烧赤壁山，将军空老玉门关。

伤心秦汉，生民涂炭，读书人一声长叹。

　　本篇新意较前篇为多。先列举三事，手法似乎与前首相同。但这三事不仅异时异地，而且不相类属了；在笔法上则直写无隐。"美人自刎乌江岸"，是霸王别姬故事，"战火曾烧赤壁山"，是吴蜀破曹的故事，"将军空老玉门关"，则是班超从戎的故事，看起来似乎彼此毫无逻辑联系，拼凑不伦。然而紧接两句却是"伤心秦汉，生民涂炭"，说到了世世代代做牛做马做牺牲的普通老百姓。读者这才知道前三句所写的也有共通的内容。那便是英雄美人或轰烈或哀艳的事迹，多见于载籍，所谓"班超苏武满青史"（于右任）。但遍翻廿一史，哪有普通老百姓的地位呢！这一来，作者确乎揭示了一个严酷的现实，即不管是哪个封建朝代，民生疾苦更甚于末路穷途的英雄美人。张养浩说"兴，百姓苦；亡，百姓苦"（〔山坡羊〕《潼关怀古》），袁枚说："石壕村里夫妻别，泪比长生殿上多"（《马嵬》），也都有同一意念。在这种对比的基础上，最后激发直呼的"读书人一声长叹"，也就惊心动魄了。

　　在内容上极富于人民性，是此曲突出的优点。在形式上，对比的运用产生了显著的艺术效果。初读前三句，令人感到莫名其妙，或以为作者在那里惜美人、说英雄，替古人担忧。继读至四、五句，才知作者别有深意：一部封建社会历史就是统治阶级的相斫史，而受害者只是普通百姓而已。在语言风格上，此曲与前曲的偏于典雅不同，更多运用口语乃至俗语（如"战火曾烧赤壁山"）。结句"读书人一声长叹"的写法，更是传统诗词中见所未见、闻所未闻的。这种将用典用事的修辞，与俚俗的语言结合，便形成一种奇特的"蒜酪味"或"蛤蜊味"。去诗词韵味远甚。因而两首相比，这一首是更为本色的元曲小令。

【吴西逸】生平事迹不详。

107

越调·天净沙

闲题

长江万里归帆，西风几度阳关，依旧红尘满眼。夕阳新雁，此情时拍阑干。

"长江万里归帆"一句，关键词是"归帆"：远别还家，值得羡慕；"西风几度阳关"一句，关键词是"几度"：征行未息，令人感喟。两种情景，概括了两种人生状态。而作者自己属于哪一种呢？"依旧红尘满眼"，"红尘"与世外相对，关键词是"依旧"，可见作者对处境的不满。

主观上不是不想归去，客观上有不能立即归去的理由。难怪他伫立楼头，面对夕阳西下、北雁南飞的景象，无法平静。看他手拍阑干的那副样子，可知他的归去，只是一个时间问题。所谓"此情"，非此而何！

散曲本以直露尽致为本色，元曲后期作家的小令例如本曲，则相对含蓄。然而，由于用韵较密而平仄互押，故韵度仍与诗词有别。

双调·清江引

秋居

白雁乱飞秋似雪，清露生凉夜。扫却石边云，醉踏松根月，星斗满天人睡也。

开篇就有奇趣：写"白雁"也倒罢了，雁阵最是整齐，如何能说"乱"，除非雁群惊起于芦荡，一时与芦花俱飞，才能有飞雪的味道。这雁儿一飞，天气也就凉了。准确讲，是已凉而未寒。

夜露清凉宜人，山人一番小酌，睡意上来，却不回屋上床。醉醺醺踏着松根月色，来到大青石前：天地就是我屋，星月就是我灯，石头就是我床，想睡就睡。措语仍有奇趣："踏月"也倒罢了，至于"云"，是远看则有，近看却无的，石边哪得有云可扫？

现实没有，想象有；醒时没有，醉中有：此之谓浪漫。结尾以语助词"也"字入韵，更觉开心写意。

双调·雁儿落带过得胜令

春花闻杜鹃，秋月看归燕。人情薄似云，风景疾如箭。留下买花钱，趱入种桑园。茅苫三间厦，秧肥数顷田。床边，放一册冷淡渊明传；窗前，抄几联清新杜甫篇。

归隐田园，先从城中说起：暮春闻杜鹃，秋来送归燕，光阴似箭，耽误了多少的春花秋月啊。同是说世态炎凉，"人情薄如云"较"人情薄如纸"一字之差，则不但形容了薄，而且意味着多变。凡此，总见城中无可留恋。

城里人喜欢赏花，离开城市，等于省下一份买花钱，到乡下可以置一份田产：一带桑园，几间茅屋，数顷秧田，衣食不愁了。农闲时读一读陶潜传，抄一抄杜甫诗，精神生活也有了。

陶潜是田园隐逸诗人，杜甫却是忧国忧民的诗人，原是扯不到一块儿的。不过杜甫居成都时，也曾经营草堂，也曾留恋闲适生活，而且写过"两个黄鹂鸣翠柳，一行白鹭上青天""泥融飞燕子，沙暖睡鸳鸯"那样的名句，作者所抄，大概就是这一类联语吧。

【李致远】生平事迹不详。

中吕·朝天子

秋夜吟

梵宫，晚钟。落日蝉声送。半规凉月半帘风，骚客情尤重。何处楼台，笛声悲动？二毛斑秋夜永。楚峰，几重？遮不断相思梦。

寺院传来钟声，预告着夜色降临，引起人许多遐想。高树传来蝉声，报道着深秋的消息，催送着夕阳下山。接着月牙儿升上天空，月牙儿是凉凉的，穿透帘幕的风儿，更是凉凉的，诗人感到衣单，于是怀乡之情转浓。

夜已深了，传来笛声，笛声如怨如慕，让人疑心是月光下某个楼台上传来的。俗话说"前三十年睡不醒，后三十年睡不着"，头发花白的人，在这个漫长的秋夜里，是深深体会到了。向南望去，重重楚山遮住视线。让他做个好梦吧，山能遮住视线，却无法阻止梦魂飞过万水千山，回到故乡亲人的身边。

从傍晚到深夜，有一个时间推移过程，通钟声、蝉声、月光、秋风、笛声层层渲染，将客中秋思表达得十分深入。

【张鸣善】生卒年不详，号顽老子，扬州（一作北方）人，官宣慰司令史。有《英华集》。

双调·水仙子

讥时

铺眉苫眼早三公，课袖揎拳享万钟，胡言乱语成时用。大纲来都是哄。说英雄谁是英雄？五眼鸡岐山鸣凤，两头蛇南阳卧龙，三脚猫渭水飞熊。

在散曲作家中，张鸣善是颇善讽刺艺术的一位。此曲题为"讥时"，通过辛辣的笔调，对腐朽、寄生而虚伪的元代上层社会和封建王朝的用人制度作了无情的揭露，备极冷嘲热骂之致。

"铺眉苫眼"即展眉扇眼，装模作样，目空一切。这里指不学无术而惯于装腔作势的人，他们居然位至"三公"（此泛指朝廷最显赫的官职）。"课袖揎拳"乃俗语，指捋起袖子，摩拳擦掌，蛮横无理的人，他们竟享受着最多的俸禄。而"胡言乱语"，欺世盗名者，竟能在社会上层畅行无阻，得售其奸。开篇三句就用大笔勾勒的手法，画出了元代上层统治者的鬼脸。所谓"堂堂大元，奸佞专权"（无名氏《醉太平》）是也。换句话说便是：善良、老实、正直的人是没有立身之地的。这种豪辣的语言正是散曲本色，不同于诗词的注重含蓄。这还不算，作者紧接又总结一句："大纲来都是哄"——总而言之都是胡闹。说得更直截了当。这又使人想到鲁迅说的："自称小人的无须防，得其反是好人；自称君子的必须防，得其反是盗贼。"以下，作者便对这种奸贤不辨，是非颠倒的黑暗现实作进一步的嘲讽。

"说英雄谁是英雄？"以反诘语气提唱，那含意是："听话听反话，不会当傻瓜。"以下三句便以答语作阐发，指斥当世所谓"英雄"的可笑可鄙。《国语》说周朝将兴时有凤鸣于岐山，故"岐山鸣凤"喻指兴世的贤才，如周公之流；"南阳卧龙"是徐庶对诸葛亮的称呼，见《三国志》；《史记》载文王出猎占卜，辞曰："所获非熊非螭，非熊非罴，所获霸王之辅"，遂遇吕尚于渭水，故"渭水飞（"非"之谐音）熊"乃指吕尚。这些人当然都是盖代的英雄。然而元时俗话所谓"五（乌）眼鸡""两头蛇""三脚猫"等，都是些什么呢？它们分别指的是好勇斗狠者，心肠毒辣者，成事不足败事有余者。末三句极有风趣，以鸡、蛇、猫对凤、龙、熊，每一对动物都是似是而非的，以次充好，以假充真，真是欺世之极。而鸡称"五眼"、蛇具"两头"、猫仅"三脚"，可谓怪物，又不仅凡庸而已！可见这组鼎足对的意味实则是很幽默，很丰富的。则国之三公沐猴而冠，可知矣。这样的碌碌无为，有害无益之辈，竟被捧为当世之周公、吕尚、诸葛亮，委以高官、享以厚禄，实在可悲可叹！

　　漫画化的笔触，形成此曲第一个特点。一开始，作者用"铺眉苦眼""课袖揎拳""胡言乱语"等形容语将对象作了丑化，进而又将他们变形，使之幻化成似凤非凤的"五眼鸡"、似龙非龙的"两头蛇"、似熊非熊的"三脚猫"。使读者对其丑恶本质一望而知，真是鱼目混珠，莫此为甚！

　　鼎足对的前后两用，形成此曲第二个特点。鼎足对的运用，本是元人散曲有别于诗词的新创。这种兼对偶与排比而有之的修辞，容易收到连珠炮似的效果，对此曲内容特别合宜。作者在运用上又有独到之处。一是妙嵌数字，工稳尖新。前三句的"三公""万钟""时（谐'十'音）用"运用了借对的手法；后三句的"五眼鸡""两头蛇""三脚猫"对仗更工，其实"五眼鸡"即"乌眼鸡"之音转，手法暗通。

　　全曲八句恰分两段，前段则行出三句排比，继以"大纲来"总收一句；后段则先以"说英雄谁是英雄"一句提唱，继以三句排比。在结构上是由放而收，由收而放，呈对称形式，读起来节奏感极强，兼有错综与整饬之致，饶有抑扬抗坠之音。

【睢景臣】生卒年不详，字景贤（一作睢舜臣，字嘉贤）。元大德七年（1303）自扬州至杭州，与钟嗣成相识。

般涉调·哨遍

高祖还乡

社长排门告示，但有的差使无推故。这差事不寻俗，一壁厢纳草也根，一边又要差夫索应付。又言是车驾，都说是銮舆，今日还乡故。王乡老执定瓦台盘，赵忙郎抱着酒葫芦。新刷来的头巾，恰糨来的袖衫，畅好是装么大户。

【耍孩儿】瞎王留引定伙乔男女，胡踢蹬吹笛擂鼓。见一彪人马到庄门，劈头里几面旗舒：一面旗白胡阑套住个迎霜兔，一面旗红曲连打着个毕月乌，一面旗鸡学舞，一面旗狗生双翅，一面旗蛇缠葫芦。

【五煞】红漆了叉，银铮了斧，甜瓜苦瓜黄金镀，明晃晃马镫枪尖上挑，白雪雪鹅毛扇上铺。这几个乔人物，拿着些不曾见的器杖，穿着些大作怪的衣服。

【四】辕条上都是马，套顶上不见驴。黄罗伞柄天生曲。车前八个天曹判，车后若干递送夫。更几个多娇女，一般穿着，一样妆梳。

【三】那大汉下的车，众人施礼数。那大汉觑得人如无物。众乡老屈脚舒腰拜，那大汉挪身着手扶，猛可里抬头觑。觑多时认得，险气破我胸脯。

【二】你须身姓刘，你妻须姓吕。把你两家儿根脚从头数：你本身做亭长，耽几盏酒，你丈人教乡学，读几卷书，曾在俺庄东住，也曾与我喂牛切草，拽具扶锄。

【一】春采了桑，冬借了俺粟，零支了米麦无重数。换田契强称了麻三秤，还酒债偷量了豆几斛。有甚胡突处？明标着册历，见放着文书。

【尾】少我的钱，差发内旋拨还，欠我的粟，税粮中私准除。只道刘三谁肯把你揪捽住，白什么改了姓、更了名唤做汉高祖。

《录鬼簿》列睢景臣入"方今已亡名公才人，余相知者"，谓其"自幼读书，以水沃面，双目红赤，不能远视。心性聪明，酷嗜音律。维扬诸公，俱作《高祖还乡》套数，惟公《哨遍》制作新奇，诸公皆出其下。"

按汉高祖还乡本事见《史记·高祖本纪》，乃刘邦做皇帝后十二年，平英布归途经家乡沛县，逗留数日，召故人父老子弟会饮，组织一百二十名里中少年合唱团演唱《大风歌》，风光之至。而睢景臣未受历史事实的束缚，别出心裁地虚构喜剧性故事，成为元曲套数中突出的名篇。

这个套曲是用般涉调中八支曲子组成。首曲为〔哨遍〕，亦用称全套；二曲为〔耍孩儿〕，三到七曲是连续使用〔煞曲〕，用倒计数法分别标为"五煞""四煞"等，八曲为〔尾声〕。

这是一篇讽刺搞笑之作，共分三步写来。一是嘲谑帮闲。头曲〔哨遍〕是从高祖未到时乡里的忙乱写起。元代农村各家门前有粉壁，遇有通知便挨家写上，元典章称"排门粉壁告示"。社长又写告示，又派公差，说这回的差使不同寻常，所谓"上边一个屁，下边跑断气"。又说是"车驾"、又说是"銮舆"，虽然它们都是皇帝的代名词，但乡民莫名其妙，神圣也就不成其为神圣。王乡老和赵忙郎两位，大约是乡里的头面人物，被派定接驾的任务，所以换了一身浆过的新衣，手里捧着瓦台盘、酒葫芦，人显得比平时更阔绰，也更宝气。

二是漫画卤薄。紧接三曲写皇帝的卤薄到来，乡民大看其热闹。〔耍孩儿〕写先头队伍的乐队和旗队——"王留"指乐队指挥、"乔男女"指乐队演奏，因为他们的动作乡民从未见过，觉得古怪好笑，所以用"瞎""乔""胡"来形容。彩旗上绘有各种动物图案（图腾），但乡民没有知识，弄不清白，所以用"白环套住迎霜兔"形容月旗、"红圈套住毕月乌"形容日旗、"鸡学舞"指凤旗、"狗生双翅"指飞虎旗、"蛇缠葫芦"指龙旗。〔五煞〕写仪仗队，这些象征皇帝威严，以壮观瞻的器仗，也被乱派了名称（俗云"聋子乱接名，瞎子乱打人"），金瓜锤、狼牙棒被称作镀了金的"甜瓜苦瓜"，朝天镫被称作马镫。〔四煞〕写车驾前后的侍卫、扈从、宦官、宫女等，就像戏班子来了一样，被称作"乔人物"。本来封建时代皇帝的卤薄"一以明制度，示威等；一以慎出入，远危害"，又是至高无上权力的象征，是很神圣的，但乡民们懂不起，经过他们一形容，就像经过哈哈镜一照似的，只让人觉得滑稽可笑，从而使威风扫地了。

三是揶揄皇帝。最后四曲中高祖亮相，全曲的喜剧气氛达到高潮。〔三煞〕连用"那大汉"三次以称刘邦——个子是够大的，他一面"觑得人如无物"——架子也蛮大的，又一面"挪身着手扶"——面子也蛮大的。可惜乡人一旦认出他就是刘三，而认出他的人又是连他的"根脚"（履历）都很熟悉的人，这皇帝的尊严就讲不成了。〔二煞〕是说刘吕两家出身都很平凡。秦时天下十里一亭，刘邦曾任泗水亭长，是历史上由平民而做皇帝的第一人，这本没有什么不好。作者特别指出他出身平凡，用意是要突出皇帝并不是什么天生圣人。〔一煞〕进一步说刘邦原来是个无赖子弟，这也有大量事实根据，见《史记·高祖本纪》。刘邦好色贪杯，曾向武负、王媪两家赊酒吃，欠酒钱不少，后来一笔勾销（据说两家见其醉后其上有龙）；有一次沛县令有贵客（即吕公），本县豪杰往贺，萧何管收贺礼，按贺钱多少论座次，不满千钱者居堂下，刘不持一钱，诳称万钱，骗居上座。本篇即以乡民口气，数落他采桑、借粟、支米麦、强

115

称麻、偷量豆，是个滥账；然后不客气地向皇帝讨债，还说"差发内旋拨还""税粮中私准除"也可以；最为滑稽的是，认为他之所以"改了姓，更了名，直唤住汉高祖（按此为庙号，当时不可能有此称呼，然套曲属通俗文艺，不妨前拉后扯）"，原是为了赖债的缘故。明王伯良论作曲谓"末句更得一极俊语收之方妙"，如此即是也。通过误会法，使皇帝的威风、尊严扫地无存，只有滑稽可笑也。"喜剧把无价值的撕毁给人看"（鲁迅），喜剧是人类自嘲意识的表现，由此观之，《高祖还乡》套曲是有很强的喜剧性的。

元散曲尤其是套数，受唐参军戏和宋元杂剧作风影响较深，往往喜欢在曲子里使用夸张手法，滑稽笔调，民间口语，进行搞笑，使曲子洋溢着幽默诙谐的喜剧趣味。本篇庄稼人不识卤薄的构思，显然受到杜仁杰《庄稼人不识勾栏》套曲的影响，清代民歌中的《马头调》也出以同样构思，可资参读："不认的粮船呵呵笑，谁家的棺材在水面上飘？引魂幡飘飘摇摇在空中吊，上写着'钦命江西督粮道'，孝子贤孙打着哀蒿（即哭丧棒），送殡的人个个都是麻绳套，齐举哀不见哪个把泪掉。"本篇把纯粹的搞笑移用于皇帝，既有艺术夸张，也有历史真实，较杜仁杰套曲在内容上就有了质变，可以说既有当行本色（指滑稽）的语言形式，又有严肃深刻的思想内容。戏曲代言体形式，即用第一个称的手法来数刘邦根脚，有一种真切生动，引人入胜之感，有如独幕剧或谐剧。作者无意中也流露出知识分子瞧不起乡巴佬的意识，即林妹妹对刘姥姥的那种优越感，既不必回护，也无可厚非。

【倪瓒】（1301—1374）字元镇，号云林子、幻霞子等。其先西夏人，五世祖徙家无锡。性格孤傲，绝意仕进，好诗、善画、嗜藏书，中年尽鬻田产，晚年漂流东吴。明洪武七年（1374）还乡而卒。

黄钟·人月圆

惊回一枕当年梦，渔唱起南津。画屏云幛，池塘春草，无限销魂。旧家应在，梧桐覆井，杨柳藏门。闲身空老，孤篷听雨，灯火江村。

用倒折的手法，一起即写惊梦。本来已经入梦，梦见当年情事："画屏云幛，池塘春草，无限销魂"。用谢灵运"池塘生春草，园柳变鸣禽"的名句，明明是写春天美景，与"画屏云幛"一样，不属于现实，而属于梦境，所以"销魂"。

打断梦境的，是从南边渡口传来的声声渔歌。歌声提醒痴人：你已身在江湖，快别做梦了。于是画屏、云幛、池塘、春草，皆化乌有。于是伤感地想：故园就是还在，由于无主，也应是梧桐叶落满天井，杨柳树遮掩家门了呵。

结尾写现实处境，"江村""孤篷"与开篇的"渔唱"取得呼应。盖元末农民起义风起云涌，倪大师疏散无锡家财，浪迹江湖。中夜梦回，自有不胜今昔之感，如李后主然。

越调·小桃红

一江秋水澹寒烟。水影明如练。眼底离愁数新雁。雪晴天。绿蘋红蓼参差见。吴歌荡桨，一声哀怨，惊起白鸥眠。

117

一江秋水，上下天光。江上弥漫着寒烟，江水透明如白练。天上数行新雁在飞，水边绿蘋、红蓼高低不齐。忽有渔家姑娘乘舟而来，桨声，歌声，惊起滩头白鸥，扑腾着飞向远方。

不折不扣的空间显现，当得起"曲中有画"之誉。然而令人不解的，是其中的"雪晴天"。既说"雪晴"，就该是冬景；既出现白雪，就不该同时出现红蓼、绿蘋。理智的读者不免振振有词。

不过，《梦溪笔谈》说：王维画物，就不问四时，往往以桃杏、芙蓉、莲花同画一景；袁安卧雪图，竟有雪中芭蕉。此乃兴到笔随，得心应手。既然画可以，诗也可以；王维可以，倪瓒就不可以？所以曲中"雪晴天"绝非误笔，而是增补造化之笔。

双调·折桂令

拟张鸣善

草茫茫秦汉陵阙，世代兴亡，却便似月影圆缺。山人室堆案图书，当窗松桂，满地薇蕨。侯门深何须刺谒，白云间自可怡悦。到如今世事难说，天地间不见一个英雄，不见一个豪杰。

旧王朝没落，新王朝兴起，其间有多少污秽和血！作者学会看淡，既不为"秦汉陵阙"长满衰草而悲哀，也不为新朝的即将诞生而称庆，只觉得正在发生的一切，如同月圆月缺一般，不以人的意志为转移罢了。

身处乱世，士大夫能做的最好的事情，就是洁身自好，保持人格的独立。与图书为伴，与松桂为伴，以薇蕨为食。说到薇蕨，使人联想到伯夷、叔齐不食周粟的气节。自甘清贫，还免了走后门，管他娘的"侯门深似海"，与我都不相干。

大势已去的元朝已不值一论，正在逐鹿的群雄也很难说。"不见一个英雄，不见一个豪杰"两句，将其一概抹倒，大有"时无英雄，遂使竖子成名"之概。作者似乎感到，新朝与旧朝，不可能有本质的差别。他的结论虽然悲观，却也是出于无奈。

【邵亨贞】生平事迹不详。

仙吕·后庭花

拟古

铜壶更漏残，红妆春梦阑。江上花无语，天涯人未还。
倚楼闲，月明千里，隔江何处山。

这是首闺怨之作。

更漏将残，拂晓时分，少妇之梦也就醒了。她做什么梦来？春梦，与男女情事相关的梦，思念远人的梦。再看白天，她干什么？独倚江楼，看花看船。花本无语，专为揭出，则意味少妇移情于物，见花落泪。"天涯人未还"，则包含有"过尽千帆皆不是"的失望。

一整天的倚楼凝眸，没有结果。夜晚又到来了，月亮又上来了，她望着江那边的山影，还在盼，还在等，还在苦苦思索：那人准在归途之中，谁能告诉我今夜他歇宿在哪座山间、哪所驿站？

此曲从拂晓春梦写到日间，是日以继夜的相思。从日间望江写到月夜，是夜以继日的相思。这种写法有着丰富的暗示性：少妇今夜还会做梦，等到明天还会再等。

【汤式】生平事迹不详。

正宫·小梁州
九日渡江

　　秋风江上棹孤航，烟水茫茫。白云西去雁南翔，推篷望，清思满沧浪。

　　【幺】东篱载酒陶元亮，等闲间过了重阳。自感伤，何情况，黄花惆怅，空作去年香。

　　秋江一条小船上，他眼看着烟水茫茫，心头也一片迷茫。推开船篷，眼界更宽。眼看着白云西去，不免想到自身的漂泊无定；眼看着大雁南飞，不免感伤自己的有家难归。

　　今天是重阳，他想到陶渊明"采菊东篱下，悠然见南山"的名句，可他悠然吗？人生消得几重阳，如今又随便打发了一个重阳。故园的菊花，自与去年一样芬芳，只是今年无主，未免惆怅了。

　　重阳节，理应偕同亲友登高、饮酒、赏菊。可正如一首今日歌曲所唱："走走走走走啊走，走到九月九，他乡没有美酒，没有九月九"，曲中人怎能不感到遗憾呢？

【无名氏】

失宫调牌名

　　城中黑潦，村中黄潦，人都道天瓢翻了。出门溅我一身泥，这污秽如何可扫？东家壁倒，西家壁倒，窥见室家之好。问天公还有几时晴？天也道阴晴难保。

　　这首曲子的宫调曲牌不详。

　　大雨形成涝灾，一样的"天瓢翻倒"，曲中人却就城中马路、村庄田野分出"黑潦""黄潦"之别，就很诙谐。涝灾为祸多矣，却只写出门归来，满身泥点的狼狈样儿和抱怨口气，也很好笑。

　　大户人家没事，贫居进水才糟糕：东家壁倒，西家壁倒。到这份儿上，还有什么"室家之好"可言？可作者偏说壁倒了，会"窥见室家之好"，叫人可恼。可恼处正多，只说隐私不保，就很俏皮。"窥见室家之好"这句话出于《论语·子张》，故有文气。

　　最要命的是，看天气丝毫没有放晴的征兆。曲中也不直说，却虚设问答："问天公还有几时晴？天也道：阴晴难保。"这一阴阳怪气的回答，虽然是天老爷的语气，却酷似官老爷的口吻。这种地方明显受到戏曲的影响。

　　曲中通过涝灾，反映民生多艰，内容是严肃的。作者却出以插科打诨的笔调，旁敲侧击，寓哭于笑，体现了散曲风趣幽默的特色。是当行本色之作。

【杨维桢】（1296－1370）字廉夫，号铁崖，别号东维子，铁笛道人。元诸暨（属浙江）人。泰定年间进士。初授到台尹。官至建德路总管府推官，江西等地儒学提举。入明未仕，晚居松江。诗歌风格奇诡，时号"铁崖体"。有《铁崖古乐府》十卷，《复古诗集》六卷。

传舍吏

　　传舍吏，当封侯，晋鄙救兵邺中留。邯郸急去危缀旒，传舍吏儿当国忧。散君帑藏犒士，编君妻妾列兵俦。传舍吏儿率死士，跣跑赤手科鏊头。救兵至，邯郸危复瘳，传舍儿死父封侯。

　　"我们从古以来，就有埋头苦干的人，有拼命硬干的人，有为民请命的人，有舍身求法的人，虽是为帝王将相作家谱的所谓'正史'，也往往掩不住他们的光耀，这就是中国的脊梁。"（鲁迅）本篇所歌颂的传舍吏之子，就是这样一个为民请命而又拼命硬干的英雄。他的事迹，见于《史记·平原君列传》："秦急围邯郸，邯郸急且降，平原君甚患之。邯郸传舍吏子李同说平原君曰：'邯郸之民，炊骨易子而食，可谓急矣，而君之后宫以百数。婢妾被绮縠，余粱肉，而民褐衣不完，糟糠不厌。民困兵尽，或剡木为矛矢，而君器物钟磬自若。使秦破赵，君安得有此？使赵得全，君何患无有？今君诚能令夫人以下编于士卒之间，分功而作。家之所有，尽散以飨士，士方其危苦之时，易德耳。'于是平原君从之，得敢死之士三千人，李同遂与三千人赴秦军，秦军为之却三十里。亦会楚魏救至，秦兵遂罢，邯郸复存。李同战死，封其父为李侯。"

　　传舍即旅舍。"传舍吏"是古代的驿站长，职位相当卑微，如果没有奇迹发生，任这种职位的人和封侯根本不可能发生关系。诗句一开始就

122

是："传舍吏，当封侯"！便足以令人惊诧莫名。然后再叙事，便有吸引读者的效果。秦军侵赵，邯郸告急之初，魏安僖王曾使晋鄙将十万兵救赵。因受秦胁迫，"魏王恐，使人止晋鄙，留军壁邺，名为救赵，实持两端以观望。"（《史记·信陵君列传》）："晋鄙救兵邺中留"，则邯郸之急，危如累卵矣。"缀旒"系冠上垂珠，摇摇欲坠，故形其危（语出《文选·诸渊碑文》）。这时，传舍吏之子李同挺身而出，直说平原君以救急之策。""传舍吏儿当国忧"。实有"肉食者鄙，未能远谋"，匹夫忧国，当仁不让的气魄。"散君帑藏（国库）大飨士，编君妻妾列兵伍"二句，概括吏传中李同说辞，斩钉戴铁，直如耳提面命，虽是为平原君划策，却也是为邯郸围城人民着想。至于传舍吏子自己，早已置生死于度外："传舍吏儿率死士，跿跔（跳跃）赤手科鍪头（指不戴头盔入敌）"，终于使秦军退兵三十里，邯郸旋亦围解。"救兵至，邯郸危复瘳。"然而，传舍吏子李同却永别了邯郸人，后代读者须感谢司马迁记下了他的英名。英雄的父亲受到了奖赏，传舍吏受封李侯，烈士李同可以含笑九泉了。

诗人几乎是用朴拙的笔墨，十分概略地复述了太史公书中的一个故事。诗人的出众之处首先表现在他的眼力，他从史传发现了这个不甚为人注意的人物及其事迹，从中看到了光耀。正史中充斥着帝王将相，然而他们丝毫掩不住这位布衣之士的光芒。李同的事迹，足以与侯嬴，朱亥相辉映，而本篇也可以与王维《夷门歌》相媲美。诗中不书李同的名字，而反反复复强调"传舍吏儿"的身份，便是这理直气壮地宣称："贱者虽自贱，重之若千钧"。

【张翥】(1287—1368) 字仲举，号蜕庵先生。元晋宁（江苏武进）人。尝从学于李存，受师法于仇远。惠宗至元初，召为国子助教，分教上都。不久退居淮东。起翰林国史院编修，累迁翰林学士承旨。致仕，加河南行省平章政事。有《蜕庵集》五卷，《蜕庵词》二卷。

人雁吟

雁啄啄，飞搏搏，江边虞人缚矰缴。人饥处处规尔肉，
岂知雁饥肉更薄。城中卖雁不值钱，市内籴米斗五千。妻儿
煮糜不敢饱，朝朝射雁出江边。不闻关中易子食，空里无人
骨生棘。县官赈济文字来，汝尚可生当自力。

元顺帝至正十八年（1358），陕西的鄜州、凤翔、岐山皆大旱，出现
了人食人的现象。诗约作于此时。题下原有小序："悯饥也"。这种标题
办法唐人新乐府也普遍采用过，如白居易《新乐府》的《杜陵叟》"伤农
夫之困也"。其写作目的，主要是反映严酷的社会现实，本来应着力写饥
民。然而诗人别出心裁，诗中人雁同咏，而且以咏雁为主，这就特别耐
人寻味。

读首句给人的印象还像是起兴："雁啄啄，飞搏搏"。雁儿到处啄食，
飞来飞去。一派饿相，很像是饥民在尽力谋生。再往下读，原来雁在诗
中还扮演了一个角色，即饥民捕食的对象。"虞人"本指古代猎官，专管
山泽园囿，此借指捕鸟的饥民。他们到外设置网罗，并准备"矰缴"（弋
射工具），窥伺大雁，打算以雁肉充饥。于是诗人以悲悯的口气对雁说道：
"人饥处处规尔肉，岂知雁饥肉更薄。"饥荒使人变得冷酷残忍，捕杀大
雁竟成普遍现象。谁知饥年之雁也无肉可食呢。城中雁肉卖不起价，而
米价腾涌，杀雁者换回的米仅供煮粥养活妻儿，而粥也不敢喝饱，捕雁
者只有更努力地去射雁，于是雁群便有绝种灭族的灾难临头了。"城中卖
雁不值钱"四句的关心似乎仍在大雁命运，而饥民谋生的不择手段，却
表现得更加含蓄有力。

于是诗人转而又为饥民着想，说食雁之事还算不上骇人听闻，"不闻关中易子食，空里无人骨生棘。""易子而食"的记载最早见于《左传》（哀公八年）"楚人围宋，易子而食，析骸而爨。"此用写关中大饥荒人相食的惨剧。"里"系基层居民单位，"空里无人"即人民成村成里死绝，骨生荆棘。此二句所写情景直令人毛骨悚然。最后诗人安慰大雁说："县官赈济文字来，汝尚可生当自力。"听说县官已发了救济灾民的告示，看来饥民杀雁的行为很快会中止，所以请它们不要绝望，好自为之。且不说赈济一事对"空里无人"的地区没有任何意义，就是对挣扎在死亡线上的饥民，看到的还只是"赈济文字"，何时兑现？如何兑现？都是一些问题。诗写到此便意味深长地结束了。读者感到的不是欣慰，而是彻骨的悲凉。

诗人"悯饥"，而诗中着力只在写悯饥雁，似乎对饥民的命运已不敢抱任何希望，而字里行间，无处不是悲天悯人之意。作者虽没有，也不可能揭示造成饥荒的社会原因，但诗的本身，却能启发读者深思。

题牧牛图

去年苦旱蹄敲块，今年水多深没鼻。尔牛觳觫耕得田，水旱无情力皆废。画中见此东皋春，牧儿超摇犊子驯。手持鸺鹠坐牛背，风柳烟芜愁杀人。儿长犊壮须尽力，岂惜辛勤供稼穑。纵然喘死死即休，不愿征求到筋骨。

乍观诗题，似为题画之作。细读全诗，才知别有用心。元代文人画，乃至古代文人画，大都是个人性灵情趣的发抒，谓之"墨戏"。很少有揭露现实之作。张翥所看到的《牧牛图》正是最通常的立意构思：一个春

125

天的山坡上，逍遥的牧童骑在牛背上，手里还停着一个八哥鸟，如与人相语。画上的空白处则补一树柳枝，婀娜动人。

这样一类水墨小品画，往往使观摩者油然而生羡慕闲逸的情绪。在诗人，就会有"田父草际归，牧童雨中牧"（王维）、"童子柳阴眠正着，一牛吃过午阴西"（杨万里）一类田园诗句，令人羡之不及，哪会想到悯农呢！而张翥这位"忧患在元元"的诗人，看画时竟不能持审美的态度，因此感到这画与现实差之天远，而格格不入。他越想越远，离"画"万里："去年苦旱蹄敲块，今年水多深没鼻。"去年大旱，土块坚硬，牛蹄踏地有声；今年大涝，田水之深，淹过牛鼻。旱地难耕，涝田难犁，即使耕牛战战兢兢地耕了犁了，仍然见不到收成："水旱无情力皆废。"变牛本来就是前世造下的孽，难道变了牛还要遭这样的罪！诗人为耕牛愤愤不平，对画家表示深深不满："画中见此东皋春，牧儿超摇犊子驯。手持鸲鹆坐牛背，风柳烟芜愁杀人。""愁杀人"三字表明一种抵触的心理，也许他想：要真像这样倒也好了。

诗人似乎又在想：也许画中的牧童和牛犊尚小，才有这样逍遥吧。于是情不自禁地对他们寄语："儿长犊壮须尽力，岂惜辛勤供稼穑。"牧童大了，牛壮了，也免不了力耕，也免不了要遇到灾祸。诗最后两句又翻出"征求"（搜刮）可怕一义，说累死也罢，敲骨吸髓的征求才叫人受不了呢。这就使诗意从反映自然灾害为祸之烈，上升到反映阶级剥削压迫之苦，增加了诗篇批判现实的深度。

【廼贤】（1309—？）一作纳新，字易之，葛罗禄氏。世居金山之西，后寓居南阳（属河南）。随兄到江浙，遂家庆元（浙江鄞县）。惠宗年间，入翰林。有《金台集》二卷。

京城燕

　　三月京城寒悄悄，燕子初来怯清晓。河堤柳弱冰未消，墙角杏花红萼小。主家帘幕重重垂，衔芹却向檐间飞。托巢未稳井桐坠，翩翩又向天南归。君不见旧时王谢多楼阁，青琐无尘卷珠箔。海棠花外春雨晴，芙蓉叶上秋霜薄。

　　作者自注云："京城燕子，三月尽方至，甫立秋即去。有感而作。"这是说因京师气候较冷，燕子在三月底才飞来，刚立秋就飞走了，其间为时不长。引起诗人对于人间荣华难久的感慨，因而作诗。诗中又暗用了"旧时王谢堂前燕，飞入寻常百姓家"（刘禹锡《乌衣巷》）诗意，加强盛衰之感。尽管是一个古老的主题，得到极其新颖的表现。

　　如果是江南三月，早已是杂花生树，群莺乱飞，气候温暖宜人了。而地处北国的京华，三月底尚春寒料峭，燕子这时飞来已不算早，却仍"怯清晓"，这就写出了地域差别。"河堤柳弱冰未消，墙角杏花红萼小。"与苏东坡"花褪残红青杏小，燕子飞时，绿水人家绕"的词句比较，相映成趣。同是燕子归时，同在暮春，南方是绿水长流，而北国却河冻初开；南方已结杏子（"青杏小"），北国杏花始放（"红萼小"）；南方"枝上柳绵吹又少"，北方却柳芽初吐，不胜娇弱。正因为气候寒冷一些，所以"主家帘幕重重垂"，为的是保暖，不是拒绝燕子。而燕筑巢心切，于是"衔芹却向檐间飞"，将就着在屋下找个避风处做窝。以上六句都写燕子"三月尽方至"的情况，写景绘事，细致入微，可谓化工之笔。一"怯"字有点睛之妙。

　　以下两句一跳写立秋，直是骏快。"托巢未稳井桐坠，翩翩又向天南归。""井桐坠"三字写尽秋色，与上段写初春物候相比，一何简洁。"托巢未稳"四字，则写京城燕居留时间太短。不能在繁华富贵的京城久住，窝还没有睡热，"翩翩又向天南归"矣，慨曷胜言。

于是诗人自然联想到人间的荣华，也和燕子居京华一样不可久持。"王谢"本是南朝两大豪族，与北国无关，与元代的京师无关。但它早就成了富贵人家的代名词，何况刘禹锡又把他们和燕子搭成联系。周邦彦从刘禹锡《乌衣巷》诗得到灵感，在其名作《西河》中也兴叹过："酒旗戏鼓甚处市？想依稀王谢邻里。燕子不知何世，向寻常巷陌人家，相对如说兴亡斜阳里。"又翻出新意，他不是以燕嘲人，而是将人比燕："君不见旧时王谢多楼阁，青琐无尘卷珠箔"，这是"旧时王谢堂前"景观，眼前呢？妙就妙在根本不说这个，而以春花秋叶荣枯对照作结："海棠花外春雨晴，芙蓉叶上秋霜薄"，前句之景何等明媚，有如人家兴旺之时；后句之景一何萧条，有如人家破败之时。世事无常，荣华一梦。这一切不是和京华之燕的"托巢未稳"有几分相似么？

诗前六句只一意，后六句则有三意。前六句妙于用繁，后六句妙于用简。使这首短歌显得特别精彩。

【杨允孚】生卒年不详，字和吉，元吉水（属江西）人。以布衣襆被，岁走万里。凡所见山川各物，典章风俗，莫不以诗记之。惠宗时为尝食供奉之官。有《滦京杂咏》一卷。

滦京杂咏（录三）

其一

汲井佳人意若何，辘轳浑似挽天河。

我来濯足分余滴，不及新丰酒较多。

其二

出塞书生瘦马骑，野云片片故相随。

冻生耳鼻雪堪理，冷入肝肠酒强支。

其三

买得香梨铁不如，玻璃碗里冻潜苏。

书生半醉思南土，一曲灯前唱鹧鸪。

滦京即元代的上都。本蒙古汗国之开平府，中统五年加号上都，治所在今内蒙正蓝旗兆乃曼苏默。因为接近滦河，又称滦京，据罗大已跋云："杨君以布衣从当世贤大夫游，襆被出门，岁走万里。耳目所及，穷西北之胜，具江山人物之形状，殊产异俗之瑰怪，朝廷礼乐之伟丽，尤喜以咏歌记之。"可知《滦京杂咏》一百首，是杨允孚北游纪行之作。诗多纪途中景物及风土人情，为诗坛增添了一股清冷新鲜的空气。原作过半数有注。"汲井佳人"一首注云："此地悭水故也"；"出塞书生"一首注云："凡冻耳鼻，即以雪揉之方回，近火则脱"；"买得香梨"一首注云："梨子受冻，其坚如铁，以井水浸之，则味回可食。"对于理解原诗大有帮助。

这组诗首先以异域风情动人，诗中所写的都是前人诗中未曾写过的西北蒙古族人民的生活情事，这就为读者打开了一扇新的窗子，开辟了前所未有的题材领域，展开了一幅新的生活画卷。沙漠缺水，所以打井很深。辘轳取水也相当费力费时，在南方人看来简直就和引水于天河差不多——难于上青天。要讨一口水喝也属不易，洗脚更属奢望。女房东给水，简直就像斟酒一样，恐怕只够擦擦脚了。可须知当地人是终年难得一洗头面的。漠北天气很冷，暴露在外的耳鼻是最容易冻伤的。耳鼻冻木时，可千万不能急近火烤，谨防烤掉。只能用雪轻轻揉搓，使之慢慢恢复知觉。这些经验之谈，必是请教当地人得到的。生来乍到极远的北国，应该"每事问"呢。这里虽然没有江南的繁花，但梨子还是有的。只不过受冻后其坚如铁，下不得口。这也不要火烤，只需用井水浸泡在玻璃碗内，自然温度回升，生脆可口。诗人就这样津津有味地将他亲历亲见的一桩一桩新奇事儿讲给读者听。不需要作任何夸张，也不需要添枝加叶，读者就被这些生活情事本身给吸引住了。真是大开眼界，大长见识。仅此实录，就是对绝句创作的贡献。

其次就要说到诗句的风趣逗人，表现出浓厚的好奇心和人情味，这也是组诗成功的要素。本来漠北风沙很大，蒙古族妇女皮肤也较江南仕女粗糙，穿戴也较臃肿，加之经常劳动，体格健壮。这形象一般与传统诗歌中的"佳人"不搭界。可诗人偏偏称之为"汲井佳人"。这不完全是嘲戏，而是带有一种友善的口吻，其间也表现出诗人对蒙古族女子健美的欣赏。诗人不直接说不习惯不洗脚，也不直接说对方给的水太少。而说"我来濯足分余滴，不及新丰酒较多。""新丰美酒斗十千"（李白），得之非易。这就形象而有趣地写出了当地水源的缺乏和用水的艰难。在写到滦京的苦寒，"冻生耳鼻""冷入肝肠"，似乎不堪。但诗人紧接又缀以"雪堪理""酒强支"，也还有一点对付的办法。颇有聊胜于无的慰藉。同样，说到"买得香梨铁不如"，是很遗憾的语气。然而"玻璃碗里冻潜苏"，又找到了解决的办法。凡此都有山重水复，柳暗花明的意趣。总之，诗人在北方虽有很多不习惯，很多苦处，但他还是对这里的生活发生了浓厚的兴趣，爱上了它。这从他那不无幽默的笔调里，得到了充分的反映。这种乐观的生活态度也感染了读者。

最后就是出现在这些诗里的抒情主人公形象，是丰满的、可亲的。他每到一处都随和地接人待物，向牧妇讨水便是一例。他是一个书生，却不喜索居幽栖，骑了一匹瘦马在这北方的原野上和野云相追随。然而和一切游子一样，他也深怀乡土之思。在酒后，"书生半醉思南土，一曲灯前唱鹧鸪"。《鹧鸪曲》是唐时流行的南方思乡曲，据说鹧鸪这种鸟儿

"飞必南翥"，其鸣声像是"行不得也哥哥"。《鹧鸪曲》就是效鹧鸪之声的，音情凄婉。郑谷《席上贻歌者》云："座中亦有江南客，莫向春风唱鹧鸪。"那还是在内地。而杨允孚本人为南方人，又处在漠北，当他"一曲灯前唱鹧鸪"时，思乡之情有多强烈，就不待言了。充满乡土之爱，是这组绝句的又一感人之处。

【王冕】(1287－1359) 字元章，号煮石山农，饭牛翁，梅花屋主等。元诸暨（属浙江）人。农家出身，刻苦自学。试进士不第，遂下东吴入淮楚。至正间北游大都，荐官不就，归隐九里山。朱元璋攻下婺州，闻其名，延入幕府，授咨议参军，未几卒。工画。有《竹斋集》三卷，《续集》一卷，《附录》一卷。

白梅

冰雪林中着此身，不同桃李混芳尘。
忽然一夜清香发，散作乾坤万里春。

白梅与墨梅的不同，表现在画法上。墨梅是用没骨法，以淡墨点出花瓣，"个个开花淡墨痕"。白梅则是用白描双钩法，用细线勾勒出花瓣，更能直接地表现梅花冰清玉洁的神韵。所以《白梅》的第一句即"冰雪林中着此身"。就色而言，是以"冰雪"形"此身"之"白"也；就品性而言，是以"冰雪"形"此身"之坚忍耐寒也，而梅花非人，何以"此身"言之？这就是拟人，这梅树可不就是王冕其人的化身！

已经标举白梅的冰清玉洁，接着就拿桃李作反衬。夭桃秾李，花中之艳，香则香矣，可惜争春太苦，未能一尘不染。"不同桃李混芳尘"的"混芳尘"，是说把芳香与尘垢混同，即"和其光，同其尘"（《老子》）、

"和光同尘，不能为皎皎之操。"（《太平御览》引司马彪语）相形之下，梅花则能迥异流俗，"已是悬崖百丈冰，犹有花枝俏"。所以"清香"二字，只能属梅，而桃李无份。

"忽然一夜清香发，散作乾坤万里春。"这是诗中惊人之句。也许只是诗人在灯下画了一枝繁梅而已。而诗句却造成这样的意象：忽然在一夜之中，全世界的白梅齐放，清香四溢，玉宇澄清。较之"前村深雪里，昨夜一枝开。风递幽香山，禽窥素艳来。"（齐己《早梅》）其气概何如也？单就气概而言，简直可与宋太祖《咏初日》"一轮顷刻上天衢，逐退群星与残月"、《秋月》"才到中天万国明"等豪句媲美。但日月是帝王的取象，梅花则是志士的取象。故二者给人的质感不同。王冕《白梅》给人以品高兼志大，绝俗而又入世的矛盾统一的感觉，这又正是王冕人格的写照。

宋濂《王冕传》载，王冕"尝仿周礼著书一卷，坐卧自随，秘不使人观。更深人寂，则挑灯朗讽，既而抚卷曰：'吾未即死，持此以遇明主，伊吕事业不难致也。'"宜其借颂美梅花的芬芳中，寄托发抒如此兼善天下之壮志也。

墨梅

吾家洗砚池头树，个个花开淡墨痕。
不要人夸颜色好，只留清气满乾坤。

习近平总书记在十九届中共中央政治局同中外记者见面时的讲话，结束语道："俗语说，百闻不如一见。我们欢迎各位记者朋友在中国多走走、多看看，继续关注中共十九大之后中国的发展变化，更加全面地了解和报道中国。我们不需要更多的溢美之词，我们一贯欢迎客观的介绍和有益的建议，正所谓：'不要人夸颜色好，只留清气满乾坤。'"

他所引的两句诗，出自元代画家、诗人王冕的题画诗《墨梅》。墨梅就是水墨画的梅花。中国画有"墨分五色"之说，也就是说，水墨能表现出丰富的色调。又，中国文人画的画面构成之一是题字，而题诗是最常见的题字方式，往往能起到画龙点睛的作用。王冕这首《墨梅》，就是题画诗中的上乘之作。

"吾家洗砚池头树"二句，是描述画上的墨梅。作者不直说梅花是淡墨画成的，却想象道，画上那棵梅树，是长在他家洗砚池上的。因为池水是黑的，所以开出的梅花也是黑的。这样说很有趣味，出人意料。并不是说真有这样一棵树，甚至"吾家洗砚池"也不必真有。只是据宋人曾巩《墨池记》记载，临川城东有王羲之墨池，"羲之尝慕张芝，临池学书，池水尽黑。"作者姓王，所以把王羲之墨池称为"吾家洗砚池"。这就丰富了首句的意趣。"个个"一作"朵朵"，但"个个"更加口语化，而七言绝句是最适合口语的诗体。

"不要人夸颜色好"二句，用拟人的手法，赋予墨梅以人格与精神。因为墨梅不着色，所以"不要人夸颜色好"，却显得大气、朴素、疏朗、清新，所以说"只留清气满乾坤"。作者自幼家贫，白天放牛，晚上挑灯苦读，自学成才，却屡试不第，又不愿巴结权贵，于是绝意功名利禄，隐于浙东九里山，作画易米为生。所以这两句诗正是作者的自我写照。上句脱胎于宋人陈与义墨梅诗的"意足不求颜色似"，下句开明代于谦《石灰吟》的"要留清白在人间"的先声，故为传世名篇。

"不要人夸颜色好，只留清气满乾坤"，这两句还表现出十足的自信。习近平总书记在中共成立九十五周年大会上，曾提出道路自信、理论自信、制度自信、文化自信。总之，这也是他特别喜欢这两句诗的原因吧。

【无名氏】

奉使来谣

奉使来时，惊天动地。

奉使去时，乌天黑地。

官吏都欢天喜地。百姓却啼天哭地。

至正五年（1345），元顺帝派遣官吏宣抚诸道，慰问人民疾苦。但此举没有实际意义，反使官吏假宣抚之名，行扰民之实。百姓怨愤，作谣以讽。

"奉使"即指皇帝钦差。钦差大臣到地方去，狐假虎威，派头极大，往往造成地方上的轰动。这就是"奉使来时，惊天动地"。一时间，地方上的贪官污吏不免心惊胆战，而一些善良的百姓也会充满希望，乃至准备鸣冤叫屈。殊不知钦差一到，就被地方官吏团团围绕，做手脚的做手脚，使银两的使银两，常言道"官官相卫"，古来有几个铁面无私的包拯？所以那钦差空手而来，满载而归。百姓却大遭坑害。递过状子的，可结下祸胎了。所以"奉使去时，乌天黑地"。钦差一走，地方上的贪官污吏心中一块石头落地，从此故态复萌，乃至变本加厉，以为可以捞回损失，"官吏们都欢天喜地。"他们在加紧搜刮的同时，对于百姓中表示过不满的"刁民"，不免还要清算，于是百姓只好"啼天哭地"了。

此谣虽短，内容却十分现实而且深刻，生动地再现了钦差大臣来去前前后后地方上扮演的闹剧，包容是很大的。而其手法也别致，那便是巧妙运用了一组有复叠的嵌字格的熟语："惊天动地""乌天黑地""欢天喜地"、"啼天哭地"；而嵌用"天""地"二字的熟语，一般都意在极度夸张被嵌用的动词或形容词（惊动、乌黑、欢喜、啼哭）。

"每种艺术都用一种媒介，都有一个规范，驾驭媒介和迁就规范在起始时都有若干困难。但是艺术的乐趣就在征服这种困难之外还有余裕，还能带几分游戏态度任意纵横挥扫，使作品显得异趣横生"。"比如中国民众游戏中的三棒鼓、拉戏胡琴、相声、口技、拳术之类，所以令人惊赞的都是那一幅娴熟生动、游戏自如的手腕。在诗歌方面，这种生于余裕的游戏也是一个很重要的成分，在民俗歌谣中这个成分尤其明显。"（朱光潜《诗论》）《奉使来谣》这首元代民歌，正是在实施讽刺的同时，充分表现了作者的一种民间的机智。

至正丙申松江民谣

满城都是火，府官四散躲。
城里无一人，红军府上坐。

元顺帝至正十六年（1356），农民起义军张士诚部攻陷常州。松江为防卫计，印造官号给城中官军佩戴。官号上画圆圈，绕圈皆是火焰形图案。圈中有府字，上盖官印。圈外有府官花押。所以民谣开头一句就讽刺道："满城都是火。"此句又双关农民起义如熊熊烈火烧到松江府头上。于是府官都成了热锅上的蚂蚁，恨不得找个地缝钻进去躲一躲。"府官四散躲"，十分简劲地写出了封建官吏们在农民革命风暴的声威下，惶惶如丧家之犬的狼狈相。

诗的前两句中描写的松江府，一片混乱，府官像没头苍蝇四处乱窜。后两句却出现了一派宁静，"城中无一人"，将前面写的混乱一扫而空。并不是城中空无一人，而是没有了前两句中写到的那些府官、官军，因而变得秩序井然。最后一句推出特写镜头："红军府上坐。"按元末农民利用白莲教组成义军，以红巾红旗为标志，当时亦称红军或红巾军。起于至正十一年（1351），有刘福通、郭子兴、徐寿辉、王权等部。本篇用作农民起义军的通称。"红军府上坐"这句包含的意味是很深的，它象征着政权的转移。就像后来毛泽东形容的农民运动一样："总而言之，一切从前为绅士们看不起的人，一切被绅士们打在泥沟里，在社会上没有了立足地位，没有了发言权的人，现在居然伸起头来了。不但伸起头，而且掌权了。"诗中虽然只客观叙事，不赞一词。然而字里行间全是"好得很"的意思。

这首民歌唱的是城里的事，而作者显然是站在农民的立场。"城里无一人，红军府上坐"并不是已然发生的事，而是一种预言，一种期望。它表现了当时人心向背，反映了一场翻天覆地的社会巨变。

【张以宁】（1301—1370）字志道，号翠屏山人，元古田（属福建）人。泰定四年（1327）进士。明洪武初授侍讲学士，奉使安南。北还时卒于途中。有《翠屏集》四卷。

送重峰阮子敬南还

君家重峰下，我家大溪头。君家门前水，我家门前流。我行久别家，思忆故乡水。况乃故乡人，相见六千里。十年在扬州，五年在京城。不见故乡人，见君难为情。见君情尚尔，别君奈何许。送君遽不堪，忆君良独苦。君归过江上，为问水中鱼。别时鱼尾赤，别后今何如？

元至正间作者官至翰林学士知制诰。这首诗是他在京送同乡友人阮子敬南还的赠别之作。阮是福建重峰人。

大溪在古田城南，有两条水流于此汇合，又名双溪。其一便来自重峰方向。这种地理上的毗邻源流关系，在诗中自然而巧妙地被用来譬喻送行双方的亲密关系："君家重峰下，我家大溪头。君家门前水，我家门前流。"这格调，这取喻，会使读者联想到北宋李之仪名句："我住长江头，君住长江尾。日日思君不见君，共饮长江水。"（《卜算子》）诗人在化用的同时仍有创造，那就是"君家""我家"的两番重复，造成的那种近邻间的亲密感，含蓄表达着共饮一江之水，休戚相关的联系。语意俱佳。

　　诗人这时别家已十五年之久，远在六千里（约数）外的京城，不期见到来自故乡的朋友。"有朋自远方来，不亦乐乎"和"美不美，家乡水；亲不亲，故乡人"这两种好事叠加起来，亲如之何，美如之何，乐如之何！诗人将此欣喜激动之情表达得平静含蓄："我行久别家，思忆故乡水。况乃故乡水，相见六千里。"这里的"故乡水"非常轻灵地与上文"君家门前水，我家门前流"的"大溪"映带，使诗情摇漾。而"故乡"一词，在这一解中又构成复叠。

　　整整十五年啊，"十年在扬州"，那时必定就归心日夜思故乡；不料接着"五年在京城"，想必却忆扬州是"故乡"。而古田呢？早不敢想了。哪里会想到在京城还会遇见"故乡人"，而这故乡人还是老朋友呢？这真叫人难以相信，喜不自胜，这就是"见君难为情"的意思。这里的"故乡人"三字，又与前一解重复勾连，诗情又摇漾一次。而"十年""五年"，也是一种复叠形式。

　　以下用顶针格起（"见君"承前），接连两番运用加倍之法，渲染别情，使之醇浓。"见君情尚尔，别君奈何许？"这是一次加倍，从见面说到话别，容若不胜。殊不知接着又是："送君遽不堪，忆君良独苦"第二次加倍，从话别想到别后相思。连同上一解末二句，诗人用了一种推波助澜的写法："不见——见君；见君——别君；送君——忆君"，这感情的三次浪潮追逐而起，每两次间小有顿宕。读来回肠荡气之至。

　　最后的一解是别开生面的。诗人请朋友捎话给故乡的鱼"别时鱼尾

137

赤，别后今何如？"它似乎是反用王维《杂诗》"来日绮窗前，寒梅着花未"的写法。从中却流露了别一信息。《诗经·周南·汝坟》"鲂鱼赬尾，王室如毁"，《毛传》："赬，赤也。鱼劳则尾赤。"诗意一般认为是说周室不太平，人民忧劳。诗人借此意谓当初离别家乡，民生困于虐政，不知如今又怎样呢？如此看来，诗中还暗含韦庄《菩萨蛮》"未老莫还乡，还乡须断肠"之义。这最后的寄语，使诗情超越了个人友谊，而指向对整个家乡的忧念，从而升华到较一般赠别诗更高的境界。结尾"为问水中鱼"，仍是紧扣"故乡水"，这使诗情首尾环合，浑然一体。

南朝乐府如《西洲曲》就形成了一种四句为解、妙于重叠、音韵流转、一语百情的诗体，张以宁的这首赠别诗可谓尽得其秘传。它不仅以语言质朴，情意缠绵、风神摇曳而脍炙当时；而文人赠别诗用民歌体，这一做法本身就很有新意。

过辛稼轩神道

长啸秋云白石阴，太行天党气萧森。

英雄已尽中原泪，臣主元无北伐心。

岁晚阴符仙蠹化，夜寒雄剑老龙吟。

青山万折东流去，春暮鹃啼宰树林。

南宋爱国词人辛弃疾，在宋宁宗开禧三年（1207）死于铅山。《铅山县志·茔墓》》："辛忠敏弃疾墓，在七都虎头门。宋绍定间赠光禄大夫，敕葬于此。犹有金字碑立驿路旁，曰稼轩先生神道。"这首诗就是作者在某个秋天凭吊英雄茔墓时所作。

英雄人物的墓园总会引起凭吊者肃然起敬的情怀，和对死者生前事迹的追忆。诗人在稼轩神道旁，首先想到的是辛弃疾青年时代投笔从戎，在北方聚众抗金的事迹，心情很不平静，"长啸秋云白石阴"使人联想到的是"仰天长啸，壮怀激烈"。高宗绍兴三十年（1160）年仅弱冠的辛弃疾，就在太行山一带聚义兵两千，后归附耿京，作掌书记，共谋恢复。辛词"季子正年少，匹马黑貂裘"（〔水调歌头〕）、"想当年，金戈铁马，气吞万里如虎"（〔永遇乐〕）都是（或含有）对那段生活的追忆。辛弃疾当年活动的太行上党一带地势居高临下，苏轼形容其地是："太行西来万马屯，势与岱岳争雄尊；飞狐上党天下脊，半掩落日先黄昏。"（《雪浪石》）而张以宁本篇次句"太行天党气萧森"，不但形容其地形胜，气势深远。而且包含着对辛弃疾早年活动的缅怀。其人其地，皆可敬仰。

　　辛弃疾南归后，一直积极倡言北伐，从事抗金准备工作。然而屡遭当权者忌恨打击。终其一生，其恢复中原的宏愿，未能实现。《水龙吟》写道："倩何人唤取，红巾翠袖，揾英雄泪。"《崇祯历城县志·乡贤》载："（辛弃疾）临卒，以手比指，大呼杀贼数声而止。"真可谓死而后已。这是"英雄已尽中原泪"的确切含义。而"臣主元无北伐心"，则主要指南渡君臣即高宗等代表的主和势力，他们没有北伐诚意，致使偏安成为定局。不言"君臣"而言"臣主"，是因为按律第二字当仄。不过"臣主"这说法还可以理解为偏正结构，便有"屈服于金邦的皇帝"那种贬义。事实上，宋金绍兴和议（1141）后便改"兄弟"关系为臣君关系。宋主真是名副其实的"臣主"。隆兴和议后虽改为侄叔关系，依然屈辱。这样委曲求全的朝廷，又哪有勇气北伐呢！

　　紧接着，诗人檃栝辛词"都将万字平戎策，换得东家种树书"（《鹧鸪天》）、"举头西北浮云，倚天万里须长剑。人言此地，夜深长见，斗牛光焰！"（《水龙吟》）等感慨不平和抒发壮怀之名句，铸为联语："岁晚阴符（兵书）仙蠹化，夜寒雄剑老龙吟"，概括辛弃疾南渡后两种心情。

　　结尾，诗人又化用辛词《菩萨蛮》（书江西造口壁）："青山遮不住，毕竟东流去。江晚正愁余，山深闻鹧鸪。"词本意言恢复之障碍重重，君子

139

当自强不息，如河汉朝宗于海，然时局终未可乐观，故有殷忧。这里的化用却是指英雄既逝，江水仍绕山而东注，林表子规悲鸣，如有隐痛然，莫不是英雄之魂魄所化？难怪其余恨未消也。

诗多处运用辛弃疾词句为英雄写心，又高度概括了其生平大节，对南渡君臣则有所寄讽，是一首能代表后人对这位伟大爱国词人的追怀惋惜的佳作。

有感

马首桓州又懿州，朔风秋冷黑貂裘。

可怜吹得头如雪，更上安南万里舟。

作者身历两朝，在元至正间官至翰林侍读学士，知制诰。明洪武初，复授侍讲学士，奉使安南。这时他已年近七旬，不堪奔命，北还时卒于途中，奉使安南时作本篇抒慨。

"马首桓州又懿州，朔风秋冷黑貂裘。"桓州在今内蒙古多伦西北滦河北岸，明初置桓州驿，号称"开平西南第一驿"。懿州在今辽宁阜新。此二州皆地处中国之极北。"马首"则有唯某某马首是瞻的意思。故首句系言自己听命于洪武帝朱元璋，奔劳于北方诸州。北方苦寒，故有"朔风秋冷"之感。"黑貂裘"暗用苏秦"说秦王书十上而说不行。黑貂之裘敝"（《战国策·秦策》）表示奔波劳苦疲惫之态，也有功名未遂的意味。总之是既不得已，又不得意，于是二句已有思归息心之念头，殊不知身不由己。

"可怜吹得头如雪，更上安南万里舟。"上句"黑貂裘"还给人少壮之感，此句"头如雪"则成翁矣。黑白对照之间，不免有"空悲切"或"徒伤悲"之慨。加上"可怜"二字，又全是顾影自怜意。"吹得"二字由上文"朔风秋冷"一气贯注，意转辞连，极为自然。读到此句，令人不禁要想：该是休息的时候了，该是下马的时候了。才下马，又上船。诗人以古稀发白之年出使安南（越南），不禁感慨系之。正是"肃肃宵征，夙夜在公""实命不犹"（《诗经·召南·小星》）啊！

元明七绝之病往往在于"浮响"，即有唐人腔口而无唐人之凝重。本篇则没有这个毛病。诗以南、北二字相起，意味无穷。盖原先奔波桓、懿，皆极北之边州；此日向安南，又为极南之半岛。则张夫子一生可谓天南海北之至！日前不堪"朔风秋冷"之苦，往后呢？瘴气暑热较"朔风秋冷"又何如也？"更上安南万里舟"，诗人虽不甚言其苦，字里行间已若不堪忧矣。

【高启】(1336—1374) 字季迪，元长洲（江苏苏州）人。元末隐居吴淞青丘，自号青丘子。与杨基、张羽、徐贲并称"吴中四杰"。洪武初，召修《元史》，授翰林院国史编修。拜户部侍郎，不受。后被明太祖借故腰斩。有《高太史全集》。

水上盥手

盥手爱春水，水香手应绿。
沄沄细浪起，杳杳惊鱼伏。
惆怅坐沙边，流花去难掬。

这是一首别致的惜春曲。说它别致，是因为其所表现的情感是普遍的，而形式是独特的。诗写行人在途中到水边盥手，由所见而有所感。显然，行人到水边去，并不是因为手脏的缘故，而是因为"春来江水绿如蓝"，引得人顿生童心，盥手一半是为了玩玩的缘故。"盥手爱春水"可不正是"爱春水而盥手"的倒装吗？

"水香手应绿"，这是一个妙句。"香"字，"绿"字皆为诗眼。本来是水碧如染，却使盥手人产生一个错觉，似乎手浸在水中也被染绿了；本来是水上花香，行人却误以为水香，则也会怀疑他的手也被染香了。"水香手应绿"包含这样两重含义，句中"香""绿"都各各相对于"水""手"而言，有互文的意味，可见无论是"水香手应香"或"水绿手应绿"，都不能完全替代它，故为佳句。

"沄沄细浪起，杳杳惊鱼伏。"行人走到水边先看到鱼游春水，从容自乐的景观。当他俯身弄水，水面就起了粼粼细浪，鱼群受到惊扰，一忽儿就潜进深水中去了。字里行间，可以感到行人有点儿遗憾的感觉，似乎觉得不该扰乱了鱼群和平宁静的生活。这时忽然又看到另一景物，更增加了他的惆怅。

"惆怅坐沙边，流花去难掬。"这时从水的上游漂浮下片片落红，使行人想起了这已是暮春三月。那逐水漂流的落花，使他产生无限的遐想。也许他会想到水的上游有夹岸桃花，及桃林尽头有可爱的园田；无疑他也会悼念落红，生出惜春的情绪。他坐在沙边，默默出神，"流花去难掬"不仅是说落花漂流离岸有点远，手捧不到，所以令人惋惜；更深的一层意思却是说流光容易把人抛，飞絮落花时节，春去难留啊。即使掬来落花，又怎样呢。

惜春伤逝，是古代诗人常写的题材。本篇写得却不落俗套，它从生活中一个偶发情节写起，饶有兴味地生发，自然引入惜春情绪。可说是渐入佳境。

卖花词

绿盆小树枝枝好，花比人家别开早。陌头担得春风行，美人出帘闻叫声。移去莫愁花不活，卖与还传种花诀。余香满路日暮归，犹有蜂蝶相随飞。买花朱门几回改，不如担上花长在。

有道是"贩花为业不为俗"（《聊斋志异·黄英》），本篇即通过对花农生活的描述，表现了贩花者以业为荣、积极乐观的人生态度。诗用卖花人的夸耀口吻写来，极有情趣。

养花是技术性很强的行道，没有丰富的经验很难把花育好。诗中主人公则是养花有素的行家，他用盆栽温室育花，花就比别家开得更早更好："绿盆小树枝枝好，花比人家别开早"。这样便能"为近利，市三倍"（《易·说卦》）。你看他抢先上市，多么春风得意。连盆花都变轻了，使他跑起来特别快。"陌头担得春风行"，妙在不言"担得花枝行"，所以传神。一叫卖立刻就召来了买主："美人出帘闻叫声"。此人不仅卖花束，而且卖花苗（或盆花）。他非常懂得买卖的诀窍，便是"信誉第一"，"和气生财"。不该保守的，他一点也不保守："移去莫愁花不活，卖与还传种花诀。"买主最担心的就是买了花种不活，经他眉飞色舞地面授机宜，哪有不动心的。只要无欺，将来都成了他的老主顾。高启呀高启，你的语言真厉害，这些诗句将因生活的美而成为永久，这个花户将因这些诗句而不朽。

日暮归途，花已卖完，而余香犹在，所以沿途蜂蝶追随。此情此景，真可令卖花郎顾盼生姿，风流自赏了。他精于他的手艺，他热爱他的职业。如果要他选择来世做什么，他将一千次地回答："我还种花。"卖花人虽非神仙，能阅尽沧桑，但朱门大户的变迁和中落，他是见过的："买花朱门几回改，不如担上花长在。"富贵不可恃，"人生如此自可乐"（韩愈），这才是见道语。那些耽于富贵荣华而临深履薄者，见识不如卖花郎。

本篇题新意新，诗中卖花人的形象系诗人从生活观察中来，为前人诗中所未见。

明皇秉烛夜游图

　　花萼楼头日初堕，紫衣催上宫门锁。大家今夕宴西园，高爇银盘百枝火。海棠欲睡不得成，红妆照见殊分明。满庭紫焰作春雾，不知有月空中行。新谱霓裳试初按，内使频呼烧烛换。知更宫女报铜签，歌舞休催夜方半。共言醉饮终此宵，明日且免群臣朝。只愁风露渐欲冷，妃子衣薄愁成娇。琵琶羯鼓相追逐，白日君心欢不足。此时何暇化光明，去照逃亡小家屋。姑苏台上长夜歌，江都宫里飞萤多。一般行乐未知极，烽火忽至将如何？可怜蜀道归来客，南内凄凉头尽白。孤灯不照返魂人，梧桐夜雨秋萧瑟。

　　这首叙事诗系观图有感的咏史怀古之作。诗人从《长恨歌》"春宵苦短日高起，从此君王不早朝。承欢侍宴无闲暇，春从春游夜专夜"数句中翻出一段新的文章，他对唐明皇杨贵妃的故事，不作纵向的叙述，而侧重从一个横断面展开描写，这似乎正是受到空间艺术的绘画启发的结果。由此便具新意。

　　诗开篇便写红日西沉，宫中夜幕降临，然而宴乐并没有暂告结束，有消息传来——"大家（皇上）今夕宴西园"，于是红烛高烧，一时火树银花，将宫中照得通明，形同不夜。这就点出题面的"秉烛夜游"之意。古人秉烛夜游，意在及时行乐。而唐明皇晚岁意志消磨，沉湎酒色，在得杨贵妃之后，更是享乐无度。《冷斋夜话》引《太真外传》记叙道："上皇（即明皇）登沉香亭，诏太真妃子。妃子时卯醉未醒，命力士从侍儿扶掖而至。妃子醉颜残妆，鬓乱钗横，不能再拜。上皇笑曰：'岂是妃子醉，直海棠睡未足耳。'"诗中即根据小说家言，写出"海棠欲睡不得成，红妆照见殊分明"之句，以形明皇游兴之高，以至贵妃被从睡中唤起，开始排演明皇新谱的《霓裳羽衣曲》。时光在流逝，只闻"内使频呼烧烛换""知更宫女报铜签"，可行乐的人还觉其时未晚："歌舞休催夜方半。"所有与会者都通达旦地醉饮，于是明皇决定"明日且免群臣朝。"这一情节的根据是《长恨歌》的"春宵苦短日高起，从此君王不早朝。"然而已补充了不少句中应有的内容。"琵琶羯鼓相追逐，白日君心欢不足"则本"缓歌虽舞凝丝竹，尽日君王看不足"，既写出明皇的纵欲无度，又暗示其废政召乱的必然性。

在这里，诗人由"秉烛"字面联想翻用了唐代聂夷中《田家》"我愿君王心，化作光明烛。不照绮罗筵，唯照逃亡屋"诗句，讽刺道：与诗人愿望相反，君王的光明只照在绮罗筵上，何暇顾及逃亡的人民呢。这种情况，就和历史上荒淫无道的吴王夫差和隋炀帝差不多。姑苏台故址在苏州城外姑苏山上，为吴王夫差与西施宴乐所在。李白《乌栖曲》云："姑苏台上乌栖时，吴王宫里醉西施。吴歌楚舞欢未毕，青山欲衔半边日"。江都宫是隋代宫殿，在江都郡江阳县。隋炀帝曾征集萤火虫数斛。供夜游放飞取乐。李商隐《隋宫》云："于今腐草无萤火，终古垂杨有暮鸦。地下若逢陈后主，岂宜重问后庭花？"而高启则合此两朝亡国君主之事，与唐明皇秉烛夜游的行径并论："姑苏台上长夜歌，江都宫里飞萤多。一般行乐未知极，烽火忽至将如何？"这就有力地暗示了唐明皇不能以古为镜，遂陷进前车之覆辙，从面予以批判。

至于安史乱唐的具体过程，皆非诗人着眼所在，故一概从略。结尾诗笔一跳，仅简要地写出唐明皇在乱定归京后的凄凉境况，这是秉烛夜游图上看不到，却又与此因果相关的一幅"画图"，前后形成鲜明对照。这里已不见"银盘百枝火"，唯有一盏挑不尽的"孤灯"（此辞也从《长恨歌》来）；这里已不闻琵琶、羯鼓的欢快声音，唯有秋夜滴不尽的梧桐夜雨，像是愁人流不完的眼泪。明眸皓齿的杨贵妃，则早已埋葬在马嵬坡下冰冷的泥土中，室迩人远，乃至"悠悠生死别经年，魂魄不曾来入梦。"总之，这个超出图画本身的结尾描写，是"超以象外，得其圜中"的，具有悲凉的余韵。表明了诗人的情感态度暨全诗的命意所在。它形象地告诉读者，"成由勤俭败由奢"乃是王朝兴亡的一条普遍规律。

诗叙事集中，妙于剪裁；横向铺写，具备画意。议论少而精要，结尾紧扣主题。诗中多处化用唐人诗意及小说材料，大大丰富了诗句的内涵。

寻胡隐君

渡水复渡水，看花还看花。
春风江上路，不觉到君家。

这首诗写作者去访问友人，一位姓胡的隐士。但诗中并没有写这位隐士的生活情况，而饶有兴致地写一路上领略到的春光，一道道水，一簇簇花，一阵阵春风，仿佛他是全心全意在春游似的。令人不知他意在寻春还是"寻胡隐士。"这是诗趣所在。

从"渡水复渡水，看花还看花。"两句，可知到胡隐君家路途不近，然而一路风光却非常幽美。"渡水""看花"，实在是太简略的叙写，然而通过叠句法，却能给人以山重水复、柳暗花明的繁复与变化之感；"复""还"字的勾勒，给人"总想看个够，总也看不够"的感觉，而不是厌倦其多。第三句展现了一条路，即到胡家的路。"春风江上"的定语，概括地点出了时间和环境。要不断地渡水过桥，可见那江是曲曲弯弯的，路也是曲曲弯弯的，并不直致。行人一点也不必为行程发愁，一路的春光已足以消除他的疲劳。

只有这三句，这首诗还算不得好诗，最妙的还在三句之后，"不觉到君家"这一句。它不仅是说，因为看花看水，不知不觉来到胡家。一点儿也不感觉路远；而且意味着诗人到了胡家才回过神来，仿佛直到这时他还没有看够似的，几乎已经忘了此行的目的是什么。

《世说新语·任诞》记载了晋代名士王子猷、居山阴，雪夜思念友人戴逵，遂连夜乘船往，经一夜到达，不见戴而返，说什么"吾本乘兴而行，兴尽而返，何必见戴？"其实，八成是因剡中雪月并明，转移了王子猷的兴趣，才造成了这一任诞之举。而本篇的抒情主人公，虽然没有中止访友行动，但兴趣转移，却与那个故事同致。"不觉到君家"，突然换了二人称语气，似乎是和胡隐君见面后寒暄的话。他一面说着"不觉到君家"，一面还在为沿途的风光兴奋不已。这情景就活现在读者面前似的。

田舍夜舂

新妇舂粮独睡迟，夜寒茅屋雨来时。
灯前每嘱儿休哭，明日行人要早炊。

这首诗用最朴素的笔墨，绘出一幅田舍夜舂的生活图画：一位村妇在寒夜雨声中舂米，年幼的孩子在卧具里不断啼哭要妈妈，于是这少妇就不得不一遍又一遍哄劝幼小的孩子，"乖乖儿别哭吧，妈妈舂米呢，明日行人要早炊呢。"

从这幅图画里流露出的是人性美！

诗中少妇兼有为母与当家者的双重身份。在这两个方面她都出乎本性地尽心尽责。对于孩子，她称得上是慈爱的母亲。孩子哭，她心疼，根本忘记了深夜的疲劳，风雨的寒意，而在"灯前每嘱儿休哭"，慈母心肠见于那温柔甜蜜的口吻；对于自己不能丢开工作去抱儿拍儿，她似乎还有一点歉疚，所以丝毫没有怨怪儿哭的意思。于对"行人"，她称得上是一个能干的当家人。

"行人"，可以理解为大家庭中的男性成员，他们明儿一清早就要出门上路，或做工，或远游，需要早炊；也可以理解为田舍歇脚的客人，他们明儿一早还要赶路，也需要早炊。对这些各有所事的男人们，少妇有一种自觉的责任感，想要尽心为他们做点贡献。"明日行人要早炊"，也没有一点儿怨苦，反而甘之若饴。尽心尽力，任劳任怨，这就是我国劳动妇女的写照。

《田舍夜春》是古代劳动女性的一曲赞歌。从中泪泪流出深厚的人情味，读者可以感到那位在"夜寒茅屋雨来时""春粮独睡迟"的新妇的庄重感，及其所具的博爱情怀。

【杨基】(1326—1378) 字孟载，号眉庵。原籍嘉定（四川乐山），生长吴中，为"吴中四杰"之一。初为张士诚幕僚。明初官山西按察使，后谪为输作，卒于工所。有《眉庵集》。

长江万里图

我家岷山更西住，正见岷江发源处。
三巴春霁雪初消，百折千回向东去。
江水东流万里长，人今飘泊尚他乡。
烟波草色时牵恨，风雨猿声欲断肠。

这是一首题画之作。诗人眼前也不过一幅普普通通的山水长卷罢了，但他由"长江万里"画题，一下子就想到了故乡山水，也真可谓视通万里了。施补华《岘佣说诗》道："'我家江水初发源，宦游直送江如海'，确是东坡游金山寺发端，他人抄袭不得，盖东坡家眉州，近岷江，故曰江初发源。"杨基本人生于吴县，但其故家在嘉州（四川乐山），和苏东坡攀得上同乡。"我家岷山更西住，正见岷江发源处"二句，亦如坡诗。

《华阳国志》："建安六年，璋乃改永宁为巴郡，以固陵为巴东，徙庞羲为巴西太守，是为三巴。"诗中"三巴"泛指蜀中。岷江之水发源于川西雪山，入长江，以后"众水会涪万，瞿塘争一门"（杜甫），再东注大海。尽管流程中有百折千回，终将朝宗于大海。这种自然的趋势，不正和人生一样，和杨基本人经历一样吗？本来是岷山的儿子，却不会终老于江源，在人生道途中不断转徙，其间也有不由自主的原因。"江水东流万里长，人今漂泊尚他乡。"便是抒发着如此感喟。

印度诗哲泰戈尔有诗云："河流唱着歌奔向远方，而山崖却站在原地，满怀依依之情。"杨基在自譬江流的同时，不也对自己的发源地—岷山，满怀依依神往之情么？这就是最为普遍的一种人情，游子之情。以上六句也可说将诗人万里程、半生事一气道尽了。

以上都是因观画而生所感。如果没有最末两句回到画面上来，那真是借题发挥，而并非题画了。所以这里虽然只有两句，却是诗中很重要的一笔："烟波草色时牵恨，风雨猿声欲断肠。"长江风光，以三峡为绝胜。可以推测，这"长江万里图"的取景，是以长江三峡为蓝本的。所以画上有"烟波草色"，同时又使诗人联想到《水经注》所载的三峡渔歌："巴东三峡巫峡长，猿鸣三声泪沾裳。"这"时牵恨""欲断肠"，又自然地和前文的故乡之思、漂泊之感挽合。画面与观感融为一体。

唐人羊士谔《台中寓直览壁画山水》云："虫思庭莎白露天，微风吹竹晓凄然。今来始悟朝回客，暗写归心向石泉。"沈德潜谓其"随所感触，无非归兴，不必作画者果有此心。"（《唐诗别裁集》）也可以移为《长江万里图》评语。由此可以悟到题咏的诀窍，即须写出个人特殊的感受；如题画必此画，"作诗必此诗"，便不能给读者以新鲜的感受。

【张羽】(1333—1385)字来仪，又字附凤，元明间浔阳（江西九江）人，后迁徙吴县。为"吴中四杰"之一。元末出任安定书院山长。明初征为太常寺丞，坐事谪岭南，途中投水而死。有《静居集》四卷。

驿船谣

　　驿船来，鼓如雷；前船去，后船催。前船后船何敢住，铺陈恶时逢彼怒。画屏绣褥红氍毹，春梦暂醒过船去。棹郎长跪劝使臣，愿官莫喜更莫嗔。古来天地如邮传，过尽匆匆无限人。

　　驿船是古代（唐以后）设置供官员往来和文书邮递用的专用船只，所以陈设比较讲究，行船时刻要求准确。船工（"棹郎"）战战兢兢，如履薄冰。《驿船谣》在选材上独具只眼，通过这样一个为人忽略的角落，画出了一番世态，鞭挞了官场的丑恶。

　　"喇叭，唢呐，曲儿小腔儿大。官船来往乱如麻，全仗你抬声价。"（王磐《朝天子》）这是元代驿船运行的情景。张羽笔下的驿船，也忙得一团糟："驿船来，鼓如雷；前船去，后船催。"那船上雷鸣般的鼓点，虽不是喇叭唢呐之属，其作用都一样，即为官老爷们抬身价，使之显得八面威风，则四方生畏。"前船去，后船催"，也全是"来往乱如麻"的情景。船工们的紧张得要命是不难想见的了。

　　诗人用模拟语气解释这种紧张忙乱："前船后船何敢住，铺陈恶时逢彼怒。"二句倒装，意即连陈设、布置差了一点都不行，何况不准时呢，往来驿船"谁敢在太岁头上动土"！诗句点化《诗·邶风·柏舟》"薄言往愬，逢彼之怒"，写官人的惹不起，颇有语妙。两句总上"前船"后船"，将行船如催一意写足。以下再细讲"铺陈"的问题："画屏绣褥红甋魱，春梦暂醒过船去。"船舱里陈设得纸醉金迷，俨然华堂，殊不知官员们只是暂住一会，从上船到下船，就如春梦般短暂易逝。尽管如此，仍是"铺陈恶时逢彼怒"！讲排场，摆架子，官场恶习，千古如斯。

诗人在愤怒之余，忽发妙思。在诗的后半部分，他设计了一个"参军戏"中苍鹘的角色，让他来讽刺教训那些昏昏然不知所以的官老爷。"棹郎长跪劝使臣：愿官莫喜更莫嗔。古来天地如邮传，过尽匆匆无限人。"船工似乎是在请一位老爷息怒，尽管老爷怒容满面，船工还是没有吓得诚惶诚恐，而是谦恭地开导这位气糊涂了的大人：驿船铺陈好时您也别喜，差时您也别嗔；反正您老也坐不了一会儿的。别说坐驿船只是一会儿工夫，就是人生，不也和"邮传"一样吗，不知道送去多少人了。诗人就驿船作譬，以邮传喻人生，实言富贵虚荣不足恃，是十分切题而巧妙的。这一瓢凉水，也可以使动辄要威风的老爷息息火了吧。

在生活中当然很难有这样的下人训导老爷的事发生，但在文学艺术中则完全可以这样写。传统剧中，就有不少受奴婢教调教作弄的糊涂老爷，反映了人民的一种价值判断和愿望。

题陶处士象

五儿长大翟卿贤，彭泽归来只醉眠。
篱下黄花门外柳，风光不似义熙前。

"处士"是古时不愿为官或未尝为官之士的一种称呼，犹今人之称"先生"。由此可知诗人看到的这幅陶渊明像，画的是弃官归田后的情况。很可能是一幅渊明醉酒图。

"五儿长大翟卿贤"，诗的第一句就有别趣。诗人撇开陶先生的清高不言，开口就说其家庭琐事。渊明有五子。其《责子》诗云："虽有五男儿，总不好纸笔。"不过在乡下，文化也值不了几个钱。好在他们都长大成人，生活上不必让父亲担忧。何况渊明继室翟氏夫人为人贤淑，家事就更不用他本人操心。夫人为陶先生解除了一切家庭负担，好让他放心喝酒，做梦去："彭泽归来只醉眠。"

渊明在东晋曾为彭泽令，"素简贵，不私事上官，郡遣督邮至县，吏应束带见之。潜叹曰：吾不能为五斗米折腰，拳拳事乡里小人邪！义熙二年，解印绶去县。"（《晋书·本传》）"彭泽归来"即此之谓。总上两句，诗人笔下的陶渊明不但是一个辞官归隐的高士，而且是一个尽了责任的父亲，一个有福气的丈夫。在他的田庄里，没有督邮来叫人烦心，没有小儿女的聒噪，也没有河东狮子吼的担忧，他可以对着门前五柳，三径松菊，悠然地饮酒赋诗。所以前二句涉笔似俗，而实能脱俗。

"篱下黄花门外柳，风光不似义熙前。"第三句描写的是渊明田园的风光，语本陶潜诗文。《饮酒》诗云："采菊东篱下，悠然见南山"，《五柳先生传》云："宅边有五柳树，因以为号焉。"其居处的田园风光，可见是不错的。但据《归去来辞》所说，在先生归来之前，是"田园将芜""三径就荒"。而先生之归在晋安帝义熙二年，此后经过一番整治，才初具规模。

末句"风光不似义熙前"，实是说"风光胜似义熙前"，但如果径作"胜似"，则质木无味；说"不似"则耐人寻想，不免要把义熙前后情况比照比照，方恍然大悟，原来"风光不似义熙前"，是一种多么满意的、"觉今是而昨非"的口吻啊！这种含蓄不露之美，是七绝最需讲究的。一字推敲得宜，则全诗皆为之生色。

【张简】生卒年不详，字仲简，明吴县人。自称云丘道人，白羊山樵。元季兵乱，以母老归养。洪武初召修元史。有《云丘道人集》。

醉樵歌

　　东吴市中逢醉樵，铁冠欹侧发飘萧。两肩矻矻何所负？青松一枝悬酒瓢。自言华盖峰头住，足迹踏遍人间路。学剑学书总不成，唯有饮酒得真趣。管乐本是王霸才，松乔自有烟霞具。手持昆冈白玉斧，曾向月里斫桂树。月里仙人不我嗔，特令下饮洞庭春。兴来一吸海水尽，却把珊瑚樵作薪。醒时邂逅逢王质，石上看棋黄鹤立。斧柯烂尽不成仙，不如一醉三千日。于今老去名空在，处处题诗偿酒债。淋漓醉墨落人间，夜夜风雷起光怪。

　　饶介字介之，江西临川人，"分守吴中，自号醉樵。延诸文士作歌。仲简诗擅场，居首坐，高季迪次之，杨孟载又次之。"（《明诗别裁集》）张简的这首诗之所以擅场一时，就在于他并不拘泥于描摹写实，而是借"醉樵"这个别号和题面，充分发挥浪漫想象，从而塑造了一个超凡脱俗的自由不羁的人物形象。闪耀着理想主义的光辉。

　　诗一开始就用大写意的笔墨，勾勒了一个号称"醉樵"的人物外貌轮廓。"铁冠"本为御史所戴的法冠，因以铁做帽骨得名。全诗除"铁冠欹侧"（斜戴铁冠）四字略点饶介身份之外，基本上是按照作者想象塑造的一个隐逸江湖的才士形象。诗人先用设幻之笔，以目击者的赞叹语气，叙相逢"醉樵"于"东吴市中"，尽管斜戴铁冠，却不像官场中人。看他披散着头发，两肩吃力地扛着什么，原来是"青松一枝悬酒瓢。"只这一句"醉""樵"两字都有了。既然生计在"樵"，就不是仕宦之人；"樵"而能"醉"，则又不是一般的樵子。因为这个"醉"字实际显示出一种文

153

化风貌。

"自言华盖峰头住，足迹踏遍人间路。"一句见其潇洒出尘（饶介又号华盖山樵），一句则见其隐不绝俗，浪迹江湖，又暗扣那个"樵"字（即上山打柴市上卖）。"学剑学书总不成，唯有饮酒得真趣"二句又照应"醉"字，表面上似乎在写其自谦"文也文不得，武也武不得"，其实非常自负。"学书不成，去，学剑又不成"（《史记·项羽本纪》）本是楚霸王少年故事："书，足以记名姓而已；剑，一人敌，不足学，学万人敌！"可见这个"醉樵"也是个莫测高深的人物。

大略勾勒了人物风貌之后，诗人便发挥奇特想象，运用传奇般的笔墨，凭空虚构了几个"醉樵"的神话。管仲、乐毅为春秋战国时代的政治家或军事家；赤松子、王子乔则是两位羽化而登仙的人物。"管乐本是王霸才，松乔自有烟霞具"似乎对举两号不同人物，则"醉樵"自近于后者。其实两者之间并无不可逾越的鸿沟，胜于雄辩的例证便是张良的经历。所以这两句其实都是写"醉樵"的，言其既揣有王霸大略，而又怀有出世的理想。以下即化用吴刚的传说，言其"手持昆冈（传说中产玉的山冈）白玉斧，曾向月里斫桂树"。这是关于"醉樵"的第一个神话，妙在"斫桂树"之事即见"樵"者本分。以下四句戛戛独造："月里仙人不我嗔，特令下饮洞庭春。兴来一吸海水尽，却把珊瑚樵作薪。"读者应划一路密圈，并为之投笔击节！

"洞庭春"是美酒名（苏轼《洞庭春色诗序》"安定郡王以黄柑酿酒，谓之洞庭春色"），诗人在想象中将洞庭湖水化着醇醪。以下又因湖及海，气魄极大，而将海水作酒吸尽后，又砍伐珊瑚作薪，大是"醉"意，又妙扣"樵"字。这是关于"醉樵"的第二个神话。紧接又化用《云笈七签》中的故事，言有名王质者入山砍柴，见几个童子下棋，棋看完了，斧柄都烂了，人间早已换世。今浙江尚有烂柯山。诗中说"醉樵"当年是和王质同往看棋的人。这是第三个神话。"柯烂"又是樵夫典故。而诗人在这里又通过王质，还"醉樵"以世人身份："斧柯烂尽不成仙，不如一醉三千日。”

最后四句是余墨作波，言“醉樵”能诗，“题诗偿酒债”云云，犹如写黄庭以换新鹅一样，大是韵事。“淋漓醉墨落人间，夜夜风雷起光怪”，暗用杜甫赞美李白“昔年有狂客，号尔谪仙人。笔落惊风雨，诗成泣鬼神”诗意，以“醉樵”比酒仙兼诗仙的李白，言其诗成后可以感天动地，使夜间风雷大作，生出种种灵异的现象。

诗中所写的人物形象，确是由“醉樵”二字着想，但不必即饶介之其人。诗人的想象力十分丰富，他运用了一些现成神话材料，裁以己意，引申发挥，自铸新辞，成功地刻画了一个惹人喜爱的弃绝庸俗的“醉樵”。

【高棅】（1350—1423）一名廷礼，字彦恢，号漫士，明长乐（今属福建）人。永乐初，征为翰林待诏，后升典籍。论诗主唐音。编《唐诗品汇》，影响颇大。有《啸台集》《木天清气集》。

峤屿春潮

瀛洲见海色，潮来如风雨。

初日照寒涛，春声在孤屿。

飞帆落镜中，望入桃花去。

这首诗是作者在海岛观潮之作。“峤”指尖峭的高山，“屿”指海中山岛。“峤屿”在诗中指海边的一个孤岛。潮涨之时，“海上涛头一线来，须臾指顾雪成堆”（苏轼），是十分壮观的。全诗六句分三层写来。

“瀛洲见海色，潮来如风雨”。《史记·秦始皇本纪》：“齐人徐市等上书，言海中有三神山，名曰蓬莱、方丈、瀛洲、仙人居之。”诗中以“瀛洲"代称海岛，便写出了诗人观潮时飘飘欲仙的感受。"海色"指大海的景观，此处特指春潮。潮水到来时，是浪头连成一线，一浪紧追一浪而来，而声势雷动。本来没有风雨，看上去、听起来，都使人疑心风雨大作。特别是浪头打在山崖上，轰响如雷，而飞沫满空，尤似风雨。

"初日照寒涛，春声在孤屿。"这是诗中骈偶的佳句。潮水朝起夕消，故称"潮汐"。"初日"二字正见春潮方兴未艾，煞是好看。而初临海上的旭日，光线不强烈，由于海雾蒸腾，还有几分惨淡的感觉。潮水的涛头本来就是雪白如群鹭齐飞、万马奔腾，在淡薄日光照射下，更显得耀眼的白。白色通感与寒冷。"初日照寒涛"之妙，在于它不仅写出了潮的壮观，还写出了景象产生降温的错觉。但观潮者并不因寒冷之感而觉得身在严冬，海上雪浪翻卷、如冰山崩融，简直就是在宣布着春天的消息。那风雷动的声音，不正像是惊蛰的春雨？"春声在孤屿"，妙在一个"在"字，本来春天的来临，消息遍地都是，这个"在"字却把它限于一个"孤屿"，这就写出了诗人率先占春的强烈的主观感觉。从另一角度说，这潮水造成的"春声"，不正是钟于此岛么？一"在"字又并非无理。

"飞帆镜中落，望入桃花去。"结尾突然出现了小舟飞驶海面的奇景，那可能是诗人所见，也可能就是诗人乘舟离岛归陆。那船儿必然是顺着潮水方向而行，故有如"飞"的感觉。别看涛头这样大，但因为它的运动很有规律、秩序，舟驰海上仍有平稳的感觉，故"飞帆落镜中"是从体验生出的诗句。末句不径言归陆，却由桃花着想，写作"望入桃花去"，这分明又有一重暗喻，即诗人觉得那小舟载着人，将驶到一个桃源仙境。这就与篇首"瀛洲"映带，令人神往。

诗仅六句，前后二联散行，中二句对仗。其体制较绝句为有余，比律诗则不足。诗人既不减之为绝句，亦不增之作律诗，是因为这样写恰到好处。唐人祖咏应试赋《望终南余雪》，按规矩至少应写八句，但他只写四句，言"意尽而止"，其诗竟成名作，历代传为佳话。诗到好处，一句增减不得，古人往往如此。

【方孝孺】(1357—1402) 字希直，一字希古，明浙江宁海人。宋濂弟子，人称正学先生。惠帝时任侍讲学士。后因不肯为成祖起草登极诏书被杀。坐诛九族。有《逊志斋集》二十四卷。

论诗（二首）

其一

举世皆宗李杜诗，不知李杜更宗谁？
能探风雅无穷意，始是乾坤绝妙辞。

其二

前宋文章配两周，盛时诗律每无俦。
今人未识昆仑派，却笑黄河是浊流。

　　明人因不满宋诗近粗，元诗近纤，而提倡师法唐人。学习前人积累的成功经验，原也不错。但世俗的弊端有二：一是将源作流，把唐诗作为范本模拟，跳不出如来手心；二是眼界太窄，看不到宋诗也自有好处，大失老杜转益多师之义。两首诗就分别针对这两种弊端进行针砭。

　　第一首开篇就诗界流风陡发一问，如石破天惊，为当头棒喝。不是都以为作诗非师法唐人不可么？而唐诗不是又以李白、杜甫为极则么？果如其然，李杜本人作诗又怎么办呢？诗人用了一个简单的逻辑推理即"归谬法"，就指出了世人作诗的一大误区。道理虽然简单，却偏偏无人揭示过，方孝孺捅破这层窗户纸，所以有振聋发聩的力量。这里诗人实际上已经接触到文学创作的源流之辨了，"举世皆宗李杜诗"的误区就在于认流作源。

157

诗人进一步探源，李杜皆上承风雅（即诗经）的传统，宗李杜不如直探风雅之精神："能探风雅无穷意，始是乾坤绝妙辞。"这可以认为是祖述杜甫"别裁伪体亲风雅"的遗意，也兼有"转益多师"的意味。不过，在这个问题上，方氏还未能达道。他仍未跳出将源作流的圈子，因此未为治本之良方。"实际上，过去的文艺作品不是源而是流"（毛泽东），而唯一的源泉只能是生活，不少仿唐之作被批评为假古董，根本原因就在这里。话虽如此，方氏能在当时提出"举世皆宗李杜诗，不知李杜更宗谁"这个问题，已经是一个了不起的贡献，足以发人深省。

宋诗在唐诗的基础上发展，而形成自己独特的面貌。就总体成就而言不如唐诗，而就某些方面来说则有所独到偏胜。明人崇尚唐诗，有一种全盘否定宋诗的倾向："唐人诗纯，宋人诗驳。唐人诗活，宋人诗滞。唐诗自在，宋诗费力。唐诗浑成，宋诗饤饾。唐诗缜密，宋诗漏逗。唐诗温润，宋诗枯燥。唐诗铿锵，宋诗散缓。唐诗如贵介公子，举止风流；宋诗如三家村乍富人，盛服揖人，辞容鄙陋。"（《四溟诗话》引刘绩语）虽然道出了二者差异，但褒贬失当也毋庸讳言。宋诗，尤其是北宋欧、梅到苏、黄的诗，就于唐诗外别开生面，可谓洋洋大观。

第二首便把北宋诗与南宋诗的盛衰比作西周与东周的差异，称北宋为"盛时"，对苏黄等大宗予以充分肯定："前宋文章配两周，盛时诗律每无俦。"对当时人只看到宋诗末流，便轻率否定宋诗，以为无足观者痛加斥责："今人未识昆仑派，却笑黄河是浊流。"黄河当然是浊流，然而它西决昆仑，咆哮万里，千回百折；比较"白波九道流雪山"的长江，也别有一番气势，何况探其河源，也未必如下游之浊。方氏对北宋诗作出充分肯定，较同时代人自具卓见。事实上，就是南渡之后的陆、范、杨等作家，也还是值得推重的，也不能以末流概之。但对一首论诗绝句，也无须求全责备。本篇的意义就在于它较早地对宋诗的独创精神予以肯定。

【蓝仁】生卒年不详，字静之，明崇安（属福建）人。元末不应试，一意为诗。后辟武夷书院山长，明初随例徙临濠（安徽凤阳），不久放归。洪武七年（1374）一度出仕。有《蓝山集》六卷。

暮归山中

> 暮归山已昏，濯足月在涧。
> 衡门栖鹊定，暗树流萤乱。
> 妻孥候我至，明灯共蔬饭。
> 伫立松桂凉，疏星隔河汉。

本篇写山居生活片断，田园风味甚浓。

从诗中景物看，这是一个秋初的傍晚，诗人外出归来。天色已"暮"，而入山之后光线更幽暗，"暮归山已昏"，"昏"与"暮"二字辨味很细。次句写"濯足"，肯定不是"沧浪之水浊兮，可以濯吾足"（《孺子歌》）那个意思，也不应是因脚弄脏的缘故——那可以回家去洗。想必是回家路上要经过一个山涧，或许本来就要蹚水，或许是月色在水太诱人的缘故，使得作者"当流赤足踏涧石"（韩愈），享受到泉水清凉的抚慰。领联"衡门栖鹊定，暗树流萤乱"，写的是到家时分的景色。从"栖鹊""流萤"等景物看，较上联所写已有一段时间间隔，这时夜幕降临已很久了。"栖鹊定"与"流萤乱"，这一"定"一"乱"，一静一动，相映成趣，下字十分准确，是句中字眼。

颈联写与家人共饭，极富于乡间生活气息。看来饭菜早做好了，小孩子家早就巴巴地盼着吃饭，但爸爸没回来，妈妈不让吃。"妻孥候我至"的"候我"二字，写出亲人的期待关切，以及既至后应有的高兴。所以"明灯共蔬饭"一句平平叙来，晚饭一起吃，有无限天伦之乐洋溢句中。"明灯"二字写山居灯火，实在有主观感情色彩的作用，适见其心情的愉快。饭罢，踱出室外站在松桂树下，天气是已"凉"未寒，十分宜人。仰观天象，是"疏星隔河汉。"那隔河汉的疏星，特指牵牛织女星。于是读者得到一个暗示，七夕将近，但还未到来。所以牛女一时还无法相会。作者望着星空，也许在替他们祝福。间接地表达了对自己能享受天伦之乐的知足。

　　诗按时间顺序，从容写来，取景幽静，用字精细，极有生活趣味，末尾的一笔有意无意中提高了意境。

【蓝智】生卒年不详，字明之，蓝仁弟。明洪武十年（1377）应荐，授广西按察司佥司著廉声。与其兄号称"二蓝"。有《蓝涧集》六卷。

龙州（录三）

其一

山蕉木柰野葡萄，佛指香圆人面桃。
更有波罗甜似蜜，冰盘初荐尺余高。

其二

峒丁峒妇皆高髻，白纻裁衫青布裙。
客至柴门共深揖，一时男女竟谁分？

其三

白沙青石小溪清，鱼入疏罾艇子轻。

谩说南荒风景异，此时真似剡中行。

作者系蓝仁弟，洪武十年（1377）应举，授广西按察司金事。龙州即今广西龙州县。这组绝句系写当地风土人情的作品，性质略近《竹枝词》。这里选的三篇在题材手法上都各不相同。

第一首写龙州物产，以水果为优。前两句以"穷举法"一口气说出六种果品名称：山蕉、木奈、野葡萄、佛指、香圆（橙子）、人面桃，将读者镇住。然后在第三四句推出一个特写镜头，以一白瓷盘托出刚从树上摘下的尺余高的菠萝，还夸说其甜如蜜，其色、香、味，足令读者垂涎三尺。前后两种意象，一密一疏，穷举与举隅相结合，可谓善夸者矣。

第二首写龙州民俗。"峒"系广西贵州部分苗族、侗族、壮族聚居区地名之泛称。诗中所写是龙州居住的少数民族装束和礼节，"峒丁峒妇"即该族男人和妇女，在发式上没有区别，皆梳"高髻"；在装束上也没有区别，"白纻裁衫青布裙"，见客（这客可是汉族的官家）也是夫妇一同出迎见礼。可见这少数民族保持着淳朴的古风，男女较为平等，没有受到汉人"礼教"的影响。这才使作者感到很新鲜，很好奇。"一时男女竟谁分？"仿佛旧派人看新青年的发式，男女不分，莫名惊诧，本篇就写出了类似神情，诗味也就在这里。

前两首都写龙州人、物之异于内地；后一首则写龙州景色与内地江南有相似的秀丽。这里青山绿水，自然生态环境很好，"白沙青石小溪清"；是捕鱼的好地方，"鱼入疏罾艇子轻"。大概诗人过去由传闻想象南荒应是不毛之地，殊不知亲到其地，否定了那种偏见，因为他看到这里的好山好水不亚于剡溪（曹娥江上游，在浙江嵊县，风景幽美）。诗用"漫说"提唱，结以出人意料的赞叹，便饶有风调。

这组诗不妨称之为"龙州竹枝词"。竹枝词一类作品，关键就要抓住风土人情的特色来写，语言要通俗浅显，能道异域情调始佳。这组诗给读者展示了一片新的风景，便是本色之作。

【瞿佑】(1341—1427)佑一作祐，字宗吉，明钱塘人。洪武中以荐为临安、宜阳等县训导。永乐间官周王府右长史。以作诗得祸，谪戍保安（陕西促丹县）十年。洪熙元年（1425）赦还。宣德二年卒，年八十七。著有《存斋诗集》《归田诗话》《乐府遗音》等。

伍员庙

一过丛祠泪满襟，英雄自古少知音。

江边敌国方尝胆，台上佳人正捧心。

入郢共知仇已雪，沼吴谁识恨尤深。

素车白马终何益，不及陶朱像铸金。

伍子胥是历史悲剧人物之一，他的事迹向来引起不少文人墨客的凭吊歌吟，本篇所说的"伍员庙"一名伍相国祠，在苏州胥口镇。

"一过丛祠泪满襟，英雄自古少知音。"诗著题赋起，写诗人过祠而感其人之事，深为悲愤不平。"英雄自古少知音"以明白浅显的语言说出了一个带有普遍性的人间悲剧，那是屈子"往者余不及兮，来者吾不闻"、陈子昂"前不见古人，后不见来者"、辛弃疾"不恨古人吾不见，恨古人不见吾狂耳"等诗词共同悲慨过的一个事实。易卜生《人民公敌》也曾沉痛宣言：伟大人物总是孤独的。当一个英雄人物，他的预见性和超前的行为不为一代或一方之人所理解，往往就会曲高和寡，甚至有被他忠心侍奉的主人视为异己的可能。伍子胥就因激怒夫差，招致了杀身之祸。

"江边敌国方尝胆，台上佳人正捧心"两句写吴亡之前可忧的、为伍子胥早已洞察的形势。一句写越国亡吴复仇雪耻之心未死，用了卧薪尝胆的故事。《史记·勾践世家》："吴既赦越，越王勾践反国，乃苦身焦思，置胆于坐，坐卧而仰胆，饮食亦尝胆也，曰：'汝忘会稽之耻邪？'"二句写越国对吴王施行美人计，用西施来瓦解夫差的意志，使之全无警惕。"捧心"事出《庄子·天运》。全句意谓越大夫范蠡献西施于夫差，吴王许和，逐日与西施宴饮于姑苏台；西施捧心皱眉，病而愈妍。两句将吴国的外患内忧写足，适可见伍子胥当年的焦虑。"方尝胆""正捧心"用典铸辞、语极俏辣尖新，发人深省。"胆""心"天然成对，可谓工整。

"入郢共知仇已雪，沼吴谁识恨尤深。"二句概言子胥生平大节，前仇方雪，后恨尤深，何不幸之甚也！盖伍子胥父兄均被楚平王杀害，他只身奔吴，佐阖闾伐楚，陷郢都鞭楚平王之尸三百，得以雪恨。但不料阖闾之子夫差太不争气，丧失敌情观念，伍子胥曾痛心地预计说："越十年生聚，而十年教训，二十年之外，吴其为沼乎！"这个预言后来是兑现了的，当时却没有起作用，故曰"谁识恨尤深"。

"素车白马终何益，不及陶朱像铸金。"结尾慨叹伍子胥不善于明哲保身，故遭杀身之祸，在这方面不如越大夫范蠡聪明。据《吴地记》："越军于苏州东南临江北岸立坛，杀白马祭子胥，杯动酒尽，后因立庙于此江之上"，可见他的忠直精神为人共仰，是跨越了国界的。范蠡在吴亡之后，预见勾践为人不可共安乐、遂弃官隐陶称朱公，经商致富。勾践则铸金身以纪念这位功臣。全诗颇能勾勒伍子胥一身大节和悲愤心情，唯末二句主张谋身一义与其人性格不符，亦可见"英雄自古少知音"。

【杨荣】(1370—1440) 字逸仁，明建安（福建建瓯）人。建文（1400）进士，授翰林编修。洪熙（1425）时累官工部尚书。宣德五年（1430）进少傅，正统三年（1438）进少师，五年卒。赠太师，谥文敏。为"台阁体"诗人。

江南旅情

客梦家千里，乡心柳万条。

片云遮海峤，一雨送江潮。

恋阙绨袍在，怀人尺素遥。

春光看又晚，何处灞陵桥。

　　本篇写于作者宦达之前，自抒旅食江南思乡感离的情绪。

　　本篇一起便用对仗："客梦家千里，乡心柳万条。"紧扣题面写思家情怀。纯粹诗的语言，使此十字容量很大，正因为在千里之外，有家难回，才有此魂牵梦萦之事。所谓"枕上片时春梦中，行尽江南数千里"（岑参）。上句的"梦"字是关键，下句则以"柳"字为枢纽。它不仅显示出这是在一个春天，而且是牵引起"乡心"的一个契机。"柳万条"便使人想起离别之事，而平添愁绪，所谓"无事将心系柳条"（李益），这句直启"旅情"，遥接篇末"灞陵桥"云云，读时应予留意。

　　"片云遮海峤，一雨送江潮"。此联写景，为诗中警策语。估计诗人在钱塘江上，这里离闽中建安约千里之遥，且有著名的钱塘潮，在江上景物中，诗人仅选择了"片云""一雨""江潮"这些能显示气候的意象，可谓大处落墨。由"片云"联想到"遮海峤（此指闽峤，即诗人故乡）"，暗示了诗人的视线方向，和思故乡望当归的殷切心情。"江潮"本是应时而至，与晴雨无关；但刚才过雨，江中水量较平时为多，故潮水显得特别大，故云："一雨送江潮"，可谓妙于写景。同时江潮有信，古人往往用来反形游子归家无期，故此景中仍含有意味，妙在水中着盐，无迹可求。

　　"恋阙绨袍在，怀人尺素遥。"这两句给读者暗示了作者羁旅不归的原因，是因为渴望功名，感人知遇之恩。虽然他所怀之人不易详考，但可以肯定对方是一位先达的友人。《史记·范雎蔡泽列传》载范雎与须贾积怨后入秦为相，遇须贾出使秦国，范雎便装成穷人去见他。须贾动了恻隐之心，赠之以绨袍（粗厚的丝绸官袍），遂释前嫌。后人常用"绨袍"典故指贫寒中受人接济。"尺素"是一尺左右的绢帛，古人用作书写文

164

具，故常为书信的代称。这两句在诗中作为与乡思相对的思想感情，它的加入十分重要。它丰富了诗的内涵，也使抒情主人公性格更加温润。

"春光看又晚，何处灞陵桥。"最后两句仍挽合到旅情上来，与"乡心柳万条"句呼应。《三辅黄图》云："灞桥在长安东，跨水作桥。汉人送客至此桥，折柳赠别。"古诗词中常代用为送客远行之处。这里诗情由乡思转移到伤离，而这"灞陵桥"应指在当时南京与故人分手的地方。综上四层，读者可以看到这样一个人物形象：他是热心仕宦功名的，但还没有找到归宿，所以有些惶惶不可终日；他很想念故乡，偏偏又不安心回去；他希望能得到援引，故又十分恋旧。"春光看又晚"就十分形象地写出了他那唯恐后时的心理。

【薛瑄】(1392—1466) 字德温，明河津（属山西）人。永乐十九年（1421）进士，擢御史，历大理寺少卿。天顺初（1457）以礼部侍郎兼文渊阁大学士入内阁，未几，引疾至仕。卒谥文清。有《薛文清全集》。

过鹿门山

西来汉水浸山根，舟人云此是鹿门。
峭壁苍苍石色古，曲径杳杳藤萝昏。
乱峰幽谷不知数，底是庞公栖隐处？
含情一笑江风清，双橹急摇下滩去。

在中国，人们无论沿着哪一条较大的江河旅行，恐怕都得经过几处名胜，从而引起一番怀古的幽情。这种匆匆路过式的怀古，与登临怀古，况味是很不相同的。这首诗好就好在写出了这转瞬即逝，如过眼云烟式的情思。

他这是沿着汉水顺流而下，船走得很快。不觉便来了一山，临江耸峙，如浸泡在汉水中。"西来汉水浸山根"，"浸"字与"山根"的"根"字皆妙。意言那山仿佛是从水里长出来的，自然吸引了旅人的注意。这句并未说出山名，因为他并不像舟子那样熟悉航道；"鹿门"这山名在下句由舟子口中道出，实事实写。

对"鹿门山"作为名胜古迹的内涵，诗人显然比舟子又了然得多。舟子是见惯不惊，说过照常推舟；而文质彬彬的诗人却饶有兴致地打量起那山形来了，中间四句便写"鹿门山"的观感。按，"鹿门山"在今湖北襄樊东南四十里汉江北岸，汉末隐士庞德公，为逃避刘表的征召，携妇将雏，登山采药，隐居不出。唐代大诗人孟浩然也在此隐居过。作者在江中看到的果然好一座深山："峭壁苍苍石色古，曲径杳杳藤萝昏。乱峰幽谷不知数"，他自然会想"底是庞公栖隐处？"似乎要大发思古之幽情了。

如果他是在登山览胜，自然可以慢慢去寻访，去考查。可江行却容不得他低回迟延。对不起，下滩了。诗人只好站稳一点，任那"双橹急摇下滩去"。于是"含情一笑江风清"这句，不仅是一种向古人致意的自作多情；而且也是无可奈何的一笑。是颇能传达当时神情的一笔。

读者一定会联想起孟浩然那首篇幅与本篇相当的名作《夜归鹿门歌》："山寺鸣钟昼已昏，渔梁渡头争渡喧。人随沙岸向江村，余亦乘舟归鹿门。鹿门月照开烟树，忽到庞公栖隐处。岩扉松径长寂寥，唯有幽人自来去。"这是多么深刻之作呀，诗人简直已经进入境界，进入角色，那"幽人"不就是庞德公和诗人个儿的合一吗？相形之下，这首《过鹿门山》不是太浮光掠影么？诗人连"庞公栖隐处"都没找着，更不用说进入角色了。但这是江行，江行览胜的特点就是"放电影"式的，容不得你慢慢咀嚼或回环往复。"浮光掠影"式地感怀，酷肖江行之风神，道出了一种特殊的生活况味。

梅花落

檐外双梅树，庭前昨夜风。

不知何处笛，并起一声中。

《梅花落》本为笛曲。本篇咏笛，兼写春风落梅，其佳处全在巧心浚发。诗的首二句是两个对仗的名词性的词组："檐外双梅树，庭前昨夜风"，用文法来读这样的诗句是读不通的，因为它只说了"什么"，没有说"怎么样"。但用诗法来读则绝无窒碍。"庭前""檐外"是同一地方，"双梅树"与"昨夜风"并置，则大是梅花落的意味了。这里的风是春风，梅花较百花开放得早，凌寒先放，到春暖花开的季节，它倒先落了，此所谓"俏也不争春，只把春来报"。(毛泽东)

三四两句忽引出笛声，诗中并未明言此笛所奏何曲。但"梅花落"这个诗题，和末句"并起一声中"，告诉读者，它吹奏的正是《梅花落》。所谓"并起"便不止"一声"，至少有两声。很清楚，这两声便是使得"梅花落"的风声，和吹奏《梅花落》的笛声。说它们都为一声，是就其统一于"梅花落"而言。所以这一句实为独到的佳句。"不知何处笛"云云，表面是说莫知笛声之所至，而语气上则是颇具怨意的。似乎有些责怪笛声不该来凑这趣儿，以致加速了梅花的飘落。事实上这没有道理。那吹笛的人，或许正是有感春惜花之心，才对着落梅风吹起应景的笛曲呢。所以这两句很耐人回味。五言绝句虽小却好，虽好却小，有时就靠那么一点巧思取胜。

【郭登】（？—1472）字元登，明定远（属安徽）人。洪熙（1425）时授勋卫。正统七年（1442）九年均立战功。土木之役以功封定襄伯。英宗复辟，谪戍甘肃。成化初（1465）复爵，卒赠侯，谥忠武。有《联珠集》（含其父兄之作）行世。

送岳季方还京

登高楼，望明月，明月秋来几圆缺。多情只照绮罗筵，莫照天涯远行客。天涯行客离乡久，见月思乡搔白首。年年长自送行人，折尽边城路旁柳。东望秦川一雁飞，可怜同住不同归。身留塞北空弹铗，梦绕江南未拂衣。君归复喜登台阁，风裁棱棱尚如昨。但令四海歌升平，我在甘州贫亦乐。甘州城西黑水流，甘州城北黄云愁。玉关人老貂裘敝，苦忆平生马少游。

作者为明代英宗朝武臣，屡有战功。瓦剌军俘英宗后大肆入侵，他以破敌有功封定襄伯。英宗复辟后，谪戍甘州（甘肃张掖）。岳季方则因忤权幸贬谪肃州（甘肃酒泉），成化初年，复官修撰。本篇即写于岳季方还京复职时。全诗四句一韵，五换韵，可分三段。

前二韵为一段，写久谪思归之情。诗人用近乎迷惘的调子唱出了："登高楼，望明月，明月秋来几圆缺？"事实上秋天明月只圆缺三次，诗人似乎弄不清楚，这只能说明他度日如年，深感困惑罢了。聂夷中《咏田家》诗云："我愿君王心，化着光明烛。不照绮罗筵，只照逃亡屋。"这里却因其意而用之，用埋怨语气对明月说："多情只照绮罗筵，莫照天涯远行客。"似乎月亦势利。以下转韵，又一次使用顶针格从"天涯行客"即待罪的自身说起，言在乡思之中，常作他乡送客，特别难堪。"折

168

尽边城路旁柳"似是反用"主父西游困不归，家人折断门前柳"（李贺）的名句。总之，这一起可谓声酸词苦，为全篇定调。

第二段亦由二韵组成，点题。"秦川一雁飞"系喻指岳季方一人还京。而自己则继续羁留边州，眼睁睁看着友人际遇的好转，故曰"同住不同归。""空弹铗"用冯谖事写思归，"未拂衣"即未能归隐。这一韵仍续上段苦辞。以下一转又为朋友的解脱感到高兴。因岳某被贬前在内阁遇事敢言，今又重返，棱角尚在，故诗赞云："风裁棱棱尚如昨。"然说到"但今四海歌升平，我在甘州贫亦乐。"通观前后，似有强颜欢笑之态。事实上作者的心情并不那么坦然。

最后一韵为第三段，再次抒写谪居边州的感慨，与第一段抱合。"黑水"即墨河，在甘州城西十三里。塞外风尘很大，云呈黄色。"甘州城西黑水流，甘州城北黄云愁"，排比感兴，"黑"是虚色、"黄"属实色，相映成趣，写出边地苦寒荒凉。北宋神宗时，蔡挺知渭州既久，有"玉关人老"之叹（《宋史》本传）。战国时苏秦游说秦王，十上书而不报，黑貂之裘敝，黄金百斤尽。"玉关人老貂裘敝"即合用二事，自慨生平。

《后汉书·马援传》载马援尝曰："吾从弟少游，常哀吾慷慨多大志，曰：'士生一世，但取衣食裁足，乘下泽车，御款段马，为郡掾吏，守坟墓，乡里称善人，斯可矣。致求盈余，但自苦耳。'"这位马少游所持守所宣扬的是一种不求上进之道，一种明哲保身之道。它要求人们安于现状，不图进取，故为有志之士所不屑。然而压抑摧残人才的社会现实，往往逼得人们放弃理想，选择这种以谋身为目的的退路。用象棋行话来说即"退后一步自然宽。"诗人用典意味深长："苦忆平生马少游。"他不一定是全盘否定自己的过去，也不一是肯定马少游的人生观。只是借此表现个人的感喟不平罢了。

全诗语言通俗，间用典故但并不晦涩，适当运用顶真辞格，都增添了诗歌流畅宛转的韵度。

【李东阳】 （1447－1516）字宾之，号西涯，明茶陵（属湖南）人。天顺八年（1464）进士。供职翰林院三十年，官至侍讲学士。曾依附宦官刘瑾。提倡"文必秦汉，诗必盛唐"，影响颇广。成仕、弘治年间，形成以其为首的茶陵诗派。有《怀麓堂集》《怀麓堂诗话》。

立秋雨不止再和师召韵

溽暑蒸人伏枕同，愁来白发恐难公。
雨声先到穷檐底，官事犹惭饱饭中。
微物有心回两曜，弱云无力度层空。
阴晴欲问明朝事，知在著爻第几重？

乔师召其人乃作者同僚，为翰林院编修。因为这年秋淫成灾，乔某作了四首七律遣怀。李梦阳正闷得慌，于是追和四首。而这四首又是"再和"之作。和韵诗难作，步韵诗更难作，是因为受到先入为主的韵脚的限制。不管你怎样地"思飘云物外"，最后都得穿上他那双"小鞋"，所以从来都是难以讨好的，何况一和再和。不过，艺事也难执一而论，诗歌限制增多时，也能逼得人挖空心思生奇，所以步韵也有因难见巧之作。像这一首，在炼句炼意上，均有足称者。

"溽暑蒸人伏枕同，愁来白发恐难公。"立秋本来就与小暑大暑节气相连，又逢淫雨天气，必然闷热。坐在房间里就像被放在蒸笼里蒸，这"蒸人"二字实在妙于形容。睡下去就好一点么？才不呢。闷热心慌时谁睡得着，何况蚊帐笼着，更让人难受。"伏枕同"三字就这意思。下句比上句更饶巧思。杜牧不是说"公道世间唯白发，贵人头上不曾饶"吗？但是，"愁多白发侵"（杜甫），"白发三千丈，缘愁似个长"（李白），"被白发欺人奈何"（辛弃疾），看来白发也不公道！诗人翻出"愁来白发恐难

170

公"，是很新警的。因为在秋淫成涝的时候，并非是人皆愁，华堂之上，奴子摇扇、倚床听歌者必大有人在。愁人只有两种，一是穷人，二是有良心的官吏。

"雨声先到穷檐底，官事犹惭饱饭中"。秋风秋雨本不择地而加焉，"先到"二字做成一个佳句。盖非雨声先到，而是"穷檐"最先感到。富人身处华堂深宅，关心什么世上风雨呢？只有茅屋才怕风吹雨淋，所以秋雨才到，他们就在叫苦了。此句以其沉重的现实内容，与东坡"春江水暖鸭先知"的名句大异其趣，但命意下字则有同工。下句和上句紧紧相联，有良知的官吏关心民瘼，由责任心而产生负罪感。想起诗云："彼君子兮，不素食兮"，感到于心有愧。"官事犹惭饱饭中"，和白居易"百姓多寒无可救，一身独暖亦何情。心中为念农桑苦，耳里如闻饥冻声"的心情是一样的。

"微物有心回两曜，弱云无力度层空。"一句写普天盼晴，一句写并无晴意，焦急的心情与固执的天气形成对照。"微物"，天下细微的生物，盼望日月重光。"微物"尚且如此，人的心情更不用说了，这是见微知著的手法。"弱云"指天空的雨云，它们懒懒地留在空中，似乎迈不动步子，以"无力"形容最妙。这和晴云飘浮迅速，斯须白衣苍狗的状态完全相对，显得可憎。"无力"与"有心"皆拟物于人，有移情的妙用。

"阴晴欲问明朝事，知在蓍爻第几重？"最后诗人只好把放晴的希望寄托在明日。古代没有科学的气象测量和天气预报，所以明朝阴晴，实在难说得很。"蓍爻"指用占卜的草干摆成的卦象，象不止一道，解释也有灵活性。故即使占卜，也难以准确测定明日阴晴。"知在蓍爻第几重？"就表现了疑惑的心态，也许诗人占过卜，却没有应验。无可奈何中求助于蓍草，正表明了一种苦雨盼晴的迫切心情。

寄彭民望

斫地哀歌兴未阑，归来长铗尚须弹。

秋风布褐衣犹短，夜雨江湖梦亦寒。

木叶下时惊岁晚，人情阅尽见交难。

长安旅食淹留地，惭愧先生苜蓿盘。

　　这是寄赠一位失意落魄的友人的诗。友人彭泽字民望，湖南攸县人，景泰七年（1456）举人，曾任应天通判，后失志归湘。从"秋风布褐""夜雨江湖"等诗句看，本篇必写于彭泽归田之后。看来这是一个运蹇而心苦的人，魏阙没有他的位置，江湖上他又不能安处。"但使忧能伤人，此子不得永年矣。"作者对他的处境十分同情，便写了这诗去慰问。

　　"斫地哀歌兴未阑，归来长铗尚须弹。"在唐代有一位作过司直姓王的年轻人，很不得意，喝得烂醉之后就舞剑砍地悲歌，杜甫同情他并以为自己可以替他向有司推荐，便写了《短歌行》劝慰他说："王郎酒酣拔剑斫地歌莫哀，我能拔尔抑塞磊落之奇才！"李东阳认为彭泽其人就像这位王郎一样是被压抑的人才，但自己却没有杜甫在蜀的那种关系网，没有提携友人的能耐。所以只能看着彭泽"斫地哀歌兴未阑"，言下是很负疚的。战国时冯谖在孟尝君门下作客，因食无鱼，出无车，无以养家活口之故，弹剑作歌，说要归去。想必民望的弃官归里，也有迫于生计的苦衷。然而回家之后的他，更加落魄了。"归来长铗尚须弹"一句大可玩味。既然已经归来，也就无须弹剑作苦声了，为什么"尚须弹"？显然，生生之资的老问题仍然苦恼着他。只是这回不知该上哪里去了。这两句或用事或用语，皆翻出新意。

"秋风布褐衣犹短，夜雨江湖梦亦寒。"二句进一步想象概括民望在湘的苦况。这当然是有根据的。书札往来就是一个相互了解的途径。上下句皆用了一再加倍的手法："秋风"已冷，何况"布褐"（平民装束），更何况褐衣不够长；"夜雨"增寒，身处"江湖"（民间别称）尤寒，更有那"梦亦寒"。把对方的境遇写得苦不堪言，如果不是彭泽亲自说，诗人哪会这样不留情面。

"木叶下时惊岁晚，人情阅尽见交难。"前面两句写其生活环境的恶劣，这两句则转写人际关系的改变。单看上句并不怎样出色，不过重言秋风夜雨的物候，但下句却是警句。"见交难"必须在"人情阅尽"之后，大是名言。一个著名故事说，某某新官夸耀交游之盛，而门人提醒他说：要知真有多少朋友，须等到丢官之后。这门人便是"人情阅尽"的人物，而那新官阅世尚浅亦不待言。想必彭民望这时也略约体会到"不才明主弃，多病故人疏"（孟浩然）的辛酸了。联系这一句，上句的"木叶下时惊岁晚"就远不那么简单。它起码含有"一叶落而知天下秋"的象喻，暗示着随后而来的打击多着呢。民望您就等着"人情阅尽见交难"吧！这一方面是提醒朋友注意这个问题，一方面也是安慰他看开一些，"人情"本来就一张纸，薄得很呢。捅破了也好，免得一辈子蒙在鼓里。

"长安旅食淹留地，惭愧先生苜蓿盘。"二句以高度同情作结，全以情真意恳取胜。"长安"为汉唐故都，此代指明代北京，因为李东阳宦游在此，故称"旅食淹留地"，其处境显然较彭优越。但诗人揭出此义，一是为致关切，表惭愧，说一想到朋友端的是菜汤（苜蓿可为菜肴），面有菜色，自己就过意不去；二是用"旅食淹留"暗示宦海沉浮，自己也保不了哪一天会弹剑作歌，归梦江湖。所以看到彭民望的处境，真有些兔死狐悲呢。

李东阳写这首诗是动了真情的，所以他绝不强作高调，而满纸苦音，是一篇长歌当哭的作品。《怀麓堂诗话》云："彭民望失志归湘，得余所寄诗，潸然泪下，为之悲歌数十遍不休。不阅岁而卒。"然而心理学证明，人在忧伤中就要听忧伤的歌曲才有缓解的功用，彭民望之死定不是悲歌的原因，相反，这些悲歌定然给他带来过一些心灵的抚慰。

西湖曲（四首）

其一

湖波绿如剪，美人照青眼。

一夜愁正深，春风为吹浅。

一曲写湖水之美令人开怀。前二句中"剪""照"为炼字或句眼。通常形容水色是"绿如蓝""碧于天"，等等，"绿如剪"乍读是不通的。玩味之下，始觉着一"剪"字，则把偌大湖面比作锦绣一块，这就赋予湖面柔软的质感。诗人常将春波比拟地称为"縠纹"，杜甫道："焉得并州快剪刀，剪取吴淞半江水。"便有同妙。下句的"照"字又将湖面比作明镜，"青眼"是充满爱悦的目光，可知美人见了湖水很开心。所以下两句说，本来昨夜愁很深。这时一下子就烟消云散了。不过诗句是"一夜愁正深，春风为吹浅"，这当中有一个跳跃，即：春风吹绿了湖水，湖水使美人开心，等于春风吹浅了深愁。由于省略了中间环节，诗句就突兀奇妙耐人玩索。而两句中"深""浅"二字构成跌宕，又有唱叹之妙。

其二

不信湖中好，侬身别有家。

翻愁岁华尽，不敢采莲花。

二曲写采莲女伤逝的情怀，"不信湖中好，侬身别有家。"这两句很耐味，关键在于"别有家"三字，是指湖边的娘家，还是将归的婆家。看来是指后者。盖西湖女儿以湖为家，身既长成，又当别有所属。她实在舍不得湖上这个家，"不信湖中好"是违心的话，她此刻唯愿将去的那家更好。但这没有把握。"侬身别有家"表现出一种忐忑不安来。所以以致她宁愿留住岁华，推迟那个日子的到来，以至于不敢采莲花了。因为莲花一尽，岁华亦逝；似乎留住莲花，也就留住了岁华。"翻愁岁华尽，不敢采莲花"是痴话。而本篇之妙便在傻趣。

其三

风落平沙稻，霜垂别渚莲。

西湖三百亩，强半富儿田。

三曲写湖畔田亩及其归属。"风落平沙稻，霜垂别渚莲。"秋来收获的季节，湖畔平地稻田熟了，风吹稻浪，霜打莲子，别是一番景致。这是写景，也是起兴。"西湖三百亩，强半富儿田"，第三句仍承上写景而来，写湖畔田土之广。末句却横斜中杀出一意，仿佛半路里遭抢劫似的。突然算起土地所有权的帐来。说大好湖田，被少数富儿占了半数以上，则多数贫户得几分几亩，可想而知。这种袭击式写法和诗中批判性内容，非常合拍，令人击节。

其四

草碧明沙际，花红试雨初。

官船荡李桨，惊散一双鱼。

四曲写湖上的闲情。"草碧明沙际，花红试雨初"，上句写湖畔草色已鲜，倒也平平；下句写雨后花儿更红，"试"字极有意趣，似乎是经过一番雨洗，重新描妆的女儿，有拟人意。湖畔是这样春意弥漫，是适合恋爱的季节。三四句却故作扫兴："官船荡李桨，惊散一双鱼"。"李桨"就是"兰桨"，桨的美称，换字协律而已。湖中春水游鱼，何止一双？官船一路划来，不知惊散鱼儿多少！诗人却只说"惊散一双鱼"。便很有趣味了。这是多情人眼中的湖景，在他看来，官船的到来，破坏了湖畔的幽静，大不宜于怀春男女。此语不好明言，只好怪它无情地"惊散一双鱼"。这是无理的怨趣。

柯敬仲墨竹

莫将画竹论难易，刚道繁难简更难。
君看萧萧只数叶，满堂风雨不胜寒。

柯敬仲名九思，号丹丘生，元代台州（浙江临海）人，著名书画家，擅长山水、人物、花卉，而以墨竹尤为佳妙，著有《竹谱》。这首诗系题其人所画墨竹小品，也可当一篇画论读。

初学画竹者画几笔，似乎不怎样难，难在不能多，多则乱，所谓"节节而为之，叶叶而累之，岂复有竹乎？"（苏轼）。"繁难"和"简易"这两个词儿，就是以表明人们对繁简之难易的习惯认识。殊不知这种看法有它的片面性，不尽合辩证法。因为画到一定阶段，就会发现，繁易藏拙，简难讨好，这里难易二字就颠倒了个儿。后来的郑板桥才有"冗繁削尽留清瘦，画到生时是熟时"的自许。由简易繁难，到繁易简难，大约是画竹者螺旋式上升的过程。个中甘味，非老于此道者莫辨，而李东阳本篇可谓探得个中三昧了。

"莫将画竹论难易"。开口就劝人不要轻率谈论画竹难易这回事，因为其中道理深沉，不像一加一等于二那么简单。作者是针对识见肤浅者而言的，也是针对他自己过去的认识而言的，所以此句的"莫将"，也有心商口度的意味。"刚道繁难简更难"，这句中有两个分句，一是"刚道繁难"即硬要说繁难（"刚"是程度副词，非时间副词），因为"繁难"是简单的道理，所以才一口咬定，实是"知其一，不知其二"。二是"简更难"，尽翻前四字之案，"简更难"是不合于习惯看法的，但它包含更深刻的道理。所以第二句中有一个波澜跌宕，令人耳目一新。

前二句皆议论，如果接下去再议论，作为诗歌来说不免空洞抽象之弊。诗人恰到好处，将目光投到画面上来，给第二句的说理以形象的论证："君看萧萧只数叶，满堂风雨不胜寒。"你看柯先生这幅墨竹，不就只有几笔吗，可说是简到不能再简了，但那"满堂风雨不胜寒"的效果，是随随便便能够达到的吗？如果说易，请君画几笔试试看，恐怕难以呼风唤雨吧！这里的说理因具体生动的例证而变得十分有力。

"君看萧萧只数叶，满堂风雨不胜寒。"起码由视觉沟通了两重的通感：一是作用于听觉的，一幅画居然能产生满堂风雨的感觉。这是耳朵发生错觉，可见画的简而妙；二是作用于肤觉的，一幅画居然又产生了降温的感觉，这是生理上另一错觉，再见画的简而妙。从炼句上看，通常形容"只数叶"，只用"寥寥"，也合律。而诗人却用了"萧萧"，这就不但绘形，而且绘声。这是风吹竹叶，雨打竹叶之声，于是三、四两句就浑然一体了。如换着"寥寥"，也能过得去，但过得去并不就佳妙。从语气上看，用了"君看"二字，与首句"莫将"云云，皆属第二人称的写法，像是谈心对话。这就使读者如直接看到作者站在面前大发高言谈论，感觉亲切，只好点头称是，表示佩服了。

【边贡】(1476—1532) 字廷实，明山东历城（山东济南）人。弘治九年（1496）进士。与李梦阳等号称"弘治十才子"。官至南京户部尚书。被劾，罢归。与李梦阳等倡导文学复古运动，为"前七子"之一。其诗风格飘逸，语尤清圆。有《华泉集》。

重赠吴国宾

汉江明月照归人，万里秋风一叶身。
休把客衣轻浣濯，此中犹有帝京尘。

从诗意看，这是作者送友人由京师归江汉之作。因先已有诗送别，此为再赠之作，故题为"重赠"。七绝短小，尤重风调，不能不有一个饶有余韵的结尾。所以盛唐人对尾联特别考究。边贡的这首诗就深得唐绝秘传。诗的前两句直抒旨畅，是古人诗中习见的意境。其好处是很有限的。不过"明月""秋风"这些积淀有别情归思的语汇，增添了送行的惆怅；"汉江""万里"和"一叶身"的对照，更形出客况的孤单。

本篇的妙处在三、四句，不可造次看过："休把客衣轻浣濯，此中犹有帝京尘。""帝京尘"语本陆机诗："京洛多风尘，素衣染为缁。"陆诗意谓京都车马辐辏，风尘涨起，不免弄脏客子的衣服。后世士人厌倦仕宦，多用此事。由此看来，这个吴国宾混得不怎么样，不免素衣化缁。那么，其人归家后第一要事，就是浣洗客袍了。出人意料的是，诗人却叮嘱他莫要轻易洗衣，不洗的原因并非衣服还不大脏，而恰恰是脏："此中犹有帝京尘"。这就有些匪夷所思了。

读者可以对照一下清人董以宁的《闺怨》："流苏空系合欢床，夫婿长征妾断肠。留得当时临别泪，经年不忍浣衣裳。"诗的三、四句在构思上，与这首别诗可谓机杼相同，衣裳被泪痕湿透了，不好再穿，但又不肯洗，怕的是把泪痕洗掉了。这泪痕是当初临别的唯一痕迹，看见它可以勾起许多宝贵的回忆，所以弥足珍贵。而这首《重赠吴国宾》中的"帝京尘"，在诗中也属于同一道具，扮演着同一角色。它可以勾起许多辛酸的记忆，也可以勾起许多幸福的记忆。至少，可以作为彼此友情的一个见证吧，本篇的够味，全在于这一构思的别趣。

这两句使用否定性祈使语气，"休把"云云，可以强化语气和增强与读者的情感交流，形成一种唱叹的韵味。唐人亦深谙此中奥秘，"醉卧沙场君莫笑，古来征战几人回"（王翰）、"惊波一起三山动，公无渡河归去来"（李白）便是著例。这也是边贡此绝颇具风调的一个原因。

嫦娥

月宫秋冷桂团团，岁岁花开只自攀。
共在人间说天上，不知天上忆人间。

这首诗语言极为通俗浅近，几乎不需要任何诠释，人人都看得懂。要说它的妙处，全在下联，而主要是第三句。如果没有这一句，只是反复形容嫦娥的孤单，说她夜夜思凡，已落玉谿生的窠臼："云母屏风烛影深，长河渐落晓星沉。嫦娥应悔偷灵药，碧海青天夜夜心"便不必作矣。

本篇有第三句，就出了新意："共在人间说天上，不知天上忆人间"，这"说"与"忆"都有歆羡之意。就是泰戈尔说的："云儿愿为一只鸟，鸟儿愿为一朵云。"《千字文》说："执热愿凉"。揭示出了人生的一大误区，便是见异思迁。到处都有"围城"，里边的人想攻出来，外边的人想攻进去。一旦角色互换，依然不能满足。"共在人间说天上，不知天上忆人间"，言浅意深，言近旨远，可为患得患失者诚。

作者自注："时外舅胡观察谢政家居，寄此通慰。"这位观察大人是到过"天上"的，现在谢政家居，又回到"人间"，是过来人了。他对本篇当然能心领神会的。对"共在人间说天上"的世相，他也能做冷眼旁观了。

【何景明】（1483—1512）字仲默，号大复山人，明信阳（属河南）人。弘治十五年（1502）进士。官至陕西提学副使。与李梦阳等倡言复古，号称"前七子"。有《大复集》。

雨霁

断雨悬深壁，余雷震远空。

苍林横落日，碧涧下残虹。

万井波光静，千家树色同。

何因共朋好，归咏舞雩风。

这是一篇写景咏怀的佳作。虽然只题作"雨霁"，而未说明是什么样的雨。但从写景中读者可以断定，那是春夏之际的雷阵雨。它来势迅猛，去得也很快。雷声还没有消失，雨脚就已停止，太阳出现在西方，彩虹出现在东方，这是一场使人快意的雷阵雨。

"断雨悬深壁，余雷震远空。"这是雨霁之最初的情景，只能持续一小会儿。能写这难写的刹那之意，妙在用了"断""余""悬""震"这四个动词。"断雨"的造语特别出奇，盖雨脚刚收，天下已经没有雨了，但檐间、树下尤其是山崖，雨还在滴。"断雨悬深壁"写的就是阵雨形成的积水难收的视觉现象。"余雷"一句则妙于捕捉住转瞬即逝的听觉现象，阵雨是随着风向而移动着的，"余雷震远空"说明雨已经下到远方去了。这种佳句，一靠灵感，二靠观察，不可向壁虚构。

"苍林横落日，碧涧下残虹"。这是雨霁的第二轮景象。诗句系倒装。"横""下"二字捕写日光、彩虹，亦见推敲精当。阵雨后天空没有了乌云，落日斜照青苍的树林。于是对面天空出现了一弯彩虹，其下垂的一端似乎直入碧涧，像要吸饮涧水的一条神龙。（"横"即斜也。）

"万井波光静，千家树色同"。这两句从野外写到市井。"静""同"二字，是句中之眼，均能暗示出一些题前之景，言外之意。此时"万井波光静"，正见雨来时市中大大小小的水池并不静。那时几乎都大水翻盆。只有雨霁之后，才平定下来，水面齐井口高。才出现"万井波光静"的宜人之景。"千家树色同"，则见雨前各处植物深浅程度不同。而经过一番大雨冲刷，全都呈现一片光闪闪的新绿，方才有"千家树色同"的怡目之感。在以上六句所写的雨霁美景的感召下，即使感觉迟钝的人，也会生出些亲近大自然的情绪吧！

"何因共朋好，归咏舞雩风。"这两句就抒写诗人由清景迷人而产生皈依自然的情绪。《论语·先进》载孔子请侍坐弟子各言其志。曾晳云："暮春者，春服既成，冠者五六人，童子六七人，浴乎沂，风乎舞雩，咏而归。"所谓"舞雩"指鲁国祭天求雨场所（一说为女巫祭天求雨之舞）。孔子对他的这番话非常赞赏。当诗人面对雨霁清景陶然神往之际，他自然而然地想起了曾晳那番话，感到一种与古代圣贤情志相追随的会心的愉快。

这首五律在结构上完全打破了起承转合的程式，前六句紧扣题面写景，末二句以溢思作波。自是兴引笔随，东坡云："作诗火急追亡逋，清景一失后难摹。"本篇正见作者捷才。

得献吉江西书

近得浔阳江上书，遥思李白更愁予。

天边魑魅窥人过，日暮鼋鼍傍客居。

鼓柁襄江应未得，买田阳羡定何如？

他年淮水能相访，桐柏山中共结庐。

献吉是李梦阳的字，时任江西提学副使。当时他的政治处境险恶，在给何景明的信中一定提到了些不愉快的事，所以何景明写了这首诗安慰他。这首诗容易使读者联想起天宝之乱后杜甫寄赠李白的一些诗，表现了诗人对友人的关心和担忧。在弘治"七子"中，何景明较李晚出，而声名与之颉颃，时称李何。这种关系与李杜也有近似之处。所以诗中俨然有引此自譬的用意。

《明史·李梦阳传》载，武宗正德五年（1510）刘瑾伏诛，李梦阳复职，调江西提学副使。在任上因大力维护儒士尊严而先后得罪总督陈金、御史江万实，又以事得罪淮王，被交付江万实治罪。后虽移付别官按治，又得宁王救助，但最终还是免官家居。李梦阳给何景明的信中一定谈到了得罪权贵，为其整治的事。这使景明联想到当年李白因从永王以"附逆"罪被捕入浔阳狱中的故事。李白当初在浔阳狱中亦四处投书求助，处境令人惋叹。而李梦阳正好从那个该诅咒的地方写信来，告诉了些不妙的消息。他自然就会在二者间产生联想。

"近得浔阳江上书，遥思李白更愁予。"以太白譬梦阳，不仅因二者同姓，而且也以才德兼备而不见容于世相似。"愁予"一词出自《楚辞·九歌》"目渺渺兮愁予"，大有"凉风起天末，君子意如何？"（杜甫《天末怀李白》）的愁思。杜诗接下去有"文章憎命达。魑魅喜人过"之句，言太白才高见嫉，被陷于小人。又于"魑魅"外想出个"鼋鼍"作对仗："天边魑魅窥人过，日暮鼋鼍傍客居。""鼋鼍"偏义于后者即鳄鱼，那可是扬子江上要吃人的怪物。引入"鼋鼍"，便与"浔阳江"更为贴切。这"鼋鼍"和"魑魅"，都是比喻李梦阳周围的恶势力。它们围住他、窥伺他，是决不肯放过他的。作者同意朋友在信中的说法，也是希望他提高警惕，不要大意，担忧之色溢于言表。

后四句承上意转，进一步希望朋友做最坏的打算。看来问题还不太严重，最多是丢官归里。不过也不那么简单，还未能马上急流勇退。因为"魑魅""鼋鼍"在逼近，在窥伺，欲速不达，只能步步为营，且守且退。

"鼓枻襄江应未得，买田阳羡定何如?"襄江流经襄阳，那是汉代隐逸汉阴丈人、庞德公、唐代田园山水诗宗孟浩然居住过的地方。阳羡是会稽的一块好地方，苏东坡词云："买田阳羡吾将老，从来只为溪山好。"

诗中"鼓枻襄江""买田阳羡"皆指归田。"应未得""定何如"亦互文，都是尚不能付诸实践之意。但诗人相信这一天会成事实，因李梦阳实际上是开封人，何景明系信阳人，两地距淮河、桐柏山（在今河南桐柏县西南）不远，所以诗的结尾道："他年淮水能相访，桐柏山中共结庐。"这个结尾表明作者也已厌倦官场黑暗，意欲退隐，不仅是为明哲保身，也是为远世全节的考虑。友人一旦丢官，交游定当锐减，而大复本人坚定表示愿与卜邻，正是从道义上给朋友以支持。

全诗两句一意，极为疏朗。如纯从技巧角度而言，中两联上下句均似有犯复之嫌。试将领联"天边魑魅窥人过，日暮鼋鼍傍客居"，与杜诗"文章憎命达，魑魅喜人过"比较，前句两句十四字只一意，后两句十字具两意，其意象疏密之别显然。但从全诗着眼，则情真意挚，一气贯注，实不拘拘格律，不当以字句之工拙计优劣。

【顾璘】(1476—1547) 字华玉，原籍吴县人。弘治九年（1496）进士。官至南京刑部尚书，与李梦阳、何景明、徐祯卿等相交游。作诗宗唐。

懊恼曲（二首）

其一

小时闻长沙，说在天尽处。

人言见郎船，已过长沙去。

《懊恼曲》一作《懊侬歌》，产生于齐梁时江南吴地，多用来抒写爱情受到挫折的痛苦，这种体裁系用儿女子口吻作"代言体"，最要在痴情二字上用力，而以语言兴象独到者为佳。

一曲之妙在诗中摆出了两种似乎矛盾的说法，令闺中少妇莫衷一是。这女主人公怨恼地说："小时候听人说，长沙远在天边，那就是天的尽头；可现在又听人说，我那位冤家的船儿，已走过长沙去了，看来长沙又并非天的尽头"。要么是 A，要么非 A，这是个简单的逻辑常识。所以少妇料定必有一说是骗人的。也许她希望后者虚假，然而理智告诉她的却相反。所以她"懊恼"。

其实，诗中的前后两说并无矛盾。对于古代江浙人来说，远在长江中游的长沙。自可喻为天边，恰如汉唐人说长安在日边一样。那是修辞性的说法，而"人言见郎船，已过长沙去。"则是一个事实的陈诉。旁观者都会觉得问题很清楚，而诗中女子却搅得一塌糊涂，实在是她因怨转痴，迁怒于捎信者而已。这也是一种并不罕见的情态，诗人已将其描写得入木三分。

其二

春风上燕京，秋风下湘渚。

黄鹄有六翮，定自不及汝。

二曲初读似乎在写雁，说它春来北上，秋来南下，真是能飞得很呢？"鸿鹄一举千里，所恃者六翮耳"（《韩诗外传》），已经是善飞的了，但比起雁儿的一岁两行役来说，恐亦自愧弗如。

读者有点奇怪，少妇何以生此非非之想。细味这个"汝"字（就是"你"，不是"您"）所具有的随便、亲密的色彩，才恍悟是在指桑骂槐。乃是说她那冤家，天热就北上经商，天寒就南下经商（"燕京""湘渚"概言而

184

己），真是不辞辛苦，乐此不疲呢！比黄鹄还会飞。成语说"杳如黄鹄"，他比黄鹄还要杳如！

这是在夸他？还是在损他？是在爱他？还是恨他？这味儿很复杂，统而言之，即"懊恼"而已。

【唐寅】(1470—1523) 字伯虎，一字子畏，号六如居士、桃花庵主。弘治十一年 (1498) 举乡试第一。程敏政被劾，寅亦株累下狱，谪为吏，耻不就。筑室桃花坞，日饮其中，蔑视世俗，狂放不羁。善书画，与祝允明、文徵明、徐祯卿称"吴中四才子"。

画鸡

头上红冠不用裁，满身雪白走将来。
平生不敢轻言语，一叫千门万户开。

这是一首用大白话写成的题画（画鸡）诗。

画鸡之法，先从眼睛、喙部画起，然后蘸上大红颜色，画出鸡冠。本来鸡冠就是天生的，不比人戴的帽子（"冠"），当然"不用裁"。画成的鸡冠，更"不用裁"。这样的措辞妙趣横生。"满身雪白"，表明画上的鸡，是一只雪白的大公鸡。"走将来"是一句口语，就是走过来的意思。

这首诗的立意表现在三、四句，是赋诗言志——就是借所咏之物，表现作者自己的志向。表面上看，这是说公鸡能报晓，"雄鸡一声天下白"（李贺），天亮以后，千家万户都打开大门，开始一天的工作。作者的刻意表现在三句"平生不敢轻言语"，意思是"不鸣则已"；于是末句"一叫千门万户开"，也就含有"一鸣惊人"的意思了。如果没有第三句的铺垫，"一鸣惊人"的意思就不会这样明显。

"不鸣则已，一鸣惊人。"语出《史记·滑稽列传》。意思是平时并不显山露水，一下子就做出惊人成绩。诗人用全新的形象，对这句成语进行诠释，读来令人耳目一新。

把酒对月歌

  李白前时原有月，唯有李白诗能说。李白如今已仙去，月在青天几圆缺？今人犹歌李白诗，明月还如李白时。我学李白对明月，月与李白安能知？李白能诗复能酒，我今百杯复千首。我愧虽无李白才，料应月不嫌我丑。我也不登天子船，我也不上长安眠。姑苏城外一茅屋，万树桃花月满天。

唐伯虎科场失意，落拓半生，于明武宗正德一年（1507）在苏州城内桃花坞筑桃花庵，日与好友祝允明、文徵明、张灵等饮其中，蔑视世俗，狂放不羁。作《桃花庵歌》及此歌言志，推崇陶潜、李白，表现出对世俗和权贵的鄙弃，其为诗亦不拘成法，不避俚俗，与愤世嫉俗的思想内容一致。王世贞《艺苑卮言》说他"如乞儿唱莲花落，其少时亦复玉楼金埒。"是十分精到的评语。

此诗歌咏李白并引以自况。"把酒对月"这个题目就是李白的。李白一生爱月，所咏明月之诗脍炙人口。这首诗一开始就以兀傲的口气，推倒一切月诗，独尊李白："李白前时原有月，唯有李白诗能说。"有这样的气概，方许歌咏李白。这里推崇的"李白诗"，当主要指《把酒问月》："青天有月来几时，我今停杯一问之。人攀明月不可得，月行却与人相随。……今人不见古时月，今月曾经照古人。古人今人若流水，共看明月皆如此。唯愿当歌对酒时，月光长照金樽里。"而唐寅这首诗，主要就受李白此诗句调的影响，但他在诗中把李白加进去与明月反复对举，又是李白本人不能写的光景。"李白如今已仙去，月在青天几圆缺？"后句是李白式的，但配合前句，则是作者新意。月固有阴晴圆缺，但卒莫消长，而诗仙呢？却不能复生了，遗憾么？是的。又不："今人犹歌李白诗，明月还如李白时"，大诗人不和明月一样永存吗？这调门是李白的，新意是唐寅的。

最好的还是诗中在李白与明月之间，加入了"我"。如果失去了这个"我"，也就失去了李白精神。"我学李白对明月，月与李白安能知？"唐伯虎错了。李白固不能知，但月能知之！于是作者引李白自况："李白能诗复能酒，我今百杯复千首。""百杯复千首"就是"能诗复能酒"，也就是杜甫所说的"一斗诗百篇"。敢于自比李白，这也是李白风度，料谪仙在世当以青眼相加。有胆量有信心，并非等同于狂妄，以下一转一合最为妥帖："我愧虽无李白才，料应月不嫌我丑。"前句妙在自知之明；后句妙在不卑不亢，又使人想起辛弃疾得意之句："我爱青山多妩媚，料青山爱我应如是。情与貌，两相似。"这种有分寸的自负之语，任何读者都不反感而容易接受。好比谢灵运说："天下才有一石，曹子建独占八斗，我得一斗，天下共分一斗。"诗人是说，对李白我佩服得五体投地，而对他人则不多让。语意皆妙。

最后诗人讲出了他和李白同而不同的一点："我也不登天子船，我也不上长安眠。"诗句化之杜甫《饮中八仙歌》："李白一斗诗百篇，长安市上酒家眠。天子呼来不上船，自称臣是酒中仙。"这里是说，我虽然没有李白得到皇帝征诏的经历，但也有他那种豪放不羁的禀性，"不上长安"倒也乐得："姑苏城外一茅屋，万树桃花月满天。"这个茅屋就是桃花庵。诗人同时先后所作的《桃花庵歌》道："桃花坞里桃花庵，桃花庵里桃花仙。桃花仙人种桃树，又摘桃花换酒钱"，"但愿老死花酒间，不愿鞠躬车马前。"

诗表现的倜傥不群，超尘脱俗的追求自由反抗权势的精神，和豪放飘逸的句调风格都酷肖李白。好处与王世贞《太白楼》五律一样，以其人之风格还咏其人，妙在古今同调。如挑剔一点说，这首诗比李白诗，雄快天然似之，而深远宕逸不足。置诸李白歌行中，不失中驷。

言志

> 不炼金丹不坐禅，不为商贾不耕田。
> 闲来就写青山卖，不使人间造孽钱。

本篇不见于唐伯虎本集，见载于《尧山堂外纪》及《夷伯斋诗话》。从诗的内容及语言形式的惊世骇俗和脍炙人口的情况，当为唐寅所作。"不炼金丹不坐禅，不为商贾不耕田。"前二句一连用了四个"不"，写诗人在摒弃功名利禄之后的有所不为。

"不炼金丹不坐禅"，即不学道，不求佛。唐伯虎是一个不肯趋炎附势，但又并不放弃世俗生活快乐的漂泊者，读者对他"高楼大叫秋觞月，深幄微酣夜拥花"的放浪形骸的生活方式不妨批判，但对其作为封建礼教的叛逆者那点精神应予肯定。"不炼金丹不坐禅"，大有"子不语怪力乱神"意味。"不为商贾不耕田"，则是不事人间产业。"不为商贾"是不屑为；"不耕田"是不能为，即孔夫子所谓"吾不如老农"、"吾不如老圃"也。四个"不"一气贯注，语极痛快干脆。

"闲来就写青山卖，不使人间造孽钱！"唐伯虎可以自居的头衔是画家，其画与祝允明、文徵明齐名。他不慕荣华，不耻贫贱，以鬻文卖画、自食其力为荣。"闲来就写青山卖"是何等自豪。这是从事精神财富的创造者应有的豪言壮语，能"写青山"而"卖"之，自有可参造化之笔。此为实话，亦自负语。假清高的人往往以卖画讨润笔为可羞，殊不知这是卖知识产权，和写文章"拿稿酬"一样的天经地义。

所以，作者敢于当街叫卖："谁来买我画中山！"这样挣来的钱花着舒心。由此，诗人又反跌一意："不使人间造孽钱！"这一笔可厉害呀，一竹竿打一船人！"造孽"本作"造业"，乃佛教用语，即要遭报应的作恶。"造孽钱"即来路不正的钱。一切的巧取豪夺、贪污受贿、投机倒把、偷盗抢劫、诈骗赌博，而获得的非法收入，得之即"造孽"，花之亦"造孽"，"不是不报，时候未到"而已。此句足使人深长思之。

清清白白做人，正正当当谋生。"志士不饮盗泉之水，廉者不受嗟来之食"，何况其余！这就是中国人传统的美德。思想染上铜臭而知惭愧的人，请读唐伯虎《言志》诗。

【文徵明】　（1470－1559）初名璧，以字行，更字征仲，号衡山。明正德末年（1521）以岁贡生诣都，授翰林院待诏。世宗时，预修《武宗实录》。年九十而卒，私谥贞献先生。工书画。有《甫田集》。

感怀

三十年来麋鹿踪，若为老去入樊笼！
五湖春梦扁舟雨，万里秋风两鬓蓬。
远志出山成小草，神鱼失水困沙虫。
白头博得公车召，不满东方一笑中。

文徵明初学文于吴宽，学画于沈周，本无游宦之意。宁王宸濠慕其名，礼聘之，辞不就。正德末以岁贡生荐试吏部，授翰林院待诏，当时他已接近五十岁，三年后即辞归。这首诗是他待诏翰林时自嘲之作。

189

"三十年来麋鹿踪"一句概括了征明前半生浪迹江湖的生活。苏轼贬黄州作《赤壁赋》云"况吾与子渔樵于江渚之上，侣鱼虾而友麋鹿。驾一叶之扁舟，举匏樽以相属。"这种生活虽不富贵，但有淡泊自甘，闲适自在之乐。"若为老去入樊笼"一句则表现出深刻的思想矛盾。一方面他已经应试得官职，这并不是一厢情愿的强加，说明诗人入世出仕之心未泯；另一方面他又感到若有所失，想起陶渊明"久在樊笼里，复得返自然"(《归田园居》)那种解脱羁绊的快乐，自己倒像是背道而驰似的。显然，待诏翰林的征明，这时已是悔恨代替了如意。觉得"老去入樊笼"，是办了一件错事，弄得前功尽弃。

"五湖春梦扁舟雨，万里秋风两鬓蓬"。二句以景语承上句抒慨，其间融入了两个故事。一是春秋时范蠡的事，他在灭吴之后，功成身退。乃乘扁舟，入五湖，隐姓埋名，过悠闲生活。(事见《史记》及《吴越春秋》)"五湖""扁舟"语出于此。一是晋人张翰事，他为官于洛阳，见秋风起，因思家乡吴中美味，说"人生贵得适意尔，何能羁宦数千里以要名爵！"遂命驾而归。"万里秋风"语出于此。两事一正用，一反用，意为：本来梦想如范蠡泛舟五湖一样潇洒度日，谁知道为名爵所羁，落得秋风万里，两鬓萧瑟。可见这一联全是虚拟之景。

"远志出山成小草，神鱼失水困沙虫。"二句继续写悔恨的心情和不称意的处境。是全诗警策所在。"远志"是一种药用植物，其名义颇寓豪情，而其实只是一种"小草"，本无在山出山的区别。诗人用《世说新语》郝隆名言巧妙地将此物名实分属，写作"远志出山成小草。"就综合了"橘生淮南则为桔，生于淮北则为枳"(《晏子春秋》)，"在山泉水清，出山泉水浊"(杜甫《佳人》)这两种意思，意言一念之差，可以使一个人的名节受到很大亏损。"神鱼失水困沙虫"，与俗语"龙游浅滩遭虾戏，虎落平阳被犬欺"同义。在庸俗势力的包围下，高尚没有用武之地。这两句既有对上层社会的厌恶，也有对个人失策的反省。当然是有感而发的，读者不难想象，文徵明待诏翰林的处境，比李白待诏翰林时的处境，也好不了多少。

“白头博得公车召，不满东方一笑中。”“公车”是汉代的官署，臣民上书和被征召，均由公车接待。《史记·滑稽列传》载，东方朔初入长安，于公车上书，后官至太中大夫。东方在朝廷也不顺心，他自称避世金马门，多以诙谐调笑自遣。而诗人以白首待诏，似又不能如东方自寻开心，故末句云云。

读竟全篇，读者不难猜想，文徵明在应试求职之前，曾对步入仕途有过较良好的愿望，是抱着试一试的机会主义态度。殊不知官场比他所想要复杂得多，他便很快地失望了。这时已有进退失据之感。正是这种矛盾尴尬的状况，使他写成这篇言志感怀之作。诗中多用昔人故事，只因情与境会，故信手拈来，皆成妙谛。

题画（二首）

其一

过雨空林万壑奔，夕阳野色小桥分。

春山何似秋山好，红叶青山锁白云。

其二

近山千丈抵清漪，远树连云入望迷。

有约去登江上阁，风雨都在曲楼西。

元明时代文人画有长足发展，题画绝句也兴盛起来。文徵明师从沈周，为著名书画家。《甫田集》题画之作不少，这里选的二首较有代表性。画是一种空间艺术，其本分在展现瞬时并存于空间的物体，而不能直接表现时间流逝的过程，而题画诗则多利用时间艺术的特点，对画境予以想象补充，其措意多在画外。

第一首中前二句"过雨空林万壑奔，夕阳野色小桥分"，基本上是就画面落笔。这是一幅秋夕山水图。诗人在叙写画面景色的同时，也就融入了自己的想象。树林、丘壑、野色、小桥，都应是图上之景。而"过雨"即雨霁，则是诗人主观的感觉，因为画家画不出雨过的时间流程。而诗人从那"万壑奔"流的泉水，融入生活经验，感到这一定是阵雨之后。这里没有出现泉水字面，给省略了，但"万壑奔"三字业已意足。一般说来，山水画上也不直接画出一轮太阳，"夕阳"也只是诗人的感觉而已。

三、四句则是题画外的议论，是画笔无从表现的意念："春山何似秋山好，红叶青山锁白云。"但这意念和议论，并没有脱离画面，"红叶""青山""白云"皆本画家之构图设色，"秋山"也是画面所绘的对象总体给人的感受。只是秋山胜于春山的这个念头，是画不出的，可以补画面不足。唐刘禹锡诗云："自古逢秋悲寂寥，我言秋日胜春朝。晴空一鹤排云上，便引诗情到碧霄。"可谓已先探得骊珠。但文徵明笔下是红叶、青山、白云、小桥、流水，那鲜明的颜色和展开的物象，具有画意。而刘禹锡诗则纯属抒情言志而已。故不雷同。

第二首前二句仍属画意的叙写："近山千丈抵清漪，远树连云入望迷。"这是体裁决定了的题中应有之意。而诗人的妙思则见于丹青之外，三、四句便由画景联想到朋友的约会和联袂登阁，"有约去登江上阁"。画中可以添上人物，但画不出"有约"的意念。而"风雨都在曲楼西"这个景色，也是诗人想象所得。风雨偏于楼西，那就是"东边日出西边雨"，一般也不会这么画的。诗句之妙，全在"曲楼西"，即西至何处，可能在画外。这也许是由画面登楼人的朝向而作的推想。而登阁观远方雨景，原也十分快意。独到的诗句仍出于生活的体验。

【王磐】（1470？—1530？）字鸿渐，明高邮（属江苏）人。富家子，好读书，善琴棋书画。终生未仕。有《王西楼乐府》。

中吕·朝天子（二首）

咏喇叭

　　喇叭，唢呐，曲儿小，腔儿大。官船来往乱如麻，全仗你抬声价。军听了军愁，民听了民怕，哪里去辨什么真共假。眼见的吹翻了这家，吹伤了那家，只吹的水尽鹅飞罢！

　　这是明人散曲中最为著名的作品，它讽刺的是明代中叶宦官专权的黑暗现实。明朝宦官擅权为时之久，为害之烈不下于东汉、唐。宦官本是皇家的奴仆，但明朝的宦官却不仅做伺候皇帝及其家属的事，并干预国家政权——或代皇帝草拟、批复重要文件；或做出使外国的使臣；或监军；或镇守边塞；或总管特务情报机关；或借管理皇庄干预财政税收。

　　武宗正德年间，宦官刘瑾气焰熏天。当时民间谓朝中有两皇帝：一个坐皇帝，一个立皇帝；一个朱皇帝，一个刘皇帝。大臣写奏章得一式两份，分呈武宗和刘瑾，有的内阁大学士竟在刘府办公。刘瑾不但在政治、经济、刑法、科举诸方面拓展权势，而且建立了庞大的特务机构，自掌司礼监，而令其党羽掌握东厂、西厂，另立内行厂，扩充锦衣卫，操生杀之大权。文武百僚敬畏如父，大肆行贿，刘家有黄金二十四万多锭，白银五百多万锭。宦官的势力达到无以复加的地步。此即本篇写作背景。

　　作者家乡高邮位于运河沿岸。运河是南北运输和交通的干线，宦官干办"公事"，经常从运河里经过，每到一个地方，就要吹吹打打，大抖威风；同时集合丁夫，对地方敲榨勒索，无所不为。本曲在宫调上属〔中吕〕，题为"咏喇叭"，是借传统咏物方式，赋而兼比。

喇叭、唢呐都是同一类吹奏乐器，其构造简单，不能演奏复杂的乐曲，然而调门特高，民间婚丧大事及官府开道多用之。本曲开篇即点出"曲儿小，腔儿大"的特点，用来比方小人得志，特善于虚张声势，非常贴切。从这个意义上讲，曲中喇叭实含比义。但喇叭、唢呐又是当时官家用来开道的吹奏乐器，宦官出行，这玩意儿确实派了用场。从这个意义上讲，曲中喇叭也有赋义。"（官船来往）乱如麻"三字，暗示出老百姓饱受骚扰，穷于应付。"（全仗你）抬身价"三字，暗示宦官本是奴才，身价不高，透露了作者的鄙视。

当时兵部亦刘瑾腹心，军中任免只消一个纸条；边将失律，贿入即不问，甚至反有提升；又命其党羽丈量军垦土地，诛求甚苛，士兵甚怨（《明史·宦官传》）。至于老百姓更是宦官鱼肉的对象。刘瑾奏置皇庄增至三百余所，借权势之便，大占良田，任意征税，畿内大扰，"凡民间撑驾舟车、牧放马牛、采捕鱼虾之利，靡不刮取。"（夏言《查勘极皇庄疏》）宦官如此鱼肉军民，所以只要那倒霉的喇叭一吹，军民听了没有不发愁的。

"哪里去辨什么真共假"一句影射的是刘瑾等宦官，常矫诏行事的黑暗现实。明武宗不亲政，不接见大臣，刘瑾任意任免官员，逮捕杀害官民，都称是皇帝的意思，他都成了代皇帝了，谁还能和他分辨真假呢。宦官就这样天天打运河上过，喇叭今天吹，明天吹，谁碰上谁破产，谁碰上谁倒霉，宦官盘剥成性，不把人民敲榨得干干净净，是不会罢休的。——"水尽鹅飞"系紧扣运河景物，意带双关，三个"吹"字接连而出，讽刺穷形尽相。

本曲主要写作特点是咏物寓托。直中有曲、明快中兼有含蓄之致。贴近口语，备极本色，给人与诗词不同的审美感受。

瓶杏为鼠所啮

斜插，杏花，当一幅横披画。毛诗中谁道鼠无牙，却怎生咬倒了金瓶架？水流向床头，春拖在墙下，这情理宁甘罢！哪里去告它？何处去告它？也只索细数着猫儿骂。

这支曲写的是生活中发生的一桩小事，也有人当作讽喻之作来读。老鼠拖倒了花瓶架这件事本身没有多少意义，但散曲多具民歌与童谣的趣味，常常只为了好玩，并不追求意义，但本曲也有借题发挥：天下本无事，可是碰到坏蛋来了，就毁这个，要那个，搞得花落水流，破坏和平与环境。受害者不肯甘休，但哪里找衙门去告他呢。气他不过也只有骂骂猫儿出出气。从而讽刺社会治安状况欠佳，而恶人不好惹，是对世相的一种刻画。

但此曲与前曲在写作上有明显的不同。前曲是意在讽刺，而托物言志；此曲却是缘事（老鼠拖倒了花瓶）而发，捎带讽刺。曲中老鼠造成的损害不甚严重，整个气氛也比较轻松，与前曲的差别正在有意无意间。

本曲亦用口语，絮絮叨叨中，忽杂引诗经之语，是其诙谐处。前八句都说老鼠可恨，后三句一转，说无可奈何只得骂骂猫儿出气，目标发生了转移，也自然诙谐，显得新鲜有趣。曲中不说把花拖到墙下，而说把"春"拖到墙下，借代的运用也很有味。

中吕·满庭芳

失鸡

平生淡薄，鸡儿不见，童子休焦。家家都有闲锅灶，任意烹炮。煮汤的助他三枚火烧，穿炒的助他一把胡椒，倒省了我开东道。免终朝报晓，直睡到日头高。

这支曲的主题词，一言以蔽之曰"豁达"。用俗话说，就是"会想"。如欲时髦，你把它叫作"生活的艺术"也可以。

古人居家以鸡犬为伴。母鸡可以下蛋，公鸡可以报晓。可知鸡不但是食物来源，而且可以是闹钟。因此，偷鸡是一件很损的事——难怪孟子有嘲偷鸡贼思过、拟从"月攘一鸡"做起之寓言。反之，鸡被偷了，则是一件很使人沮丧乃至焦急的事。主人掉了只公鸡，童子正在焦急，便是这支曲的题前之景。

这支曲一开篇，就是主人教训童子的口气。不是训他没把鸡看好，反是教他不要焦急。——掉都掉了，你焦急也那么回事，不焦急也那么回事。焦急，还会添病。所以还是不焦急为好。这使人想起一个成语——"楚失楚得"，汉代刘向《说苑》里讲了这样个故事：楚共公打猎时掉了一张弓，左右想回头去找，共公说："楚人遗弓，楚人得之，找什么找！"可见从古以来，就有会想的人。

然而，此曲中的主人，不但豁达，而且风趣，想象力很强——偷鸡贼此刻一定很得意吧，鸡则很倒霉——下锅了吧。"家家都有闲锅灶"，著一"闲"字，是想象那人早已是等鸡下锅。"任意烹炮"，著"任意"二字，是想象那人正偷着乐。于是，主人很想为那人助兴——倒贴三个火烧、一点佐料。"火烧"即烧饼，北方有驴肉火烧、酥皮火烧之类，又有"三个火烧一碗汤"之说，因为是"煮汤"，所以要"助他三枚火烧"；"穿炒"即煎炒要入味，所以"助他一把胡椒"，分别得这样的清楚，说得这样的心平气和。这是生活的情趣，也是作者的风趣。

要换一个人，想到自己的鸡下了别人的锅，一定会气上加气。主人却不，因为他会想。凡事有利有弊，有弊有利。鸡给别人煮了，第一层好处是免得请客——"倒省了我开东道"，这句话的弦外之音，是主人好客，平时就爱做东道，可称"小孟尝"。第二层好处，"免终朝报晓，直睡到日头高。"这话的言外之意，是主人睡眠好。家里没有鸡打鸣了，可以睡得更加香甜。在古人词曲中，习惯用贪睡来表示一种豁达的心态，例如"东郭先生都不管，关上门儿稳睡"（陈郁）、"便北海探吾来，道东篱醉了（意即在睡）也"（马致远）。大家都知道，睡眠好是一项健康指标，包括心理健康。

顺便说，读曲要有正确的审美态度，否则难免隔膜的批评——譬如认为此曲提倡马虎的作风，或认为它助长盗窃的风气，那就很煞风景了。须知，此曲的前提是东西已经掉了。如果东西没有掉，当然是看紧为好。另一个前提是，不知道谁偷的。要是知道，为了社会安定，还是举报为好。再说，即使宣布"助他三枚火烧""助他一把胡椒"，那贼也未必敢站出来领，终究是打趣而已。

王骥德说："客问今日词人之冠，余曰：'于北词得一人，曰高邮王西楼，俊艳工炼，字字精琢，惜不见长篇。'"（《词律·杂论》）文贵精、不贵多，词曲更是如此，何必以"不见长篇"为恨。站在散曲的立场上讲，我以为这支曲的境界，实不在苏东坡《定风波（莫听穿林打叶声）》以下。

【唐顺之】（1507－1560）字应德，一字义修，明武进（属江苏）人。嘉靖八年（1529）状元。因破倭寇有功，擢左金都御史。崇祯中，追谥襄文，学者称荆川先生。学识广博，尤长于古文，为一代所宗。有《荆川集》《广右战功录》等。

南征歌

月明吹笛武陵川，马上行人望踟蹰。

莫怕交州饶毒雾，一冬飞雪似胡天。

这首抒写征夫苦怨的诗，足以踵武唐人边塞绝句，而颇具新意。唐人边塞诗，就其反映的地域风光而言，不外东北（如《营州歌》）和西北边塞（如《凉州词》），总之是北国风光、西域风情。而这首明人之作，则写的是南荒的情景，《南征歌》就是新题。

"武陵"为山名，位于今贵州、湖北、湖南三省边界地区。"月明吹笛"以寄托征夫思乡之情，这种写法并不新鲜。新鲜在下句："马上行人望踣鸢。"完全是南方边地才有的惊心动魄的情景。《后汉书·马援传》形容南国瘴气毒雾之盛说："下潦上雾，毒气熏蒸，仰视飞鸢，踣踣堕水中。"此句就是根据史载发挥想象所得。飞鸢在天都逃不掉瘴气的毒害，行人非金石，又岂能有完全的保障！诗中提到"交州"系汉置州名，在今广西苍梧县。"交州"与"武陵"在本篇中皆泛指南方边鄙之地，非特指。"交州饶毒雾"的苦况是南边的特点，是北国征人想象不到的艰危处境。如果诗仅仅说到这里为止，也过得去。但诗人出奇制胜却在后两句尤其是末句。

"莫怕交州饶毒雾，一冬飞雪似胡天。"诗人采用跌宕生姿的递进口气道："不要以为南边之苦止此而已。""交州饶毒雾"只是溽暑的情况，到了冬天，则又飞雪漫天，和北国胡天的严寒差不多。这实际上等于说，北方有的苦况，南方有；北方没有的苦况，南方也有。诗人虽不明言南征苦于北征，但字里行间，无非此意。这就把南征军士的怨苦写到入木三分。

事实上南征与北征很难说哪方面更苦，而《南征歌》就得强调南征的苦，因而不怕过情，这叫"尊题"。

【归有光】(1506—1571) 字熙甫，明吴郡（属江苏）人。嘉靖进士，官终南京太仆寺丞。尤长于古文，为明代一大家。有《震川文集》。

颂任公诗

轻装白袷日提兵，万死宁能顾一生。

童子皆知任别驾，巍然海上作金城。

明代中叶，流亡在海上的日本海盗经常侵略我国东南沿海一带地区。任环乃抗倭名将，他多次率部击退海盗的骚扰，有力地保护了沿海人民生命财产安全。这首诗就是歌颂任环英雄事迹的作品。

东南沿海气候炎热，对付海上来的强盗，将士须轻装御敌。"白袷"即白色夹衣。"轻装白袷日提兵"，开篇就为任环写照，足见其飒爽英姿。"日提兵"即每日带兵，不曾松懈。因为海盗神出鬼没，常乘人不备发动袭击，故防范也得严密。"九死一生"这个成语，常用来形容经历的危险。诗作"万死宁能顾一生"，即是说：虽然出生入死，但又怎能推辞危险而只顾个人安危呢？换言之，任环一向是英勇顽强，奋不顾身的。只有这样的将领，才能极大鼓舞士气，使其奋身敢死。而两军相逢勇者胜，任环一部的常胜便可预料了。诗中专表勇敢一义，是抓住关键，不及其余。读来令人生快。

人民的眼睛是雪亮的。判断一方官吏或守将的政绩如何，最可靠的根据就是人民群众的口碑。所以民谣这东西统治者是不敢轻视的。"司马昭之心，路人皆知"，坏的是这样。好的呢，也有家弦户诵，妇孺皆知的情况。任环就是这样的，他做过苏州同知，同知是协助地方长官办事的，相当于古之"别驾"，故诗以"任别驾"作尊称。"童子皆知任别驾，巍然海上作金城。"末句是说有任环，沿海人民像有了铜墙铁壁一样，感到很安全。"金城"一辞较铁城的说法更有异彩；而"海上作城"的说法尤使人耳目一新，有奇特的效果。也许，这句诗就是出自沿海地区的童谣呢！诗

"颂任公"，只借人民群众的话来赞扬，而不甚出己意，反而更为有力。使人感到没有私阿之嫌。仿佛李白《与韩荆州书》所说的："白闻天下谈士相聚而言曰：'生不用封万户侯，但愿一识韩荆州'"。大有借花献佛之妙。

【李攀龙】（1514—1570）字于鳞，号沧溟，明历城（山东济南市）人。嘉靖二十三年（1544）进士，官至河南按察使，与王世贞同为"后七子"首领。论文主秦汉，论诗宗盛唐。有《沧溟集》。

枯鱼过河泣

　　　　大鱼唼小鱼，小鱼唼虾鳝，虾鳝唼沮洳。唼多沮洳涸，请君肆中居。

　　《枯鱼过河泣》乃乐府旧题，古辞云："枯鱼过河泣，何时悔复及！作书与鲂鲏，相教慎出入。"乃遭祸患者假鱼言警告同伴的诗。李攀龙这首仿民歌，不袭古辞之意，却从《庄子·外物》涸泽之鱼的故事吸取了一点灵感。故事中的那条快干死的鱼，对路人之许以远水相救十分愤慨，道："不如早索我于枯鱼之肆。"鱼儿离不开水，远水焉能救急！寓言止此而已。而李攀龙则别有新意。他运用现成的语言材料，创造了一个新的寓言，警告当时统治者：如果诛求无厌，最终会自食其果。

　　"大鱼吃小鱼，小鱼吃虾米"的说法在民间早就流传着，它十分形象地反映了旧社会弱肉强食的丑恶现象。李攀龙接过这个比喻，添作三句："大鱼唼小鱼，小鱼唼虾鳝，虾鳝唼沮洳。"这就增加了一个层次，生动地揭露了明代社会贪官污吏横行的情景，既有以黑吃黑，也有以恶欺善的现象存在。大抵是官压制吏，吏盘剥民，人民则只能任其宰割，处境悲惨有甚于虾鳝。"沮洳"指污泥，固然是虾鳝之所食。但人间饥民，也有食"观音土"如虾鳝者。当然，一旦人民落到这种田地，只有两条路，一是死，一是造反。无论哪种情况，都会导致封建国家大厦的倾覆。

"皮之不存，毛将焉附！"李攀龙在诗末只轻轻点到为止："唼多沮洳涠，请君肆中居。"这里的"唼多"和"君"表面上承上句"虾鳝"言，但在诗人描写的那个"大鱼——小鱼——虾鳝——沮洳"的食物链上，一环有亏，必殃及其余：沮洳涠则虾鳝绝，虾鳝绝则小鱼灭，小鱼灭则大鱼死。最后居枯鱼之肆的必然也有大鱼小鱼。诗人巧妙省去了一些环节不说，让读者自己去推想，"君"字所指便意味深长了。

诗全用形象作寓言，极富哲理性。大鱼、小鱼、虾鳝等，实处在一个生态平衡系统中，一旦失去平衡，则祸无日矣。今天还可借来说明环境保护的重要意义，如果人类对环境只开发利用而不注意保护，也势必有一天"唼多沮洳涠，请君肆中居。"诗可以兴也如此。

于郡城送明卿之江西

青枫飒飒雨凄凄，秋色遥看入楚迷。
谁向孤舟怜逐客？白云相送大江西。

嘉靖三十年（1555）吴国伦（字明卿）因忤奸相严嵩，被贬江西按察司知事。时作者闲居济南家中，诗即吴赴任途经济南时所作。

诗一开始就极力烘托送别气氛，意境音情皆类乎王昌龄《芙蓉楼送辛渐》"寒雨连江夜入吴，平明送客楚山孤。"这是初秋的渡头，飒飒的是秋风吹动枫叶的声音，使人联想到"白云一片去悠悠，青枫浦上不胜愁"的名句。送客的时候，又遇到天雨，更令人悒郁愁绝了。"青枫飒飒雨凄凄"句中两个叠词"飒飒""凄凄"都有绘色绘声的妙用。向行者所去的楚天望去，江天一片迷蒙。"秋色遥看入楚迷"，"遥看"二字点出目送远方的情态，一个"迷"兼写出细雨蒙蒙的景象和送行双方心情的凄迷。在将气氛烘托得很浓的基础上，再转入明快的抒情，是王昌龄的绝招，李攀龙本篇也是这样做的。

"谁向孤舟怜逐客？"第三句一问提唱。点出行者及其谪迁的身份。同时把遭受政治打击迫害者的孤独困厄的处境和盘托出。"孤舟"是实有其物，又是迁客孤危之象征。"谁向"的一问，可见当时能公开表示支持同情正义者不多。反过来也见出作者不避嫌疑，公然对明卿表示同情，有雪中送炭的作用。在严嵩当道，恐怖的政治气氛下，这种态度本身就是对权奸的一种反抗，不必挑明，弥足珍贵。由问句跌出最末七字，是个更耐人玩味的浑含诗句："白云相送大江西。"

这"白云"就是"白云一片去悠悠"的"白云"，它可以是游宦的一个象征；也可以是他的一个陪伴，就像"草色青青送马蹄"的"草色"。虽然只说"白云相送"，事实上还有作者本人的目送，两意叠加，就是李白所说的："我寄愁心与明月，随君直到夜郎西。"末三字"江西"前加一个"大"字，可不是随便凑字数的。它可以读作"大江——西"，意即江西，但又失去地理专有名词的意味，成了一种景色，一个方向，可以唤起视觉印象。也可以读作"大——江西"，那又直接是对朋友去向的一个赞美，也就是为朋友长志气，对权奸投以蔑视。一位革命烈士生前写道："昨夜洞庭水，今宵汉口风；明朝何处去？豪唱大江东。"末三字便是同一机杼。有了这个"大"字，才是"豪唱"的意味呢。

李攀龙是致力于学唐的诗人，这首七绝精心烘托气氛，用提唱方式抒情，明快而含蓄的结尾，神似唐音，出入李太白、王少伯之间，可以窥见作者熔铸之功力。

【王世贞】(1526—1592) 字元美，号凤州，弇州山人，明太仓（属江苏）人。嘉靖二十六年（1547）进士，官至刑部尚书。与李攀龙、谢榛、宗臣、梁有誉、吴国伦、徐中行为"后七子"，倡导摹拟复古，晚年始有改变。才学富赡，著述宏富。有《弇州山人四部稿》《弇山堂别集》《艺苑卮言》等行于世。

登太白楼

昔闻李供奉，长啸独登楼。

此地一垂顾，高名百代留。

白云海色曙，明月天门秋。

欲觅重来者，潺湲济水流。

唐代伟大诗人李白一生漫游天下，足迹遍布国中。后人为纪念他而修的"太白楼"何止一处！这首诗所题咏的"太白楼"，在今山东济宁市，唐时为任城。李白曾在这里居住并受到县令贺某款待。此后这里就成为一大名胜古址。一说为安徽牛渚山采石矶太白楼。

李白在天宝初年曾供奉翰林，因此后人便以李翰林呼之。本篇称李"供奉"则又出于平仄合律的需要。诗开端两句，就打破了五律一般的写法，十个字一气贯注，作"昔闻李供奉长啸独登楼"，这是何等气势，简直画活了一个李太白，使人想起大画家梁楷笔下那个矫首长吟、旁若无人的诗仙形象，而这种天马行空的笔法，正是深得李白律诗神韵的。写李白就要像个李白的样子。王世贞先声夺人，诗就成功了一半。同时"昔闻"云云，意味着向往已久，暗藏有"今上"的意思（杜甫"昔闻洞庭水，今上岳阳楼"），不明说这一层，读者也心领神会。

"此地一垂顾，高名百代留。"有了前二句活画出高蹈的形象，这两句是水到渠成。这一联作流水时，又该一气读出，岂不快哉！"垂顾"二字，恰是李白登高俯视世俗的形象。（"西上莲花山，迢迢见明星。俯视洛阳川，

203

茫茫走胡兵"不是大诗人的自画像么?)"高名百代留"就字面意义而言,乃指此楼以"太白"得名。而骨子里却是在高声赞美:"永垂不朽的李太白,太白楼沾了你的光!任城沾了你的光!我们这些后代诗人,一齐沾了你的光!你足迹所至,目光所投,诗笔描绘过的地方,它的名称便神奇地闪光发亮。"这十字饱含激情,充满敬仰。

"白云海色曙,明月天门秋。"元美登楼或许在一个秋天早上,故有"秋""曙"等字(也可以是虚拟)。济宁太白楼隔海虽不太远,去泰山尤近,但还不至于看得见"海色"和泰山南"天门"。诗中写到它们。不过是坐役万景罢了。值得一提的是这两个写景的句子,仍具太白的手眼,它们不但以"视通万里"而特有气势,而且以"白云""明月"等高洁飘逸的意象令人神往。"天空海阔,有此眼界笔力,才许作《登太白楼诗》。"(沈德潜)

"欲觅重来者,潺湲济水流。"末句像是以景结。但有上句,则又似饱含无穷意味。诗人感慨道:要想找出一个能继武太白的人,寻思久之而不能得,唯见楼下济水不停地奔流而已。这是不动声色的一种赞美。正是:李白之前无李白,李白之后无李白,大哉李白!一种高山仰止的虔诚心情,汩汩流出。与"高名百代留"句遥相映带。读者也为之心悦诚服。

题赞之作没有别的诀窍,关键在于一颗真正神往的心。对象是诗人,你就必须好其诗而知其人,才能尽得其风神。读本篇使读者很自然地联想到李白《夜泊牛渚怀古》:"牛渚西江夜,青天无片云。登舟望秋月,空忆谢将军。余亦能高咏,斯人不可闻。明朝挂帆席,枫叶落纷纷。"其诗不以锤炼凝重见长,纯任自然地写景抒情,音调悉合于律,而风神萧散。这是李白律诗的本色。王世贞本篇虽然在对仗上较为经心,但就情韵而言,则与李白同致。使人读本篇即能想见所咏之人,故感觉特别亲切。

送妻弟魏生还里

阿姊扶床泣，诸甥绕膝啼。

平安只两字，莫惜过江题。

　　这首诗用极朴质的文字记录了家庭生活中极其普通的一个离别场面。作者的妻弟魏生在姊夫家住了一段时间，就要离别，回自己老家去了，然而他已和姊夫一家处得非常融洽。这一走，简直牵动了全家人的心。姐姐扶着座椅垂泪，而外甥们则绕在他的膝前，哭的哭，嚷的嚷。可以看出，这魏生是个讨人喜欢的人，所以一家子都舍不得他走。面对这场面，诗人不能平静的心情跃然纸上。

　　"平安只两字，莫惜过江题。"前两句写一个场面，后两句则写一声叮咛。这一声也许是从姊夫口中道出的，却代表了全家人的心情；过了江，别忘了写信来，报个"平安"啊！从"只两字"、"莫惜"等语可会出，叮咛者是生怕对方会忽略忘记此事的。这就细腻地表现出亲人之间的深切关心。因为关心才不太放心，所以一定要对方捎个信，哪怕只短到"平安"两字也行。"马上相逢无纸笔，凭君传语报平安"，对于游子，亲人所最期盼的，不正是"平安"二字么。

　　建立在血缘关系上的亲情，是我们民族文化心理结构的一个重要组成部分。通过如此简练的文字，将其表现为这样一个具体生动的情景，则是本篇的成功之处。在历代送别诗中，它也算得是不落窠臼、别致的作品。

【谢榛】（1495—1575）字茂秦，号四溟山人，明临清（属山东）人。"后七子"之一。早工词，后折节读书，刻苦为诗。与李攀龙、王世贞等结成诗社，倡导文学复古

运动。后为李攀龙等人排挤，客游诸藩王间。有《四溟集》《四溟诗话》。

塞上曲

旌旗荡野塞云开，金鼓连天朔雁回。

落日半山追黠虏，弯弓直过李陵台。

《塞上曲》属乐府《横吹曲》之"新乐府辞"（《乐府诗集》），在唐人特多名作，宋以后无继之者。而明代边防力量较强，边塞诗有所振兴，谢榛本篇便是佳作。

"旌旗荡野塞云开，金鼓连天朔雁回"二句烘托战场气氛。每句都包含两种意象。"旌旗荡野""金鼓连天"是战场景象，分属视觉和听觉。军队作战，"旌旗"有号令指挥三军的作用，而"金鼓"则是节制进退的信号。"旌旗荡野"则见战阵摆开，"金鼓连天"偏义于击鼓进军。虽不具体写两军厮杀搏斗，但字里行间已充分暗示了这样的场面。

"塞云开""朔雁回"是自然景象，云开则日出，雁回见春至。本来它们与战争无关。诗人将它们与战场景象两两并列组合起来，就有了新的意味。仿佛是战阵拉开，杀声震天，使得塞云惊退；鼓鼙震天，响震林木，使得雁群惊回。这就烘托出战斗激烈的气氛。绝句体小，正面描写往往不如侧面烘托，如这里的写法，就事半功倍。

"落日半山追黠虏，弯弓直过李陵台。"二句写战斗的结果。"李陵台"在燕然山（《唐书，地理志》"云中都护府燕然山有李陵台"）。这里的"半山"，即指燕然山而言。落日时分，敌军败北，而大明官军则乘胜追击。这是一幅令人振奋的胜利图面。李陵为西汉败降匈奴的将军，后人用李陵事或"李陵台"入诗，多为反衬忠贞不屈或忠勇无畏的民族气节。

"落日半山追黠虏，弯弓直过李陵台"，以彼败反形此胜，以彼懦反形此勇，使读者觉得诗中的将军不但英勇善战，而且在任何情况下决不降敌。"弯弓直过"的形象描述，又生动地展示了人物的雄姿。而"弯""直"二字的无意映带，也富有唱叹的韵味。"黠虏"即狡猾的敌人，这一措辞，则突出了将军料敌如神，即所谓"狐狸再狡猾，也斗不过好猎手!"

诗中写的不一定是某次具体的战役，倒很可能是作者对当时边塞战争生活的一种概括。"弯弓直过李陵台"便可能出于艺术虚构。正由于有这样的概括和虚构。它才比生活本身更集中，更典型，更理想，因此也更带普遍性。

【戚继光】(1528—1587) 字元敬，号南塘，晚号孟诸，明登州（山东蓬莱）人。将门出身。初任登州卫指军佥事，调浙江、福建、广东等地抗击倭寇，战功赫赫。后又镇守苏州十六年，寇不敢犯。卒谥武毅。有《止止堂集》及军事著作《练兵实记》《武备新书》。

晓征

霜溪曲曲转旌旗，几许沙鸥睡未知。

笳鼓声高寒吹起，深山惊杀老閽黎。

这是一首描写都队早行的诗。"霜溪曲曲转旌旗，几许沙鸥睡未知。"行军的道路沿着溪流，所以充满曲折。这是一个秋天的霜晨，战士起了个大早，在暗夜或月下行军。军事行动要求神不知鬼不觉，他们也许都是衔枚疾走，只隐约可辨旌旗逶迤进行，而没有人马之声。"几许沙鸥睡未知"以闲中着色为妙，它起码有双重意味，一是由沙鸥的安眠反衬将士的辛劳；二是由沙鸥的未被惊醒，反衬行军的神出鬼没，了无声息。这两句显然是黎明前的情景，它突出的是晓征的诡秘气氛，一到破晓，行军就不再需要藏行和隐秘，那情景将大不相同。

"笳鼓声高寒吹起，深山惊杀老阇黎。"这便是天明时的情景。诗人抓住的是第一声笳鼓（军乐）来写，便给人平地一声雷的惊异之感。随着这一声的到来，队伍如从地底冒出来一样，突然出现在道路上。又仿佛飞将军自重宵而降。给人以堂堂之阵，正正之旗的威武感觉。句中又称"笳鼓"为"寒吹"，言其"声高"，便有"秋风鼓角声满天"（陆游）的意味，凛然不可抵挡似的。最末一句出自想象，笳鼓声如此嘹亮，恐怕要惊坏深山寺庙中的老和尚罢！

全诗的趣味集中在后一句。说军声要把深山阇黎惊杀，似乎有点煞风景，破坏了山中和平的气氛。殊不知正是这支军队——戚家军，和别的边防部队，保卫了沿海一带的和平。所以老阇黎大可不必惊慌。诗趣就在语若致歉，实深慰之。戚继光作本篇，显然怀着十分得意的心情，字里行间全是风流自赏的意态。作为一个民族英雄，他也有权做这样的自赏。

马上作

南北驱驰报主情，江花边草笑平生。
一年三百六十日，都是横戈马上行。

戚继光出身将门，世袭登州卫指挥金事。后调浙江抵抗倭寇，在义乌建戚家军。屡次在台州、福建、广东等地击败倭寇，解除东南沿海边患。后又被调到北方，镇守蓟州（北京一带）。他修墙筑堡，训练军队，使边防面貌为之一新。在蓟州驻守十六年，边寇不敢滋事侵扰。《马上作》一诗就真实地反映了作者转战南北，保卫国防的英姿雄风。

"南北驱驰报主情，江花边草笑平生。"从福建、广东到蓟州，可说一在天南，一在地北。"南北驱驰"四字，概尽戚继光一生大节。"报主情"与报效国家，在古代志士仁人，是同一回事。这三字表明作者并非不喜欢安定的生活，而是因为心怀天下，为了国家的安宁，不惜万里奔波。全句表现出一种崇高的襟怀。次句的"笑"字耐人回味，它有双重意义。一是自笑，虽说长年鞍马生活习以为常，不能栽花养草，只能以饱览"江花边草"来解嘲，这个"笑"字是很富于幽默感的。一是被"江花边草"所笑，这里的花草便有象征意味。志士的行动往往并不为世俗所理解，如马援的从弟马少游就对马援的慷慨大志表示不理解，认为人生只要吃饱穿暖，无灾无病就好。所以"江花边草笑平生"一句意极浑含，而且点出"平生"二字，为后二句张目。

　　"一年三百六十日，都是横戈马上行。"这两句是"平生""南北驱驰"的更具体的说明。一个身不离鞍马的保家卫国的英雄形象跃然纸上。这个人物形象是紧紧地和战马与横戈联系在一起的，不能须臾分离，就像苍鹰不能没有翅膀一样。"一年三百六十日"初读似乎是一个凑句，其实很有妙用。它出现在"都是横戈马上行"的点睛之笔的前面，起到了必要的渲染作用。这一年三百六十日，并不是天天风和日丽，花红草绿，也应有雪雨风霜，严寒酷暑。一日横戈马上不难，难的是三百六十天如一日。虽然诗中只说"一年"，联系"平生"一语，又可以推想到年年。同时，"一年三百六十日"，有掐指计算的意态，使读者猜想这首诗不仅是"马上作"，而且可能是"新年作"。

　　更可玩味的是，诗中从容道出"一年三百六十日，都是横戈马上行"这样一个事实，却没有明确表示情感态度。沈德潜评王昌龄《从军行》"黄沙百战穿金甲，不破楼兰终不还"道："作豪语看亦可；作归期无日看，倍有意味。"原因也在于诗中"终不还"三字只表事实不露态度。细味戚继光此作，确是以抒发豪情为主，末二句大有"三十功名尘与土，八千里路云和月"（岳飞）的豪迈意味。但也未尝没有"匈奴未灭，

209

何以家为"那种不得已而为之的感慨。唯其如此,才更显示出英雄是人,不是神。

【沈明臣】生卒年不详,字嘉则,明鄞县(浙江宁波)人。少为博士弟子员。胡宗宪督师平倭,偕徐渭辟置幕府。后浪迹湖海,殁于里中。有《丰对楼诗选》四十三卷。

凯歌

衔枚夜度五千兵,密领军符号令明。
狭巷短兵相接处,杀人如草不闻声。

沈明臣以秀才为抗倭名将胡宗宪掌书记,这首抗倭凯歌作于明嘉靖三十五年(1556)。时胡宗宪"宴将士烂柯山上,酒酣乐作,请为铙歌十章。援笔立就,酾酒高吟,至'狭巷短兵相接处,杀人如草不闻声'少保持其须曰:'何物沈生,雄快乃尔!'命刻石置山上。"(《列朝诗集小传》)它是明人七绝中值得称道的作品之一,诗中写夜战巷战情景,语极独到,遍索汉唐边塞之作无有也。

"枚"是军中用械,形如筷子,两头系带,可挂置颈上。古代夜行军时,常令士兵衔枚,以防出声。(欧阳修《秋声赋》云:"如赴敌之兵,衔枚疾走,不闻号令,但闻人马之行声。")诗第一句"衔枚夜度五千兵"写的就是大部队夜间的军事行动,"五千"极言人数之多。古有"明修栈道,暗度陈仓"的战例,这一个"度"字,就写出神不知,鬼不觉的意味,看来这是一次偷袭。

"五千兵"的夜行军,要不被敌人发觉,是不容易办到的。全靠军纪

210

严明。"密领军符号令明"写的就是行动的保密，军纪的严明。"军符"是调兵遣将用的凭证，或为金属、或为木料，双方各执其半，合并则浑然一体，以验真伪。主将"密领军符"，即接到出击命令，他立即发布命令，各使凛遵。决胜的条件之一，便在铁的纪律上，所以前二句已显示稳操胜券的预兆。

三、四句直入战斗。因为是偷袭，所以不是大规模的阵地战，没有鼓角齐鸣，震动天地的声势；而是将士们皆分散闯入敌占区，凭事先着好的标记（如头裹白巾或臂系白巾）区分敌我，于是同敌寇展开了一场白刃相搏的近战。"狭巷短兵相接"六字极妙，狭路相逢，写出敌忾矣；短兵相接，则敌无所逃矣。诗人写得十分镇定，镇定属于王师。而敌人遭到突然袭击，必然慌乱，糟成一团。在短兵接仗之前，必有相当数量的鬼子死于睡梦之中，惊醒过来在乱中接仗的鬼子，较之充分戒备的官军，便显得手足无措。而两军相逢勇者胜，靠的是士气，丧胆的敌寇，就死者何可数计。

"杀人如草不闻声"一句，就出神入化的写出了官军掌握主动，形势大为有利，而敌方丧失了战斗力，从而遭到歼灭，伤亡惨重的情况。"杀人如草"的比喻之妙，就在于将"草菅人命"用于战争、特别是这场双方形势悬殊的战争，极见杀敌的轻易和官军出手的神速。一般说来，哪怕是巷战，也应有刀剑杀喊之声，"不闻声"三字就匪夷所思。盖诗人是从战斗的总体气氛上落笔的，极见战事进展之顺利，所谓兵贵神速。而这"不闻声"的厮杀，比有声的厮杀，不更叫人心惊胆寒吗？是为诗中最精彩独到之笔。

比较一下岑参的《封大夫破播仙凯歌》："蕃军遥见汉家营，满谷连山遍哭声，万剑千刀一夜杀，平明流血浸空城。"同样写夜战，同样剽悍之作，那里是杀声震天，人头落地；相形之下，沈生之作不动声色，但雄快似有过之而无不及。唯能举重若轻，故而青出于蓝。

萧皋别业竹枝词

青黄梅气暖凉天，红白花开正种田。

燕子巢边泥带水，鹁鸠声里雨如烟。

《竹枝词》本出巴渝民歌，带有浓厚的乡土气息和地方风味。自唐代刘禹锡以来，仿作者极多。大都用写一方风土人情及城乡风光。形成七言绝句中一大专题。"萧皋别业"是作者友人李宾父的别墅名称，本篇就写江南梅雨季节当地农村景象。其韵味和宋人翁卷的《乡村四月》颇为接近："绿遍山原白满川，子规声里雨如烟。乡村四月闲人少，才了蚕桑又插田。"然而对比玩味，沈明臣本篇自有新意。

"青黄梅气暖凉天，红白花开正种田。"开篇两句描绘萧皋别业所在的郊野春光，就有美不胜收之感。与翁诗的"绿满山原白满川"比较，更为色彩绚丽。显然沈诗所写的不是初夏四月的乡村，而是春二三月的乡村。这里不仅排开了四种色彩："青""黄""红""白"，较翁诗的"绿""白"，色彩的冷暖变化更大。

"青黄梅""红白花""暖凉天"是三个结构相同的排比的片语。每个片语中的名词性主语前，都有两个不同，甚至对立的形容词（"青""黄"是不同色，而"红""白"是对比色，"暖""凉"是对立感觉），它恰到好处地写出了乍暖还寒的早春天气及相应的景物特征：桃李刚刚开花；而梅子尚小，黄里带青。这里辩味之细，只有晚唐韩偓绝句差可仿佛。

诗人下字也很精确，如果在别人笔下，首句也许是"青黄梅子"而不是"青黄梅气"。"气"字多么虚，感得到，摸不着。前两句之妙，就在于不仅写出了视觉色彩，比翁诗多写出了人的感觉（冷暖）。这时还不是农忙时节，没有"才了蚕桑又插田"那么紧张，只道正种田，多少从容。

"燕子窝边泥带水，鹁鸠声里雨如烟。"最惹人喜爱的是后一句，它在感觉、视觉形象外又添了听觉，雨声和勃鸠声。然而，它毕竟是有意无意落到了翁卷那个得意之句的窠臼里。这里不过不是"子规声"因为子规是迎春的鸟儿。鹁鸠羽毛黑褐而胸部淡红，喜欢在春雨中鸣叫。在一片迷蒙的烟雨中，鹁鸠柔声呼侣，倍觉迷人。

沈诗的独创性，尤见于"燕子巢边泥带水"一句。前人咏燕之作多矣，谁曾拈出"泥带水"三字？那是来源于生活观察的一个发现。"芹泥雨润"，使得燕子窝边的泥土湿漉漉的。"泥带水"不是"拖泥带水"，而是一个充满生气的形象。因为这是春雨，是好雨、喜雨。"晓看红湿处，花重锦官城"是杜甫的奇妙发现，"燕子窝边泥带水"则是沈明臣的奇妙发现。

翁卷的《乡村四月》在形式上是四句散行的，而沈明臣本篇则以骈句为主。它不仅下联对结；上联有三个排比片语，同时上下句也似对非对。这就使它在形式上更有锦绣成文之感，这正是春天给人的感觉，而不是初夏给人的感觉。

【徐渭】(1521—1593) 字文长，一字文清，号天池山人、青藤山人，明山阴（浙江绍兴）人。科场失意，为浙闽总督胡宗宪幕僚，对抗击倭寇多有策划。胡得罪被杀后，终身潦倒。诗文主张独创，反对摹拟。有《徐文长全集》《徐文长佚稿》《徐文长佚草》《四声猿》等。

龛山凯歌

短剑随枪暮合围，寒风吹血着人飞。
朝来道上看归骑，一片红冰冷铁衣。

明代也有边患，加之时人普遍学习唐诗，所以"边塞诗"又一度兴盛。作者曾投身平倭战争。"龛山"在浙江萧山东北五十里，与海宁赭山对峙，旧有龛山寨。明世宗嘉靖三十四年（1555）冬，大破浙闽沿海入侵倭寇，作者当时正入浙闽总督胡宗宪幕府，有《龛山之捷》纪其事，略云：贼自温州登岸，蔓延于会稽。战士遇贼死战，无不一以当十，贼遂大败。这首诗即歌颂破敌将士的英勇。可与岑参《破播仙凯歌》等名作媲美。

起一句就写破贼将士乘夜包围入侵之敌。"暮合围"在战术上是很有利的，因为明军比倭贼更熟悉山势地形环境，偷袭可以成功。"短剑随枪"则是长短兵器互用，便于近战，白刃相搏。第二句即写激烈战斗，入题十分迅疾。"寒风吹血"表明战事发生在冬夜，不是"吹人"而是"吹血"，可见厮杀的激烈，战士冒着枪林血雨，顽强杀敌。"着人飞"的"着"字下得妥帖，比"溅"字含蓄，比"染"字轻灵。再配合一个"飞"字，简直把战斗的情况写活了。诗中的形象是呈动态的。

前两句写战场一夜厮杀的情况十分简劲，后两句则推出特写镜头：天亮了，道路上奔驰着明军骑兵。诗人没有去刻画他们的面容和英姿，而以大特写的手法，展现将士的铠甲："一片红冰冷铁衣"，这"一片红冰"与第二句呼应，令读者进一步想象战士浴血战斗的情景，血衣暗示的是战斗的激烈。同时，它又表现出气候的严寒，战斗环境的艰苦，通过这样的描写，又突出了战士不畏艰险严寒的铁的意志。"铁衣"虽然直接指铠甲，也造成一个铁人的形象。这就是大明的钢铁长城啊！

全诗最突出的创获，显然在"一片红冰"之句。唐人闺怨诗有"风吹昨夜泪，一片枕前冰"（刘商《古意》），然而，这一片冰与那一片冰，给人的审美感受是多么不同。

风鸢图诗

柳条搓线絮搓棉，搓够千寻放纸鸢。

消得春风多少力，带将儿辈上青天。

《风鸢图》是作者晚年的得意之作，乃慕北宋画家郭恕先作《风鸢图》韵事而拟作，画成后，每图配诗一首，共25首，以尽其兴。这里所选是其中的一首。

"柳条搓线絮搓棉，搓够千寻放纸鸢。"放风筝需要结实的长线，所以本篇开始就以搓线线起兴。两句一连出三"搓"字，极有一唱三叹之趣。放风筝用的是较细的麻绳，这绳既不能用柳棉（柳絮）搓，也不能用柳条搓。可知首句"柳条搓线絮搓棉"，是作者结合春风杨柳的景色而产生的浪漫想象。据载郭恕先曾戏弄求画者，故意在匹素上画小童放风筝，引线数丈满之。这很使诗人神往。"搓够千寻"（一寻为八尺）也够夸张了，似乎没有八千尺长绳就别"放纸鸢"。诗人这样唱时，使人感到他兴致很高，不禁也受到他高兴情绪的感染。

"消得春风多少力，带将儿辈上青天。""消得"是反诘语气，意即：不消春风多少力。耐人寻味的是最末一句："带将儿辈上青天"。这里的"儿辈"，似乎本应指纸鸢而言，联上句意思即：不消春风多少力，便将这些纸鸢送上了青天。然而"儿辈"二字，其实是指放风筝的儿童。他们的心完全系在风筝上了。所以纸鸢上天，也等于"带将儿辈上青天"了。于是这句便有双关之妙。这还仅限于字面意义。最有意思的是，这两句还构成了一个象征意义。就像薛宝钗《柳絮词》所祈愿："好风凭借力，送我上青云"一样，作者希望好风吹送儿辈上天，实际也包含有一种殷切的期望和深情的祝福。愿儿辈比我辈更加有造化吧！"希望寄托在

你们身上"。正是这种象征意义，使诗境得到进一步的升华。读者不可只
当放风筝去读。

天河

天河下看匡瀑垂，桑蛾蚕口一丝飞。
昨宵杀虱三十个，亦报将军破月支。

此诗属于游戏笔墨，作者自注："上二句以大视小，下二句以小视
大。"就诗体源流而言，出于六朝齐梁陈隋宫廷君臣唱和中的"大言"
（夸大）、"细言"（化小）之作，当时文士挖空心思，所作竟不足观，总的
说来，是因为想象力太贫乏。

不意徐渭将细言、大言熔为一炉，想象如此超妙，可圈可点。

诗中将庐山瀑布化小，是通过想象从天河往下看来实现的。蚕口一
丝，措语亦妙。

而"昨宵杀虱三十个，亦报将军破月支"的夸大，虽出戏谑，诙诡
莫名，却又含有蔑视贼寇、视杀敌如虱的战斗生活体验。

南朝文士们的大言、细言之作，于是可以尽废。

【袁宏道】（1568—1610）字中郎，号石公，明公安（属湖北）人。万历二十年
（1592）进士，官至吏部郎中。与其兄宗道、弟中道并称为"三袁"，同为"公安
派"创始人。反对前后七子摹拟、复古的主张，强调不拘格套，抒写性灵。有《袁
中郎集》。

216

听朱生说水浒传

少年工谐谑，颇溺滑稽传。

后来读水浒，文字亦奇变。

六经非至文，马迁失组练。

一雨快西风，听君酣舌战。

    明代万历年间，由于商业经济的繁荣，市民阶层的兴起，小说、戏曲等原来不登大雅之堂的通俗文学，得到蓬勃发展，一些思想比较解放的文人，开始对它们刮目相看，传统的诗文为主的正统文学观念发生了动摇，"公安派"领袖袁宏道的这首诗就大胆地发表了异端的见解。仅从其题材、思想内容非唐宋能有。

    "公安派"的文学主张是反对复古，主张"独抒性灵，不拘格套"。本篇一开端就标榜与众不同的读书兴趣和个人情性："少年工谐谑，颇溺滑稽传"。"滑稽传"即《史记·滑稽列传》，它是古代宫廷演员的传记。从小说史角度而言，《滑稽列传》只具小说雏形。到当时成书的《水浒传》，其间进步不可以道里计。《水浒传》是成熟的优秀的长篇小说。所以诗人给以更高的评价："后来读水浒，文字亦奇变。"文字奇变是指《水浒传》相对于《滑稽列传》的进步吗？否。这是连上"少年工谐谑"而来，言个人受《水浒传》的影响，在文学上，文笔上有奇妙的长进。直言不讳地宣布自己受一本小说的影响如此之大，这是要有勇气的。

    更为惊世骇俗之谈是："六经非至文，马迁失组练。""六经"本指《诗》《书》《礼》《易》《乐》《春秋》，此泛指儒家经典。"马迁"即司马迁，此指《史记》。"组练"系借精锐队伍喻精彩文章。把小说《水浒传》抬举到经史典籍之上，简直是离经叛道的语言。但把这种议论与李卓吾、金圣叹等人的文学批评联系起来，就可以看到它反映了一个新的文学思潮。即小说这种重要的文学体裁终于以其实绩，后来居上，将执众文体之牛耳。

这首诗题是听说话人朱生说《水浒传》，却用了六句来高度评价《水浒传》，表现个人对此奇书的特殊爱好、特殊感情，这并不是离题。相反，由于酝酿得充分，最后两句点题水到渠成，且有画龙点睛之妙。"一雨快西风，听君醋舌战。"写尽听评书的快感，评书是一种花钱少收效大的艺术。全凭说话人一张嘴，一条三寸不烂之舌，外加惊堂木。一说起来，千军万马也可以调动，风风雨雨呼唤就来，有的情节是原作底本根本没有的，任凭说话人添盐加酱。

岂不见南京柳麻子，"说景阳冈武松打虎白文，与本传大异，其描写刻画，微入毫发，然又找截干净，并不唠叨，勃夬声如巨钟，说至筋节处，叱咤叫喊，汹汹崩屋，武松到店沽酒，店内无人。蓦地一吼，店中空缸空甓，皆瓮瓮有声。闲中著色，细微至此。"（张岱《柳敬亭说书》）本篇则以"一雨快西风，听君醋舌战"，写活了一个说书人，也写活了一个书迷，令人称艳。而朱生和柳麻子一样，都是可以进入《滑稽列传》的人物。

【袁中道】(1568—1610) 字小修，明公安（属湖北）人。袁宏道弟。万历进士，官南京吏部郎中。有《珂雪斋集》等。

王龙屿绣林江阁值雪

以手掬江浪，取之涤砚瓦。
尊罍稍远窗，莫被过帆打。

218

这首古无今有的奇作，非载道，非言志，非缘情，而是写由视幻现象引起的惊奇。

窗框如同画布，江水看起来那么近，如伸手可掬。而江上过帆，仿佛擦着窗边的酒杯而过，使人疑心会把酒杯碰倒。这种观察得到的印象，西方艺术家最为敏感。而在中国古人则比较迟钝，他会轻易地用理性去加以排除。而专以视幻感觉入诗，在古人诗中可说是见所未见，闻所未闻，甚有奇趣。

这首小诗表现的奇趣水准，就是大讲活法的宋人，就是最重风趣的杨万里，也还有一间未达。只有破除习惯，独抒性灵者，方能偶得。所以是很值得刮目相看的。

可惜小修浅尝辄止，而没有沿着这条道儿，走得更远。

【钟惺】（1574－1624）字伯敬，号退谷，明竟陵（湖北天门）人。万历三十八年（1610）进士，授行人。历官仪制郎中、福建提学佥事。著有《隐秀轩集》。同里谭元春与之应和，风行一时，人称"钟谭体"或"竟陵派"。二人合选有《古诗归》《唐诗归》《明诗归》等。

江行俳体

虚船也复戒偷关，枉杀西风尽日湾。

舟卧梦归醒见水，江行怨泊快看山。

弘羊半自儒生出，馁虎空传税使还。

近道计臣心转细，官钱未曾漏渔蛮。

《江行俳体》组诗，作于钟惺入京应试途中，原序云，诗是在友人谭元春《竹枝词》组诗的启发下写成的。因舟行途中受到水上税收盘查，引起作者不满，遂写下这首讽刺苛税的作品。

由诗意可知，作者所乘的航船在行进中受到阻止。原因是税卡正在对过往船只进行盘查收税，为严防偷漏关税的情况发生，凡属未经验查的船只一律不得放行，客船也不例外。由于扣留时间太长，几乎整天停泊，使旅客们大发怨言，也是自然的事。"虚船也复戒偷关，枉杀西风尽日湾。"就是写这种不分青红皂白的情况。"枉杀"二字，充满怨意。整日无聊，加之秋风萧瑟，谁又耐烦呢！"虚船（不装货的船）也复"云云，大是不满的语气。"湾"是俗话，泊舟之谓也。文言中本无这个用法，这就在语言中形成俳谐的意味了。它造成一种近乎苦笑的情态。

以下诗人由"尽日湾"三字继续生发，写冤枉驻舟的烦恼。颔联两句皆由两个对比的片语构成："舟卧梦归——醒见水"，无聊之中在船上白日睡觉。梦中归家，醒来才看见船还停在老地方，一场空欢喜！"江行怨泊——快看山。"江行和陆行一样，"不怕慢，只怕站"。故以泊舟为烦恼；以看山（即看山却似走来迎）为快慰。但眼前偏偏快意不得！二句中以"梦——醒""怨——快"四字，两两互形，最有唱叹跌宕之妙。

有意思的是下文中，诗人由眼前税卡严得滴水不漏，联想到现实中的苛捐杂税，一齐予以鞭挞。桑弘羊是汉代以理财著名的历史人物，征收舟车税是由他和孔仪等始作俑。诗云"弘羊半自儒生出"，这里既有"半自"，可见"弘羊"在诗中代指的是一批人，而并非专指桑弘羊本人。那就是当时搜刮民财的官吏们。儒家本来主张薄税敛，施仁政，但残酷的剥削人民的官吏却"半自儒生出"，这是何等具有讽刺意义的事啊！

《史记》载，信陵君欲救赵，急中无计，将率宾客赴秦军。侯生以为无异"以肉投馁虎"、"馁虎"即饿虎，较之一般的虎更为可怕。诗中用以譬"税使"。比较"苛政猛于虎"的说法，更加新警。"馁虎空传税使还"，是说即令税已收去，也不可高兴太早，饿虎般的税吏，随时可以"光顾"。一个"空"字，足以破除人们任何一厢情愿的幻想，这两句诗已经远远超过个人受阻的烦恼，而接触到严酷的社会现实和民间疾苦，是全诗主题之句。

结尾用道听途说的消息，进一步写官吏盘剥的无孔不入："近道计臣心转细，官钱曾未漏渔蛮。""渔蛮"即渔民，过去不属于收税的对象。现在税收到他们头上，可见官府的搜刮又进了一步。"计臣"指理财的官吏，"心转细"似乎是褒辞，其实是反语。正如唐代陆龟蒙《新沙》所讽刺的"渤海声中涨小堤，官家知后海鸥知，蓬莱有路教人到，应亦年年税紫芝。"讽刺的锋芒，并不毕露，针砭却更有力。

诗是即事兴发，半出嘲谑。"偷关""湾""心转细""渔蛮"等辞语，不是口语便是俗语；"弘羊"与"馁虎"作对，"醒见水"与"快看山"作对，都有谐趣，即所谓俳体。然而诗的内容，却是十分严肃的。这就是"体诨""气诙"而"法严"，是亦谐亦庄的。而俳谐的力量，就在于顺手一击中，致对手于尴尬境地。就此而言，本篇是有特色的。

送丘长孺赴辽阳

借箸前筹战守和，较君当局意如何？
岂应但作旁观者，预拟铙歌与挽歌。

丘长孺名坦，以字行，楚麻城人。明于辽阳置东都指挥使，为东北边防重镇。丘曾赴辽，临行前留诗别友，中有"诸君醮笔悬相待，不是铙歌即挽诗。"铙歌属汉乐府鼓吹曲，系战歌，此言奏凯。"不是铙歌即挽诗"，意即不成功，则成仁。钟惺和诗原共五首，此录其一。

"借箸前筹战守和，较君当局意如何？"语出《史记·留侯世家》。"战守和"三字应读断，"战""守"是作战的两种基本战术；"和"则是作战结局的一种，这里因句有定字的限制，还省略了"胜""负"两种结局。但并不影响懂得"诗法"的读者理解诗意。既然要较量，就得运用各种战术，决一雄雌（有时也可能打成平手）。这使读者联想起《墨子·非功》）里描写的墨子与公输盘进行的那种模拟战："子墨子解带为城，以牒为械。公输盘九设攻城之机变，子墨子九距之。公输盘之攻械尽，子墨子之守围有余。"事实上，古代军营中将帅们是经常这样研究作战方案，叫"运筹帷幄。"诗人这样写，似乎是有意识缓和临别的沉重气氛，使它变得轻松一点。这两句也许只是写借箸筹算战斗结果，为预写歌辞作准备。

"岂应但作旁观者，预拟铙歌与挽歌。"这既是承上联比试运筹之意，说自己虽不赴边，也应只作旁观者。换言之，即对朋友此行及将来的前途命运、非常关心。"借箸前筹战守和"就是这种心情在行动上的表现。它又是照应丘诗"诸君醮笔悬相待，不是铙歌即挽诗"，说自己一定尊重朋友的意愿，先就作好铙歌和挽歌备用！"预拟铙歌与挽歌"一句十分风趣，对方并没有请"预拟"，只是请提笔待拟。既然是提笔相待，可见丘长孺自信很快就能在战斗中见个分晓；于是诗人干脆要先把两种歌辞写好再说。将来不管何种结局，皆可应付裕如。这样真率无饰，又是投合豪爽者口味的。

本来，一般人处在这种情况下，一定要讨个吉利，只说好，不说歹。就写成"预拟铙歌岂挽歌"，未必不是豪言壮语。而钟惺偏偏别出手眼，不忌讳"挽歌"二字。正如壮士临阵不讳言死一样，所谓"裹尸马革英雄事"（张家玉），反而更饶悲壮的气概。

【孙承宗】（1563—1638）字稚绳，号恺阳，明高阳（河北省高阳）人。万历三十二年（1604）一甲二名进士，授编修。天启初（1621）官兵部尚书，兼东阁大学士，奉命督师山海关及蓟辽、天津、登莱诸处军务。十一年，清兵深入畿南，守高阳，城陷，自缢死。有《高阳诗集》八卷。

二月闻雁

几听孽鸟语关关，尽罢虚弦落照间。

却讶塞鸿偏有胆，又随春信到天山。

作于奉命督师山海关及蓟辽、天津、登莱诸处军务期间。诗人通过"二月闻雁"，设为寓言，抒发了有我无敌的无畏气概，同时对一些在边防大计上怯懦无能之辈进行了讽刺。

《战国策》有一则故事："更羸与魏王处亭台之下，仰飞鸟。更羸谓魏王曰：'臣为王引虚发而下鸟'，魏王曰：'然则射可至此乎？'更羸曰：'可。'有闻雁从东方来，更羸以虚发而下之。魏王曰：'然则射可至此乎！'更羸曰：'此孽（病者）也。'王曰：'先生何以知之？'对曰：'其飞徐而鸣悲，飞徐者，故疮痛也；鸣悲者，久失群也。故疮未息而惊心未至也。闻弦音引而高飞，故疮陨也'。""孽鸟"即出于此，指负了伤的雁。因为久失其群，故鸣呼其曹。《诗经·周南·关雎》："关关雎鸠，在河之洲"，"关关"是禽鸟求侣的叫声。故此处用形失群孽雁的悲声。

"尽罢虚弦落照间"，从"尽罢"二字可知这种惊弓之鸟并非一只，在夕阳惨淡的余晖中，纷纷闻空弦而坠落。这显然不是写实，而是一种象喻。"几听"二句告诉读者，边塞向来有类似情况的。本来胜败乃兵家常事，但偏有一些败军之将一蹶不振，对强敌闻风丧胆，谈虎色变。诗人的讽刺不一定是专指某人某事，但这种人和事在现实中却不乏其例。

与"孽鸟"丧胆惊弓的同时，雁群并没有放弃既定的路线，又随春信的到来而回返北方："却讶塞鸿偏有胆，又随春信到天山。"相比之下，这是何等从容、何等勇敢的行为。"又随"二字颇有前赴后继的意味。这也是一种象喻，它比喻的是所有忠勇的爱国将士，他们到边关来就有不惜牺牲的准备，在他们的字典里有"死"字，却没有"怕"字。诗句"却讶塞鸿偏有胆"，是用孽鸟惊讶的口气道出的，特别有味。勇士的无畏，不是足以振懦起顽，叫一切胆小的人感到羞愧么！

这首诗采用比兴手法，使得它的内涵远远超过作者面对的具体事实，从而具有广泛的象征意义。它甚至可以使今日读者联想到鲁迅《非革命的急进革命论者》一文所说的几句话："在行进时，也时时有人退伍，有人落荒，有人颓唐，有人叛变，然而只要无碍于进行，则愈到后来，这队伍也就愈成为纯粹，精锐的队伍了。"本篇中"又随春信到天山"的"雁群"，就让人感到，由于淘汰了几只"孽鸟"，反而显得纯粹和精锐了。

渔家

> 呵冻提篙手未苏，满船凉月雪模糊。
> 画家不解渔家苦，好作寒江钓雪图。

自从柳宗元写出《江雪》"孤舟蓑笠翁，独钓寒江雪"之后，画家们常常以渔翁入画，而形象大都不出柳诗所写的范畴。如五代赵干有《江行初雪图卷》、宋代王说有《渔村小雪图卷》、明代朱端有《钓雪图轴》等即著名的画例。因为柳宗元诗是寓言身世之作，并不客观反映渔民一般的生活情况，所以"寒江钓雪图"也大都反映文人的审美情趣，而并不反映渔民苦乐。孙承宗这篇论图之作便是有感而发，批评文人画中脱离现实的倾向。

"呵冻提篙手未苏，满船凉月雪模糊"。两句勾勒了一幅很现实的渔家冬景。因为地冻天寒，渔民为生计很早就起身撑船，手指僵直，提篙

224

很费劲，不得不频频向手心呵气取暖。侵晓的残月，将余晖洒了一船，明晃晃的。仔细一看，原来船身已覆盖了一层雪。这幅图景很典型，可以窥斑见豹，反映出渔民的辛苦。它本身也饶有画意。背景仍是"江雪"，人物仍是"渔翁"，但趣味完全不同。可以想象，如果某位画家照孙承宗的构思画一幅"江雪"什么的，准不错。可偏偏没人这样做，其原因何在呢？

"画家不解渔家苦，好作寒江钓雪图。"这里的原因有两个，一是作家的思想、生活与渔家隔膜。由于不深入生活，他们也就不了解渔民的思想感情。和古代田园诗人常犯的毛病一样，用自己的主观情趣取代对象实际情感，就像鲁迅在《风波》中讽刺的，明明是很清贫的农村图景，"河里驶过文人的酒船，文豪见了，大发诗兴说：'无思无虑，这真是田家乐啊！'"一是作家在艺术上的因袭，完全照抄前人的构思，实际上成为一种偷懒取巧。柳宗元《江雪》以寓言为象征，写个人孤傲的品格，实在不坏。第一个想到要将他的诗意作成画卷的，也不坏。但如果天长日久，你画我也画，最后必然陈陈相因，如同印版。这就必然导致艺术上的衰落。

以上两种弊端，都是艺术创作的致命弱点。拯之只有一法，深入生活，改造思想，更新艺术——要"解渔家苦"。

【方维仪】(1585—1668) 女，字仲贤，明桐城（属安徽）人，方以智姑母。婚后夫死，还家寡居，相嫂教侄。

出塞

辞家万里戍，关路隔风烟。

赋重无余饷，边荒不种田。

小兵知有死，贪吏尚求钱。

倚赖君王福，何时唱凯还？

　　历来的边塞诗在内容上多写边塞战争的艰苦，边地的苦寒，和士卒久戍思乡的情绪。但很少有将边塞征战之苦和封建国家内政的腐败联系起来，作深入观察，从而暴露士卒苦难的根源的。而明末女诗人方维仪的这首《出塞》，正是从一个新的角度来反映社会现实。所以在明人边塞诗中，应当刮目相看。

　　"辞家万里戍，关路隔风烟"，是说士卒们离乡背井，不远万里来边地戍守，十分辛苦，边塞诗中习见。紧接两句则颇为独到："赋重无余饷，边荒不种田。"赋税太重，本是内地情况，一般边塞诗都不曾提到过。方维仪却指出它与军饷的关系，国家课税很重，而老百姓却交不出多的军粮。一句诗就反映了明末社会民生凋敝，国用匮乏，而危及边防的严峻现实。古代在军粮无着的情况下，常常实行屯田的办法，即通过军垦使部队自给。但处在荒漠的边疆，即使耕作，也没有收成。不仅因为土地贫瘠，还因为处在火线，所以边荒不种田，这是士卒面临的第二重困境。

　　"小兵知有死，贪吏尚求钱"，这是诗中的警策之句。上句承"赋重无余饷，边荒不种田"而言，士卒面对强敌，而军饷不足，那还不只有死路一条吗！然而在这种情况下，贪官污吏们还在向人民大肆搜刮钱财。一个"尚"字，表示出对"贪吏"丧尽天良的轻蔑和憎恶，而"小兵知有死"的另一重含义，则是"位卑未敢忘忧国"（陆游），所谓"男儿本自重横行"，"身当恩遇常轻敌"（高适），即为国捐躯，"小兵"是在所不辞的，一"知"字写出了普通士卒的良知，但令人痛心的是，一面是严肃的牺牲，一面则是荒淫与无耻"贪吏尚求钱"！这种鲜明对比，直与"战士军前半死生，美人帐下犹歌舞"（高适）的边塞诗名句媲美，而这里的比较远远超出了军中的范畴，从而具有更为普遍的社会意义。

读者深入理解了"小兵知有死"一句的含义，末二句的潜台词也就不难发掘了。"倚赖君王福，何时唱凯还?"使人联想到王昌龄"表请回军收尘骨，莫教兵士哭龙荒"之句。这不仅是一般意义的久戍思归，而还包含着对上层统治集团的失望。即《燕歌行》所谓"相看白刃血纷纷，死节从来岂顾勋! 君不见沙场征战苦，至今犹忆李将军。"士卒们是不无怨意地说：托皇帝老子的福吧，哪年让我们班师"凯旋"算了。言下之意是国事如此，边防岂可为乎! 这种味外味，使诗句显得更加浑厚。

在历代女作家的诗中，能表现如此博大的忧国忧民思想情怀的作品并不多见，沈德潜评道："如读杜老伤时之作。闺阁中乃有此人!"(《明诗别裁集》)这是相当准确的一个辨味，无论就本篇字句的锤炼，语言的精纯，措意的深厚，表情的沉着，言情的顿挫而言，它都神似杜甫的伤时念乱的五律。

【孙友篪】生卒年不详，字伯谐，明歙县（今属安徽）人。

过古墓

野水空山拜墓堂，松风湿翠洒衣裳。

　行人欲问前朝事，翁仲无言对夕阳。

这是一首凭吊无名古墓的诗作。对千年遗迹，发思古之幽情。这种作品读者看得不少了，但这一首仍能引起足够的兴趣，关键只在最后一句"翁仲无言对夕阳。"

前两句是叙写过古墓的情景，并烘托气氛的。"野水空山"四字警策，山水前着"空""野"等字，使人不难想象那古墓是处在何等荒僻的地方。但当初并不一定如此。从墓前有石人（翁仲）看，这睡在坟墓里的古尸，当初也是一个人物。说不准这里原来也通官道呢。"三十年河东，四十年河西"，不知怎么竟也荒凉起来。只有多情的路人，偶尔驻足，算是凭吊。雨后空气特别清冷，一阵松风，将翠枝上的水滴吹洒在衣裳上边，叫人直打寒噤。十四字烘托出寂寥清冷的气氛，为末句作铺垫。

第三句是提唱，"行人欲问前朝事"，对古墓兴起怀古幽情了，"欲问"，问谁？这就自然引出诗中点睛之笔："翁仲无言对夕阳"。翁仲本为秦时巨人名（《淮南子》高诱注），后来借称墓前石人。柳宗元《衡阳与梦得分路赠别》："伏波古道风烟在，翁仲遗墟草树平。"翁仲本不能言，行人偏要想问，"多情反被无情恼"，这是一层趣味，人人都知道"翁仲无言"，因此没有谁去说"翁仲无言"。写出"翁仲无言"，就是觉得它似乎能言，只是不说，这又平添了一层悲剧的气氛。看那"翁仲"，板着冷硬的面孔，对着快下山的夕阳，似乎怀着悲凉肃穆的心情，它该知道多少前朝故事啊，为什么就不肯讲讲呢？夕阳西下的景色，最后给画面增添了一层感伤的色彩。

唐人皇甫冉《答张继》末云："落日临川问音信，寒潮唯带夕阳还。"似已具同妙。然而，"寒潮"无言，就没有"翁仲无言"那样令人神远。因为翁仲外形是人，却以石为心。它的"无言"在传达凭吊的悲凉感受方面，更加深刻。

【王象春】(1578－1632) 字季木，明新城（山东桓台）人。王士祯从祖。万历三十八年（1610）进士第二，为人所讦谪外。后迁南京吏部考功郎。有《问山亭集》。

228

书项王庙壁

　　三章既沛秦川雨，入关又纵阿房炬，汉王真龙项王虎。

玉玦三提王不语，鼎上杯羹弃翁姥，项王真龙汉王鼠。垓下

美人泣楚歌，定陶美人泣楚舞，真龙亦鼠虎亦鼠。

　　项王（项羽）庙在今安徽和县东南之凤凰山上。这首题壁诗实是一篇
咏史怀古之作。诗中发表了作者对项羽、刘邦这两个历史上的风云人物
的评价。使人感兴趣的是，诗人既不以成败论英雄，也不以固定的眼光
论英雄。他是具体问题具体分析，认为英雄在一定条件下也可以变成
"狗熊"，这种见解是高明的。

　　第一段三句，写项羽、刘邦相约入关之初，彼此都称得上英雄，但
有等差。史载刘邦入关中，与父老约法三章：杀人者死，伤及盗抵罪。
不掠金钱美人。大得民心，使之如久旱逢雨："三章既沛秦川雨"，一
"沛"字极妙，既作动词用指雨量充沛，又双关"沛公"，使这个称谓有
了"及时雨"的意味。以仁慈为本的英雄，作者称之"真龙"。项羽入关
西屠咸阳，杀秦降王子婴，烧秦宫室，火三月不灭，收其宝货妇女而东。
与刘邦做法不同，但在推翻秦王朝统治的过程中，也起到了决定性作用。
以武力征服的英雄，作者称之为"虎"。"真龙"与"虎"虽略有差异，
其为英雄则是一致的。第一局汉王略略领先。

　　第二段三句写楚汉相争中，项羽的某些表现较刘邦为优。一是鸿门
宴上，谋臣范增欲除刘邦，数目项王，三举所佩玉玦示意，而项羽不忍
心加害刘邦。向来被认为是"妇人之仁"，是失策。但作者却予以欣赏。
在楚汉交兵中，项羽有一次以刘邦父母为人质，并威胁说要烹刘父，刘

邦不但不与交涉，还说："吾与项羽约为兄弟，吾翁即若翁，必欲烹而翁，则幸分我一杯羹！"完全是一副无赖的样子。作者对此表示轻蔑，相形之下，汉王见绌："项王真龙汉王鼠！"第二局项王领先。

第三段三句写项羽、刘邦的结局，皆不尽人意，都有些可怜兮兮的。当项羽被汉兵围困垓下，四面楚歌，哀叹大势已去，遂与虞姬泣别，作歌曰："力拔山兮气盖世，时不利兮骓不逝。骓不逝兮可奈何，虞兮虞兮奈若何！"姬亦以歌相和。这就是"垓下美人泣楚歌"。而刘邦死前，其宠姬戚夫人请立其子赵王为太子，由于吕后使计，使刘邦感到太子羽翼已成，不便更改，遂语戚夫人："为我楚舞，吾为汝楚歌"以解释安慰之。戚夫人且泣且舞。刘邦死后，她竟为吕后惨害。这两个盖世英雄，不知怎么搞的，到头来弄到连心爱者都无计保全的地步，也真够"熊"的了。所以诗人最后一齐剥夺其英雄资格："真龙亦鼠虎亦鼠！"此局竟无一方获胜。

诗显然是一时兴到笔随，随意挥洒，好在指点江山，裁判英雄的气度，使人觉得酣畅淋漓之至。其间"龙""虎""鼠"三字翻覆播弄变化莫测，句句用韵，更添音调流转，如玉珠走盘。读者在获得审美快感的同时，对历史人物常常兼有伟大和渺小这一事实，也可深长思之。

【谭元春】(1586－1631) 字友夏，明湖广竟陵（湖北天门）人。天启七年（1627）举乡试第一。赴京应试时，卒于旅舍。与钟惺主张相仿，为"竟陵派"代表诗人。

麦枯鸟

麦枯当晓窗，啼作田家声。青黄接平畴，老农一饱情。
开窗语麦枯，啼时莫向城。城中富人子，挟弹伤汝生。旧谷正须卖，恐令米价平。

鸟有不同的叫声，人们往往把它附会成人语，如"布谷""提壶卢"等，而且用作鸟名。宋人又创为"禽言诗"，多因鸟声作借题发挥，以讽世。谭元春本篇代老农立言虽非"禽言"，但仍就禽言立意，在构思上仍属同一路数。

"麦枯"是一种麦熟时飞鸣的鸟儿，其声像"麦枯"——即"麦子熟了"，如同向农家报道丰收的消息。所以此鸟很得农家的喜爱。诗中的麦枯鸟在一个晴明的清早啼叫，适逢田地里麦子长势很好，由青转黄，丰收在望。它啼得正是时候，使老农心情舒畅。"一饱情"三字之妙，尤在那个"饱"字，尽管还没有吃到麦饼，就先得"饱情"了！以下写老农殷勤地关照麦枯鸟，纯出想象，构思极有佳致，他叮嘱麦枯鸟不要飞向城中啼叫，因为城中囤积居奇的富人巴不得年成不好，他们好趁机以高价抛售旧谷，牟取暴利。所以他们决不要听麦枯鸟报道丰收的消息。"只怕他们要持弓挟弹伤害你的性命呢"，老农的话语中饱含关心爱惜之情。

诗中通过老农与麦枯鸟的对话，揭示了在农业丰收面前截然不同的两种思想感情。一种是老农所代表的广大农民，为丰收在望而喜悦。一种是城中富商，他们为了攫取更多的不义之财，对丰收的消息很不高兴。前者是正常的美好的感情；而后者是异化了的丑恶的感情。诗人对前者是歌颂的，对后者则持批判的态度。在表现上，他不是正面地描写剖析这两种人的思想、心理状态，而只通过他们对"麦枯鸟"的爱憎截然相反的态度来侧面表现，诗的成功便在于构思的巧妙。

【施武】生卒年不详，字鲁孙，明苏州（今属江苏）人。

相见坡

上坡面在山，下坡山在面。
相见令人愁，何如不相见！

本篇是作者纪旅途行役之作，是用民歌体写的"行路难。"

"相见坡"的命名包含着民间的幽默。因为其坡度很陡，所以行人上坡时，脸都快贴在石壁上了；而下坡只能面朝坡倒着往下退，好用手抓住石壁上的藤蔓或扶手，脸仍然凑近石壁。当地人形象地命名为"相见坡"。

"上坡面在山，下坡山在面"是照实直书，除"上""下"易字，两句用字全同；不过颠倒"面"、"山"二字押韵，也有拨弄字面生情的游戏成分在内。民间的幽默在于给险坡取了个动人的名字。"相见"二字容易使人产生误会，以为它与情人或友人的久别重逢有某种关系。作者在没有亲身经过这个山坡之前，或许就受过名称的蒙蔽，以为那是很有诗意的地方。直到他胆战心惊地过了这一坡，才吐了一口恶气：原来是这样"相见"！从此以后还是不"相见"的好呢。诗人也有幽默感，他便就那地名双关的意义，说了另一句双关话："相见令人愁，何如不相见！"好像是人间"冤家"，偏偏要聚头，而聚头后又搞不到一块，只好不欢而散！

诗在写尽险恶境地的同时，还给人一点幽默风趣的感觉，表现出一种乐观、优越的人生态度。

乌鸦关

朝上乌鸦关，暮下乌鸦关。

老乌啼哑哑，行人还未还？

乌鸦关即云南的老鸦关。"朝上乌鸦关，暮下乌鸦关"，二句除"朝上""暮下"对仗，余三字皆点题面。这是有意无意模仿了"朝发黄牛，暮宿黄牛"那首古歌谣的句调。古歌谣是说黄牛山太高，江行几日都能看到它。

本篇说乌鸦关山高路长，早上向关进发，傍晚还在下关，老鸦已群飞到关上的高树投宿，哑哑乱啼。这里既活生生描画出荒山傍晚的景色，第三句继"暮"字写起暮色，也交代了"乌鸦关"得名的缘由。末句承上句说：老鸦都投林了，行人到家没有呢？显然还没有，作问句，焦急之态如见。本篇末两句也略有"三朝三暮，黄牛如故"那种埋怨的味儿，只不过不那么明显。

以上二诗皆言简意长，道尽旅途况味。是乘兴写出的，而不是做出的。

【梅之焕】明代人，生平未详。

题李白墓

采石江边一堆土，李白之名高千古。

来来往往一首诗，鲁班门前弄大斧。

这是一首打油诗，语言很浅白，道理也很浅显。只因为"鲁班门前弄大斧"这句诗广为流传而流传。

"采石江边一堆土"指采石矶（今属安徽）李白衣冠冢，白居易曾就此写道："采石江边李白坟，绕田无限草连云。可怜荒垄穷泉骨，曾有惊天动地文。"（《李白墓》）"李白之名高千古"，李白墓受到世世代代游人凭吊，就是证明。

"来来往往一首诗"二句，嘲弄在李白墓上题诗的人没有自知之明。游人多了，什么样的人都有，乱写乱画的也有，题打油诗的也有。在作者看来，都无自知之明。完全不知道什么是敬畏之心。相传李白登黄鹤楼，读到崔颢诗，即搁笔道："眼前有景道不得，崔颢题诗在上头。"与之形成鲜明对照。"班门弄斧"这个成语，出自欧阳修《与梅圣俞书》。末句因而用之，写成了大白话。

用写打油诗的形式，嘲讽写打油诗的人，也可谓以其人之道，还治其人之身了。

【史可法】（1602—1645）字道邻，又字宪之，明祥符（河南开封）人。清兵入关时，任南京兵部尚书，弘光帝即位。加大学士，督师扬州。城破后自杀未死，为清军所执，壮烈牺牲。

燕子矶口占

来家不面母，咫尺犹千里。
矶头洒清泪，滴滴沉江底。

崇祯自缢身死后，弘光帝即位，史可法以大学士督师扬州。这时清军南侵，史可法在江北率师抵御。适逢驻扎在长江中游的明将左良玉以清君侧为由，进攻南京。史可法奉命入援，渡江至燕子矶，而良玉军已败退。于是他又率军回江北抗清，而没能回南京见上母亲一面。这首情至文生，口占而成的绝句，就反映了史可法当时复杂的心情。至今读来感人肺腑。

燕子矶在南京市北观音山上，俯瞰大江，形如飞燕。史可法率师到达这里，要回家见母亲一面并非很困难的事，但他这时却不能这样做。因为扬州军情有燃眉之急，关系到王朝的命运。所以母亲虽近在眼前，却像远在天边。"来家不面母，咫尺犹千里。"表情十分复杂，既可看出作者对母亲深厚的感情，对自己不能尽人子之道的内疚；又可以感到他以国事为重的责任感，及"忠孝不能两全"的痛苦心情。较之大禹治水"三过其门而不入"的情形，更有悲剧色彩。正是沧海横流，方见英雄之本色。

"矶头洒清泪，滴滴沉江底。"二句似直接就"来家不面母"一事而发，其实内涵要深得多。作者忧心如焚。他远不止是对不能探母的痛心，而是对整个国家大局的忧愤。南明危在旦夕，外患内忧。盖弘光政权成立后，权奸马士英执政，与东林党人斗争剧烈，而左良玉又从旁发难，造成"窝里斗"一团糟局面。史可法在扬州抗清用尽九牛二虎之力，又怎奈大厦将倾，独木难支。他在十万火急之中，居然还奉命"勤王"，形同釜底抽薪。这样不争气的局面，怎能叫他不一洒清泪。这就像《红楼梦》七十回中，探春在大观园发生"内乱"时说："可知这样大族人家，若从外头杀来，一时是杀不死的。这可是古人说的，'百足之虫，死而不僵'，必须先从家里自杀自灭起来，才能一败涂地呢？"说罢，"不觉流下泪来。"史可法"矶头洒清泪，"不是忧惧清军强大，而是为外敌当前内部离心的状况感到悲愤。而这种悲愤未易言之，只能借向母亲临风谢罪的由头，而尽情宣泄了。

"滴滴沉江底"，写泪洒清江，千古至文。泪水何以能沉到江底？除非是铜人铅泪。这就写出了他感情的分量不轻，形象地表现了他忧国的沉痛深至。"滴滴""沉底"四个舌齿音（其中有三个为"双音"字），更在音情上加以烘托，效果绝佳。总之无论就思想性和艺术性而言，这首诗都算得上明代五绝的一颗明珠。

【贾凫西】(1590？—1674) 字思退，一字晋蕃，号凫西，别号木皮散客，曲阜（今属山东）人。明崇祯年间贡生。十二年（1639）任河北固安县令。三年后擢部曹、刑部江西清吏司郎中。明清易代，于清顺治八年（1651）补旧职，曾巡视福建汀州。有《木皮词》《诗纲》《澹圃恒言》等。

木皮词

在下不是逞自己多闻，夸自己多见，但读些古本正传，晓得些古往今来。你看那漫洼里，十字大路上放响马的贼棍，骑着马，兜着弓，撞着那贩货客商，大叱一声，那客商就跪在马前，叫大王爷爷饶命，双手将金银奉上，那贼棍用弓梢接住，搭在马上，扬鞭径去，到了楚馆秦楼，偎红倚翠，暖酒温茶，何等快活。像俺谈策之辈，也算九流中清品，不去仰人家鼻息；就在十字街坊，也敢师生对坐；只是荒村野店，冬月严天，冷炕绳床，凉席单被，一似僵卧的袁安，嚼雪的苏武。像俺这满肚里鼓词，盖着冰冷的被；倒不如出鞘的钢刀，挑着火炖的茶。

列位老东主，你听，这却不是异样的事。从来热闹场中，便宜多少螯羔杂种；幽囚世界，埋没无数孝子忠臣。比干、夷齐，谁道他不是清烈忠贞；一个剖腹于地，两个饿死于山。王莽、曹操，谁说他不是奸徒贼党；一个窃位十八

236

年，一个传国三四代。还有什么天理？话犹未了，有一位说道："你说差了，请问那忠臣抱痛，六月飞霜，孝妇含冤，三年不雨，难道不是天理昭彰么？"我说，咳！忠臣抱痛，已是苦了好人；六月飞霜，为什么打坏了天下嫩田苗？孝妇含冤，哪里还有公道；三年不雨，又何苦饿死许多百姓？况于已经害了的忠臣孝子何益？曾记在某镇上也曾说过这两句话，有人也道："你说错了，到底积善之家必有余庆，积不善之家必有余殃。"我便说不然！不然！昔春秋有位孔夫子，难道他不是积不善之家？只养了一个伯鱼，落了个老而无子。有人说他已成了古今文章祖，历代帝王师。依我说来，就留着伯鱼送老，也碍不着文章祖，也少不了帝王师。再说三国志里曹操，岂不是积不善之家，共生了二十五子，大儿子做了皇帝，传国五辈，四十六年。又说他万世骂名。依我说来，当日在华容道上，撞着关老爷，提起青龙偃月刀，砍下头来，岂不痛快？可不见半空中的天道，也没处捉摸；来世里的因果，也无处对照。你是和谁使性，和谁赌气者！

忠臣孝子是冤家，杀人放火的天怕他。

仓鼠偷生得宿饱，耕牛使死把皮剥。

河里游鱼犯了何罪？刮了鲜鳞还嫌刺扎。

杀人的古剑成至宝，看家的狗儿活砸杀。

野鸡兔子不敢惹祸，剁成肉酱加上葱花。

杀妻的吴起倒挂了元帅印，可怎么顶灯的裴瑾捱了些嘴巴？

玻璃玉盏不中用，倒不如锡蜡壶瓶禁磕打。

打墙板儿翻上下，运去铜钟声也差。

管教他来世莺莺丑如鬼，石崇托生没有板渣。

海外有天、天外有海，你腰里有几串铜钱休浪夸。

俺虽没有临潼斗的无价宝，只这三声鼍鼓走天涯。

说罢闲言归正传，听俺光头生公讲大法。

鼓词是一种民间说唱文学，又称木皮词，即今北方流行的大鼓词。说唱者一手击鼓，一手以鼓板（木皮）按拍。本篇作者是明末文士，在科举功名上并不得意，崇祯年间才考上一个贡生，曾官县令，明亡后隐居不仕，醉心稗官鼓词，别号木皮散客。

明末清初是个大动荡、大变革的时代，作者阅尽沧桑，看饱了人间不平和世态炎凉，无心为官，却将一腔不平之气通过鼓词予以释放。他敢于离经叛道，把从盘古开天辟地直到明朝灭亡的史事加以演绎，对于经史中的帝王师相，均别有评驳，否定了一切天理王法、因果报应，所谓"十字街坊几下捶皮千古快，八仙桌上一声醒木万人惊"，可以说是自李白以来，最富于叛逆性的歌者。木皮词因转展传钞，各本文字大同小异，本篇节取自文字较为简古的一种。

哲人说："存在就是合理。"而作者摇手道：不然！不然！翻开封建社会的历史，满本都写着"不合理"三个字，那个世道就是欺善怕恶、撑死胆儿大的，饿死胆儿小的，作者现身说法，将响马强盗和清流文士作了尖锐的对比，"像俺这满肚里的鼓词，盖着冰冷的被；倒不如出鞘的钢刀，挑着火炖的茶。"

常言道："善有善报，恶有恶报。"作者又摇手道：不然！不然！他举出不少历史人物作正反例证，道是"从来热闹场中，便宜多少鳌羔杂种；幽囚世界，埋没无数孝子忠臣"，尤其发人未发的是："咳！忠臣抱痛，已是苦了好人；六月飞霜，为什么打坏了天下嫩田苗？孝妇含冤，哪里还有公道；三年不雨，又何苦饿死许多百姓"，可谓鞭辟入里，雄辩而无情地揭露了因果报应之说的欺骗性。

在歌辞中，作者进一步写出人间是非的颠倒、善恶惩扬的无凭、贫富美丑差异的悬殊，全无道理可言，于是情不自禁地对现存的一切发出诅咒："管教你来世莺莺丑如鬼，石崇托生没有板渣（豆渣）！"通过这种无理过情的语言，作者宣泄了对现实的不满和想要讨一个公道的强烈愿望。

鼓词借谈古说今的方式，抒发人世的不平，评说历史善取典型，针砭时弊不留面子，讽刺极其尖锐犀利，内容决非庸俗，其立场是站在人民一边的。表现如此富于人民性的内容时，自然应该抛弃了骚人墨客的书面语言，而直接采用民间活生生的口语，包括俗语、谚语乃至有表现力的方言土语，故能新鲜活泼、诙谐风趣，不但为老百姓喜闻乐见，也为有识见的文士所欣赏。

乾隆年间的统九骚人，称其"字成鬼哭，丝动石破"，并拟之屈原、杜甫。晚清小说家吴趼人"读而爱之，乃重梓之以公同好。"梁时高僧生公，讲经于虎丘寺，石皆点头。像鼓词这样鞭辟入里的警世之作，也真可谓"生公说法，顽石点头"了。

【邢昉】（1590—1653）字孟贞，一字十湖，高淳（属江苏）人。明末诸生。入清隐居石臼湖。有《石臼集》前集九卷，后集七卷。

避兵还舍率题壁间

江村归日暮，桑柘半成墟。
唯有蓬蒿色，青青满故庐。

本篇作于明末清初兵乱之中。诗人回到家园，看见满目荒凉，园庐蒿藜，于是在旧舍的墙壁上题写了这首即景抒怀的五绝。

"江村归日暮，桑柘半成墟。"二句写诗人在黄昏时分到家，看到的悲凉情景。"桑柘"即"桑梓"，本义为乡里社前所植的社树，一般用来代称家园或故国。"桑柘半成墟",即故乡一半已毁于战火,化作丘墟。可见战争对农村的破坏到了何等程度!诗人在归途之中,必定已有种种不祥的预测,或许也曾道逢乡里人,打听家中有阿谁。尽管作了最坏的打算,然而亲眼见到故园荒芜的情景,仍令他悲酸不已。

"唯有蓬蒿色,青青满故庐。"二句是对"桑柘半成墟"的具体刻画。本来园庐丘墟,即是荒无人烟。而作者偏不从"无"的方面着笔,而从"有"的方面设想,而有的又只是满屋"蓬蒿"而已,这就更加突出了兵祸之后故乡的凋敝。正面不写写反面,反而取得含蓄深厚的意味。这与汉乐府《十五从军征》"兔从狗窦入"一段描写,实有异曲同工之妙。

绝句的结尾使用限制性词语来形成感叹性语调,以强化感情色彩,是唐人已有的创造。如"只今唯有西江月,曾照吴王宫里人"(李白)、"孤帆远影碧空尽,唯见长江天际流"(李白)、"唯有门前镜湖水,春风不改旧时波"(贺知章),等等。本篇仍沿用这一现成格局。但在具体表情上却仍有新鲜之处。本来,"青青满故庐"五字给人的应是一种有生气、多情的印象;但可惜这"青青满故庐"的不是柳色、不是别的树色,而是蔓延丛生的"蓬蒿",即杂草之"色",这就令人遗憾乃至悲凉了。

汉口

蜀江船不到三巴,湖南船不到长沙。
满地干戈关塞里,行人那不早还家?

这首反映明末清初社会动乱情景的小诗,容易使读者联想到杜甫在安史之乱后寓蜀时所写的《绝句》"窗含西岭千秋雪,门泊东吴万里船。"两诗的内容并不相同,甚至正好反对。杜诗写的是大乱已定,社会正在恢复正常秩序的情况；而本篇写的是社会还没有安定，动乱尚在继续的情况。然而，它们在构思上都是通过水路交通作为一个窗口，来反映整个社会现实治安，颇有见微知著之妙。

"蜀江船不到三巴，湖南船不到长沙。"二句极写兵戈阻绝，交通不便。"三巴"在四川东部地区，《华阳国志》载：刘璋"改永宁为巴郡，以固陵为巴东，徙庞羲为巴西太守，是为三巴。"它是蜀江通往湖北必经的地方。"长沙"则是湘江通向洞庭往湖北的必经之地。从诗题知，作者邢当时困在汉口，他大约本来是要到西南某地去的，所以特别提到西南方向的这两条水路。

在唐代安史之乱平定后，由蜀地通向东北方向的水路通邮，杜甫便高兴地写道："门泊东吴万里船"，是说江浙来的船也能通到成都了。而本篇前二句却是写水路不通。从汉口发往蜀江的船，行不到三巴；从汉口发往湖南的船，则过不了长沙。可见三巴以西的"蜀江船"也到不了汉口，长沙以南的"湖南船"，也到不了汉口，总之作者是困在旅途之中了。

"满地干戈关塞里，行人那不早还家？"自古来在和平时期，战争只发生在塞上或塞外，而如今山河易姓，连"关塞里"也充满动荡不安。"满地干戈"极言动乱之普遍。"行人那不早还家"一句极耐玩味。当然，满地干戈，交通阻绝，行人到达不了目的地，似乎应还家了。

然而，他离家又是什么原因呢？难道不正是因为家乡遭到骚扰，无法安身的缘故么？作者是江苏高淳人，那边也一样处于兵连祸接中。诚如唐末韦庄所说："未老莫还乡，还乡须断肠！"（《菩萨蛮》）可知"行人那不早还家"的一问中，还含有许多难言之隐哩。

【郑之升】朝鲜人，余不详。诗见《朝鲜采风录》。

留别

怅望溪亭夕照明，绿杨如画罨春城。
无人为唱阳关曲，唯有青山送我行。

诗题是"留别"，似乎还应有送别的一方才对。但诗中写的离别却没有送行的人。这和历来的送别、留别之作不同。作者系朝鲜人，擅长汉诗。

首句中抒情主人公就亮相了："怅望溪亭夕照明"。这里的"溪亭"不是一般的亭台，而是送别场所的长亭。这时夕阳西下，天色向晚，他应该出发了，但为什么还没动身呢？他在"怅望"。也许他是在盼望一个人，相约或者估计会赶来相送的。或许根本就没有这样的人，而只是行人迷惘中自作多情罢了。

他看到了什么？"绿杨如画罨春城"。这使读者想起王维《送元二使安西》中的"客舍青青柳色新"来，大约这也是雨过天晴呢，不然绿杨为什么特别鲜明呢。正因为人已出城，到了"溪亭"才看得见城在绿杨里，于是乎感到人在画图中。

春天雨霁的傍晚，景物是这样可爱，诱得行者都不想动身了。但毕竟已是出发的时候，也许舟子或脚夫在催促了。有人送行的，自然是"执手相看泪眼，竟无语凝咽"。无人送行的没有那份伤感，转觉无聊。于是诗人自我解嘲道："无人为唱阳关曲，唯有青山送我行。"

《阳关曲》系琴曲，其歌词即王维《送元二使安西》，诗有"劝君更尽一杯酒，西出阳关无故人"，故以得名。后来《阳关曲》就成了离别歌的代称。王维诗句以深刻写出了送别的普遍人情而脍炙人口。所以历来送别诗多提到它。如刘禹锡"故人唯有何戡在，更与殷勤唱渭城"（《渭城曲》即《阳关曲》），是说仅遇了一个熟识的歌者，还不得不分手。翻出新意：白居易"相逢且莫推辞醉，听唱阳关第四声"，第四声即"西出阳关无故人"，这是用王维诗来劝酒。也翻得有趣。

沈德潜评道："情致缠绵，比唐人作更翻得别致。""无人为唱阳关曲，唯有青山送我行"，首先好在俯拾旅途情景。匆匆行路的人，由于远近景物在视角中相对位置移动变化，便会产生远山追随自己前进的错觉。在诗人多情的目光下，便成了"唯有青山送我行"了。其次诗中写无情作有情，便觉情致缠绵动人。青山如洗，垂杨如画，即使没有人送行，行者自能从大自然美景中得到安慰、得到一种精神的补偿。

【刘城】(1593—1650) 字伯宗，安徽贵池人。明季诸生，与吴应箕齐名，为复社眉目。吴抗清兵败身死，为营葬兼抚遗孤。有《峄峒集》十卷，近代与《棱山堂集》合刻为《贵池二妙集》。

后芦人谣

芦花瑟瑟，雪花白白。

雪花寒有时，芦花虐不歇。

何尝见芦花，枉杀雪中客。

作者《芦人谣》反映清初种芦为生的农民所受盘剥之苦，《后芦人谣》是其续篇，作于顺治五年 (1648)。原作四首。本篇设为大雪之中芦民的怨苦之辞。在风雪严寒中，芦民无衣无食，还为交不出芦花，完不了赋税而担惊受怕。几句诗将其奄奄待毙的悲苦处境画出。

诗人巧妙地将芦花和雪花这两种外形相似实质完全不同的事物，在诗中反复对照吟咏。"芦花瑟瑟，雪花白白"前句的"芦花"实指芦苇，因为严冬时已经没有"芦花"，"瑟瑟"是西风吹芦叶抖动的声音。这时虽然没有"芦花"，但"雪花白白"，覆盖在芦上，却能给人芦花怒放的错觉。然而雪花毕竟不是芦花，不但不能给人以温暖，反倒带来了难熬的寒冷。

诗人接着说："雪花寒有时，芦花虐不歇。"似乎芦花给人带来远比雪花酷虐的苦难。读者初觉费解，但仔细一想不难明白，这是针对芦花赋税之重而言的。它是说雪花虽令穷人寒冷，尚有一定的时令，而芦花招致赋敛之毒，却永无休歇。"何尝见芦花，枉杀雪中客"，这里的雪中客即露宿雪地的芦人。冬天，没有芦花，却有芦花税，真是冤哉枉也。芦花的花絮可作棉用，芦秆可织苇席，却没有给种植它的人带来些许温暖，反使他们濒临绝境。这一事实发人深省。诗中通过和雪花的结比来写，就使这一不合理的社会现实更加触目惊心。

诗中的"雪花"是实景，"芦花"是虚景，所以在造境上有虚实之妙。

【吴伟业】（1609－1672）字骏公，号梅村。江苏太仓人。明崇祯四年（1631）进士，官左庶子。南明时，任少詹事，乞归。入清后，官国子祭酒，因母丧乞归。有《梅村集》。

临顿儿

临顿谁家儿，生小矜白皙。阿爷负官钱，弃置何仓卒。绐我适谁家，朱门临广陌。嘱侬且好住，跳弄无知识。独怪临去时，摩首如怜惜。三年教歌舞，万里离亲戚。绝伎逢侯王，宠异施恩泽。高堂红氍毹，华灯布瑶席。授以紫檀槽，

吹以白玉笛。文锦缝我衣，珍珠装我额。瑟瑟珊瑚枝，曲罢

恣狼藉。我本贫家子，邂逅遭抛掷。一身被驱使，两口无消

息。纵赏千黄金，莫救饿死骨。欢乐居他乡，骨肉诚何益。

"临顿"在今江苏苏州城东，"吴王征夷，常置顿憩宴军士，故名。"
（《一统志》）《临顿儿》是写一位苏籍艺人的身世遭逢。与《直溪吏》《董
山儿》属于一个系列，忆苦之作也。故有人认为是拟"三吏""三别"而
为。诗作于顺治十四年（1657）。《临顿儿》中所述艺人的经历事实，显然
出自人物自己的追忆。但诗中采取最平易的写法——顺序。

前十句是诗中人即临顿少年追忆的主要事实，他出身在一个贫家，
被卖身为优的遭遇。那时他还是个天真烂漫的儿童，只因长得白皙可爱，
就被官家打了主意。由于他爹欠了租税（"阿爷负官钱"），有人就逼老爹卖
掉娇儿，送官学艺。对于走投无路的人来说，也许这还不失为"上策"。
于是老爹就忍心这样做了，还哄他说"朱门临广陌（大路）"——有得吃，
又很好玩，叮嘱他要听话（"嘱侬且好住"）。孩子是天真烂漫的，"跳弄无
知识"，根本不知道这是卖身，竟然同意留下了。

阿爹临走时摸着他的头，表现出罕有的难舍难分的样子，这是戏子
脑海中残存的记忆。悲惨的骨肉分离，诗人偏能以淡淡之笔出之，那分
离是这样的平静，又十分让人酸心。他甚至没有写"父母忽不见"（《董山
儿》）后小儿的啼闹和管家无情的管教。只抓住童真被出卖而不自知这样
一点做文章，以少胜多，力透纸背。"独怪临去时，摩首如怜惜"两句是
点睛传神之笔，"临顿儿"固然无辜，阿爹也是无可奈何啊！

以下十二句写在戏班子里还混得不错的情况。他生性聪敏，又擅有
姿容，以"绝伎逢侯王，宠异施恩泽"，受到优厚待遇。他在纸醉金迷的
歌宴舞席上，粉墨登场，吹拉弹唱，成了一个角儿："高堂红氍毹（毛质
地毯），华灯布瑶席。授以紫檀槽，吹以白玉笛。文锦缝我衣，珍珠装我

额。瑟瑟珊瑚枝，曲罢恣狼藉。"

诗人极力烘托歌舞场所的华丽温馨，和成了名角儿后的"临顿儿"物质生活并不贫乏。但通过"三年教歌舞，万里离亲戚"二句有力暗示了一个戏子的辛酸，吃穿是不缺的，但缺少做人的尊严和天伦之爱。这三年学艺中，他受过些什么气？有多少心里话？没有父爱，没有母爱，心灵孤苦。当他表演终场，卸妆之后，难道没有一种人生如梦的悲凉之感！

最后八句便是抒发其人的心曲。"临顿儿"丝毫也不怨他的父母，他没有理由怨他的父母。非但不怨，还理解他们的悲苦，想要对他们尽些人子的义务。然而他没有办法去寻访散失的双亲。"一身被驱使，两口（双亲）无消息。纵赏千黄金，莫救饿死骨。欢乐居他乡，骨肉诚何益！"使人联想到杜诗之"生我不得力，终身两酸嘶"（《无家别》），这种人子的自责，原是根源于人性的一种极其可贵的感情。

本篇不失为一篇优秀的现实主义诗作。他选择了一个表面上看起来幸运，骨子里却十分悲苦的艺人来写，就卓有眼力。在艺术上手法上，他并不取穷形尽相的刻露笔墨写骨肉分离的哀痛，而借助于轻描淡写，启发读者去体会深思，浅貌深衷，故有奇效。

梅村

枳篱茅舍掩苍苔，乞竹分花手自栽。

不好诣人贪客过，惯迟作答爱书来。

闲窗听雨摊诗卷，独树看云上啸台。

桑落酒香卢橘美，钓船斜系草堂开。

246

张大纯《采风类记》云："梅村在太仓卫东，本王铨部士骐（世贞子）旧业，名贲园。吴祭酒伟业拓而新之，改今名。有乐志堂、梅花庵、娇雪楼、鹿桥溪舍、桤亭、苍溪亭诸胜。"可见这是一处不小的庄园。又据顾师轼《梅村先生年谱》，崇祯甲申（1644）正月吴已居梅村。本篇当作于其时。时当明亡前夕，作者因父死居太仓守制。诗写家居生活的情趣。

"枳篱茅舍掩苍苔，乞竹分花手自栽。"二句所写，正是初置庄园的情景，茅屋、枳篱、苍苔既见其地的幽清，也可见别业就荒的情景。购置之后，当有一番修葺。竹是乞得，花乃分赠，均不破费，可见诗人与周围地主的关系。仿佛杜甫当年在蜀，背郭堂成，四处乞觅桃、竹、松、桤而植之，沉浸于新居乔迁之乐。"手自栽"是自己动手，如此方能称心如意，大有吾爱吾庐之情。"梅村"就这样落成，诗人有找到归宿之感，因以自号，诗题《梅村》，也是诗人的自画像。

"不好诣人贪客过，惯迟作答爱书来。"二句写居梅村时诗人的意态。看来大有违于"礼尚往来"的人之常情，却十分真实地写出了一种人生况味。盖诗人当时的兴趣中心只在"梅村"，"不好诣人"应是实情，但他又并不反对（甚至是很欢迎）客人来分享他的快乐。他是那样自满自足，懒于人情往还，"惯迟作答"（不爱回信）又并不是息交绝游，相反，还希望多收几封信（"爱书来"），借以了解人间信息。总之，两句写出的是一种随缘自适，隐不绝俗的快乐。"不好"与"贪"、"惯迟"与"爱"，矛盾对立中有依存，是一种典型的"自我中心"的生活方式。在世间持这种态度的人历来就有，然而能道出个中情趣的诗句不多，故可圈可点。

"闲窗听雨摊诗卷，独树看云上啸台。"前二句偏重写心理，这两句偏重于写行动，趣味都在自得其乐。读诗是一种乐趣，闲窗雨声是大自然的"诗"，故"听雨"更是一种乐趣；作文是一种乐趣，高空行云是大自然的"文"，故"看云"更是一种乐趣。这里暗用阮籍登台长啸典故。诗人登高舒啸，临风赋诗的悠闲形象，在诗中呼之欲出。

"桑落酒香卢橘美，钓船斜系草堂开。"刘绩《霏雪录》云："河东桑

247

落坊有井，每至桑落时，取水酿酒，甚美，故名桑落酒。"司马相如《上林赋》云："卢桔夏熟"。注谓："枇杷也。"则上句所写，乃"梅村"之美食；而下句"钓船斜系"还暗示水乡游鱼之丰。则"梅村"之乐，可以终老矣。"草堂开"三字最后点题，表明这是新居落成时的题咏。不管是"草堂"字面，还是这首律诗的风格，都令人联想到杜甫漂泊西南，定居成都期间所写的七律。

正如不能从草堂风景诗概括杜甫生活全貌一样，也不能仅从这首诗的描写中去勾画梅村当时的生活思想轮廓。这只是梅村的一个方面。生活在明清易代之紧要关头的他，也不可能终日都这样超脱。虽然他努力以"梅村"作为遁逃薮，从"独树看云上啸台"等句中还是流露出孤寂情怀。

【周亮工】(1612—1672) 字元亮，一字缄斋，号栎园，祥符（河南开封）人。明崇祯十三（1640）年进士，官监察御史。降清后累官至户部右侍郎。康熙初，被劾论绞，遇赦得释。工诗文，好士怜才，一时遗老多从之游。有《赖古堂集》。

靖公弟至

荒城独坐对灯残，归计先愁百八滩。
尔又远来我未去，高堂清泪几时干。

这是周亮工写的一首"游子吟"。诗人当时寓居在离家乡很远的僻静的小城，正准备要动身回家。"荒城独坐对灯残，归计先愁百八滩"，既是独对残灯，可见更深无眠，愁思正浓。"先愁"二字值得玩味，这一是说还没有上路，已经在为道里迢遥，水程险恶发愁了；另一重意味是可愁之事尚多，愁路仅其一也。"百八滩"极言险阻之多，暗示出在外谋生之不易；盖其离家后早已饱尝辛苦，故未行而令人生畏。在这样犯难的时候，其弟靖公远道而来，兄弟见面当然高兴，只可惜老弟来得很不是时候。他为何而来，诗中没有交代，但诗人隐隐担心的心情流露于字里行间。

"尔又远来我未去，高堂清泪几时干。"上句直陈中潜伏着一种埋怨的口气。如果弟弟是专来探望兄长的，在诗人看来便多此一举。如果弟弟是远游顺道来访，在诗人看来更有不该。古人云："父母在，不远游。"为兄的远游，是因为有弟在父母（高堂）身边的缘故。而在"我未去"时"尔又远来"，岂不是太欠考虑了么。诗人最担心的就是二老，没有儿子在身边将何以为情！该让他们怎样惦念！"高堂清泪几时干"，最素朴的语言，表达的却是一种至为深切的赤子之心，天伦之爱。故沈德潜只能赞曰："本篇之真者。"

自古以来我们民族就重视亲缘之爱，"谁言寸草心，报得三春晖"（孟郊）是警句，"当家方知柴米贵，养儿才知父母情"是俗语。而周亮工这首即事偶成之作，则以更加自然无饰的方式，通过一个特定情境，表达了人子对于父母的孝心。那是在兄弟见面后的交谈中，自然流露出来的。尽管见面后，诗人尽量克制着不快情绪，尽量不让兄弟难堪，但那出自内心的不满还是无可掩饰地表现出来了。诗的第三句"尔又远来——我未去"以句中排的形式做成唱叹，相应的动作是两手一摊，句式亦作倒装腾挪，音情顿挫，增添了诗的感染力。

【张家玉】（1615—1647）字玄子，号芷园，东莞（广东宝安）人。明亡后，先后在赣、粤等地率兵抗清，兵败自杀。

自举师不克与二三同志怏怏不平赋此

落落南冠且笑歌，肯将壮志竟蹉跎。

丈夫不作寻常死，纵死常山舌不磨。

  1647 年，清兵由广东向广西推进，桂林告急。作者在东尧起兵，与陈邦彦等军配合，牵制了清兵西进，并收复了龙门、博罗等城。后来在率兵进攻增城时战败自杀。"举师不克"即起兵出师不利，受到了挫折。本篇大约作于其起师抗清之初，作者在明亡已成定局的情况下，想要补天填海，拼命硬干，充分反映了他强烈的民族意识和死国的决心。

  诗篇一开始就表现自己不可屈服的民族气节。用了一个典故。《左传·成公九年》载，晋国国君在巡视军府时看到一位名叫钟仪的囚犯，头戴楚国人所戴的"南冠"，命之操琴，作"南音"（楚国民族音乐）。后代遂多用"南冠"代囚人，或借以表现不因被俘而丧失民族气节。"落落南冠且笑歌"便是说，即使将来抗清斗争失败下狱，也当谈笑自若。最坏的情况尚且如此，小小挫折又算得什么呢？"肯将壮志竟蹉跎"，便是对二三同志打气，说："怎么能将壮志雄心就此消泯呢！"起事者总是希望旗开得胜，马到成功。在出师不利的情况下，不免感到丧气，而怏怏不平"。诗人针对这种情况做一做宣传鼓动，对重振士气是必要的。

  "常山"指唐天宝间的常山太守颜杲卿，常山地处范阳节度使安禄山的辖境。安禄山叛乱发生后，杲卿起兵讨贼。史思明攻常山，他坚守不屈。后城破被俘，解送洛阳。"禄山怒曰：'吾提尔太守，何所负而反？'杲卿瞋目骂曰：'天子负汝何事而乃反乎？我世唐臣，守忠义，恨不斩汝以谢上，乃从尔反耶？'禄山不胜忿，缚之天津桥柱，节解，以肉啖之。詈不绝。贼钩断其舌，曰'能复言否？'杲卿含糊而绝。"（《新唐书·颜杲

卿传》)

颜杲卿壮烈死难的事迹，受到历代志士的景仰。文天祥《正气歌》标举"时穷节乃现，一一垂丹青"的英烈谱中，便有"为颜常山舌"一条。"丈夫不作寻常死，纵死常山舌不磨"以宣誓的语言，斩钉截铁道：大丈夫男儿汉，死就要死得像颜常山那样壮烈，那样流芳百世。这铮铮誓言决非出以一时冲动，作者《军中夜感》诗写道："惨淡天昏与地荒，西风残月冷沙场。裹尸马革英雄事，纵死终令汗竹香。"同为脍炙人口的豪言壮语。

这首诗所表现出的大无畏英雄气概，超越其时代和阶级的内容，对后代的志士也有激励斗志的作用。李少石《南京书所见》一诗道："丹心已共河山碎，大义长争日月光。不作寻常床箦死，英雄含笑上刑场。"金声玉振。似有本篇的影响。

【宋琬】(1614—1674) 字玉叔，号荔裳。山东莱阳人。清顺治四年（1647）进士。曾出任浙江按察使。后因七起义事，被人诬告下狱。释放后在家闲居近十年。后出任四川按察使。一生多遭困顿，诗多愁苦之音，与施闰章齐名。有《安雅堂集》。

舟中见猎犬有感

秋水芦花一片明，难同鹰隼共功名。
樯边饭饱垂头睡，也似英雄髀肉生。

舟中养猎犬，实在是多此一举。水上天然是鱼鹰、水貂展才之处，哪是猎犬的用武之地？舟中猎犬吃饱，煞是无聊，只好在船樯边垂头大睡。"秋水芦花一片明"，好一派江景。而猎犬的向往，却在平原高岗，或深山老林。而"秋水芦花一片明",只能使它感到陌生和格格不入。

"难同鹰隼共功名"是猎犬的感伤。由猎犬而联想到"功名",这就巧妙地将人事联系进来了。汉高祖刘邦统一天下后,就曾譬武将为"功狗",并不是骂人。

三、四句用典,《三国志》注引:刘备作客荆州,有一次在刘表相聚,"起如厕,见髀里肉生,慨然流涕。还坐,表怪问备,备曰:吾常身不离鞍,髀肉皆消。今不复骑,髀里肉生。日月若驰,老将至矣,而功业不建,是以悲耳。""髀里肉生"即大腿长肉,意指弃置不用,精力消磨。将舟中猎犬比作失路英雄,自是巧思。然而就诗人的寄意而言,这又是将生不逢辰的人才比作舟中猎犬,其现实意义又远在一般游戏笔墨之上。

将世间英雄比作猎狗,并不是一种亵渎。《史记·勾践世家》中范蠡遗文种书曰:"狡兔死,走狗烹",也曾将功臣比作忠心的猎犬。盖猎犬如同骏马,以忠贞不贰和奋不顾身而成为主人伙伴。所以诗人见舟中猎犬,才会发生上述联想。

【毛奇龄】(1623—1673)字大可,号初晴,郡望西河,浙江萧山人。早年参加过抗清活动,后归隐。康熙十八年(1679)应博学鸿词科,授官翰林院检讨。长于经史之学。有《西河合集》。

览镜词

渐觉铅华尽,谁怜憔悴新。
与余同下泪,只有镜中人。

思妇题材是一个陈旧的题材，难出新意。本篇通过"览镜"这一特定的情节来刻画人物的心理活动，就有些别致。

"渐觉铅华尽，谁怜憔悴新"，表明女主人公不复妆扮，且处境孤独，其意略同于"自伯之东，首如飞蓬。岂无膏沐，谁适为容？"(《诗径·卫风·伯兮》)但通过主人公对镜自伤的情景来表现，就有了一种顾影自怜的楚楚动人之感。"铅华尽"是因为不再化妆的缘故，故着"渐觉"二字。忧能伤人，使人憔悴。加之未施脂粉，更难掩饰。"谁怜"云云，则唯有自怜而已。

分明无一人，只是独自垂泪，后二句偏道："与余同下泪，只有镜中人"。而"同下泪"的"镜中人"，乃是主人公的影子。这里当然寓有巧思。却又是对镜伤怀的人特有的一种心境，有其自然真挚者在。

苏东坡《木兰花令·次欧公西湖韵》："与同是识翁人，唯有西湖波底月。"只是强调识欧公者天下唯我一人而已，偏拉入明月，便道得有味，与本篇构思措辞异曲同工。

【陆次云】生卒年不详，清诗人，字云士，钱塘（浙江杭州）人。官江阴知县。有《澄江集》。

咏史

儒冠儒服委丘墟，文采风流化土苴。
尚有陆生坑不尽，留他马上说诗书。

秦始皇为巩固其封建专制，推行愚民政策，焚书坑儒，造成一代知识分子和文化的空前浩劫，加速了秦王朝的灭亡。诗人对此往往予以无情的嘲讽。唐章碣《焚书坑》、明袁宏道《经下邳》、清陈恭尹《读秦纪》与陆次云本篇，都是传诵之作，可以参看。

《史记·秦始皇本纪》："(李斯进言)'臣请史官非秦记皆烧之。非博士官所职，天下敢有藏诗(《诗经》)、书(《尚书》)、百家语者，悉诣守、尉杂烧之。有敢偶语诗、书者弃市。以古非今者族。吏见知不举者与同罪。令下三十日不烧，黥为城旦。'制曰：'可'。"又有侯生卢生者不愿为始皇求仙药，"于是(秦始皇)使御史悉案问诸生，诸生转相告引，乃自除犯禁者四百六十余人，皆坑之咸阳。"本篇的前两句就是对上述史实的概括："儒冠儒服委丘墟，文采风流化土苴。"上句言坑儒，下句兼言焚书。

尽管秦始皇实行了如此严厉的文化专制政策，文化与学者皆未绝种。到汉初，学术文化很快得到复兴。传习诗经者就有齐、鲁、韩、毛等流派。前三者皆立于学官，置博士弟子；"毛诗"经东汉马融、郑玄等推重，且为之注笺，遂盛行于世。还有一位不怕死的伏生，在秦火中将尚书藏于屋壁。汉初尚遗二十九篇，教授于齐鲁间。文帝时遣晁错往学，伏生已九十余岁，经其女"传言教错"，即"今文尚书"，立于学官。而陆次云在本篇中单单举出一位陆生，即汉高祖谋士陆贾，大有缘故。《史记·陆贾列传》载"陆生时时前说诗书，高帝(刘邦)骂之曰：'乃公居马上而得之，安事诗书！'陆生曰：'居马上得之，宁可以马上治之乎?'"可见陆生虽非大儒，但敢于纠正汉高祖轻视文化的偏见，是很有胆识的。

"尚有陆生坑不尽，留他马上说诗书"语意之妙，一在"说诗书"于"马上"，以见"马上得天下，不可以马上治之"之意；二在"坑不尽"三字，使人联想到"烧不尽"(白居易："野火烧不尽，春风吹又生")，表现出文化与学术顽强的生命力。又以"尚有""留他"相勾勒，亦有"秦法虽严亦其疏"(陈恭尹)的冷嘲意味，最后，作为一位与"陆生"同姓的后代读书人，他举出这位汉代先人而表彰之，引以为荣。凡此，都增加了本篇的意味。

清人王文濡评本篇云："始皇焚书，则犹有黄石公授张良之兵书；销锋镝，则犹有博浪沙之铁锥；坑儒生，则犹有说诗书之陆贾。始皇愚处，一经拈出，真觉可笑。"诗一句说坑儒，二句说焚书，三、四句则总就焚书坑儒而反唇相讥，章法也很严密。

【陈维崧】（1625—1682）字其年，号迦陵。江苏宜兴人。早慧，幼年有神童之称。康熙十八年应博学鸿词科，授翰林院检讨，参加修《明史》。尤长于词及骈体。有《迦陵文集》《迦陵词》《湖海楼诗集》。

二日雪不止

新年雪压客年雪，昨日风吹今日风。
飐声只欲发人屋，骇势若遭扬满空。
田夫龟手拾马矢，邻媪猬缩眠牛宫。
安得普天免冻馁，白头塞拙甘送穷。

"二日"指正月二日。从诗看，一场大风雪从年前开始已持续数日。诗人看到或想到民间贫苦人民不免冻馁的生活状况，十分忧心。于是写下了这篇悲天悯人的诗，情调绝类杜甫《茅屋为秋风所破歌》。

由于风雪从年关伊始，积雪到初二尚未消融，而一场风雪又来到了。"新年雪压客年雪"，就用句中排比形式，写出了"一波未平，一波又起"的严寒天气。这句言新雪盖旧雪（"客年"即去年），很好懂。下句"昨日风吹今日风"稍费解。它亦用句中排比，与上句自然呈骈偶之式，既可理解为"昨日吹大风，今日又吹大风"的省文；又可理解为"昨日之风一直吹到今日"，添一"风"字为韵。总之，给人的感觉新奇。两句即兴作对，却有迅急令人不暇相接之势。

以下二句分承上风、雪而形容描绘"豗声"即风的喧嚣声,"只欲发人屋"即似乎专为揭人屋顶而来,风级少说也在七级上下。"骇势若遭"系"若遭骇势"的倒装,言飞雪在凶猛的北风呼啸之中,仿佛受到巨大惊骇,狂飞乱舞,而"扬满空"。二句似对非对,对照七律格式,与上下联失粘。如果稍加调整,本篇不难作为严整的律诗。但诗人唯取自然挥洒的笔势,所以为短古也。

紧接二句写风雪中人民的贫困生活。"田夫龟手拾马矢(屎)",这是白昼的情景。"龟手"即皲手,指手背皮肤开裂。既然冻若如此,田夫为什么还冒着严寒拾马粪呢?这是因为畜粪中纤维较多,晾干后可以生火取暖。"田夫龟手拾马矢",欲御寒得先冒寒。"猬缩"指像刺猬遇到敌害那样缩成一团,"牛宫"即牛棚畜圈。(《越绝书》:"故吴所畜牛羊豕鸡也,名曰牛宫。")。

"邻媪猬缩眠牛宫",因为无家可住,或因破屋太冷,反不如堆草的畜圈温暖的缘故。称"邻媪",可见这情况大约是诗人亲身闻见了。这才使他在感情上产生了很大震动,从而引出最后的祈愿。曾读《散宜生诗》,觉其笔端有口,取材造句,滑稽妥帖,生奇可喜,如"口中白字捎三二,头上黄毛辫一双"(《女乘务员》),"青眼高歌望吾子,红心大干管他妈"(《钟三四清归》)等对语,愈俗愈雅,不让古人。而本篇"田夫龟手拾马矢"二句,自然成对,亦俱谐趣。

"安得普天免冻馁,白头蹇拙甘送穷。"是说只要天下人免受饥冻,自己甘受穷困。"蹇拙"指命运不佳,"送穷"出韩文篇名。这两句在命意上,与《茅屋为秋风所破歌》"安得广厦千万间,大庇天下寒士俱欢颜,风雨不动安如山。呜呼,何时眼前突兀见此屋,吾庐独破受冻死亦足"相同。在句法上,则从杜甫《昼梦》"安得务农息战斗,普天无吏横索钱!"脱化。诗人前六句在写景上备极生动,大有助于末尾的抒情。

别紫云

二度牵衣送我行，并州才唱泪纵横。

生憎一片江南月，不是离筵不肯明。

　　这是陈维崧赠别歌女之作。"二度牵衣送我行"十分简洁地交代了重逢再别的情事，和两人的关系。人间离别本来就是难堪的事，何况这离别又发生在情人之间。"牵衣"的动作暗示出两人的感情依恋之深。重逢本来是可喜的事，而重逢再别则别有一般滋味。常言道"别易会难"。一别重逢不知几年；这次再别，不知又要几年。昔别彼此年纪皆轻，此别彼此都老大几岁，谁知往后还能相见几次？"二度"云云，况味是很复杂的。

　　《并州歌》属古杂歌谣辞，此泛指用边州曲调谱写的歌词，其内容当与离别相关。"才唱泪纵横"，是写紫云情不自禁，为别情所苦。诗人心中也不是个滋味。这时他突然感到这夜的月光很明，明得有些异样。月色是美好的，但为什么一定要在情人分离之际这样美好呢？诗人不禁有些埋怨了。

　　"生憎一片江南月，不是离筵不肯明"，二句用极主观的口吻，埋怨明月的无情。其实月本无情，不关人间别离之事。"人有悲欢离合，月有阴晴圆缺，此事古难全。"（苏轼）诗人偏偏认为它的无情并非如此，是在有意与人作对，"不是离筵不肯明"赋无情以有情——一种令人难堪之情。事实上，情人相聚的日子，情也依依，意也依依，是不会特意分心去计较月色明亮程度的。唯独在离别时才对环境特别敏感，凄风苦雨固然使人增加忧愁，光风霁月也会从反面兴起"良辰好景虚设"的遗憾。本篇所写，就是后一种境界。

"生憎"一词，系唐人口语，出刘采春唱《罗唝曲》："不喜秦淮水，生憎江上船。载儿夫婿去，经岁又经年。"其实是夫自去，水自流，两无关涉的事。歌中人却牵怨于"秦淮水"与"江上船"，与本篇"生憎一片江南月"一样，无理之至，而情味隽永。

点绛唇

夜宿临洺驿

晴髻离离，太行山势如蝌蚪。稗花盈亩，一寸霜皮厚。

赵魏燕韩，历历堪回首。悲风吼，临洺驿口，黄叶中原走。

这是一首纪游词。"临洺驿"在今河北省永年县，有临洺关，东临黄河，西望太行山，靠近邯郸。开篇写登览所见，在傍晚斜日下远眺太行山，峰峦攒聚，状如佛头上的螺髻；山脉蜿蜒，状如蝌蚪古文（或如蝌蚪浮游）。粗笔点画，境界阔大而苍凉。

地里庄稼已经收割，大片野生的稗子正在扬花，一片白茫茫的，如一层厚厚的霜皮，传达出逼人的寒意。江南游子漫游北方，突出地感受到北地早寒的萧瑟景象，词中着力传达了这一感受。

就在这片土地上，曾经演出过三家（韩、赵、魏）分晋、秦灭六王（赵、魏、燕、韩均属七雄之列）一类悲壮的历史剧，令人思之惨然。"堪回首"可作肯定语气读，也可作反诘语气（即可堪回首）读，有许多的沧桑感。

"悲风吼"三句紧扣眼前北地霜风，风向朝南，故云"黄叶中原走"。此实写怀古而通感于自然，因此极具神情。这种表现手法多见于结尾，如作者《好事近》所谓"话到英雄失路，忽凉风索索。"

本篇具有很强的沧桑感，怀古的具体内容却比较涵浑，通过景语抒情，使这首词比较耐味。

【朱彝尊】（1629－1709）字锡鬯，号竹垞，秀水（浙江嘉兴）人。康熙十八年（1679）应博学鸿词科，授翰林院检讨。后革职，归家潜心著述。博通经史。诗与王士禛并称。词宗姜、张，为浙西词派创始人。有《曝书亭诗文选》。

桂殿秋

思往事，渡江干，青蛾低映越山看。　　共眠一舸听秋雨，小簟轻衾各自寒。

世传朱彝尊与其姨妹冯寿常（字静志）间有过一段不同寻常的恋情，其《风怀二百韵》和《静志居琴趣》就都是为冯而作，或谓此词亦与此有关。

一起"思往事"即表明词所写乃伤逝怀旧之内容，下句"渡江干"则将所思之往事，定位在某一特定时空，说明作者所思的往事乃是渡江的一段情景。"青蛾低映越山看"句写景而景中有人，最是扑朔迷离。古代女子眉妆有小山眉，故词中以眉喻山和以山喻眉两种情况都是有的。"青蛾"本指女子眉黛，可用喻越山；而"越山"之妩媚，亦可用喻青蛾。故此句既可解为所爱的女子在船中看山，亦可解为词人看山兼看人，而一种心与目成的朦胧的感情联系亦隐现字下——此境即所谓"照花前后镜，花面交相映"也。

末二为词中之俊语，将彼此间朦胧的感情联系与保持的实际距离并举，却又通过彼此共同感受到的一个"寒"字，传递了微妙的信息。"共眠"与"各自"字面的呼应和唱叹，道出了一个清冷寂静的秋夜，和两颗难以平静的心：共眠一舸——说近也近，各自簟枕——说远也远；共眠一舸——是有缘，各自簟枕——是无缘；共眠一舸——心中温暖，各自簟枕——身上寒冷。这种复杂的况味，与《西厢记》中张生所唱的"隔花阴人远天涯近"殊有同致。有人说是爱情悲剧，并不准确。词中写的是有了发生，却没有发展的爱。是自然（人性）与自律（礼防）的微妙冲突，最后表现为几分淡淡的哀愁，加上几分无奈。

"天下有情人皆成眷属"，从来只是一个美好的愿望，"楼前相望不相知"者有之，"恨不相逢未嫁时"者有之，词中所写男女之间有缘相逢而无缘相亲的遗憾，具有超越时代的普遍性。

解佩令

自题词集

十年磨剑，五陵结客，把平生涕泪都飘尽。老去填词，一半是空中传恨。几曾围燕钗蝉鬓。　　不师秦七，不师黄九，倚新声玉田差近。落拓江湖，且吩咐歌筵红粉。料封侯白头无分。

作者为浙派词人之祖，本篇则是其词集的题词。

上片由自述生平说到填词缘起。"十年磨剑"用贾岛句，"五陵结客"用汉唐事——自谓少年时亦有建功立业的抱负，其间不知有多少值得感激涕零及悲愤酸辛之事，终而至于一事无成，故云："把平生、涕泪都抛尽。"

"老去填词"以下写因事业无成，而填词传恨，颇涉用典。盖黄庭坚曾自辩其艳歌小词并非纪实，而是出于艺术虚构的"空中语耳"。作者亦多艳词，故以此自辩，谓"几曾围燕钗蝉鬓"。其实呢，"一自高唐赋成后，楚天云雨尽堪疑"(李商隐)，这里边真真假假，读者"略可意会，不必穿凿求之"(陈廷焯)。

下片从自述作词师承回到身世感慨。宋词人中，秦观婉约，黄庭坚奇崛，张炎清空，各代表一种风格。而清代浙派词人走的是姜夔、张炎的清空而有所寄托一路。接下来作者引杜牧诗句——"落拓江湖载酒行，楚腰纤细掌中轻"，及李将军列传语意——"岂吾相不当侯耶"自况，表达了他的政治失意之慨。

以词序词集，而将平生感慨和作填词主张于66字尽之，不能不说是高度凝练，颇得力于用典的自然浑成。

【叶燮】(1627—1703) 字星期，号己畦，学者称横山先生，吴江（属江苏）人。康熙九年 (1670) 进士，官宝应县令，因忤上司落职。后漫游四方。晚居横山，教授生徒。著《原诗》，有《己畦诗文集》。

梅花开到九分

亚枝低拂碧窗纱，镂云烘霞日日加。
祝汝一分留作伴，可怜处士已无家。

题目很有意思。如果梅花开到十分，便是全盛。而古人很早就明白满招损，盈必亏，物极必反的道理。全盛接着凋零。所以慧心的诗人宁愿花只半放，以蓄其开势，有道是："山脚山腰尽白云，晴香蒸处画氤氲。天公领略诗人意，不遣花开到十分。"(元璟《马家山》)花取半放，诗亦取不尽，是其妙处。叶燮本篇亦从九分着意，寓惜花之心情，是一首富于情韵之作。

"亚枝低拂碧窗纱，镂云烘霞日日加。"二句写作者窗外园中之梅，花开日盛。"亚枝低拂"句虽是写临窗梅树，没有清浅的溪水，却仍具疏影横斜之意。诗人形容花色的明艳，常引云霞为喻。"镂云"偏重写花的质感轻盈匀薄，"烘霞"偏重写花的颜色艳丽鲜明。"日日加"则是从含蕊到吐放，渐渐盛开，不觉已"开到九分"。再下去便要开到全盛即"十分"。开到十分的花朵固然美丽无以复加，但诗人还是宁愿它保持九分的势头，接下去便写这种祝愿。

"祝汝一分留作伴"，这也说是"不遣花开到十分"的意思。留一分保持九分，就可以长久与人为伴了。至于留作谁伴，那是语有出典的。盖宋代处士林逋，杭州人，少孤，力学而刻意不仕，结庐西湖孤山。时人高其志，赐谥和靖先生。逋不娶无子，所居多植梅蓄鹤，泛舟湖中，客至则放鹤致之，因谓梅妻鹤子。（据吕留良《宋诗钞·林和靖诗钞序》）

"祝汝一分留作伴"便是就以梅为妻的林和靖作想，然而林和靖早已作古，故末句云："可怜处士已无家。"处士既已无家，那么梅花还留一分何为呢？所以末句实际上又暗含对第三句的否定。其实花开花落，自有规律，"祝汝一分留作伴"只是主观上的美好想法。

无论处士有家无家，梅花既开到九分，也就会开到十分，其花期已就过得差不多了。而诗中却从梅花的有伴无伴，处士的有家无家作想，写得一波三折，一唱三叹，也就将诗人的惜花心情，于此曲曲传出，极富情致，几令人不忍卒读。

客发苕溪

客心如水水如愁，容易归舟趁疾流。
忽讶船窗送吴语，故山月已挂船头。

苕溪是流经作者家乡吴兴的一条水名。看来诗人离家很久了，倘非少小离家老大回，至少是乡音久违，归心如箭。"客心如水水如愁，容易归舟趁疾流。"写出一种特殊的旅况，即行者归心似箭，而行程又一帆风顺，不是"三朝三暮，黄牛如故"，字里行间只是一个"快"字。

首句是两个比喻，两个"如"字有回文顶针之妙。客心就是客愁。"客心如水水如愁"便是客愁如水，水如客愁。两个比喻中，本体、喻体互换，大有不知愁多还是水多，不知愁长还是水长的意味。这就把"问君能有几多愁，恰似一江春水向东流"（李煜）、"无边丝雨细如愁"（秦观）两种意思融于一句之中。读下句，读者还会发现上句的取喻，还有不知客心与水孰快一义："容易归舟趁疾流。"客子归心似箭本来迅疾，而苕溪水流似更迅疾，所以"归舟趁疾流"大有顺利之感。真乘奔驭风不以疾也。

"忽讶船窗送吴语，故山月已挂船头。"下联两句写船已到家的瞬间感受。既是归心似箭，到家应高兴才是，何来"忽讶"？原来是想象不到船有这样快呀！尽管"容易归舟趁疾流"，已表明船行甚速，但客子还是没有想到旅程这样顺利。这反过来说明他的乡思很切，到家都不敢相信。反常的表现又恰恰合于人们普遍具有的一种疑虑心理。同时，苕溪归程太令人愉快了，所以客愁有所转移，一时没有想到，船就忽然停了，只听得舟子高唱："到站了！"使诗人觉得太忽然，几乎不敢相信。

然而，第一个证实的信息作用于听觉，"船窗送吴语"，那是家乡话呀！在中国的方音中，还有什么比吴语更轻柔软媚的呢！第二个证实的信息则作用于视觉，诗人把头伸出窗外，看到明月照着吴兴城的夜景，还有什么比这更迷人的呢！客子心中，何等激动。诗人不直说"故山"，而说"故山月已挂船头"。故山月与他乡月有什么不同？诗人却能一眼认出，这就故山之月！"月是故乡明"（杜甫）呀！到家的愉快感觉，便由此和盘托出了。

【宋荦】(1634—1713)字牧仲,号漫堂,又号西陂。河南商丘人。以大臣子荫入充侍卫。康熙中,出为黄州府推官,迁江西巡抚,转江宁巡抚,官至吏部尚书。诗与王士祯齐名。有《西陂类稿》。

荻港避风

春风小市卖河豚,薄暮津亭水气昏。

不住江涛崩荻岸,俄惊山月照松门。

渔樵有泪游兵过,钟磬无声古庙存。

明发扬舲更东下,杜鹃啼处几家村?

荻港在今安徽铜陵县,傍水有渡口,多生芦荻。诗人乘船路过,遇到江上起了风波,遂暂驻江岸。因一时闻见,而做成本篇。

一个早春二月的黄昏时分,江边集市上还有人在叫卖河豚。这时江风已起,江面水雾蒙蒙。开篇就画出了一派江景,颇具渡口风情。"春风小市卖河豚",情景清丽,能使人联想到苏东坡名句:"溶溶晴港漾春晖,芦笋生时柳絮飞"(《寒芦港》),"蒌蒿满地芦芽短,正是河豚欲上时。"(《惠崇春江晚景》)而"薄暮津亭水气昏",则写出当日的一种特定情景,使人感到天气就要变了。

由昏至夜,江上值风,江涛不住,荻岸时崩,可见风级很大,生有芦荻的沙岸,也经不起水击浪打,而崩塌了。大风吹散了天上的云,不但没雨,反而出现了月亮。这月色不会十分清明,它笼罩崖间松林,景色应是惨淡的("松门",山崖相对,有松如门)。通常风高月黑,或风来雨继;而"山月照松门"的大风之夜,景色奇特,故着"俄惊"二字,传达出诗人异样的感觉和讶怪的神情。以上四句写景,可谓毕传"荻港避风"况味,而善写难状之景。

264

诗人获港避风，并不流连光景。五、六句通过江上闻见，反映了严酷的现实："渔樵有泪游兵过，钟磬无声古庙存"，这样的大风之夜，有"游兵"出没江上，可不是什么好事！"游兵过"与"渔樵有泪"的句中对举，分明暗示出江上发生扰民暴行，暗示出有劫掠奸淫一类恶性事件的发生。"有泪"与下文"无声"对仗，既可解为吞声饮泣，也可反训为大放悲声。

唐人诗云："夜半钟声到客船。"（张继《枫桥夜泊》）是何等和平的景象，而"钟磬无声古庙存"，是多么荒凉的景象。"古庙"者，实是废弃的寺庙。于是诗人想象天明后继续乘船东下的情景，还不是一片萧瑟："杜鹃啼处几家村？"杜鹃即子规，其啼声悲苦，声音像是"不如归去"。这一句暗示读者，诗人在此行一路上看到的都是类似的荒凉景象，所以他预料明日经过的地方也好不了多少。

诗中描绘的是清初战乱刚刚过去的情况。虽然大规模的战争和流血已经停止，江上渡口也能见到"春风小市卖河豚"的景象。然而战争带来的创伤仍然深剧，荒废的寺庙和凋敝的农村，都表明社会还未恢复元气，而人民还在继续受到骚扰。这是一幅真实的社会生活图画。至今读来，仍可感觉到它的字里行间充满作者悲天悯人的情怀。

【纪映淮】女，清诗人纪映钟妹，字阿男。早寡。有《真冷堂诗》。

秦淮竹枝词

栖鸦流水点秋光，爱此萧疏树几行。
不与行人绾离别，赋成谢女白雪香。

本篇咏秦淮河边的柳树。诗的前两句描绘秋天薄暮秦淮河上的景色。由于时近黄昏，水天空阔之间，栖鸦成阵。"栖鸦流水点秋光"，妙在"点"字。它固然是从秦少游"斜阳外、寒鸦万点，流水绕孤村"（〔满庭芳〕）化出的，"虽不识字人，亦知是天生好言语"（晁补之）。然"点秋光"三字又意味着"栖鸦"和"流水"点染成一片秋色，这却是秦词没有的意味。"爱此萧疏树几行"，第二句开始写到河上柳树，虽然有数行之多，却又显得疏朗有致，自是可爱的。这是栖鸦的归宿，又是流水的陪衬，是秋光中少不得的一组景物。

最妙的是诗人接下去不再作直接的描写，而用嗔怪的语气，赋柳树以人格："不与行人绾离别，赋成谢女白雪香"，可以推测，作者当时正有送别的情事。汉唐皆有折柳送别习俗，所谓"长安陌上无穷树，唯有垂杨管别离"（刘禹锡）。但事实上柳树是系不住行舟的，而作者面对的又是秋柳，似乎更不关心人的离别了。他忽然又记起谢道韫"未若柳絮因风起"那段咏雪的佳话来。于是生出一个奇想，觉得那柳树的不管离别，是因为它把才思用偏了。为了帮助谢女写成咏雪名句，却不务正业，冷淡了许多的行人。这种拟人的手法是十分婉妙的，于曲曲传出作者的离情之外，还有了一点风趣。

"赋成谢女白雪香。"本来是谢女看见飞雪而联想起飞絮情景，做成佳句。诗句却说是柳絮做成谢女咏雪之句，从而赋予了白雪以清香。在秋天，本来没有飞絮的景象，但诗人浮想联翩，坐役万景，才有此独得之句。作者本人也是才女，她由柳联想到谢女咏雪的故事，也很自然。此外，飞絮是作用于视觉的图景，而诗句是作用于想象的语言。彼此互换，也有通觉的妙用。正因为这些原因，使本篇颇具神韵，从而得到王士祯的激赏，其名篇《秦淮杂诗》就写道："栖鸦流水空萧瑟，不见题诗纪阿男。"

最后应对诗题作点辨证。按本篇的内容，诗题应作《秦淮杨柳枝词》才对。《竹枝词》和《杨柳枝词》皆是唐代歌辞，风调皆近民歌。但"竹枝泛咏风土，杨柳枝则咏柳，其大较也。""于咏柳之中寓取风情，此当为杨柳之词本色"（《石洲诗话》）。所以此词非"竹枝"体而应为"杨柳枝"体无疑。

【赵俞】(1635—1713) 字文饶，号蒙泉，江苏嘉定人。康熙二十七年（1688）进士，官定陶知县。能诗。有《绀碧亭集》。

督亢陂

提剑荆轲勇绝伦，浪将七尺殉强秦。

燕仇未报韩仇复，状貌原来似妇人。

"督亢"为古地名，在今河北省涿县东，跨涿县、固安、新城等县界。中有陂泽，周五十余里，支渠四通八达，战国时为燕国著名的富饶地带。荆轲刺秦王，就是以献督亢地图为由的。赵俞在行役中路经督亢陂故地，遂联想到荆轲的故事，写下了这首别有卓见的咏史诗。

荆轲是燕太子丹聘用的刺客，他以一匕首入不测之强秦，在易水为饯别者高唱"风萧萧兮易水寒，壮士一去兮不复还"，也可谓"勇绝伦"了。但他是在准备未周，被燕太子丹催促之下，仓促成行的。他的搭档秦舞阳又不争气。所以他的行刺以失败告终了。"浪将七尺殉强秦"的"殉"字，对荆轲的轻身酬恩的义勇，作了肯定。而一个"浪"字，则又使这个肯定有了几分保留，他显然认为荆轲的死是白白送死，不值得。如果诗意仅仅到此为止，那还算不得卓见。比作者年辈稍长的龚贤，就已有"不读荆轲传，羞为一剑雄"（《扁舟》）的诗句。

后二句一转，由荆轲联想到张良，这倒有些新意了。这个联想之妙，在于张良与荆轲曾有类似的行动，走过一段弯路。在韩国被秦灭亡后，作为韩公子的张良，"悉以家财求客刺秦王，为韩报仇"（《史记·留侯世家》）。结果在博浪沙捅了马蜂窝，亡命下邳。侥幸未死，使张良有机会反思教训，又幸得黄石公传授兵书。后来辅佐汉高祖刘邦，终于灭秦，报了故国之仇。

"燕仇未报韩仇复"七字寓意极深，发人深省。要做为国雪耻那样的大事业，仅有匹夫之勇是靠不住的，必须有深谋远虑，大智大勇。荆轲够不上格，而张良足以当之。最有味的，是诗人突然又联想到太史公的感慨："上（指刘邦）曰：'夫运筹策帷帐之中，决胜千里外，吾不如子房。'余以为其人，计魁梧奇伟。至见其图，状貌如妇人好女。盖孔子曰：'以貌取人，失之子羽。'留侯亦云。"诗的末句"状貌原来似妇人"的张良形象，便与提剑殉国的荆轲形象形成对比。外表看去，荆轲更像勇士；殊不知那个貌如淑女的张良，才真有大勇呢。

诗中通过历史人物及事迹的对比，形象地证明了"上兵伐谋"（《孙子兵法》）的道理，还雄辩地说明了"人不可貌相，海水不可斗量"的道理。

【王士祯】（1634—1711）字子真，一字贻上，号阮亭，又号渔洋山人，山东新城人。顺治十五年（1658）进士。历扬州府推官、礼部主事、刑部尚书。后因事革职。诗宗唐人，倡导神韵。著作甚富，名重一时。有《带经堂全集》。

秦淮杂诗

年来肠断秣陵舟，梦绕秦淮水上楼。
十日雨丝风片里，浓春烟景似残秋。

作于顺治十八年（1661）客居金陵，馆于布衣丁继之家时。丁氏所居，距离秦淮之邀笛步甚近。丁少时曾习声伎，出入南曲（即旧院，是明末南京歌伎聚居的地方），得见马湘兰、沙宛在、脱大娘等，故能缕缕道及当时曲中遗事，明亡以后，秦淮无复旧日繁华，作者掇拾丁氏所述，及耳目新接，写成秦淮杂诗二十首（存十四首），此其一。故有句云"丁字帘前见六朝（代言南明）"也。

诗人曾长在扬州任职，去年八月曾充江南同考官赴金陵（即秣陵），九月即病归扬州，不免时时怀念南京，故首句云云。今年春三月重返金陵，本应喜不自胜。不料十日阴雨连绵，不见风和日丽之艳阳天，不免心中郁闷，寓主观之情于客观之景，故末二句云云。——以上说的是表面的内容。

本篇诗意空灵，未及伤逝之情。然作为组诗第一首，在兴象和气氛的营造上，实有笼罩的作用。只要联系组诗中时见咏及明代遗迹之语（如咏徐达第之"朱门草没大功坊"、咏秦淮艺妓之"尊前白发谈天宝，零落人间脱十娘"、咏莫愁湖之"年来愁与春潮满，不信湖尚名莫愁"等），是可以从中领会到伤逝之意的。

王士禛在明代度过童年，其父、祖为明遗民入清不仕、隐居乡里。诗中所透出的伤感情绪，处于清初明亡不久，明遗民甚众之际，是能够引起人们与亡明有关的联想和感喟的，虽然对于后世读者不免感到意难指实。

【袁枚】（1716—1797）字子才，号简斋，又号随园老人，钱塘（浙江杭州）人。乾隆四年（1739）进士，授翰林院庶吉士。历任溧水、江浦、沭阳、江宁等地知县。辞官后，于江宁小仓山筑随园，以诗酒为娱。诗倡性灵说。有《小仓山房诗文集》《随园诗话》等。

马嵬

莫唱当年长恨歌，人间亦自有银河。
石壕村里夫妻别，泪比长生殿上多。

本篇作于乾隆十七年（1752）作者赴陕西任职途经马嵬坡时。马嵬坡在今陕西兴平县西二十五里，因安史之乱玄宗幸蜀时发生马嵬事变，为杨贵妃死处而闻名。历代诗人多有题咏，而无出《长恨歌》右者。《长恨歌》重在歌咏玄宗杨贵妃生离死别之执着苦恋，并寄予了深厚的同情。

本篇一起即请《长恨歌》靠边站，原来他想到了杜甫《石壕吏》中所写的那一家夫妇、父子、婆媳、兄弟之间的生离死别，以为民间遭受的乱离之苦，其苦有甚于帝妃者。表现了作者同情人民的思想。"长生殿"本为帝妃七夕盟誓之所（见《长恨歌》），而帝妃血泪实和流于马嵬，"泪比长生殿上多"是一种灵活的措辞，与"泪比马嵬坡下多"意同，而更能使人联想到长生殿之密誓和"他生未卜此生休"的意思。

这首诗立意高妙，艺术上的独创性表现在用诗评的方式，搬出唐诗名篇《石壕吏》来压同样是名篇的《长恨歌》，以发表史论，因而既易懂又新警，既明快又含蓄。

遣兴

但肯寻诗便有诗，灵犀一点是吾师。
夕阳芳草寻常物，解用多为绝妙词。

诗题《遣兴》，实为论诗诗。原只两首，偶然得之，故谓之"遣兴"。其一云："爱好由来下笔难，一诗千改始心安。阿婆还似初笄女，头未梳成不许看。"这是其二。

　　"但肯寻诗便有诗"，语气霸道，发人所未发，可谓先声夺人。因为在诗怎样写成的这个问题上，原是有不同说法的。欧阳修《六一诗话》引贯休诗"尽日（原作'几处'）觅不得，有时还自来。"说到的就是一种常态，就是说，诗不能硬做，搜索枯肠不行，这里有一个兴会的问题，"尽日觅不得"，就是兴会没到。兴会到了，想挡都挡不住，"有时还自来"，就是这种情况。但不动笔，一味等待兴会降临也不成。袁枚说，要做才有，也是道理；说数量决定质量，也是道理。古人有日课一诗，如陆游者，他们的诗才，就是写出来的。所以"但肯寻诗便有诗"，对学诗者来说，是一句好话。

　　"灵犀一点是吾师"，这句是上句成立的前提和条件。唐代画家张璪有"外师造化，中得心源"之说，袁枚所主张的"性灵说"，强调的是"中得心源"。古人认为犀牛角中有白纹如线，直通两头（《汉书·西域传赞》颜师古注），李商隐创为诗句："心有灵犀一点通"，意指恋爱双方的心灵相通。袁枚此诗取"灵犀一点"之喻，正为隐去的那个"通"字，却是说诗人的形象思维，一须想象与联想，即此物与彼物的相通；二须通感，即视觉、听觉与触觉的相通。诗词要道，莫过于此，故曰"是吾师"。

　　"夕阳芳草寻常物"二句，是对"灵犀一点"的具体阐释。"夕阳""芳草"代表诗歌意象。意象于诗，只是材料，不入诗时，好比砖瓦，只是"寻常物"。一入诗，即可能成为"绝妙词"。从"寻常物"到"绝妙词"的飞跃，所要的是灵犀那"一点"，点石成金那"一点"。关键在于"解用"，"解用"便是"一点"。"解用"二字，看上去抽象，其实很好理解。举例说明，比如范仲淹的"芳草无情，更在斜阳外"（《苏幕遮》），就用了"夕阳""芳草"这两个寻常物，但作者想到的，却是"平芜尽处是春山，行人更在春山外"（欧阳修《踏莎行》）那个意思，这就是"通"。读者觉得余味无穷，也就是绝妙好词。

又如，当代有个女诗人写送别，诗中有"夕阳一点如红豆，已把相思写满天。"也用到"夕阳"这个寻常物，但作者想到的，却是"红豆""相思"，也就"通"了，末句的"已把相思写满天"，把离情说到了极致，也成了绝妙好词。

【邵长蘅】(1637—1704) 字子湘，号青门山人。康熙年间游历京师，广泛交游，终生未仕。有《青门集》。

津门官舍话旧

对床通夕话，官舍一灯红。
十年存殁泪，并入雨声中。

本篇作于康熙二十五年 (1686) 再度落第后。诗人时年五十，痛心道："吾大错！吾五十青裙媪，犹从少年为倚门妆耶！"后终身未居官。诗即作于他由京返乡路过天津时。诗人在天津官邸拜会友人，从"十年存殁泪"一句看，他们应该是阔别多年的老友了，所以一聊起来就没个完。诗中写的就是这一次难忘的会见，一次彻夜的长谈。

"对床夜语"包含一个故事：苏轼兄弟于风雨之夜，常对床夜话，倾心交谈。事见苏辙《逍遥堂会宿》诗序。但类似情景唐人已有："能来同宿否，听雨对床眠"（白居易《雨中招张司业宿》）、"每思闻净话，雨夜对禅床"（郑谷《谷自离乱之后》）。后人常用这一现成情景或思路，形容好友、兄弟的聚会及欢乐之情。"对床通夕话"既是"津门官舍话旧"的实际情景，又含有上述故事，故味厚。

接下去似乎应该写点"通夕话"的具体内容。然而诗人却暂时撇开，而推出了一个镜头："官舍一灯红。"这就从具体交谈中跳出来，使读者审视当夜的情景。这津门官邸的红烛，一夜未灭。它不仅暗示了老友阔别重逢，有叙不完的旧谊；同时也暗含有"夜阑更秉烛，相对如梦寐"（杜甫）、"今宵賸把银釭照，犹恐相逢是梦中"（晏几道）那样的情景，写出阔别重逢的欣喜和困惑。

诗人年过半百，老友年纪该也不轻。过去的故交旧人，该有多少变化，这显然是"话旧"的主要内容。彼此见面，必然要打听一些老朋友或对方亲人的情况，而其中必然有已经作古的人，有虽未作古而十分潦倒穷愁的人。有的事诗人早已闻知，有的事则是第一次听到。必然又有一番感慨，乃至下泪。这就是"十年存殁泪"五个字包含的内容。它说明而不说尽，却又推出一个镜头："并入雨声中"风雨之夜给人的感觉是异样的，一片雨声掩去了人世的噪音，使夜显得特别深沉。雨夜是天然适宜于话旧、怀旧的场景。诗人巧妙地借这雨声，轻轻掩去了"十年存殁"的具体交谈内容，从而发人深思。

由上述分析可以看到本篇两个特点。一是抒情叙事的概括性，"对床通夕话""十年存殁泪，"点到为止；二是用景象对情事作挽结，不了了之，"官舍一灯红""并入雨声中"，皆有染的妙用。点染之间，境界出焉。

【王又旦】 （1639－1689）字幼华，号黄湄，郃阳（陕西合阳）人。顺治十五年（1658）进士。官至吏科给事中、户科掌印。有《黄湄集》。

牵缆词

昴毕西横夜犹暗，官船催夫牵锦缆。石尤风高霜满河，

273

欲行未行徒蹉跎。天明前村鸡下树，五里八里已为多。橐中
糇粮早已尽，前途尚远饥如何。生来不合水边住，负担欲问
山中路。山家奉令猎黄黑，正是昨宵牵缆时。

在封建时代劳苦大众中，纤夫的命运特惨。唐宋以来不少诗人都写
过纤夫苦，而王又旦的《牵缆词》和前人之作比较起来，仍有特色。

全诗可以分两部分。前八句为一部分，写纤夫劳动的繁重和生活的
艰苦。诗人不是采用概述的方式，而是通过大清早纤夫拉船的具体活动
来反映的。"昴""毕"是二十八宿西方七星中的两个星名，此二星当空，
天尚未明。故一起即云"昴毕西横夜犹暗"，这么早，官船就要出发了。
古代没有机动船，船行主要靠人力拉缆绳。"锦缆"名称虽好，但实际上
多用篾条编成，谓之纤藤。行船最怕遇到逆风即"石尤风"，纤夫们恰好
遇上了。在天气炎热的季节拉纤很苦，严冬季节，那滋味就更难受了，
有时踏着冰霜，走一步也很艰难。

艰难到什么程度呢？诗中说，拉到"天明前村鸡下树"，少说也有两
三个时辰吧，而"五里八里已为多"，平均一小时（半个时辰）还行不到三
里，而拉纤就得有这个耐劲儿。宋杨万里《竹枝歌》写道："莫笑楼船不
解行，识侬号令听侬声。一人唱了千人和，又得蹉前五里程。"可见蹉程
五里也不简单。最麻烦的是，正需要填饱肚皮补充精力的时候，"橐中糇
粮早已尽"。官家连饮食也不供给，"又要马儿跑，又要马儿不吃草"行
吗？"前途尚远饥如何！"诗人只能以一声悲叹挽结。诚如李白所写："水
浊不可饮，壶浆半成土；一唱都护歌，心摧泪如雨！"（《丁都护歌》）生活
这么苦，劳役那么重。这一段将纤夫的悲哀写得入木三分了。

末四句撇开眼前情事，通过纤夫的心理活动，由此及彼，连类而及
山家猎户服役之苦。这就使得本篇的主题超越了《牵缆词》的题面，而
上升到对徭役剥削的控诉，诗的新意也就出在这里。"生来不合水边住，

负担欲问山中路", 纤夫怨极, 恨不得离开生长的水边, 而上山寻找生路, 殊不知"天下乌鸦一般黑", 船家受到的压迫奴役, 山家一样也受到了。诗人构思最妙处, 是把山家被官府驱使狩黑的时间, 就安排在纤夫奉命出发之昨宵。"山家奉令猎黄黑, 正是昨宵牵缆时"!

看来, 如果去"水"就"山", 也不过是离得龙潭, 又落虎穴而已。纤夫虽有"逝将去女, 适彼乐土"的主观愿望, 然而现实中哪有什么乐土呢? 还是拼命拉纤吧。联想到杜甫所说: "何乡为乐土, 安敢尚盘桓"。(《垂老别》) 柳宗元所说: "则吾斯役之不幸, 未若复吾赋不幸之甚也。"(《捕蛇者说》) 本篇结尾实有悠悠不尽之恨。

【蒲松龄】(1640—1715) 字留仙, 一字剑臣, 号柳泉, 淄川 (山东淄博) 人。屡试不第, 七十一岁始成贡生。教书为业。著《聊斋志异》。有《聊斋诗文集》。

喜雨口号

一夜松风撼远潮, 满庭疏雨响潇潇。

陇头禾黍知何似? 槛外新抽几叶蕉。

风雨可以使人愁, 也可以使人喜。一看它来在什么时候; 二看对于什么人而言。如果是送春的风雨, 碰上个多愁多病的身, 就有李清照的《如梦令》所赋的闲愁: "昨夜雨疏风骤, 浓睡不消残酒。试问卷帘人! 却道海棠依旧。知否, 知否, 应是绿肥红瘦。"如果是春耕时节的雨, 又遇上感情与农夫相通的诗人, 就有蒲松龄《喜雨口号》所赋的欢欣了。

"一夜松风撼远潮, 满庭疏雨响潇潇。"比起"昨夜雨疏风骤", 这两句诗是什么气势! 这绝不是住在城市四合院中所能听到的雨声风声。而是身在山野的人才能领略到的雨声风声。必须是成片松林，在大风吹入的时候，才会出现松涛的奇观和奇响。而夜里听去，就如大江潮汐，由近及远，或由远及近。风入松，是第一部夜曲；梧桐雨，则是第二部夜曲。前者雄浑低沉，后者明快响亮。交响成一片，使人感到何等的愉快。

"陇头禾黍知何似？槛外新抽几叶蕉。"易安居士大早起来就怯怯生生地打听海棠消息，而柳泉先生则迫不及待地问到"陇头禾黍"的长势。当然，他也为庭前槛外芭蕉足雨而发出的新叶感到欣喜，愉快。他没有满足于此。心里早已想到，田地里的庄稼经春雨滋润后，该也和槛外芭蕉一样抽叶拔节了罢。这两句之妙，不仅仅在于第三句提唱，表现了关心时稼的仁人之心，提高了诗的思想价值。还在于第四句回到眼前庭院中的新叶，从而关合前两句的造境，使整首绝句通体浑成，没有节外生枝的生硬感觉。

在语言上，前两句中的"撼"字、"响"字都是推敲精当的句眼，它们恰当表现出松风的声浪和滂沱的庭雨微妙的听觉差异。末句的"几叶"和前文"一夜""满庭"对举，妙在由少而见其早也，也含欣喜的感情色彩。

【张实居】生卒年不详，清诗人，字宾公，号萧亭，山东邹平人。著有《萧亭集》。

桃花谷

小径穿深树，临崖四五家。

泉声天半落，满涧溅桃花。

桃花谷这个名称就很美，使人联想到世外桃源。虽然不通水路，未许渔郎问津。但由于泉声的吸引，游人可以寻找小径，穿过深树渐渐走进这山谷。"小径穿深树"一句，就暗含这样的探幽情事，有类此经历者自能体会，并不像它字面写的那样简单。走出深树，眼前豁然开朗，于是看到那满是桃花的山谷、山涧、和仰头看不见顶的崖壁，一道飞瀑很有气势地从上面注下来。"临崖四五家"，这里的居民不多。山里人，性情纯朴，绝类桃源中人，诗中不写，读者悠然心会。

最美的是后两句："泉声天半落，满涧溅桃花。"上句能使人联想到李白的"飞流直下三千尺，疑是银河落九天"（《望庐山瀑布》），但诗人不说"泉水"而说"泉声"，妙在一个字就把桃花谷的声息环境和盘托出。那声音是清壮的，虽然很大，但在谷中回荡，很有韵味，绝不同于噪音。尤妙的是末句，泉水落入潭中，会溅起水沫，未必能溅起满涧桃花。但涧中多落红，也是实情。

诗人一高兴，就桃花谷的名称和眼前一片红云似的景色着想，遂造成这样的幻象："满涧溅桃花。"至于哪是涧底的花片，哪是空中的飞花，哪是树头的鲜花，一时都分不清，仿佛都成了瀑水溅起的桃花。这境界足可比美于李贺的"桃花乱落如红雨"（《将进酒》），使这首小诗给人以难忘的印象。

夜雪

斗室香添小篆烟，一灯静对似枯禅。

忽惊夜半寒浸骨，流水无声山皓然。

这是一首即兴偶成之作。它惟妙惟肖地刻画出诗人在雪夜的感受和夜雪的神情。首二句写的是一个充满温馨气氛的小房间，房间里充满熏香的气息，空中弥散着袅袅有如篆书的香烟。房间里坐着一个不眠的人，他对着一盏灯，拥裘而坐。"似枯禅"，当然不是真的进入禅定，而是那姿态表情像煞。诗人没有交代这是个什么房间，也没有交代他干什么——因为这对于"夜雪"主题无关紧要。你可以想象这是一间书屋，屋中人焚香夜坐，是雪夜用功，或者是"雪夜读禁书"，总之他神情专注，心无旁骛，忘记了身外的一切。忘记了冬夜的严寒。

这两句首先刻画出一种忘情的境界，对突出下两句"忽惊"的感受，是非常必要的。如果屋中人先就对天气很在乎，也便没有后来的惊奇感了。"夜雪"在这一点上和春雨一样，是随风潜入夜，渐积而无声。所以诗中主人公很久都没有发觉天降大雪。直到夜半雪积甚多，气温骤降，令人不可禁当。他这才猛地打了个寒噤，觉得有点不对。推窗一看，对面的山峰白得耀眼，而门前的溪水已没有流水的声音。

"忽惊夜半寒浸骨，流水无声山皓然"二句之妙，在于写出雪夜的真切感受。"忽惊"云云，见得夜雪之来，神不知鬼不觉。"夜半"是一夜中气温最低的时候，积雪大都发生在半夜后，所以也才有"寒浸骨"之感。"流水无声山皓然"写出一个新鲜的发现，可见入夜以前门前溪流有声，而对面的山头无雪，所以才叫诗人惊讶，"无声"二字不仅暗示出溪冻断流，而且也酷肖夜雪和雪夜静穆的神韵。

韦应物《休日访人不遇》有"怪来诗思清人骨，门对寒流雪满山"的名句，与本篇末二句异曲同工。故沈德潜评本篇云："不明点雪，读末句神于赋雪矣。左司（韦应物）'门对寒流'之后复见本篇。"（《清诗别裁集》）

【吴雯】（1644—1704）字天章，山西蒲州人，寄籍辽阳。康熙十八年（1679）试博学鸿词，不第。游食南北，足迹几遍天下。有《莲洋集》。

278

明妃

不把千金买画工，进身羞与自媒同。

始知绝代佳人意，即有千秋国士风。

环珮几曾归夜月？琵琶唯许托宾鸿。

天心特为留青冢，春草年年似汉宫。

　　"明妃曲"咏昭君出塞故事，唐宋名家颇有佳作。七律以杜甫《咏怀古迹》(群山万壑赴荆门)一首为压卷。后人继作者亦不少，只是很难讨好。而这首诗可以刮目相看。

　　《西京杂记》载有"王嫱不赂画工"一则云："元帝后宫既多，不得常见，乃使画工图形，案图召幸之。诸宫人皆赂画工，多者十万，少者亦不减五万。独王嫱不肯，遂不得见，后单于入朝，求美人为阏氏。于是上案图，以昭君行。"杜甫、王安石、欧阳修等大诗人关于昭君的名作，虽然都提到过画图及元帝诛画工之事，但能就"王嫱不赂画工"六字立意的，竟然没有。而吴雯独具卓识，看真了这六字，从而为明妃表心，使诗的内容大为出新。

　　"不把千金买画工，进身羞与自媒同，始知绝代佳人意，即有千秋国士风"四句一气贯注，夹叙夹议，浩然神行，得未曾有。尤其是中间"始知"一联，十四字一意，以千秋国士譬比明妃，无论内容形式都使人耳目一新。所谓"国士"，系指一国栋梁之材。这种人择主而事，故"可就见，不可屈致也"。(《三国志》徐庶语) 故韩信夜逃，萧何月下相追；孔明高卧，先主三顾而起。而王嫱明知宫中陋习，而不肯赂画工，非吝惜金钱，实不愿有损人格，自谋取容。远嫁匈奴，在所不惜。

杜甫《咏怀古迹》写道："画图省识春风面，环珮空归月夜魂。千载琵琶作胡语，分明怨恨曲中论。"吴雯则翻出一意："环珮几曾归夜月？琵琶唯许托宾鸿"。这是继上"千秋国士风"而言，以见明妃生既刚强，死亦刚强。她的魂魄也不飞回负了她的汉朝，虽然她也将思乡的情思寄托鸿雁。明妃墓在今内蒙呼和浩特市南，相传塞上草白，独此墓地草色长青，故称"青冢"(《太平寰宇记》)。诗人深情地想：这就是天意对明妃高洁的品格的表彰吧。"春草年年似汉宫"不仅是说那草色似汉土之长青，而且暗示明妃对故土的热爱，即使埋骨异城也丝毫未改。全诗就完成了一个既爱国又不苟合取容的崭新的明妃形象。

沈德潜评本篇道："吊明妃并写怀抱，方脱前人束缚"。(《清诗别裁集》)看来"进身羞与自媒同"七字，不但是为明妃写心，也抒发诗人自己的怀抱。

【洪昇】(1645—1704) 字昉思，号稗畦。浙江钱塘（杭州市）人，国子监生。以传奇《长生殿》名世。康熙二十八年（1689），因在佟皇后丧期内演出该剧，被革职查办。归乡后生活潦倒，酒醉落水而死。有《稗畦集》。

公子行

春明门外酒楼高，称体新裁蜀锦袍。
花里一声歌子夜，当筵脱与郑樱桃。

《公子行》是乐府旧题，在唐属新乐府辞。按内容可分两种，一是描写贵公子风流豪爽的生活，如雍陶《公子行》："公子风流轻锦绣，新裁白纻作春衣。金鞭留当谁家酒？拂柳穿花信马归。"一是讽刺纨绔子弟的恶劣行径，如孟宾于《公子行》："锦衣红夺彩霞明，侵晓春游向野庭。不识农夫辛苦力，骄骢踏烂麦青青。"洪昇的这首诗初看属于前者，细味则又似后者。

"春明门"是唐代长安的西门之一（刘禹锡《和令狐相公别牡丹》"莫道两京非远别，春明门外即天涯"）。这里从"春明门外"借指京城外，在一家酒楼上，正在举办盛大酒会。"花里"二字可使人想象场面的繁华。《子夜歌》本为南朝乐府，多咏男女爱情，诗中泛指当时旗亭流行歌曲。"郑樱桃"则是歌女的艺名。（当由樱唇可爱得名。）"花里一声歌子夜，当筵脱与郑樱桃"两句，一以见郑樱桃歌声之美妙，只唱一曲便得到诗中主人公即"公子"性格之豪爽，只为一曲子夜歌，就马上脱袍相赠。

其实歌女以唱歌博得"缠头"，这种事在古代诗歌中并不少见，如"五陵年少争缠头，一曲红绡不知数"（白居易《琵琶行》）、"一曲清歌一束绫，美人犹自意嫌轻"（苘桃《呈寇公》），等等。但那无数红绡、一束绫，似乎都难比本篇中的"称体新裁蜀锦袍"。何以言之？倒不是因为蜀锦之名享誉古今，价值昂贵。而是因为衣物以"称体"为可心，尤其是"新裁"而又"称体"之"蜀锦袍"，在"公子"可谓心爱之物了。以心爱之物赠人，其意义就非红绡素绫之可比。尤其是"公子"脱袍赠人的时候，竟毫不思索，既不管自己爱穿不爱，也不管对方能穿不能，只为捧场一时兴起，遂"当筵脱与"。其豪爽之气真可以使四座敛息，而公子作风的奢侈，于此也可见一斑。

【刘献廷】（1648—1695）字继庄，一字君贤，号广阳子，河北大兴（北京市）人。博学多闻，对经学、天文、地理、农田水利均有研究。有《广阳诗集》。

王昭君

汉主曾闻杀画师，画师何足定妍媸？

宫中多少如花女，不嫁单于君不知。

人咏明妃，或着眼于"不赂画工"立言。本篇则专就元帝怒杀画工一事立论。《西京杂记》同条记昭君被按图派嫁匈奴为阏氏，"及去，召见。貌为后宫第一。善应对，举止娴雅。帝悔之而名籍已定。帝重信于外国，故不复更人，乃穷案其事，画工皆弃市"，"京师画工，于是差稀。"

"汉主曾闻杀画师，画师何足定妍媸（美丑）？"这一声犹如当头棒喝，直为当时画工鸣冤叫屈。宋代王安石道："归来却怪丹青手，入眼平生几曾有。意态由来画不成，当时枉杀毛延寿！"（《明妃曲》）用意在于突出明妃之美，而变更画工丑化王嫱的事实，巧为之说。刘献廷则不同，他并没有改变画工阻塞明妃进身之路的事实，而只是想说：这事不能全怪画工。画工不如化工，由画工之笔墨来裁决人的美丑，本身就犯了一大错误。用今天的话说，不调查研究，不看第一手材料而由第二手材料做出结论，哪有不错的道理！所以这板子要打在汉元帝自己的屁股上才对呢，画工全是替罪羊。

"宫中多少如花女，不嫁单于君不知！"这又是一声棒喝。诗人由此及彼，由明妃的悲剧连类而及更多宫女的悲剧。诚然，昭君出塞，使汉元帝认识到自己出了差错。然而，要是昭君不出塞呢，汉元帝岂不一辈子糊涂，如花美女最后还不是空老宫中而已，事实上，这样的情况是很普遍的："一肌一容，尽态极妍，缦立远视，而望幸焉。有不得见者，三十六年！"（杜牧《阿房宫赋》）从古以来就是如此。但诗人借明妃事予以点醒，却是一大发明。

"作诗必此诗，定知非诗人！"（苏轼）读者千万不要将本篇只作"明妃曲"去看。诗虽只就王昭君事而发，其意蕴却远远超出事件的本身，读者不妨举一反三，对生活中类似情事加以反思。常有这样的事：某单位某部门长期冷落的人才，一旦为外单位所发现并延聘时，便立刻引起本部门领导的重视，慰留或追惜。但这以前他干什么去了呢？"宫中多少如花女，不嫁单于君不知"就超越其字面意义和时代，针砭了"墙里开花墙外香"的社会弊端。

题闺秀雪仪画嫦娥便面

素笺折叠涂云母，黛笔清新画月娥。
莫道绣奁无粉本，朝朝镜里看双螺。

这是刘献廷为一位女孩子雪仪的扇面画所作的题咏，这幅扇面上画的是嫦娥奔月。《汉书·张敞传》注："便面，所以障面，盖扇之类也，不欲见人，以此自障面，则得其便，故曰便面，亦曰屏面。"这位女孩子能为自己的用具作画加以美化，当然是心灵手巧的。所以作者在这首诗里好好夸奖了她一下。

看来这位雪仪画的扇面不是团扇，而是折扇的扇面。所以诗中说："素笺折叠"古人常用云母（一种透明晶状矿物）装饰屏风，称为云屏或云母屏（李商隐《嫦娥》"云母屏风烛影深"），而扇面又称"屏面"。故"涂云母"即画扇面。古代仕女画是用墨色勾勒轮廓线，然后着彩，属于工笔画。女孩子作画十分细心，画风自然以"清新"见长，而与粗犷奔放无缘。"黛笔清新"，是诗中对画的赞语简明扼要。"月娥"就是嫦娥，她本是神话传说中后羿的妻子，奔月后独处广寒宫。画中人便是月宫嫦娥。

此诗的创意表现在后两句撇开对画面的描述和赞美，别出心裁地探讨"粉本"的问题。什么是"粉本"呢？清人方薰《山静居画论》"画稿谓粉本者，古人于墨稿上加描粉本，用时扑入缣素，依粉痕落墨，故名之也。"可见"粉本"就是样本，其来源不外两途，一是依样画葫芦式的临摹；一是从现实生活中写生搜集素材，经过想象加工创作而成。看来雪仪画的嫦娥就是属于创作。嫦娥是神话人物，谁也没见过，她的形象只能根据人间女性的形象创作而成。而独处深闺的女孩到哪里去写生呢？诗人蛮有把握的揣测说："莫道绣奁无粉本，朝朝镜里看双螺。"双螺是女孩子扎的发髻样式，原来画中人的模特儿就是女孩儿自己？

刘献廷这样写的直接用意也许不过是夸奖那位姑娘心灵手巧，而且美丽可爱；同时又暗示她已经长到能够理解月中嫦娥的寂寞心情的年岁，是一位妙龄少女。然而这两句诗，却远远超出了它的本来意义，而参破了文艺创作的一大天机。

文学家艺术家的创作，常以自身的阅历、体验为依据。赵孟頫画马，落笔前常把自己想象成马，对镜揣摩马的种种姿态动作。青年曹禺创作《日出》《雷雨》时，一个人关上房门又哭又闹，弄得外面的人十分担心。（吴组湘如是说。）小仲马说："茶花女就是我！"郭沫若说："蔡文姬就是我！"这种现象，无妨都用这两句诗来概括："莫道绣奁无粉本，朝朝镜里看双螺！"

【孔尚任】（1648－1718）字聘之，一字季重，号东塘，又号云亭山人，山东曲阜人。因御前讲经而受康熙赏识，授国子博士。官至户部员外郎。曾奉命赴淮阳疏浚黄河口，遍游东南胜地。后因作《桃花扇》被削职。有《湖海集》。

北固山看大江

孤城铁瓮四山围，绝顶高秋坐落晖。

眼见长江趋大海，青天却似向西飞。

北固山在今江苏镇江市城北，下临长江，三面傍水，形势险要。三国时为京口重镇，南宋辛弃疾多次在此遥望中原，缅怀孙权、刘裕等古代英雄。昔人诗多怀古，本篇却不然，他坐在北固山上俯仰江天，为之目眩。火急作诗，产生了这首写景佳作。

镇江城别称"铁瓮"，以四面环山，形势险固得名。"孤城铁瓮四山围，绝顶高秋坐落晖"二句写黄昏日落时分，诗人独坐北固山头，俯瞰镇江城。由于秋高气爽，他的心情不错。诗人虽称坐的地方为"绝顶"，但江面太宽，三面激流，相对而言，并不很高。所以俯视江面，可以清楚地看到湍急的江水掠山脚而过，迅速奔向东方。这是惊心动魄，极为壮观的景象，可以想见诗人是怎样屏息凝神地目送江水奔向天边，奔向海洋。

由于江天占据了诗人的全部视野，又由于诗人看得太专注，太出神。这时一个错觉发生了：诗人不但看到滔滔的江水向东奔流，而且也看到整个青天在向西移动，那速度还不慢呢。"眼见长江趋大海，青天却似向西飞"，就写出了长江与青天相对运动的感觉。类似感觉，人们都有过。但通过如此有声势的诗句揭示出来，还是令人感到新鲜。

南宋诗人杨万里诗笔灵动，如"岭下看山似伏涛，见人上岭旋争豪。一步一陟一回顾，我脚高时它更高！"（《过上湖岭望招贤江南北山》）昔人谓之"活法"。孔尚任本篇也就妙于"活法"的运用。

【纳兰性德】(1655—1685) 初名成德，字容若，号楞伽山人。满洲正黄旗人，武英殿大学士明珠之长子。康熙十五年（1676）进士，选授三等侍卫，寻晋至一等。年三十，病卒。有《通志堂集》，汇辑本《纳兰词》。

长相思

山一程，水一程，身向榆关那畔行，夜深千帐灯。

风一更，雪一更，聒碎乡心梦不成，故园无此声。

康熙二十一年（1682），扈驾出关，祀长白山，北行之作。前此词人已多次随康熙出巡，与友人张纯修书云："弟比来从事鞍马间，益觉疲顿，发已种种，而执殳如昔，从前壮志，都已隳尽。"词情亦不免消沉。

榆关即山海关，是此行必经之地。道里遥阔，途中不免宿营。词人撇开卤簿旌旗车骑之盛不写，专拣"夜深千帐灯"写之，通过特殊景观，表现出皇帝外出的气派。堪称大气包举，与杜甫《后出塞》"落日照大旗，马鸣风萧萧。平沙列万幕，部伍各见招"的写法，有异曲同工之妙。

气候严寒，风雪交加，帐中的滋味可想而知。睡不着，一是因为冷的缘故，一是因为闹的缘故。风在闹，雪也在闹，这种况味，只有关外才能体会。"故园无此声"，看起来是一个事实的陈述，其实是说"在家千日好"的意思。尽管"梦不成"，词人的一片"乡心"，已经形象地得到了表达。

浣溪沙

谁念西风独自凉，萧萧黄叶闭疏窗，沉思往事立残阳。

被酒莫惊春睡重，赌书消得泼茶香，当时只道是寻常。

悼念亡妻卢氏之作。卢氏于康熙十三年（1674）出嫁，婚后三年，死于难产。此事对词人刺激之深，是可想而知的。

上片写深秋黄昏至深夜，对亡妻的思念，情景交融，倒也罢了。下片尤其是后两句，却好得紧。"赌书泼茶"，事见李清照《金石录后序》，文中回忆作者夫妻当年的小日子道："每饭罢，坐归来堂烹茶，指堆积书史，言某事在某书某卷第几页第几行，以中否角胜负，为饮茶先后。中即举杯大笑，至茶倾覆怀中，反不得饮而起。甘心老是乡矣！故虽处忧患困穷而志不屈。"用此典，则可见词人当年家庭生活的淡泊与温馨，夫妇之间的情甚相得。

"当时只道是寻常"，换言之即"而今思量不寻常"。常言道：平平常常总是真。然而，人们处在平平常常之中时，又往往因为"只道是寻常"的缘故，并没有感觉到它的可贵。只有当你失去了它之后，你才会深深地感到它的不同寻常。这就是生活，这就是词人对生活的体验。"而今思量不寻常"，是直陈的表达法，"当时只道是寻常"是曲折的表达法，读时须从反面会意。而诗的表达法，以避免直陈为佳。奇语、凡语，常在一转间。"当时只道是寻常"句的妙处，就是从寻常之中见不寻常。

蝶恋花

辛苦最怜天上月，一昔如环，昔昔长如玦。若似月轮终皎洁，不辞冰雪为卿热。　　无那尘缘容易绝，燕子依然，软踏帘钩说。唱罢秋坟愁未歇，春丛认取双栖蝶。

此亦悼亡之作。词人《沁园春》小序云："丁巳（康熙十六年）重阳前三日，梦亡妇淡妆素服，执手哽咽，语多不能复记，但临别有云：'衔恨愿为天上月,年年犹得向郎圆。'妇素未工诗,不知何以得此也?"

开篇即从"天上月"说起,"昔"通夕。圆月是团圆的象征。月亮每月只圆一次,到底是圆少而缺多,好比词人夫妻短暂的爱情生活。亡妻在梦中不是说愿为天上月,年年向郎圆吗?要是真能如此,词人就定能化作冬天里的一把火,"不辞冰雪为卿热":哪怕是冰天雪地,也能燃烧成一团火焰。情痴之语,亦是妙语。

过片三句以呢喃燕语,反形丧妻的孤独。"秋坟"指唐人李贺《秋来》诗,其结云:"秋坟鬼唱鲍家诗,恨血千年土中碧。"词情转为凄厉。古代传说中的爱情悲剧,常见的一种程式,是男女双方化蝶作结。结语"春丛认取双栖蝶"因而用之,较前文"燕子依然,软踏帘钩说",又多了一重执着意味,表现了词人对爱情与坚贞的信念。

木兰花

拟古决绝词柬友

人生若只如初见,何事秋风悲画扇。
等闲变却故人心,却道故人心易变。
骊山语罢清宵半,泪雨零铃终不怨。
何如薄幸锦衣郎,比翼连枝当日愿。

这是一首写给友人的诗,却出以"拟古决绝词"的形式,即模仿古诗中女子口吻,怨男子薄情,表示要断绝关系。很可能是一封诗体的绝交书。

这首词因为它的首句而得到广泛的传播,"人生若只如初见"是个没头没脑的半拉子话,其义即不忘初心,被省略掉的半句是"那该多好啊"。又是"若"又是"如",不成言语,其实是不择言语,一下子把人拉入情境,一个怨女形象跃然纸上。顿时使人想起诗经中的"总角之宴,言笑晏晏"(《卫风·氓》),"靡不有初,鲜克有终"(《大雅·荡》),等等名句。出语平淡而感情强烈,缘事而发而意蕴丰富,恰如西子捧心,因病至妍。"何事秋风悲画扇"是用典叙事,语出班婕妤《怨歌行》是以秋扇见捐,自伤被弃。主人公引以自喻,是因为相同的遭遇。

"等闲变却故人心"二句,妙在若重复若不重复。上句表达的是事实,"等闲变却故人心",是说男子无端变心。下句是一个辩解,"却道故人心易变",世上唯一不变的是变化,故人之心,概莫能外。这是替男子的变心找理由,是文过饰非。按,此句本作"却道故心人易变",系化用谢朓"故人心尚永,故心人不见。"(《同王主簿怨情》)汪元治本《纳兰词》误刻为"却道故人心易变",因为读来更顺畅,遂成流行文本。

整个词的下片明白如话,拿唐明皇杨贵妃说事。据宋人《太真外传》载,唐明皇与杨贵妃曾于七夕,在骊山华清宫长生殿里盟誓,愿世世为夫妻,白居易《长恨歌》绎为"在天愿作比翼鸟,在地愿为连理枝。"("比翼连枝当日愿")后安史之乱爆发,明皇入蜀,至马嵬坡,迫于军心,赐死杨妃。途中雨夜闻铃,又作《雨霖铃》以寄哀思。这里的"锦衣郎",即指唐明皇。杨妃临死曾表示不怨("泪雨零铃终不怨"),"何如"二字,是拿唐明皇的忍心割爱与之对比,表示了作者对男子的不满。

按唐代诗人元稹曾用乐府歌行体,模拟一女子的口吻,作《古决绝词》。此词仿其意而为之,却是以男女爱情比喻交友之道,是用闺怨的形式包装的绝交书。不过,与唐人朱庆余《近试上张水部》一样,只作闺情闺怨来读,亦是佳作。

【陈于王】生卒年不详,清诗人,字健夫。顺天宛平人。

《桃花扇》传奇题辞

玉树歌残迹已陈，南朝宫殿柳条新。

福王少小风流惯，不爱江山爱美人。

作者意在讽刺南明统治者的腐化堕落。"福王"即朱由崧，崇祯死后，他由洛阳避兵至淮安。凤阳总督士英利其昏庸，迎立于南京，这就是弘光帝。福王当政后重用马阮等奸邪，黜忠良。又搜选女，闾井哗然。国亡被杀。《桃花扇》"选优"一场对他作了讽刺："小生扮弘光帝，又扮二监提壶捧盒，随上，小生：'满城烟树间梁陈，高下楼台望不真。原是洛阳花里客，偏来管领秣陵春。'"可与本篇并读参阅。

"玉树歌"即《玉树后庭花》，陈后主所作。系以"绮艳相高，极于轻薄"的靡靡之音，后人多以指亡国之音。如刘禹锡《台城》："万户千门成野草，只缘一曲后庭花。"杜牧《泊秦淮》："商女不知亡国恨，隔江犹唱后庭花。""南朝"本指东晋后据有南方的几个相继享国极短的朝廷，即宋、齐、梁、陈，诗中兼关南明王朝。"玉树歌残迹已陈，南朝宫殿柳条新"二句，即以陈后主比弘光帝，谓南明王朝实蹈袭陈后主的覆辙，"柳条新"意味其行径仍旧也。用杜牧《阿房宫赋》的话说，正是陈后主"不暇自哀，而使后人哀之。后人哀之而不鉴之，亦使后人而复哀后人也。"

"福王少小风流惯，不爱江山爱美人。"福王原封于洛阳，过惯花天酒地的生活。到南京后，命"中使四出搜巷，凡有女之家，黄纸贴额，持之而去，闾井骚然。"（《明通鉴·附编》陈子龙言）故《桃花扇》给他的上场诗是"原是洛阳花里客，偏来管领秣陵春。"本篇的后两句就是对其人概括性的批判。诗意本指福王荒淫无耻，断送了朱明江山。但不直接说他荒淫，只说他"少小风流惯"，似还在为他缓颊；不直接说他断送江山，却说他"不爱江山爱美人"，这都举重若轻，最得婉讽之妙。

"不爱江山爱美人"，如今已是家喻户晓的熟语。这一"爱"一"不爱"，毫不含糊地概括了历史上许多荒淫误国的帝王的共同特征，很有典型性；而诗句的语言通俗，故成了广为流传的名句。与福王一类昏淫之主形成对照的，则是历史上那些具有雄才大略的君王，比如刘备，他曾清醒地对付了周郎的美人计，使东吴"赔了夫人又折兵"，唐吕温《刘郎浦口号》云："谁将一女轻天下。欲换刘郎鼎峙心。"正好与本篇对读。

【潘高】康熙末（1722）前后在世，字孟升，江苏金坛人。有《南村集》。

秦淮晓渡

潮长波平岸，乌啼月满街。

一声孤棹响，残梦落清淮。

秦淮河西北流经今南京市入长江，以秦时所开得名。本篇乃金陵诗社集会命题之作，一时名流云集，潘高以此诗夺魁。

月落乌啼的时候，残月的清晖还洒在市街上，除了乌啼，听不到更多的声音。江边由于潮涨的缘故，水位上升齐岸，江面开阔不少。"潮长波平岸，乌啼月满街"二句清丽如画，同时写出早行人特有的新鲜和凄清的况味。江面潮长，又意味着过河不易。

的确是太早了，江边的渡船还没摆渡。终于有人开了头班船。秦淮河上，空荡荡只有这一只船儿，早行人又会感到何等寂寞凄清。一坐上船，不免有些无聊。四下望去，残月清辉越来越淡，城市只见剪影似的轮廓，于是他又打盹了。

划得太响的一声船棹将他惊醒，他看到天快亮了。"残梦落清淮"句，语带双关：一是行人将残梦丢进秦淮河，也就是在晓渡中清醒了，二是秦淮河也从"睡梦"中醒来，迎来了新的黎明。

"一声孤棹响，残梦落清淮"就写出了一种微妙的旅途况味，使本篇境界全出。"清淮"就是秦淮河，以水清故云。而这个"清"字，也正是晓渡时最突出的感觉。

【顾陈垿】生卒年不详，清诗人，字玉停，号宾阳。江南太仓人，康熙甲午（1714）举人，官行人。著述颇丰。

砚

端溪谁割紫云腴，万古文心向此摅。
小点墨池成巨浪，就中飞出北溟鱼。

古人往往借咏物诗来抒发个人怀抱。此篇即以文房四宝之一的砚为题，抒发了壮志豪情。砚以端州所产为名贵，世称端砚。李贺《杨生青花紫石砚歌》形容采石作砚的情形道："端州石工巧如神，踏天摩刀割紫云。"本篇首句即从这里化得，着一"腴"字，则见砚石质地厚润细腻，色泽光洁可喜。

诗人浮想联翩，由小小砚台联想到"万古文心"，发人深省。"盖文章，经国之大业，不朽之盛事"（曹丕《典论·论文》），古人就将文章的地位提到与事功同等的高度。"摅"是抒发，班固《西都赋》："摅怀旧之蓄

292

念，发思古之幽情。""万古文心向此摅"句中，包含着对砚台的虔敬之意。潜台词是：砚啊，你是多么平凡，而又多么伟大！。

诗人再发奇想，小小墨池掀起巨浪，从中飞出巨大的鲲鹏，直冲云天。李白诗云："少年上人号怀素，草书天下称独步。墨池飞出北溟鱼，笔锋杀尽中山兔。"（《草书歌行》）《庄子》文曰："北溟有鱼，其名为鲲。鲲之大，不知其几千里也；化而为鸟，其名为鹏。鹏之背，不知其几千里也；怒而飞，其翼若垂天之云。"（《逍遥游》）从狭义上讲，这是化用李白"墨池飞出北溟鱼"，夸砚台的主人书法超凡入圣。

然而，联及上文的"万古文心"，三、四句的含义，又不仅仅着眼于书法了。"万古文心"，说白了就是传世的名著，一切的名著、名篇都是积累智慧的长明灯，自有其不朽价值。所以，巴尔扎克自命为时代的书记员，说拿破仑用剑办到的，他用笔也能办到，终于在世界文学史上垒起一座金字塔。

当诗人用形象思维的语言，写出"小点墨池成巨浪，就中飞出北溟鱼"，就给读者以发挥的自由。读着这样的诗句，会联想到古今中外的伟大著作家和他们用笔创下的丰功伟绩而肃然起敬，同时期望自己有一天也能创造奇迹。

"小点墨池成巨浪，就中飞出北溟鱼"，足长千古文人志气！

【沈德潜】　（1673－1769）字确士，号归愚，长洲（江苏苏州）人。乾隆四年（1739）进士。官至内阁学士兼礼部侍郎。论诗主格调说，宗汉魏、盛唐。辑有《古诗源》《唐诗别裁集》《明诗别裁集》《清诗别裁集》。有《沈归愚诗文全集》。

晚晴

云开逗夕阳，水落穿浅土。

时见叱牛翁，一犁带残雨。

题为"晚晴"，可见傍晚之前有雨。雨刚停住，夕阳下山，老农却抓紧时间犁田，可见有过一场春旱。总之，本篇字面以外有不少余意，读者须多加留意。

俗话道"早雨晚晴"，"云开逗夕阳"正是晚晴的景象。这时雨云渐散，夕阳的光辉便从薄云间隙处透射出来。"逗"即"漏"，但也有逗引的意思。"水落穿浅土"，可见虽有一场雨，但还没有下透，雨水仅仅浸润了一层浅土。春旱的情形，便从这句表现出来的。于是这一场未足的春雨，又显得弥足珍贵。那真是及时雨，救命雨。农家是决不会白白放过这一耕种良机的，所以他们要出晚工了。

"时见叱牛翁"写的便是农夫趁此晚晴力耕的情景。"叱牛"二字，可见他们心情很迫切，牛走得稍慢，就不停地吆喝。那喝声严厉中含有几分亲切。"翁"尚如此，青壮年自不消说。只说"时见叱牛翁"，举隅而已。

"一犁带残雨"是一个特写镜头：在农夫湿漉漉的犁把上，还挂着些水珠儿——刚过去的一场雨留下的痕迹。这画面至少包含两层意味，一以见雨虽没下够，但也不小，可解燃眉之急，表现出力耕人的喜悦心情；一以见正是农忙时节，这犁早就放在田地里，这才能淋上雨，反映了农家紧张的生产活动。诗人本人关心民情，和喜雨悯农的思想情感，也通过画面，无声地流露出来，所以这句诗十分够味。

过许州

到处陂塘决决流，垂杨百里罨平畴。

行人便觉须眉绿，一路蝉声过许州。

这是作者过许州（河南许昌）郊外即景抒情之作。

画龙点睛的是一个"绿"字，虽然出现在第三句，但一、二句中已具其意："到处陂塘决决流，垂杨百里罨平畴。"从"垂杨百里"和"一路蝉声"的描写看，时间可能是初夏。到处的池塘都在溢水，可见是雨后。"决决"是流水声（卢纶《山店》"登登山路行时尽，决决溪泉到处闻。"），虽只写水声，但碧波荡漾之景如见，写出水绿。"平畴"即田坝，陶潜有"平畴交远风，良苗亦怀新"之句，它给人的感觉也是绿的。而阡陌之间垂杨成行，披拂掩映，更见得平野之绿。"到处"和"百里"，又从空间上展示出那"绿"的范围之大，可谓触目皆是，整个许州城外初夏景色便以绿色为基调。

"行人便觉须眉绿"这句以新奇的感受，一下子抓住读者，使人觉得比王安石"春风又绿江南岸"的名句还要耐味。对王安石的那个名句，钱锺书先生评论说："这句也是王安石讲究修辞的有名例子。据说他在草稿上改了十几次，才选定这个'绿'字；最初是'到'字，改为'过'字，又改为'入'字，又改为'满'字，等等（洪迈《容斋随笔》卷八）但是'绿'字这种用法在唐诗中早见而亦屡见，如丘为《题农户庐舍》：'东风何时至，已绿湖上山'等。于是又发生了一连串的问题：王安石的反复修改是忘记了唐人的诗句而自费心力呢？还是明知到这些诗句而有心立异呢？他的选定'绿'字是跟唐人暗合呢？是最后想起了唐人诗句而欣然沿用呢？还是自觉不能出奇度胜，终于向唐人认输呢？"（《宋诗选注》）

不管怎么说，从丘为的"已绿湖上山"到王安石的"春风又绿江南岸"，都是写视觉的感受；而沈德潜的"行人便觉须眉绿"却又跳过了一级，写的不是视觉感受，而是由视觉感受引起的心理感受。因为黑色的须眉，是染不绿、映不绿的。只是行人走在绿色的川原中，心里充满绿色的感觉，才有"须眉绿"的心理感受发生。它表现的并不是颜色，而是快感。诗的创新之意就表现在这里。

"一路蝉声过许州"传达的也是快意，而且是"须眉绿"的快意之延续。许州地界那样宽，要走过还真不容易。然而作者一路上看水看树，心情舒畅，又有蝉声相送，颇不寂寞，所以觉得很快就走过来了。这"蝉"是蜕壳不久的新蝉，而非秋季的寒蝉，故其声音并不凄厉。即使是很凄厉的声音，只要人的主观上很愉快，感觉也就有所不同。如李白《下江陵》："两岸猿声啼不住，轻舟已过万重山"，这一路猿声不但不使人掉泪，反倒托出人在轻舟中的愉悦之感。就此而言，"一路蝉声过许州"亦有异曲同工之妙。

【郑燮】(1693—1765) 字克柔，号板桥，江苏兴化人。乾隆元年（1736）进士。历任山东范县、潍县知县。有政绩。后因赈济饥民，忤上司。以病乞归，寄居扬州，为画坛"扬州八怪"之一。有《郑板桥集》。

道情（十首）

枫叶芦花并客舟，烟波江上使人愁。劝君更尽一杯酒，昨日少年今白头。自家板桥道人是也，我先世元和公公流落人间，教歌度曲。我如今也谱得道情十首，无非唤醒痴聋，销除烦恼。每到山青水绿之处，聊以自遣自歌；若遇争名夺利之场，正好觉人觉世。这也是风流事业，措大生涯。不免将来请教诸公，以当一笑。

其一

老渔翁，一钓竿；靠山崖，傍水湾。扁舟来往无牵绊。沙鸥点点轻波远，荻港萧萧白昼寒。高歌一曲斜阳晚。一霎时波摇金影，蓦抬头月上东山。

其二

老樵夫，自砍柴；捆青松，夹绿槐。茫茫野草秋山外。丰碑是处成荒冢，华表千寻卧碧苔。坟前石马磨刀坏。倒不如闲钱沽酒，醉醺醺山径归来。

其三

老头陀，古庙中；自烧香，自打钟。兔葵燕麦闲斋供。山门破落无关锁，斜日苍黄有乱松。秋星闪烁颓垣缝。黑漆漆蒲团打坐，夜烧茶炉火通红。

其四

水田衣，老道人；背葫芦，戴袱中。棕鞋布袜相厮称。修琴卖药般般会，捉妖拿鬼件件能。白云红叶归山径。闻说道悬岩结屋，却教人何处相寻。

其五

老书生，白屋中；说唐虞，道古风。许多后辈高科中。门前仆从雄如虎，陌上旌旗去似龙。一朝势落成春梦。倒不如蓬门僻巷，教几个小小蒙童。

其六

尽风流，小乞儿；数莲花，唱竹枝。千门打鼓沿街市。桥边日出犹酣睡，山外斜阳已早归。残杯冷炙饶滋味。醉倒在回廊古庙，一任他雨打风吹。

其七

掩柴扉，怕出头；剪西风，菊径秋。看到又是重阳后。几行衰草迷山郭，一片残阳下酒楼。栖鸦点上萧萧柳。撮几句盲辞瞎话，交还他铁板歌喉。

其八

邈唐虞，远夏殷；卷宗周，入暴秦。争雄七国相兼并。文章两汉空陈迹，金粉南朝总废尘。李唐赵宋慌忙尽。最可叹龙盘虎踞，尽销磨燕子春灯。

其九

吊龙逢，哭比干；羡庄周，拜老聃。未央宫里王孙惨。南来薏苡徒兴谤，七尺珊瑚只自残。孔明枉作英雄汉。早知道茅庐高卧，省多少六出祁山。

其十

拨琵琶，续续弹；唤庸愚，警懦顽。四条弦上多哀怨。黄沙白草无人迹，古戍寒云乱鸟还。虞罗惯打孤飞雁。收拾起渔樵事业，任从他风雪关山。

【尾声】

风流家世元和老，旧曲翻新调。扯碎状元袍，脱却乌纱帽。俺唱这道情儿归山去了。

道情是一种说唱文学，本道士所歌，称黄冠体（见《啸余集》），后来江湖上的歌者，依调谱词，多寓讽世劝善之意，沿门歌唱，唤住唱道情。

这十首道情是郑板桥的一时游戏之作，看他一开始就集唐人崔颢、王维、许浑等人诗句为上场诗，信手拈来，颇为浑成；道情的一头一尾，都戏称自己是唐人小说中人物、元人石君宝杂剧命名为郑元和者之后，这是因为郑元和曾狎妓沦落为挽歌郎，又遭其父鞭弃再沦落为乞儿，而"道情"原是沿门歌唱曲儿，正经文人所不屑为，作者居然为之，而且给自己找了这样一个不经的理由，赋本篇以不少风趣。

前六曲歌咏了六种江湖中人，依次为渔翁、樵夫、头陀、道士、塾师、乞儿，比起"争名夺利之场"中人来，他们生活相当清贫，然而却亲近"山青水绿"之大自然，而且取一种自然的生活方式即自食其力，从而绝无名利场中的是非、烦恼，反而活得快活自在，令人羡煞。后四曲则出以歌者口吻，他从往古历史中汲取材料，予以评驳，第八曲极精要地叙述了从唐尧到南明数千年历史，于"空陈迹""总废尘""慌忙尽""最可叹""尽销磨"见意，极精要地概括了一部廿四史就是封建统治"其兴也勃焉，其亡也忽焉"的循环史；第九曲指出历代宫廷、朝廷都充满复杂的矛盾，忠臣志士鞠躬尽瘁，演出的总是悲剧，唯有信奉老庄哲学，才能远祸全身。

以上思想内容前人也曾在诗词中表现过，但都不如道情这样洋洋洒洒、淋漓尽致、寓意通俗而文字优美。所以它比同类诗词更能安慰官场失意者的心情，近人如邓拓在受政治迫害丢官后，写《燕山夜话》，竟称赞郑板桥是"一枝画笔春秋笔，十首道情天地情"，评价不可谓不高。

道情曲词在音节上很有特色，基本上由三言、七言句构成。行文上有骈散的变化，句群上有奇偶的变化，用韵有疏密的变化，七言句有上四下三、上三下四节奏的变化，在音调上备极摇曳多姿。近体七言诗是以单音步结尾，故尾音迤逦曼长；而道情曲词以两个上三下四的联语结尾，即双音步结尾，尾音找截干脆，很有新意。

【刘大櫆】 (1698—1779) 字才甫，号海峰，安徽桐城人。雍正七年（1729）副贡生，官黟县教谕。工文章，为桐城派古文家。有《海峰集》。

西山

西山过雨染朝岚，千尺平冈百顷潭。

啼鸟数声深树里，屏风十幅写江南。

作者为文重"神气音节"，认为"学者求神气而得之于音节，求音节而得之于字句，则思过半矣"（《论文偶记》），世称"因声求气"说。这也影响到他的诗，像这首七绝，就以神气音节见长。西山，是北京西郊群山的总称，有百花山、灵山、妙峰山、香山、翠微山、卢师山、玉泉山等，为京郊名胜。本篇写西山春雨后的景色。

"西山过雨染朝岚，千尺平冈百顷潭。"诗云"过雨"，可见雨持续的时间不长，但雨量不小。雨后青山为之一洗，显得分外青翠，就好像是重新染色过似的。这一个"染"字，暗中将春雨比喻为画师，直启第四句的画意。"染朝岚"重在绘色，而"千尺平冈百顷潭"则重在写西山的气势。这里群山连绵，峰峦之间竟有平冈千尺，上有深林茂树，气象何等开阔；而山下潭水空明，得雨而水位上升，景象亦远大。这又为第四句"屏风十幅"伏笔。

前两句展现西山壮美如画之景观，直通"屏风十幅写江南"一句。妙在中间小作跌宕，铺垫一句"啼鸟数声深树里"。也就在视觉形象中添上了听觉形象：啼鸟数声；在壮阔的描绘中加入了细节刻画：树丛中的啼鸟数声，有映衬互成之妙。从美声的角度看，"数声——深树"在音节（字音）上构成回荡，而字形字义则完全不同，深宜吟诵。

"屏风十幅写江南"一句总括上联的写景，又推出新意。那就是将北国春光比作江南。读者准会记起杜牧《江南春》那首著名绝句："千里莺啼绿映红，水村山郭酒旗风。"你看，西山连绵，平冈千尺，青葱如染，潭水澄清，鸟鸣深树，这气势，这色调不大类"江南春"吗？形之图画，一幅屏风不能尽收其美，直须"十幅写"之。这里诗句之妙，首先就妙在神完气足；而形之音节，则慷慨可歌。至于境界的清新可喜，亦足称道。

【屈复】生卒年不详，清诗人，字悔翁，陕西蒲城人。有《弱水集》。

偶然作

百金买骏马，千金买美人，

万金买高爵，何处买青春！

这是一篇信手书成的小诗，不是什么精心结撰之作。讨厌"粗派"的沈德潜却很欣赏，在《清诗别裁集》中给它一席地位，道理何在呢？

俗话道"花拳好打，棒喝难为。"这首诗好就好在给人当头棒喝，发人猛省。在拜金主义者看来，金钱是万能的，"有钱能使鬼推磨"。然而这里正有世人的一大误区在。所谓"看钱奴硬将心似铁，空辜负锦堂风月"（马致远），"终朝聚敛苦无多，及到多时眼闭了"（曹雪芹），悠悠万世，能看穿的人又有多少！

"公道世间唯白发，贵人头上不曾饶。"（杜牧《送隐者》）金钱最无能为力的，就是留驻青春。即使在有美容术的今天，还是如此。其实，金钱不能买的东西正多，诗人只说"何处买青春！"但他的棒喝是有启发性的，读者可以加以演绎：金钱可以买骏马，但买不到高超的骑术；金钱可以买美人，但买不到甜蜜的爱情；金钱可以买高爵，但买不到尊严和光荣，等等。

本篇前三句句式相同，排比中略有递进，"骏马""美人""高爵"依"百金""千金""万金"逐次增价，免去了几分单调。到后一句却是冷冷地一跌，有"唯觉时之枕席，失向来之烟霞"（李白）之妙。写了一串儿能买，为的是写出最后的一个不能买，最具擒纵之致。这是本篇在艺术上的特点。后来亦有学此体而入妙者，如陈毅《冬夜杂咏》中的好些五绝，其一云："一切机械化，一切电气化，一切自动化，总要按一下。"

【赵关晓】生卒年不详，清诗人，字开夏，浙江归安人。诸生。

赠友

> 不向人间留姓名，草衣木食气峥嵘。
> 山深虎出伥声急，夜半长歌空手行。

这篇题为《赠友》的绝句，所赠何人，从诗的第一句可知作者是不肯透露的了。此人非无姓名，只是"不向人间留姓名"。一句话就表现出一种推倒千古的价值观念。什么"豹死留皮，人死留名""心知去不归，且有后世名"，历来被视为人生最高追求目标之一的东西，在这位老兄是不屑一顾的。"不向人间"四字，大有举世皆浊，我行我素的气派。

"草衣木食"这个平中见奇的造语，表现出自甘淡泊的情怀。粗茶淡饭，亦足饱饥；素朴衣服，自具风流。而这种俭朴生活同时也是一种摄生之道，看来这人善养浩然之气，从"气峥嵘"三字可以大体领略其神情气貌。读者猜想，这人必是一个修行有术、身怀绝技之士。

"山深虎出伥声急，夜半长歌空手行"。诗人撇开其人别的行事不说，专拣敢在猛虎出没的深山老林走夜路一个细节写来，真是兴会神到、画龙点睛的妙笔。前句夸张而层深地写山中深夜之险恶，不仅是山，且是深山；不仅有猛虎，还有专门引诱人给虎吃的伥鬼，真是险上加险。不说虎声急，而说"伥声急"，转令人毛骨悚然，亦是奇笔——盖伥比于虎，以无形而尤可怖也。

突出山中的险恶目的，在于烘托诗中主人公胆力之大。末句则从容叙写行路人的胆气，他不但夜半走，而且空手走；不是悄悄地走，而是唱着歌儿，大步流星地走。这是怎样一种豪爽的做派。"长歌空手行"之妙，在于绘声绘色，形容尽致。如果是"夜过坟场吹口哨——为自己壮胆而已"，那口哨声必有几分胆怯。放歌而行，则给人感到的是浩然正气。

一个远离人间的草泽之士，和环绕他的深山老林，却构成一个象征的境界。使人联想到世上有"虎"，有为虎作伥的人，"江头未是风波恶，别有人间行路难。"只有那些不图名，不求利，不贪色，不怕鬼，不信邪，行得直，走得端，而又身怀绝招的人，才能够畅行无阻。这首诗便是为如此豪杰所作的"正气歌"。

【朱瑄】生卒年不详，清诗人，字枢臣，江苏吴县人。《清诗别裁集》录诗三首。

祖龙引

徐福楼船竟不还，祖龙旋已葬骊山。
琼田倘致长生草，眼见诸侯尽入关。

"祖龙"系秦始皇的代称。《史记,秦始皇本纪》:"（三十六年）秋，使人从关东夜过华阴平舒道。有人持璧遮使者曰:'为吾遗缟池君（水神）。因言曰:'今年祖龙死。'"使者奉璧以闻始皇，"使御府视璧，乃二十八年行渡江所沉璧也"，始皇不逾一年果死。"祖龙"之称即原于此。

秦始皇在历代诗人笔下，主要是一个被批判的对象。咏始皇的诗，大多集中在写秦长城、焚书坑、阿房宫（即始皇墓）等史事上。《祖龙引》就始皇生前觅不死之药一事立言。在他之前，则有唐人胡曾《咏史诗·东海》:"东巡玉辇委泉台，徐福楼船尚未回。自是祖龙先下世，不关无路到蓬莱。"

徐福是由齐人秦的方士。秦始皇曾按他的意图，遣童男童女数千人随他乘楼船入海求仙。他入海求神药十年不得，乃居海上不归。胡曾就此事嘲笑说，不是没有求仙之路，只是始皇寿数太短，等不到徐福回来就先下世了。这也算就史实翻出一点新意，但他的冷嘲显得寡味，而且意义不大。而本篇不仅翻新史实，且有深刻的寓意。

"徐福楼船竟不还，祖龙旋已葬骊山。"据《史记·秦始皇本纪》记载，始皇即位之初，就在骊山为自己修筑陵墓，深穿三泉，下铸铜穴以护棺椁，广修宫殿楼观，贮藏奇珍异宝，并以水银为江河湖海。一面却又遣徐福出海觅不死之药。而徐福此去作"赵巧送灯台，一去永不来。""竟不还"三字道出始皇的失望。结果仙药没得到，骊山墓倒派了用场。一个"旋"字，就是胡曾"先下世"三字之义，言其寿数何促也！两句实抵胡曾全诗。

"琼田倘致长生草，眼见诸侯尽入关。"据《十洲记》:"东方祖州上有不死之草，生琼田上。"此即"长生草"。"诸侯尽入关"则指秦二世元年（前209），陈胜吴广起义，刘邦、项羽及六国诸侯的后人，纷纷起兵响应，所谓"秦失其鹿，天下共逐之。"（《史记·淮阴侯列传》）刘邦率军先攻入函谷关，秦王子婴降，遂亡秦。这两句是说，如果秦始皇真的得到长生草而继续活下去，那么他一定会亲眼看到帝国的覆灭。则其求药不得，幸乎？不幸乎？

胡曾《东海》所以流于浅薄，就在于诗人卖弄一番口角，却仍以始皇未得不死之药为憾事。本篇的深刻，则在它不限于批判始皇的迷信神仙，而更把矛头指向秦代暴虐的政治，所以耐读。

【李葂】生卒年不详，清诗人，字啸村，江南怀宁人。诸生。

题雅雨师借书图

旋假旋归未得闲，十行俱下片时间。

百城深入便便腹，直抵荆州借不还。

读书，当然是读自己买来的书最自在、愉快和有用。然而并非人人经济宽裕，可以坐拥书城。所以借书是读书人免不了的事。在印刷条件落后的古代尤其如此；古代贫寒的士子尤其如此。《借书图》画的就应是贫士所为。借书也有乐趣，因为"有借有还，再借不难"的缘故，借了就必须马上读。题中"雅雨师"大约是位画僧，他的画中必是一个人在寒窗伏案读书。作者形之于诗，诗中必然又抒发着诗人自身的经验。

嗜读好学的人一旦找到了可以借书的主儿，那劲头是很大的，借来就看，抄后就还，只怕书主人疑心他拖延乃至侵吞。"旋假旋归"，借书的日子太紧，令他不得片刻安闲，"十行俱下片时间"，看起书来飞快。片刻时间内，一目十行（"十行俱下"）。看得这等快，是否会记不住呢？否，这位借书人记性特好，理解力特强，读得高兴，辅以摘抄，效果极好。"百城"语有出典，"宋政和时，都下李德茂环集坟籍，名曰书城"（《太平清话》），此言"百城"，极言受用之多。"便便"本形容肚腹肥满的样子，《后汉

305

书·边韶传》："韶口辩，尝昼日假卧，弟子私嘲之曰：'边孝先，腹便便，懒读书，但欲眠。'"至于贫士，哪得大腹便便，仍是极形腹内装书之多。

陆游在严州作诗，有"名酒过于求赵璧，异书浑似借荆州"之妙语。"荆州借不还"即化用于此。盖三国时刘备向东吴借荆州为据点，西取益州，北并汉中，奠定蜀汉基业；因为是战略要地，故刘备曾迟迟不肯将荆州归还东吴。而读书人借书是不能撒赖不还的，常言道："好借好还，再借不难。"书的用处只在读，借来的书只要好好读过，便已受益。益也受了，信誉也讲了，不是"直抵荆州借不还"吗？

这首七绝取材独到。它突破了一般写景抒情的格局，妙用比喻，写出了读书人的一种很有意思的人生体验。

【纪昀】（1724—1805）字晓岚，一字春帆，号石云，直隶献县（属河北）人。乾隆十九年（1754）进士。官至礼部尚书、协办大学士。卒谥文达。学识广博精深，曾任《四库全书》馆总纂官，删定总目提要。有《纪文达公遗集》。

富春至严陵山水甚佳（二首）

其一

沿江无数好山迎，才出杭州眼便明。

两岸蒙蒙空翠合，琉璃镜里一帆行。

其二

浓似春云淡似烟，参差绿到大江边。

斜阳流水推蓬坐，翠色随人欲上船。

纪昀从杭州出发，沿富春江上行，到桐庐以西的严陵（东汉名士严光隐居垂钓处）。这一段山水，就是梁代吴均在《与朱元思书》中所描绘过的那一段奇山异水："风烟俱净，天山共色，从流飘荡，任意东西。自富阳至桐庐，一百许里，奇山异水，天下独绝。水皆缥碧，千丈见底；游鱼细石，直视无碍。"

　　才从钱塘江进入富春江的相当长的一段水路，江面是很开阔的。离开了大都市杭州，就迎来两岸青山，风景自然一新。第一首写的就是初入富春江的新奇感受。"沿江无数好山迎，才出杭州眼便明。"《敦煌曲子词·浣溪沙》有道"仔细看山山不动，是船行"，由于诗人坐在船上，人与船相对静止，所以"看山恰似走来迎"。"眼便明"三字，不但写出眼界一新的感觉，而且也流露出旅游中心情的愉快。

　　富春江两岸虽然多山，由于江面开阔，又不像峡中行船似的险隘。故两岸青山都远远地，并在天边合围起来，呈现出"天山共色"的奇观。所谓"两岸蒙蒙空翠合"的"空翠"，就有天色、有山色。由于江面很辽阔，水的流速很慢，船行十分平稳，又大有"春水船如天上坐"（杜甫）的奇异感受。诗的末句"琉璃（即玻璃）镜里一帆行"绝佳。它首先写出了江水之平，所谓水平如镜。又写出了江水之情，所谓水明如镜。还写出了船在水中的倒影，两岸青山和天空在水中的倒影——这些本来是很难描写的景色，全赖"琉璃镜里"四字，间接地得到了反映。

　　人在富春江上行船，感觉天是青的，水是绿的，山色与水天亦相淆乱，总是一片青翠欲滴。第二首诗就写这种奇妙感觉。"浓似春云淡似烟"，既有两个"似"字，就不能说这里写的一定是云烟。那么这浓云淡烟似的，究竟是什么？看来是"天山共色"形成的一片空翠。这一片空翠，就"参差绿到大江边。"绿到江边的空翠，必然倒映于碧水中，呈现"碧色全无翠色深"（雍陶）的类比效果，特美。"参差"二字，正见色的浓淡近远，绝非一刀切。

　　景致引人入胜，遂有"斜阳流水推篷坐"的情事。夕阳西下，又给这片绿色为主的图画添上一笔对比色彩，不免"半江瑟瑟半江红"（白居易）。但这并不破坏绿的基调。"流水"固然是写富春江水，但又含有"从流飘荡"，借风帆自行的潇洒意态。遮盖舱顶的船篷，是活动的，可以推动重叠起来。诗人不钻出船舱观望江景，而是"推篷坐"在舱中观赏之，为的是想要一路看山看水，直到严陵。故此三字亦有意味。

"翠色随人欲上船"句，亦可圈可点。"翠色"能够"随人"，这是船行时的主观感觉，和"沿江无数好山迎"一样，既是视觉上的错觉，又赋景物以人情味。沿途好山相迎，富春江是多么好客哟！而一路翠色随人，富春江又是多么钟情哟！这"翠色随人"，依依不舍，乃至于"欲上船"来。诗人妙用拟人法，不但写活了江上景物，也惟妙惟肖地写出了对大自然的热爱。

王维《山中》云："山路元无雨，空翠湿人衣。"《书事》云："坐看苍苔色，欲上人衣来。"本篇在措语上受王诗的启迪，而诗中的旅途况味则来自生活实感。

【赵翼】(1727—1814) 字云松，一字云崧、耕松，号瓯北，江苏阳湖（常州）人。乾隆二十六年（1761）进士，授翰林院编修。官至贵西兵备道。后辞官归乡，主讲安定书院。精治史学，考订史实时称精赅。论诗主张独创，反对摹拟。诗与蒋士铨、袁枚齐名。有《瓯北诗文集》《瓯北诗话》《二十二史札记》《陔余丛考》等名于世。

套驹

儿驹三岁未受羁，不知身要为人骑。梁跳川谷龁原野，狂嘶憨走如骄儿。驱来营前不鞍辔，掉尾呼群共游戏。傍看他马困鞭靮 dí，自以萧闲矜得意。谁何健者番少年，手持长

308

竿不持鞭。竿头有绳作圈套，可以络马使就牵。别乘一骑入
其队，儿驹见之欲惊溃。一竿早系驹首来，舍所乘马跨其
背。可怜此驹那肯萦，愕跳而起如人立。如人直立人转横，
人骤而骑势真急。两足夹无殳上钩，一身簸若箕前粒。左旋
右折上下掀，短衣乱翻露裤褶。握鬃伏鬣何晏然，衔勒早向
驹口穿。才穿便觉气降伏，弭帖随人为转旋。由来此物供人
走，教驰非夸好身手。骤旋不嫌令太速，利导贵因性固有。

乾隆二十一年（1756），作者随从皇帝至木兰围场。围场在今河北，
乾隆皇帝来此，蒙古诸藩皆从。本篇即当时所作《行围即景》之一，主
要叙述蒙古少年驯马的技术。题材别致，描写生动，颇具生活哲理。

诗的前八句写儿驹（小牡马）在衔勒穿口之前种种逍遥自在的神情，
看它跳跃川谷，狂嘶憨走，掉尾呼群，矜视他马的情状，完全是野性未
驯，自然放任的样子，诗人用揣度的语气谓之"傍看他马困鞭靮，自以
萧闲矜得意。"这就为下文少年驯马非易预作铺垫，备极细致。

从"谁何健者番少年"到"弭帖随人为转旋"共20句写蒙古健儿驯
马的经过，是诗的中心段落，写得十分精彩。蒙古少年才接近儿驹时，
那马见竿本能地惊惧了，正欲撒野狂奔，说时迟，那时快，竿头圈套早
已落到它的头上。诗人对套马的工具和办法作了细致而简洁的描绘说明，
使读者如亲临其境，目睹套马之全过程。那工具是一长竿，"竿头有绳作
圈套，可以络马使就牵。"套马的办法是，驯马人"别乘一骑入其队"，
当儿驹授首之后，他便"舍所乘马跨其背"，其动作是那样敏捷娴熟。

从套驹到驯驹，有一个必经的折腾过程。在这里读者看到了最令人
兴奋激动，也是诗中描写最富动感、最为出色的场面：儿驹不惯受缚，
先有一番挣扎，一会儿愕踏人立，使人横空几堕；一会儿右旋左折，上
下乱掀。这是一场人与马的智勇的较量，如果骑手挺不住，被摔了下来，

那他就休想征服这匹马；反之，如果他坚持下来，而那马自然技穷从此服帖。诗中健儿艺高胆大，以逸待劳，胸有成竹，他只握伏，稳夹马背。直到儿驹招数使尽，方才因势利导，为之戴勒穿口，最后驾驭自如。

赵翼本篇无疑借鉴了唐代卢纶《腊日观咸宁王部曲娑勒擒虎歌》的手法，如同高明的摄影师运用高速度快门抓拍下最关键的镜头，使人惊心动魄。高适有"舍鞍解甲急如风，人忽虎蹲兽人立"的奇句，以"人虎互形，毛发生动"（沈德潜）；赵翼则有"如人直立人转横，人骤而骑势真急"之句，可说是人马互形，毛发生动。其下以"一身簸若箕前粒"形容骑手上下颠簸而终在马背，写难状之景，更是富于创造性的奇喻，其笔力之健，亦可仿佛太史公叙钜鹿之战。

最后四句写诗人的观感，他觉得蒙古少年技术诚不寻常，尤贵于了解马的本性，并能因势利导，掌握运用规律，方稳操胜券。这四句本可不写，但写了也不是画蛇添足，它把眼前的生活事件作了理性的概括，并得出"利导贵因性所有"的结论，是富于哲理性的，可以给人以生活的启迪，而不是叫人徒然看了一场热闹。因此，这也是一首以理趣见长的诗。

这首诗在驾驭语言方面是很出色的。套马这样一个动作性很强，技术性很强的活动，现象瞬息万变，可使人眼花缭乱，本来很难下笔。诗人却适当借鉴散文的语法，从容道来，井井有条，令人觉其笔端有口，善于追捕。无论叙事、议论、说明，都能恰到好处，称得上是清代叙事诗短篇力作。

【黄景仁】（1749－1783）字汉镛，一字仲则，号鹿非子，江苏武进人，早孤家贫。曾游安徽学政朱筠幕。乾隆三十年（1765）秀才。清高宗南巡召试名列二等，以英武殿书签，例得主簿。后授县丞，未到任而卒。有《两当轩全集》。

圈虎行

都门岁首陈百技,鱼龙怪兽罕不备。何物市上游手儿,役使山君作儿戏。初舁虎圈来广场,倾城观者如堵墙。四围立栅牵虎出,毛拳耳戢气不扬。先撩虎须虎犹帖,以棒卓地虎人立。人呼虎吼声如雷,牙爪丛中奋身入。虎口呀开大如斗,人转从容探以手。更脱头颅抵虎口,以头饲虎虎不受。虎舌舐人如舐犊 gòu。忽按虎脊叱使行,虎便逡巡绕阑走。翻身踞地蹴冻尘,浑身抖开花锦茵。盘回舞势学胡旋,似张虎威实媚人。少焉仰卧若佯死,投之以肉霍然起。观者一笑争醵钱,人既得钱虎摇尾。仍驱入圈负以趋,此间乐亦忘山居。依人虎任人颐使,伴虎人皆虎唾余。我观此状气消沮,嗟尔斑奴亦何苦。不能决蹯尔不智,不能破槛尔不武。此曹一生衣食汝,彼岂有力如中黄,复似梁鸯能喜怒。汝得残餐究奚补,伥鬼羞颜亦更主。旧山同伴倘相逢,笑尔行藏不如鼠。

作于乾隆四十五年 (1780),诗人时年三十二,深深领略了功名蹭蹬、浮沉下僚的窘穷辛酸的况味,本篇即通过对当时京师的驯虎之戏,抒发了嫉世、讽世之情。

首四句交代背景,作者当时在北京,逢乾隆盛世,正当新年,街市上鱼龙曼衍,百戏杂陈,还保留着春节的节日气氛。驯虎是百戏中最招徕观众的一种。"何物"二字,表现出一种惊诧莫名的语气——"山君"(犹言山大王)与"游手儿",在尊卑与主从关系上颠倒而构成反差,故使人诧意。

"初异虎圈"四句交待戏场和观众，以及老虎出场时的狼狈相。俗话把干危险的事比为"捋虎须"，而"先撩"二句写驯虎的游手儿却敢于撩虎须，而老虎还十分服帖，不敢将本性来发作；驯虎人把木棒直立，它也就学着人立起来，完全听命于人的指使。"人呼"二句写观众喝彩（"人呼"或是驯虎人吆喝），虎也略示威风，吼声如雷；而驯虎人却敢奋身近虎，令人悬心吊胆。

"虎口"六句，写表演中最刺激最惊险的场面，老虎张开血盆大口，而耍戏者却不慌不忙，把手从容探入虎口；进而更把头颅伸进虎口，虎不但不敢咬，反做爱抚状，舐人头如舐乳虎。观众的心都提到嗓子眼里了，驯虎人却按住虎背，一声令下，老虎便规规矩矩地绕阑巡回走动，紧张场面才缓解下来。"翻身"四句写老虎翻身蹲伏在冰雪地上（冻尘），虎爪向后掀刨，掀起冰花雪末，然后抖动斑斓如锦毛毯般的虎皮，旋转起舞如胡旋，看似抖威风，其实是向人献媚。

"少焉"四句写老虎卧地装死，驯虎人投给它一块肉，它马上跃起，引得满场哄笑，观众纷纷掏钱，这时老虎也不断摇动尾巴，似向观众道谢致意。"仍驱"四句写虎安于圈，习以性成。暗用了刘禅"此间乐，不思蜀"的话头，然而老虎毕竟不是刘禅，它本可吃人，结果反成了人的奴隶（"依人虎任人颐使，伴食人皆虎唾余"，第二句或解为虎吃人之唾余——犯复下文"当得残餐究奚补"，或解为人吃虎之唾余——犯复下文"此曹一生衣食汝"，皆非诗意，诗明说人皆虎之唾余）对老虎忘记山居，泯灭虎性表示怅叹。

"我观"以下为作者议论感慨，分三层。一层责虎，谓其被捕时不能决踦而逃，可谓不智；被关时又不能冲出牢笼，可谓不武。二层羞虎，谓驯虎人亦不肖，既非古代中黄伯那种力能伏虎的勇士，又非周代梁鸯那种通于鸟言兽语的驯兽师，这些人一辈子靠虎养活，虎却反过来吃其残余饮食，又是何苦？三层设想，谓圈虎行藏如鼠，如果被伥鬼或同类知道，亦当羞与为伍。

本篇不纯写驯兽表演，实含以虎喻人之兴寄。可以说是一幅社会不公，英雄失路，忍气吞声，受制于人的形象写照。颇具批判讽刺意义与认识价值。本篇用较多篇幅描写虎戏，抓住表演中的生动细节，予以白描——如犹帖忽吼，似威而媚，佯死霍起，等等，笔势腾挪变化，矫健有力。本篇后幅抒发议论，不复换韵，多用否定、反诘句式，意内言外，语语有力；全诗以仄韵为主，以表现英雄气短的情感内容，可谓声情契合。

别老母

搴帷别母河梁去，白发愁看泪眼枯。
惨惨柴门风雪夜，此时有子不如无。

世间之爱，唯有父母的无私是出乎天性的吧？所以有"痴心父母古来多""爱子爱女，情在理中"之说。儿女长大，将远离膝下，父母总是一面放心不下，一面又恨不得其远走高飞，万千心思，总在无灾无病一路顺风的祝福中。但逢游子远道归省，固有一番欢喜。当其复离，又不免思及别易会难，倍增感怆！而诗中写的是一位卧病在床，白发苍苍的老母，面对掀开帐帷和她道别的儿子，想到他就要在这个风雪之夜重上河梁，一颗昏黄的老泪便从紧闭的眼角淌下来，其心情之惨苦又将如何啊。

世人谁不为儿为女？有子不如无，是说不过去的。但诗人用"此时"加以限制，道"此时有子不如无"，则成为警策之语。生子难以养活，如乱世之饥民；生子不肖，堕落为挽歌郎与乞食者，如唐时荥阳公；生子附逆，置家国利益于不顾，如吴襄，等等，都会有"此时有子不如无"的沉痛吧。本篇又不然。

诗中冬夜卧床的老母，牵肠挂肚的是生离死别割舍不掉的亲子之爱，她哪会埋怨"此时有子不如无"呢？本篇的"此时有子不如无"，不是出于老亲的痛心，而是出于人子之心的羞惭。对于老母，非但不能厮守赡养，反而造成其别子之痛，正是"生我不得力"。"此时有子不如无"，乃出诗人的自我谴责，转觉沉痛深至。世间有老亲卧病，而天各一方，不能亲侍汤药而赡养之者，读本篇有同感。

【曹雪芹】（？—1763）名霑，字梦阮，号雪芹。满州正白旗包衣人。《红楼梦》作者。

红拂

长揖雄谈态自殊，美人巨眼识穷途。

尸居余气杨公幕，岂得羁縻女丈夫。

《红楼梦》六十四回中的《五美吟》，也是黛玉的诗。其他四首题为"西施""虞姬""明妃""绿珠"，均哀感顽艳，符合黛玉纤细敏感的性格。唯独这首"红拂"是刚健之作，似乎不是黛玉所道得出的。可以看作曹氏自己的咏史怀古之作。

严格说，红拂并不是一个历史人物，面是唐代小说家杜光庭《虬髯客传》小说中人，姓张，原为隋帝时大臣杨素的家妓。李靖（唐代开国功臣）以一介布衣之士，欲上奇策于杨素，遭到踞见，当面责素道："天下方乱，英雄竞起，公为帝室重臣，须以收罗豪杰为心，不宜踞见宾客。"杨素身边罗列的姬妾中有红拂，一眼看准李靖，当夜即相私奔。后来二人遇到一位奇侠虬髯客，得到一笔厚赠，成为李靖赞助李世民建功立业的资本。

"长揖雄谈态自殊"一句即写李靖上谒杨素当庭骋辩的事。"长揖"是直身作揖而不拜，态度不卑不亢。《汉书·高帝纪》载郦食其见刘邦就是这样子。李靖以一介布衣对司空大人杨素耳提面命，亦有郦生之雄风，竟使杨素敛容而谢之，可见其态不凡。据杜光庭描写，当时杨府侍婢甚多，唯"一妓有殊色，执红拂立于前，独目公。"

　　好个"独目公"！盖杨府之侍婢看惯天下达官贵人，何尝将一介布衣放在眼里。唯有红拂能知人于未显之际，别具慧眼，非徒貌美而已。"美人巨眼识穷途"一句之精彩，就在于将"巨眼"与"美人"连文。初看似乎很不谐调，细味正自表现出这"美人"的不凡。"美人爱英雄"不足称道；唯美人能识"穷途"之英雄，才值得大加表扬。

　　唐伯虎有题画的《红拂妓》诗云："杨家红拂识英雄，着帽宵奔李卫公。莫道英雄今没有，谁人看在眼睛中。"四句只抵得本篇"美人巨眼识穷途"一句，相形之下，诗句亦俗气可掬，怎及曹雪芹此作之英姿飒爽！

　　红拂私奔之夜，对李靖说："妾侍杨司空久，阅天下之人多矣，无如公者。丝萝非独生，愿托乔木。"李靖道："杨司空权重京师，如何？"红拂答："彼尸居余气，不足畏也。计之详矣，幸无疑焉。""尸居余气"，语出自《晋书·宣帝纪》"司马公尸居余气，形神已离，不足虑矣。"可见红拂追随李靖，是洞察形势，预见未来，择木而栖，明智而大胆之举。没有识见与勇气，难以断然处置如此。所以诗人情不自禁地以"女丈夫"许之，并对权重京师的杨府嗤之以鼻："尸居余气杨公幕，岂得羁縻女丈夫！"

　　"美人巨眼"的造语是一奇，"女丈夫"的造语又是一奇。通过这样的造语，活现了一位侠女形象。红拂惊世骇俗的一个方面，是她敢于自媒，在婚姻上主动出击，连李靖亦为之逊色。于是想到了《红楼梦》，其中有一位敢于谈婚议嫁、自行择婿的刚烈女性，即尤三姐。曹雪芹对红拂的歌咏，和对尤三姐的赞美一样，都表现出一种反封建的思想倾向。

【王文治】(1730—1802) 字禹卿，号梦楼，丹徒（江苏镇江）人。乾隆进士，曾任翰林院编修，云南临安知府。有《梦楼诗集》《赏雨轩题跋》等。

安宁道中即事

夜来春雨润垂杨，春水新生不满塘。
日暮平原风过处，菜花香杂豆花香。

本篇作于云南安宁县，描绘春日郊行即目所见的风光，及抒发春游的愉快。

"夜来春雨润垂杨，春水新生不满塘。"二句写春雨之后塘边景色。由于夜雨的洗涤，柳条显得格外娇嫩，而池塘的贮水也略有增多，这里的"润""生"两字都值得细细咀嚼。春雨初霁，杨柳不但色泽更鲜，而且柳叶也应有所滋长。所以"润"字不但有润色之义，也有滋润哺育之义，把柳条柳叶的质感都写出来了。

池塘一冬也应有水，但在枯水季节，这水也给人以萎缩冬眠的感觉。而在春雨之后，池塘水位增高，水色变绿，确乎给人以质变的感觉，又仿佛从一冬的沉睡中醒来，恢复了生机，获得了"新生"。"不满塘"三字，见得春雨时间不长，雨量也不很大。虽"不满塘"，但毕竟使人感到塘水的增高，"正是一年春好处"。如果满塘甚至溢水，须是夏日暴雨后的情景。

"日暮平原风过处，菜花香杂豆花香"。前二句所写全属视觉愉悦，这两句则写春的气息，全是嗅觉的快感。春日郊原百花盛开，桃李飘香。而诗人偏偏只抉出"菜花香"和"豆花香"来写，是很有别趣的。读者不难想见，他是身在田野阡陌上，而庄稼地里菜花与豆花的开放，是成畦成片，有时是连绵数里，桃李花哪有这样的气派。他这时只嗅到菜花、豆花的清香，应是实感，拈来自好。

一个"杂"字写出辨味之细。而在此同时，诗人为农家将有一个好的收成而喜悦，也不言而喻。此外，上句的"风过处"三字亦下得好，盖庄稼的花粉和气息是随风传送的，往往在风过的时候，香味最浓，最使人心醉。诗句虽然直接写香，但"菜花"、"豆花"间接也能表现颜色。仿佛郭沫若歌吟的，司春的女神来了，把黄的菜花、蓝的豆花、还有许多不知名的草花，散在路上，散在地上，散在农人的田上。使人感到美不胜收。

【袁承福】(1759—1818) 字成之，江苏东台人。诸生。

老翁卖牛行

老翁卖牛手持饼，持饼食牛抱牛颈。念牛力作多年功，洒泪别牛心不忍。今年有牛无田耕，明年有田无牛耕。今年牛贱人皆卖，明年牛贵人皆争。此牛卖去田难种，恨不与牛同死生。洪水滔滔四宇遍，人兮牛兮两无食。劝翁努力活荒年，卖儿卖女尤堪惜。回首视牛牛眼红，吐饼不食心恋翁。买牛人自鞭牛去，老翁泪湿东西路。

本篇写在严重自然灾害肆虐之下，一位老农被迫卖牛的悲痛情事。通过一个典型事例反映了民生凋敝的社会现实。

耕牛是对农民从事生产活动的最重要的生产资料，同时又是农民的亲密伴侣，遇到严重的自然灾害，如诗中所写的"洪水滔滔四宇逼"，农民无法从事正常的生产活动，为了维持生计，苟全性命，往往不得不"医得眼前疮，剜却心头肉"，将心爱的耕牛贱卖给牛贩子，甚至屠户。至于明年的春耕生产如何进行，他们是顾不上了。

也许由于耕牛的减少，明春的牛价将十分昂贵，到时也许不得不再设法买或租用，眼下牛价虽贱，可是还有人急于脱手。这就是无情的社会现实。没有对社会生活的深入了解，对民情的深入洞察，写不出如此深刻有力的现实悲剧："今年有牛无田耕，明年有田无牛耕。今年牛贱人皆卖，明年牛贵人皆争"。这绝不是一般的拨弄文字生情，或笔墨游戏；而揭露生活中一种怪圈，可悲的恶性循环的最简妙传神的语言文字。在封建时代，在小农经济为主的时代，这种挖肉补疮的悲剧无法避免。

诗人抓住荒年卖牛这一典型事件予以解剖的同时，还借旁人宽解的口气涉及更多更悲惨的社会现实。它说，像诗中这位有牛可卖的老翁还算不坏的呢，因为当时"卖儿卖女"的事也层出不穷，到处可见。通过这种侧面微挑的办法，大大增加了这首诗的含蕴，使之深厚有余，耐人寻味。

以叙事为主，却兼有议论，而且时时伴随着抒情。诗用较大篇幅刻画老翁与牛难分难舍的依恋之情，"念牛力作多年功，今欲卖牛心不忍"。诗人通过老翁在卖牛出手时最后一次用饼喂牛，抱持牛颈而止不住泪流的细节，形象地显示了人与牛的感情是多么深厚，也可见老翁一向把牛爱惜得多么好。无怪他目送"买牛人自鞭牛去"时伤心欲绝，痛哭失声。尤为感人的是，这里双管齐下，还写了牛对老翁的恋旧之情，它居然也"吐饼不食"，与老翁泪眼相看。使人感到人间生别，亦不过如此。

本篇在修辞上的显著特点，是重复的运用，最突出的是"牛"字，出现达十五次之多，有时一句中竟出现两个"牛"字，造成一种反复唱叹的韵味，强调了老翁卖牛的违心与不忍，其摇头叹气，喁喁自语之态，纸上如见。而本篇以老翁持饼饲牛开端，而以牛的吐饼不食，人牛分手结尾。前后照应，在结构上裁缝密合，滴水不漏。

【阮元】（1764—1849）字伯元，号芸台。江苏仪征人。乾隆五十四年（1789）进士。历官两广、云贵总督，体仁阁大学士，卒谥文达。平生以治经学，考据著称。编刻的书甚多。有《研经室集》。

吴兴杂诗

交流四水抱城斜，散作千溪遍万家。

深处种菱浅种稻，不深不浅种荷花。

在江南水乡，地处太湖南面的吴兴（浙江湖州）是最美丽的城市之一。苕溪、霅（zhá）溪、苎溪、吴兴塘等四水在这里汇流，这些干流又有无数分支遍布城外农郊。临水屋舍毗连，人烟稠密，人们利用天然的水利资源和肥沃的土地，发展生产，美化环境，把家乡变成米粮之仓。本篇即描写吴兴的田园风光。

"交流四水抱城斜，散作千溪遍万家"。写吴兴地处水乡的特殊自然风光。读者首先注意到两句中的三个数量词，"四水"是主干，"千溪"是支流，"万家"则意味着更多的支流。通过"交流""散作""遍（布）"等动词勾勒，读者仿佛凌空鸟瞰，一望收尽吴兴水乡风光。被这密如蛛网的水系所分割，江南绿野就变成许多色块组成的锦绣。"抱城斜"是指环城的干流与城墙有一定走向上的斜度，是自然形成的一种势态，大大小小的水流都是活水，给江南原野带来了生机。

"深处种菱浅种稻，不深不浅种荷花。"两句写水乡农作物及其特点：人们在水深处种菱，水浅处种稻，而在不深不浅的地方种藕。它首先给读者呈现的是一派富庶的景象，难怪人人都说江南好，难怪人人都说"苏杭熟，天下足。"这两句在前二句的背景上描绘了更加生动的景物，即各种作物互相间杂，组成缤纷错综的图案，给人更多的美感。

不说种藕而说种"荷花",固然是为了字数韵脚的要求,但也使人从经济价值观念中跳出来,从审美价值角度来审视这幅图景。待到夏秋之交,绿的菱叶、黄的稻浪、红的荷花交相掩映,那是何等一幅宜人的图画!

从语言风韵看,这两句也极有意趣,上句以"句中排"形式,揭出一"深"一"浅",相反相成,已给人有唱叹宕跌,无限妍媚之感。殊不知作者能事未尽,又写出一个"不深不浅",似乎对上句来了个折中,表现出绝妙的平衡,实际上又推出一层唱叹之音,使本篇洋洋乎愈歌愈妙。

【舒位】(1765—1815)字立人,号铁云。直隶大兴(属北京市)人。乾隆五十三年举人。曾游贵州军幕。有《瓶水斋诗集》。

杨花诗

歌残杨柳武昌城,扑面飞花管送迎。

三月水流春太老,六朝人去雪无声。

较量妾命谁当薄,吹落邻家尔许轻。

我住天涯最飘荡,看渠如此不胜情。

这是一首咏物诗,看似题咏杨花,其实引起作诗的感兴只在"我住天涯最飘荡"一句。当时是乾隆五十七年(1792),作者侨居湖州,怎么能说是"天涯"呢?原来舒位是直隶大兴(北京市)人,"江南虽好是他乡",故有天南地北异乡之感。

在前人众多的杨花诗中,有一首别具风情的作品,那就是唐代武昌妓续韦蟾的七绝，本篇开篇就从这故事咏起，所以说"歌残杨柳武昌城"。后一句则摘出武昌妓"杨花扑面飞"一意，挽合刘禹锡"长安陌上无穷树，唯有垂杨管别离"（《杨柳枝词》），写出"扑面飞花管送迎"，可谓善于熔铸，依汉唐折柳送别习俗，杨柳也可以说是管得别离之事的。然而，"他家本是无情物，一向南飞又北飞。"（薛涛）杨花柳絮本身就给人以身世飘零之感，它真个也能"管送迎"吗？由此看来，"扑面飞花——管送迎"一句，包含的意味是微妙的；这专管送迎的杨花呀，怕是自身难保呢。

诗人又信手拈来前人故事，"三月水流"出韦应辰"三月江头飞送春"（《杨花》）；"六朝人去"的人，指东晋的谢道韫，她曾有过"未若柳絮因飞起"的咏雪名句。本是柳絮自老，堕地无声，诗人偏说是"春太老"、"雪无声"，妙在借代。本是暮春，挽入"雪"字，便妙。"三月水流""六朝人去"，还暗暗映带前文"送迎"字面，有行云流水，脉络自然之感。

因为杨花柳絮有轻薄而易为飘零的特性，故古人往往用拟薄命女郎，如苏轼《水龙吟·次韵章质夫杨花词》"萦损柔肠，困酣娇眼，欲开还闭。梦随风万里，寻郎去处，又还被，莺呼起。"就拟为思妇形象。而乐府旧题《妾薄命》，也多写思妇之情。诗人即拆"妾薄命"字面，将杨花和薄命女性对比，意言杨花更苦："较量妾命谁当薄，吹落邻家尔许（如此）轻。"上句语有出处，而下句纯属白描。一个即景伤怀的抒情主人公形象呼之欲出。末二句"我住天涯最飘荡，看渠如此不胜情"是说像"我"这样天涯漂泊的游子，本来自以为处境最为凄苦了，殊不知看到你这样子，怜惜之心也油然而生，几不自持了。

诗由咏杨花而渐渐打并入身世之感，最后物我合一。这种写法也见于高士谈《杨花》诗："我比杨花更飘荡，杨花只是一春忙"，但辞气仍有细微区别。高诗将杨花与"我"的身世比较，言"我"更苦，这就将诗的本位转移到诗人抒情来。本篇也将杨花与"我"的身世比较，言物我同情。咏物而以杨花为本位，尤为得体。

【杨燮】道光年间人，生平未详。

锦城竹枝词

一扬二益古名都，禁得车尘半点无。
四十里城花作郭，芙蓉围绕几千株。

五代后蜀主孟昶在成都周遍种木芙蓉，故成都又称芙蓉城、蓉城。清代乾隆时增修成都城，郭外重置芙蓉。木芙蓉遂为成都市花。成都最美古诗词，选上这一首是必须的。

唐代，古代经济文化达到封建社会的巅峰，城市经济持续发展。"扬一益二"这个话最早见于《资治通鉴》二五九"扬州富庶甲天下，时人称扬一益二。""扬一益二"不能直接入格律诗，写成"一扬二益"才合平仄。

"一扬二益古名都"二句，写成都的繁华。成都从秦代建城，城市名从来没有变过。越来越繁华。这从城中的车水马龙，可以见出。"禁得车尘半点无"，不是陈述句，不是说成都是步行街、禁得车尘半点也没有；而是一个疑问句，是说禁得车尘半点么，晋陆机名句曰："京洛多风尘，素衣化为缁"（《为顾彦先赠妇》），造成风尘的一个原因就是车水马龙，即使成都的风尘不如京洛之大，也是五十步与一百步的关系。总之，这是从一个负面角度说，空气污染指数高，尽管有洗车之类禁令，但难免产生车尘。辞若有憾，其实还是在夸耀城市的繁荣。

"四十里城花作郭"二句，写专成都的市花。"四十里"方圆在今天看来不算大，在古代就不小。"城"是内城，"郭"是外城。也就是说，四十里城，外面种了一圈木芙蓉。"芙蓉围绕几千株"，"几千株"在今人看来不算多，但在诗中是表意，感觉是不少。而且，种花植树，有利于

322

净化和美化环境，使城市里的尘埃减少一些，空气清新一些。同时，这两句读来感觉很美，说得成都人坐拥花城，一个个都成了芙蓉花仙了。所以，此诗三、四句对于次句，有抑扬顿挫之妙。

数词的运用“一”“二”“半点”“四十”“几千”，在诗中造成了跌宕起伏的内韵，读来唱叹有味。

【张维屏】（1780—1859）字子树，一字南山，号松心子，广东番禺（广州）人。道光二年（1822）进士。历任黄梅、广济等县知县，迁同知，权署南康府知府。与林则徐、龚自珍、魏源等组织“宣南诗坛”。晚居故里，闭门著述。有《张南山集》。

三元里

三元里前声若雷，千众万众同时来。因义生愤愤生勇，乡民合力强徒摧。家家田庐须保卫，不待鼓声群作气。妇女齐心亦健儿，犁锄在手皆兵器。乡分远近旗斑斓，什队百队沿溪山。众夷相视忽变色，黑旗死仗难生还。夷兵所恃唯枪炮，人心合处天心到。晴空骤雨忽倾盆，凶夷无所施其暴。岂特火器无所施，夷足不惯行滑泥。下者田塍苦踯躅，高者冈阜愁颠挤。中有夷酋貌尤丑，象皮作甲裹身厚。一戈已舂长狄喉，十日犹悬郅支首。纷然欲遁无双翅，歼厥渠魁真易事。不解何由巨网开，枯鱼竟得悠然逝。魏绛和戎且解忧，风人慷慨赋同仇。如何全盛金瓯日，却类金缯岁币谋？

在中国近代史上，三元里人民的抗英斗争是光辉的一页。1841 年 5

月，正当清廷代表奕山向英军求降，签订了丧权辱国的《广州和约》，议定七日内向英方缴纳六百万元赎城费时，广州城北郊三元里附近一百零三乡人民却自发组织平英团，奋起给侵略军以沉重打击，揭开了近代史上人民群众大规模武装反抗外来侵略斗争的序幕。本篇即纪其事。

前十二句写牛栏冈之战——这是一次有准备、有统一部署的战斗。前此英军曾到三元里一带骚扰，激起民愤，附近一百零三乡的人民随即联合组团，共同拟定了复仇计划。1841 年 5 月 30 日，数百名英军在三元里村外的牛栏冈被愤怒的村民围住，平英团从四面八方潮水般涌来，分进合击，以歼英军。作者在叙述中注意选取最能说明问题的角度，即举弱以示其强的写法。一曰"不待鼓声群作气"——按古代打仗进军时，擂鼓为号兼鼓舞士气，此却反其意而谓不待鼓声，更见民众斗志之高昂。二曰"妇女齐心亦健儿"，则健儿如何，可以推知。三曰"犁锄在手皆兵器"，不及大刀长矛，可见乡民本皆从事生产的和平居民，是使用落后的武器与携带现代化武器的英军搏斗，可见是被迫反抗，当具有何等巨大的勇气。

诗人原注："夷打死仗则用黑旗。适有执神庙七星旗者，夷惊曰'打死仗者（即敢死队）至矣。'"旗乃平英团头领从村北三元古庙（北帝庙）中取来作令旗的三星旗——旗为三角形，黑底白边，三星相连。当时即约定"旗进人进，旗退人退。打死无怨。"以上描写有全景，有细部，简明扼要，绘声绘色。

紧接八句写作战借助了有利气候条件。当日下午一时左右，晴明的天空忽然乌云密布，雷电交加，下起倾盆大雨。英军的枪炮全部湿透，不能施放，完全丧失战斗力。而牛栏冈一带全是水田，又是丘陵地带，下雨后遍地泥泞，英军寸步难行。平英团天时、地利、人和兼备，大获全胜。

以下四句写英军少校毕霞被击毙，"擒贼先擒王"，此以典型事例概括辉煌战果。英人高鼻深目，乡民呼为鬼子。据传在战斗中，平英团战士颜浩长奋勇向前，用长矛把毕霞刺死，斩其首级。《左传·文公十一年》载鲁国武士富父终甥以戈刺杀长狄首领侨如；《汉书·陈汤传》载陈汤等攻入康居国，杀死匈奴郅支单于，悬首长安十日以示众，此处并用二事，信手拈来，十分贴切。

最后八句写战果之断送。牛栏冈被围英军被歼，而逃回四方炮台的英军，包括英军司令卧乌古与英驻华全权代表义律，也被随后赶到的义军团团围住。翌日，卧乌古遣人威胁广州知府余保纯，余怕和议破产，遂带人到阵前，用恐吓欺骗软硬兼施将乡民解散，网开一面，为侵略军解了围。诗人不禁回顾历史上解决民族危机，向有和战两种方略，前者如春秋晋大夫魏绛力主允许山戎求和，于晋国有利；后者如秦国军歌《无衣》高扬万众一心之士气，以打败敌人。作者认为，当时天下统一，民心向战，与魏绛和戎时晋国的情况不同，然而清廷代表，却放弃打击侵略者的有利时机，在抗英战斗获胜的情况下，反而向敌人示弱。同时作者对清廷像孱弱的宋室一样，与敌人签订屈辱的广州和约，一并表示愤慨。

本篇如实记载、热情歌颂了三元里人民自发抗英的爱国行动，与此同时，对清廷奉行的投降政策进行了无情的批判。正反比照，意蕴极为丰富。在写作上一是妙于剪裁，采用了详略结合的铺叙手法，在总揽全局的基础上注意典型细节的描写，着墨不多而给人印象深刻。二是运用对比手法，民众的无畏与清廷的怯懦，爱国与卖国，形成鲜明对照，突出了歌颂和批判的双重主题。

【程恩泽】(1785－1837) 字云芬，号春海，安徽歙县人。博学多才。嘉庆十六年(1811) 进士。道光时累官至户部右侍郎。有《程侍郎遗集》十卷。

即事一绝

> 荷涩雨纤珠叠叠，柳长风软线槎槎。
>
> 窥鱼白鹭先藏影，避雀苍蜩屡易柯。

绝句有两联皆对，一句一景者。起源于晋顾恺之《神情诗》："春水满四泽，夏云多奇峰；秋月扬明辉，冬岭秀孤松。"唐代杜甫七绝最多此体，亦以写景为主。本篇沿用此体，清新可喜，值得一读。

从诗中描写的物象看，大约是夏日微雨天气的景象。前二句纯写荷塘上下景色，是宏观的远景。"荷涩雨纤珠叠叠，柳长风软线槎槎。"雨纤、风软互文，写出当日是和风细雨天气。"荷涩"的"涩"字较费解，一般作为"滑"字的反义词，荷叶质地较密，能聚无数水珠，由于雨细，故水珠较小，未滚动滴落，只白茫茫一片，给人的心理感觉便是"涩"。与"雨纤珠叠叠"连文其义甚明。"槎槎"疑当作"搓搓"，描摹修长茂密的柳丝互相因依样子。"珠叠叠""线槎槎"这两个有重叠字缀的比喻意象，十分生动地形容出荷叶与垂柳在风雨中楚楚动人的样子。

后二句则在荷塘的大背景上，更加细致地刻画景物细节，涉及四种动物，两两成对："窥鱼白鹭先藏影，避雀苍蜩屡易柯。"杜诗云："细雨鱼儿出"，鱼儿即成为白鹭的窥伺捕食的对象。正因为雨细，所以茂密的柳树上还有蝉子的声音，这又招来了黄雀觊觎。大自然中充满了"天敌"关系，组成食物链，鱼儿与白鹭，苍蜩与黄雀，只不过是其中的两例。而动物都有捕杀猎物与逃避危险的本能。

诗人的巧妙在于细推物理。在第一组动物中，他着意描绘了前一种本能的表现，即白鹭为了捕食鱼儿，遂先在柳荫下白莲边伪装起来，诱敌不备，以便嘴到擒来。在第二组动物中，他着意描绘了后一种本能的表现，即苍蜩为了躲避黄雀，不断地更换树枝栖身，利用自己的保护色和叫几声换个地方，有效地迷惑了敌害，保全了生命。于是在首二句所描写的荷塘上下的平和景色中，读者通过这些特写、微观的镜头，看到了并不和平的内容，看到了平静的表象下充满杀机和斗智。这是何等生机勃勃，真实生动的"动物世界"！

这首寓生存竞争于和平景象的小诗境界，似乎还有更深的意蕴。它甚至可以使读者联想到伏契克的名言："人们，我是爱你们的。你们可要提高警惕呀！"（《绞刑架下的报告》）。

【龚自珍】（1792—1841）一名巩祚，字璱人，号定庵，浙江仁和（杭州）人。道光九年（1829）进士。历官内阁中书、宗人府主事、礼部主事、主客司主事等职。年四十八辞官南归。五十岁卒于丹阳云阳书院。有《龚定庵全集》。

咏史

金粉东南十五州，万重恩怨属名流。

牢盆狎客操全算，团扇才人踞上游。

避席畏闻文字狱，著书都为稻粱谋。

田横五百人安在，难道归来尽列侯？

本篇作于道光五年（1825），时作者因守母丧居杭州，期满后正客居江苏昆山一带，地处繁华温柔之乡，交际的是东南一方名流，目睹了当时儒林形形色色的怪现状，不满于士风的败坏，因而作了这首七律。明明是讽刺现实，却冠以"咏史"之题，不过是障眼法而已。

一起表明本篇所讽，无非当代"名流"而已。"金粉"即铅粉，是古时妇女化妆用品，诗中多用来形容繁华绮丽之乡，又多与建都金陵的南朝相联系。"金粉东南"指当时作者所居住的江浙一带，能引起一些历史联想。"万重恩怨"即恩恩怨怨，昔者韩愈属之"儿女"（"昵昵儿女语，恩怨相尔汝"），而此处属之"名流"，可见当时东南名士云者，多是挟个人恩怨、小肚鸡肠的人物。"万重"与"十五"在数量上形成对照，可见地方不大，矛盾颇多。

中四句进而为"名流"画像。"牢盆"乃煮盐器具，代指盐政；"操全算"乃当时市井语，意即把持。据说本篇是针对两淮盐政曾某罢官而作，曾某曾以谄事和坤得进，而日事荒宴（王文濡注），所以"牢盆狎客操全算"一句，是说善于奉承拍马之徒，把持着盐政这样的要职。"团扇才人踞上游"一句，则是说不学无术的贵族子弟官居高位。东晋豪族王导的孙子王珉，喜执团扇，性行放纵，虽任职中枢，而不问政事。故诗有"团扇才人"之措语。

雍正、乾隆两朝的士大夫，不少人被文字狱吓破了胆，说话做事处处小心，动辄避席，表示敬畏。不少人钻进纸堆，脱离现实著书立说，以求保其俸禄（"稻粱谋"语出杜诗）。可见诗中所谓"名流"，其实都不过是些碌碌之辈而已。同时，诗人在这里也揭露了清朝的文化专制造成的现实，黑暗而沉闷。

秦末时田横据齐地称王，刘邦统一中国后，田横率其部五百人入海岛。刘邦诱降道："田横来，大者王，小者乃侯耳。不来，且举兵加诛焉。"田横终耻事刘邦，遂自刎，五百士亦然。二句意谓——像田横五百士那样有骨气的、可杀而不可辱的人，如今还找得到一个半个么？假若田横五百士屈节事汉，难道个个都能封侯么？恐怕只能落得身名俱裂，为天下笑罢。诗人"咏史"，言在彼而意在此，对时下"名流"作了毒讽。

本篇可以说是用诗体写成的杂文，它针对"名流"这一特定阶层；抽出其本质特征予以针砭，不留面子，同时也暴露了晚清社会和政治的腐朽和黑暗，间接表明了政治变革的势在必行。在写作上，本篇既运用了古人事语，或正用（如"团扇才人"）或反用（如"田横五百人"），又吸收了市井语、新名词入诗，如"牢盆""操全算""踞上游""文字狱"等等，令人耳目一新，而笔墨尤见泼辣，增加了讽刺力度。

【何绍基】（1799－1873）字子贞，号东洲，道州（湖南道县）人。道光十六年（1836）进士，授翰林院庶吉士，编修。出任四川学政。后因故罢官。在山东、湖南、浙江等地书院讲学。精小学。为晚清宋诗派主要诗人。有《东洲草堂诗集》。

山雨

短笠团团避树枝，初凉天气野行宜。

溪云到处自相聚，山雨忽来人不知。

马上衣襟任沾湿，村边瓜豆也离披。

新晴尽放峰峦出，万瀑齐飞又一奇。

道光二十四年（1844）作者为贵州乡试主考官，诗即赴任途中所作。贵州为山区，谚云："天无三日晴，地无三尺平"。不要看是晴天，雨说来就来。但遇雨也不要大惊小怪，说不准一忽儿又要放晴。诗人就用一支生龙活虎的笔，捕捉了"山雨"前后气候瞬息万变的景色，深得东坡《有美堂暴雨》诗趣。

作者写途中遇雨，共分四层叙。雨前天气很好，一点也没有雨意。作者在山林中穿行，虽只戴短笠，还是被茂密的树枝挂缠和阻挠，他一路观山望景，兴致很好，只觉天气凉爽宜人，没有想到下雨。这一层告诉读者，"山雨"之来，确乎是出人意料的。

山雨的到来，溪上云雾四起，渐渐连成一片，行人只觉山光物态的迷人，而没有意识到这就是雨来的信号。要在别处，"山雨欲来风满楼"（许浑《咸阳城东楼》），雨前的征兆十分显著，贵州山区却全然不同，云雾恰起，阵雨就来了。"溪云到处自相聚，山雨忽来人不知"二句写出雨来迅疾，使人回不过神来，不知怎么凉爽宜人的轻阴天气就变成了下雨天。好奇之感，通过"忽来""不知"等词语，自然流露出来。

正因为出乎意料，作者事先没有准备雨具，只有一领遮头的短笠，衣襟不免要被打湿了。但反正遇上了，"莫听穿林打叶声，何妨吟啸且徐行"（苏轼）罢。看到雨中村边瓜豆蔓藤散乱纷披，做狼狈状，使他的注意力转移到观望雨中景色，浑忘沾湿之苦。"马上衣襟任沾湿，村边瓜豆也离披。"一个"也"字，从物我同情中得到几分慰藉，而一个"任"字则表现出雨中人的从容与泰然。

突然，雨脚为之一收，天就放晴了。这时比雨前轻阴中的物象，又有一番清丽：云雾全失，峰峦尽出，斜阳相迎，虹霓随之，一片明朗璀璨景象。山雨虽然住了，但雨水化成无数山泉奔流下山，跳坡注涧，又作"万瀑齐飞"的壮丽景观。"新晴尽放峰峦出，万瀑齐飞又一奇！"是这首写景诗推出的新境界，令读者情绪为之一振。好个"又一奇"！雨前的溪云四起是一奇；雨中的瓜豆离披是一奇；而雨后的万瀑映日是又一奇。

"溪云到处"——山雨之兆，"万瀑齐飞"——山雨所成，来龙去脉，皆扣题面。重心所在是写"山雨"，而非写雨雾。"山雨"非川原如烟之雨——后者是绝不可见"万瀑齐飞"之奇观的。本篇境界层出不穷，恰似张镃赞"诚斋体"所谓："造化精神无尽期，跳腾踔厉及时追。目前言句知多少，罕有先生活法诗！"（《携杨秘监诗一编登舟因成二绝》）何绍基本篇亦得诚斋体之精髓，不过诚斋多施之七绝，此作七律，尤见新奇。

330

【鲁一同】（1804—1865）字通甫，清河（江苏淮阴）人。道光十五年（1835）举人。有大志，好言经世，却终生不得志。著有《通甫类稿》四卷，续编二卷。

卖耕牛

卖耕牛，耕牛鸣何哀！原头草尽不得食，牵牛踯躅屠门来。牛不能言但呜咽，屠人磨刀向牛说：有田可耕汝当活，农夫死尽汝命绝。旁观老子有幅巾，戒人食牛人怒嗔：不见前村人食人！

《荒年谣》五首，此其一。原序云："饥涤洊荐叠，疮疣日甚，闻见之际，慭焉伤怀，爰次其事，命为《荒年谣》。事皆真实，言通里俗，敢云言之无罪，然所陈者十之二三而已。"作于道光十三年（1833）。

本篇突出的成就是在短短几句诗中，展现了灾荒年间人情之面面观。诗人几笔就勾勒出几个生动的形象。首先是"耕牛"，在正常岁月，它是农家的命根子，终年卖力拼命，只求一口草吃。人们闻其声不忍食其肉，"变了牛还遭雷打"一向被认为是天道不公的表现。然而在灾荒中，"人兮牛兮两无食"，牛被牵向屠门，做了彻底牺牲。其情可悯。

其次是屠夫，职业造就了其冷酷，他一面磨刀霍霍，一面向牛宣布"罪状"："有田可耕汝当活，农夫死尽汝命绝！"似乎没有田耕，就是牛的过错。需要时可让牛生，不需要时就让牛死，在屠夫看来这都是"天经地义"的。

再次是戴幅巾（方巾，儒生或缙绅常服）的老头子。这是一个慈善家的形象。他在那里劝说人们不要食牛。"衣食足而后知礼仪"，在饥荒中"仁慈"是一种奢侈，所以这老头的说教找错了地方。活该遭人抢白。

最后是吃牛肉的人。三日无粮，父不父，子不子。人们对宰杀耕牛，食肉寝皮，也早已无动于衷。饥饿早已使他们感情麻木了。所以他们对慈善家的说教很反感，不客气地顶了回去：吃牛算得什么罪过，"不见前村人食人"！这里又连类而及前村食人之"人"，和他们一样的普通人。其人性丧失更为彻底，他们在"吃人"。

这很容易使人联想到鲁迅《狂人日记》中的话：翻开历史一查，这历史没有年代，从字缝里看出字来，满本都写着两个字是"吃人"！鲁一同《卖耕牛》就通过饥荒一景，写出了冷酷的时代，冷酷的心。

【姚燮】（1805—1864）字梅伯，号复庄，浙江镇海人。道光十四年（1834）举人。通戏曲，好音乐。有《大梅山馆集》。

卖菜妇

卖菜妇，街上行。上有白发姑，下有三岁婴。卖菜卖菜，叫遍前街后街无一应。昨日宜单衣，今日宜棉衣。棉衣已典，无钱不可赎。娇儿瑟缩抱娘哭，娘胸贴儿当儿衣，娘背风凄凄。但愿儿暖儿勿哭，儿哭剜娘肉。莫道赎衣无钱，床头有钱，床头有钱三十余。买得一升米，煮粥供堂上姑。余钱买麦饼，为儿哺。得过且过，明日如何？明日天晴，卖菜街头行；明日天雨，妾苦不足语；姑苦儿苦。

《卖菜妇》写一位卖菜为生的农妇的悲惨境遇，为旧社会贫苦善良的劳动妇女传神写照。

诗中的"卖菜妇"是位寡妇。上有白发苍苍的婆婆，下有三岁学语的孩子，唯独不提丈夫。一家三口的生活负担就沉重地压在她一个人的肩上。为了糊口，她不得不沿街叫卖。然而由于气候缘故，有时买主甚少，以至"卖菜卖菜，喊遍前街后街无一应"，这几句虽是纯客观的轻描淡写，却以其高度的真实性，唤起读者的关切。使人联想到宋代范成大《雪中闻墙外鬻鱼菜者求售之声甚苦有感》，正是："岂是不能扃户坐，忍寒犹可忍饥难！"

其实"忍寒"也不容易。诗韵一转写道，天气尚未转暖，棉衣就先行典当出门，一旦风寒袭击，首先叫苦的则是孩子。这以下读者惊奇地看到诗人描摹农妇口吻惟妙惟肖："娘胸贴儿当儿衣，娘背风凄凄。但愿儿暖儿勿哭，儿哭剜娘肉。"从这些平凡的絮语中，流露出伟大的母性。这位妇女生活在社会底层，有说不尽的辛酸，然而在她身上，劳动妇女的美德熠熠生辉。从她走街串巷的叫卖中，可感到她的吃苦耐劳；从她对床头仅剩的三十文钱的分配上，又可见她的精打细算。她不仅是一位慈母，同时也是一位孝顺的儿媳。在她的计划中，卖菜得来的一点钱，首先要"买得一升米，煮粥供堂上姑"，而"余钱买麦饼，为儿哺。"唯独忘记了她自己。

"床头有钱，床头有钱三十余"这两句有重复，这十分形象地表现出贫苦中人数米而炊，恨不得一个铜板掰两半儿用的心情，这钱来之不易。卖菜妇用它对付了今宵，然而她又怎样打发明朝？诗人于是沉痛地写道："得过且过，明日如何？"明日的命运全看天气，"明日天晴，卖菜街头行"，兴许可以少得生资。要是"明日天雨"呢，诗的结尾之妙，在于不笼统地说一家三口将陷于困厄之中，而是以农妇的口吻，将这苦分两层述，一是自己的苦，不值一提；二是"姑苦儿苦"，这才叫她五内俱摧呢。紧紧抓住人物的心理剖析，遂有入木三分的深刻。

这首诗笔力相当集中，仅通过卖菜妇一天的遭遇来表现其生活的疾苦，概括而洗练，令人窥斑见豹。诗人采用了民间口语入诗，人物语言的描摹尤为出色，在不到二百字篇幅中塑造了一个有血有肉的形象。无论就现实主义精神，还是就其叙事艺术而言，它都继承了汉乐府和唐代新乐府的传统而又有所发展。

【高鼎】生卒年不详，清诗人，字象一，又字拙吾，浙江仁和（杭州）人。

村居

草长莺飞二月天，拂堤杨柳醉春烟。

儿童散学归来早，忙趁东风放纸鸢。

　　这首诗是清代诗人高鼎晚年归隐于上饶地区，闲居农村时即兴之作，完全达到了《千家诗》的水平。

　　"草长莺飞二月天"两句写江南春天景色，首句活用丘迟《与陈伯之书》的名句："暮春三月，江南草长，杂花生树，群莺乱飞。""草长"的"长"读第三声（仄声），方合于声律对平仄的要求。顺便说，这两个字如果安排在别的地方，"长"字可能读第二声（平声），如："正在将军旗鼓处，忽然花发草长时。"（宋湘《说诗》）可见字在诗中的读音，不可执一而论。"拂堤杨柳醉春烟"写江南水乡，柳条长势特好，枝条很长，下垂着像在抚摸堤岸。总之，这两句的化用、描写、形容都非常好。然而，这不是全诗的重心所在，只是为下两句预作铺垫。

　　"儿童散学归来早"两句写村童中小学生的活动，这两句一"散"一"忙"，一弛一张，堪得绝句之法。儿童放学后，有几个选项，一个是赶紧做作业，一个是抓紧放牛割草，如果这样做，便符合"乖娃娃"的标准。但诗人不写乖娃娃，须知这是写诗，得把思想教育放到一边，写乖娃娃不如写顽皮儿童，写出儿童天真可爱的一面。于是挑了第三个选项，就是放风筝，"忙趁东风放纸鸢"，最符合儿童的天性。读了一天的书，该放松一下了。虽然这放松也是以"忙"的形式出现，但他忙得快乐，也就是放松了。而"忙趁东风"的"趁"字下得极好，那是儿童要马上放风筝的理由，因为放风筝不能无风，也不能是狂风、乱风，出现了好风时，就是抓住时机，就得"忙趁"。"诗可以观"，"忙趁"二字，就得力于诗人对生活细致的观察。

于是，这首诗不但写出了村童的天真活泼，也写出了家长的豁达开明。做够作业再耍，和耍够了再做作业，不过是朝三暮四的关系。关键是家长要善于把握时机，因势利导。在孩子心猿意马之时，不要强迫他静心，以免事倍功半。

【贝青乔】（1810—1863?）字子木，号无咎，江苏吴县（苏州市）人。诸生。曾在奕经军幕抗击英军。后游历京师、浙江、云南、四川等地。有《半行庵诗存》。

咄咄吟

瘾到材官定若僧，当前一任泰山崩。

铅丸如雨烟如墨，尸卧穹庐吸一灯。

《咄咄吟》是由 120 首绝句组成的纪事讽刺诗，系作者在扬威将军奕经军中陆续写成。起于 1841 年冬奕经奉命东征，止于明年末奕经于苏州被"拿问进京"。每首之后有一则短文叙事，对清军的斑斑劣迹予以无情揭露和讽刺。题义取自晋浩被黜，常终日书空作"咄咄怪事"（《世说新语》）。

本篇缀文如次："骆驼桥距镇宁二城约二十余里，故张应云屯兵于此，以为两路后应。廿八日夜半，见二城火光烛天，胜负莫决。继闻炮声四起，或请于应云曰：'我军不带枪炮，而今炮声大作，恐或失利，急宜运趋前队以助战。'而应云素吸鸦片烟，时方烟瘾至，不能视事。及廿九日天明，探报四至迄无确耗。日中，镇海前队刘天保等败回；傍晚，宁波前队余步云、李廷扬自慈溪带兵至，知其并未进城，而段永福等已败入大隐山。讹言蜂起，加以败残军士乏食，哭声震野。或谓宜再进，或谓宜速退，聚谋至黄昏不决。而英夷旋从樟市来犯，先焚我所弃火攻船以助声势，继闻发枪炮，冢突而至。我兵望风股栗，不敢接战，咸向慈溪城退避。而应云犹卧吸鸦片烟半时许，始踉跄升舆而走。"

鸦片是一种毒品，主要含量为吗啡，有止痛镇定作用，但易上瘾，故只能作药用而不宜长期服食。清代鸦片传入中国，不少人吸毒上瘾，极大损害了人民身体健康，也削弱了军队的战斗力。诗中讽刺的那位武官张应云，便是一"瘾君子"和"双枪将"（当时对军人携烟枪的谑称）。此人是奕经的门生，反入宁波镇海战役中，奕经以之为前营总理，驻扎在慈溪县东南的骆驼桥镇。本篇即讽刺他嗜毒成瘾以至贻误军机的丑行。

"瘾到材官定若僧，当前一任泰山崩。"《文献通考》卷一五〇谓汉继秦制，置材官（即武官）于郡国。这里"材官"即指身任前营总理的张应云。"定若僧"是说像和尚坐禅入定一样安然无事。本来，"指挥若定""泰山崩于前而色不动，麋鹿兴于前而目不瞬"（苏洵）是形容军中稳操胜券、纪律严明的。而张应云如僧之定，"当前一任泰山崩"，却是因毒瘾发作，连命都不要了，所以顾不得被洋鬼子活捉的危险。反语的运用，增强了诗歌鞭挞丑恶的力量。

"铅丸如雨"，是指英军洋枪洋炮，攻势猛烈，清军在枪林弹雨中，局势危急。"烟如墨"则是指张应云吸鸦片时的吞云吐雾，又暗指战阵硝烟。两个画面组接，妙如"蒙太奇"：两军鏖战，枪炮大作，硝烟弥漫。在烟雾中，镜头转换为室内卧榻，张应云贪婪地吸食鸦片。鸦片的吸法是，将烟土少许填入烟枪，凑火而吸之，称为"一灯"；再吸，又是"一灯"。当清军望风股栗，向慈溪败北的时候，张应云"犹卧吸鸦片烟半时许，始踉跄升舆而走"。"尸卧"二字是骂，骂得好，骂得妙。战事千钧一发，却毒瘾发作，先吸鸦片，后逃命。这是何等荒唐的一个"材官"啊！

　　绝句体制短小，使所要表达的丰富内容受到限制。诗人受说唱文学的启发，采用了就诗作注，先诗后文，诗文结合的手法，解决了上述矛盾。

【曾国藩】（1811—1872）字伯涵，号涤生。湖南湘乡人。道光十八年（1838）进士，授检讨，累官兵部侍郎。以办团练，扩为湘军，任两江总督，镇压太平天国起义有功，封毅勇侯。卒谥文正。有《曾文正公全集》。

傲奴

　　君不见萧郎老仆如家鸡，十年笞楚心不携。君不见卓氏雄资冠西蜀，颐使千人百人伏。今我何为独不然？胸中无学手无钱。平生意气自许颇，谁知傲奴乃过我。昨者一语天地暌，公然对面相勃谿。傲奴诽我未贤圣，我坐傲奴小不敬。拂衣一去何翩翩，可怜傲骨撑青天，噫嘻乎，安得好风吹汝朱门权要地，看汝仓皇换骨生百媚。

　　奴颜与媚骨原是紧紧相连的，奴而能"傲"，这立题就新鲜。从诗中所写境况看，当是曾国藩早年的作品。径取生活中偶发事件入诗，题材不落窠臼，先就赢得几分。

　　萧颖士是唐开元进士，对策第一。有老仆事之十年，捶楚严惨，或劝其去，答云："非不能去，爱其才也。"西汉临邛（四川邛崃）巨富卓王孙，家中奴仆甚众，无不服。本篇写傲奴，先就从这两个关于奴仆的故事说起，不但有反衬的作用；而且可以引发读者联想，产生兴趣，妙在以书卷气使诗境增厚。"君不见萧郎老仆如家鸡，十年笞楚心不携（没有离心）。君不见卓氏雄资冠西蜀，颐使千人百人伏。"这种长句排比开篇的格局，得法于唐代李、杜，能收到先声夺人的效果，增加歌行气势感。

以下言归正传："今我何为独不然？胸中无学手无钱"。无学，则不如萧郎，这是牢骚话；无钱，则不如卓氏，这才是大实话。综上四句，已大有"今生何事更如人"（江湜）之感慨，令人色惨。以下紧接一句"平生意气自许颇（颇自许）"，驳上句"无学"。不因穷困而志短，大丈夫当如此也。又接一句"谁知傲奴乃过我"，又驳上句"自许"。以奴傲主，以下凌上，没这本书卖！以上一句驳一句，语未了便转，最有跌宕奇突之致。"傲奴"二字点题，以下才进入叙事。

"昨者一语天地暌，公然对面相勃谿。"原来昨天主奴两个闹翻了脸。"天地暌"本指天高地卑，上下悬隔。《易·暌》："天地暌而其事同也。"用在这里有翻了天的意味。"公然对面相勃谿（争斗）"一句从杜甫《茅屋为秋风所破歌》"忍能对面为盗贼，公然抱茅入竹去"化得字面，形态毕露地写出不意遭到自下而来的欺凌之羞愧。奴才受了主子的气，背后嘀咕已属不敬，何况对面抢白！太叫人受不了。

"傲奴诮我未贤圣，我坐傲奴小不敬"，是据实直书口角交锋，也是极其生动诙谐的速写笔墨。须知主人自许颇高而尚未宦达，被傲奴当面骂为"未贤圣"，实在是戳到伤疤，十分难堪。这样的奴仆，实在是大不敬，而诗人只责他"小不敬"，先已气短，这也反面见出傲奴气焰之高，实过于我。从这番勃谿，读者不难推测，这主奴两个积怨已非一日。平素纵然不曾如此大干，至少也有所摩擦或腹诽。爆发是迟早要来的，只差一根导火索。一旦爆发，主奴情分也就断绝。主人固然不肯再用打翻天印的奴才。而傲奴也不屑服侍穷要面子的主人。

看傲奴，"拂衣一去何翩翩，可怜傲骨撑青天"，正是合则留，不合则去，哪里有半点奴气！这当然是反语。主人愤愤然想到：你这样欺我无钱无势，算得什么！要欺你去欺那有钱有势的主子去！诗的结语甚为精彩："噫嘻乎，安得好风吹汝朱门权要地，看汝仓皇换骨生百媚！""换骨"二字画龙点睛，即脱胎换骨，即换"傲骨"为媚骨。

本篇以不长的篇幅活画出生活中两号人物。诗中的"傲奴"之"傲"，并非"安能摧眉折腰事权贵"（李白）式的傲，而是"墙倒众人推"，对穷困中的主子打翻天印。连分手也没个好声气，亦可谓绝情了。这种"傲"与谄上而骄下的"傲"，倒是一脉相通的。"势利"二字足以尽之。世上有弟子出卖老师者，有儿子出卖生父者，有亲信投井下石者，多类此。故这个形象是够典型的。

在诗中，"我"受下人之气，无可如何，报以反讽，聊以解嘲。也是人间常有的情态。主奴二人，相映成趣。奴性本媚，而以"傲"名篇，本已耐味；而写到拂袖而去，兀傲之极处，忽又跌出那个"媚"字，揭示出这看似相反的两种现象本质上的一致。由生活中偶发事件而揭示出世态炎凉、人情势利之一般，这就使本篇具有典型性。全诗行文既挥斥又简劲，颇具阳刚之美。

【金和】（1818—1885）字亚叔，号亚匏，江苏南京人。诸生。有《秋蟪吟馆诗钞》。

饲蚕词

阿娘辛苦养蚕天，娇女陪娘瞋不眠。
含笑许缝新袜裤，待娘五月卖丝钱。

原本五首，作于咸丰二年（1852年）。本篇写母女二人：母亲是一位辛苦的农妇，有着丰富的养蚕经验。春蚕一出，蚕妇就开始忙，采桑、换叶及察看蚕种，是相当费时费神的活儿，所以难免熬夜。女儿既称"娇女"，可见尚小。她看见妈妈弄蚕，很兴奋，还想看，不愿睡。前两句既无华美辞藻，又无夸张形容，却朴素地表现出劳动者之家母女情深的感人场面。

大约是看见蚕宝宝长势很好，母亲心头高兴，就早早许下了一愿："等娘五月卖丝得钱，就给你缝制一双新袜套，一条新裤子，好不好？"后二句是从生活中信手拈来的话语，但耐人玩味。也许母亲讲这话还有一个先决条件，就是女儿必须表现乖些，现在赶快去睡。也可以想象那小女孩终于带着甜甜的微笑，上床去做穿新衣的梦了。

然而，这一愿是不是许得太早，有些"二月卖新丝"（聂夷中）的味道？要是遭了天灾呢？要是蚕丝掉了价呢？这都是说不准的事儿。善良的读者希望那母女的"含笑"能持续到五月，可别让"新袜裤"成了画饼！

【黄遵宪】（1848－1905）字公度，嘉应州（广东梅县）人。光绪二年（1876）举人。历任日、英、美、新加坡等国外交官。官至河南按察使。参加戊戌政变，失败后，免去官职。诗界革命巨子。有《人境庐诗草》《日本杂事诗》等。

三十初度

学剑学书无一可，摩挲两鬓渐成丝。
爷娘欢喜亲朋贺，三十年前堕地时。

这是一首三十岁生日自嘲诗。首句出自《史记·项羽本纪》:"项籍少时,学书不成,去,学剑,又不成。"

诗中所写情事是具有普遍性的。试想,哪一家生孩子,贺喜的人不会说一些恭维的话呢。至于这些话是否应验,谁又会认真去管它呢。诗人在三十生日回顾过去,自觉一事无成时,却端端拈出这一点人情,一面自我揶揄,一面揶揄世相,确有味道。

前二句先表怅然落寞的今日情怀,后二再转到喜庆和期冀的往日情境。在写法上不一顺平放,所以全诗饶有唱叹。倒装,在这里确实很有效果。

本篇很少为人提及,友人郭君甚赏之,故为之说。

【丘逢甲】(1864—1912)又名仓海,字仙银,号蛰仙,台湾苗栗县人。光绪十五年(1889)进上。未任官,赴台湾各地讲学。后抗击日寇,兵败内凌。居广东镇平。辛亥革命后,赴南京,为参议院参议员。有《岭云海日楼诗钞》。

春愁

春愁难遣强看山,往事惊心泪欲潸。
四百万人同一哭,去年今日割台湾。

光绪廿一年(1895)三月十三日,李鸿章代表清政府和日本签订《马关条约》,条款之一即割让台湾给日本。丘逢甲当即毅然辞家,组织义军抗敌护台,被举为大将军,屡次上疏清廷,维护台湾主权。护台义军失败后,他内渡大陆,越明年作本篇。从唐代杜甫于安史之乱中写出以伤春寓伤时之情的杰作《春望》之后,诗人忧国伤时之作,就多沿用这一思路。晚唐李商隐《曲江》："天荒地变心虽折，若比伤春意未多"，《杜司勋》："刻意伤春复伤别，人间唯有杜司勋"，宋代陈与义《伤春》："孤臣霜发三千丈，每岁烟花一万重"，皆为著例。丘逢甲本篇题为"春愁"，也显然沿用这一现成思路。

本篇末句的"去年今日"四字。最需痛下眼看，那就是指《马关条约》签订的日子。因而读者可以推定，本篇当作于光绪二十二年（1896）三月十三日。四字殊非泛泛，表明诗是"国耻日作"。明乎此，读者就不难体味"春愁难遣""往事惊心"八字所包含的沉痛的思想感情。

户外明明是莺啼花香，春光大好，可诗人却感到"春愁难遣"。这可不是士大夫"每到春来惆怅还依旧"（冯延巳）的闲愁，也不是妙龄仕女"良辰美景奈何天，赏心乐事谁家院"（《牡丹亭》）的寂寞。这"春愁"不是系于作者一身，而是关乎天下忧乐的，具有十分沉重的现实内容。回想到义师失利，台湾陆沉等等惊心的往事，叫诗人如何能够平静呢！即使"强看山"，眼中的山水风光，可能消减他胸中丝毫的愤怒么？"泪欲潸"三字，有一种强忍不禁的情态，令人难堪。为下文"同一哭"蓄势。

诗的前两句着重渲染"春愁"，并不点明愁的具体内容，却为三、四句的点题做好了准备。"四百万人同一哭，去年今日割台湾"便水到渠成。原注："台湾人口合闽粤籍，约四百万人也。"按说，诗人时已内渡，对台湾的现实社会情况，难于亲闻亲见，不免隔膜。然而他又深知，有良知的台湾沦陷区的人民，及唇亡齿寒的闽粤同胞，凡我族类，在这个国耻周年的纪念日，绝不可能无动于衷。而作者又将这样的意念，化为一个寥廓悲壮的意象，即四百万人同发一哭，那哭声应该惊天动地，振聋发聩吧。这样写，就使诗中的抒情特别强烈，成为一种集中的夸张。唐李益《从军北征》："碛里征人三十万，一时回首月中看"，后蜀花蕊夫人《述国亡诗》："十四万人齐解甲，更无一个是男儿"，已开先例，可以参会。可资横向比较的，有康有为"千古伤心过马关"（《九月二十四夜至马关》），亦为国耻而发。"千古伤心"云云是从时间范畴着意夸强，而"四百万人同一哭"则是从空间范畴着意夸张，各有千秋。

本篇的末句"去年今日割台湾"是直书国耻。尽管是国人皆知的事实，诗人却无意隐讳含蓄，而更昭着揭示，其意深矣！盖知耻者，不为耻；唯于国耻无动于衷、厚颜无耻者，最可耻；不忘国耻，方能洗雪国耻。故此七字，真字字掷地有声，读之令人不忘。"去年今日"四字，出唐崔护《题都城南庄》："去年今日此门中，人面桃花相映红。"所言情事与本篇了无关涉，通过今年今日与去年今日场面的对照见意，却与本篇同致。"割台湾"是"去年今日"事，而"四百万人同一哭"则是今年今日情景。比照之下，可见同胞骨肉，敌忾同仇，悲愤实深。三户亡秦，希望正在于此。

山村即目

一角西峰夕照中，断云东岭雨蒙蒙，
林枫欲老柿将熟，秋在万山深处红。

丘逢甲离台内渡后，定居祖籍粤东镇平（广东蕉岭）澹定村。"村在镇平县北之文福乡。乡之西，翼然而起者庐山也。其山多松；山之主峰曰松光峰，其麓有林，曰松林，湾曰松湾而澹定村在焉。"（作者未刊稿《松山书屋图记》）本篇作于光绪二十五（1899）年，诗中所写山村当即澹定。

一个深秋傍晚，刚刚下了一场过路雨。西边雨脚已收，夕照辉映了西面庐山一角；而东边的山岭，还被雨云笼罩，蒙蒙小雨，尚未全停。"一角西峰夕照中，断云东岭雨蒙蒙"，写的就是即目所见的一山之中气候不齐的自然奇景。使人感到西山是"晴方好"，而东岭是"雨亦奇"，"东边日出西边雨，道是无情却有情。"（《竹枝词》）且具画意。

前两句所写，偏于秋夕山中的气候，而真正描绘山村即目所见的景色，还在下两句："林枫欲老柿将熟，秋在万山深处红。"秋已深了，正是枫叶变红，柿子成熟的时候，这时的山中，不仅枫林如醉，柿子也透出橙红的颜色。"看万山红遍，层林尽染"，正是最典型的秋色。故诗云："秋在万山深处红"。末句之妙，在于那个"秋"字。"秋"本是季节，没有色相。通常可以说"秋叶红"，却不可说"秋红"。但如作"林枫欲老柿将熟，都在万山深处红"，一切落实，又反不如"秋在万山深处红"为灵妙。

盖"秋"可以囊括枫、柿等秋叶、秋实，而不局限于枫叶柿实。这样写，使本不具形色的"秋"有了形色，变得赏心悦目。如果将写诗下字此着弈棋，诗人这就是棋高一着，一字下去，全局皆赢。不可忽略的，还有第三句的"欲""将"二字。"枫老""柿熟"，都指向末句的"红"字。然枫过老则叶枯，柿过熟则实烂。唯有欲老未老之枫叶，将熟未熟之柿实，才红得富于生机，红得耐人玩味。只让人感到欣喜，而不会引起感伤。

近现代诗词

【夏敬观】 （1875－1953）字剑丞、号盟人、映庵，江西新建人。光绪二十年（1894）举人，官浙江提学使。辛亥革命后曾任浙江教育厅长。晚居上海。有《忍古楼集》。

今子夜歌（二首）

其一

侬欢各天涯，莫道别离苦。

虽云不相见，朝朝贴耳语。

其二

思欢隔欢面，情不绝如线。

侬唇帖欢耳，闻声不相见。

《子夜歌》系南朝乐府民歌，属吴声歌曲。相传为晋代女子（名子夜）所创制，多以"侬""欢"为词，写男女欢爱与相思之情。形式多为五言四句，常用双关、隐语等修辞手法。夏敬观的这两首诗即以古题写新事，颇有意趣。

《子夜歌》云："夜长不得眠，明月何灼灼。想闻欢唤声，虚应空中诺。"《子夜四时歌》云："秋风入窗里，罗帐起飘扬。仰头看明月，寄情千里光。"可谓曲尽男女相思之致。

自从西方科技传入中国，有了电话这玩意，真为青年男女解除了不少烦恼。尽管暌隔天涯，只要在电话里听到"我爱你"和答复"你爱我吗"哪怕重复过千百遍的话，心理距离一下就缩短，真的感到"天涯若比邻"（王勃）。仿佛侬欢依然"脸儿相偎，手儿相携"（《西厢记》），感到由

347

衷的快话。这两首诗如加上今题，便是"打电话"。

第一首劈头就道："侬欢各天涯，莫道别离苦"，一反古人诗词中写到别离的愁态。这得感谢爱迪生发明了电话。在往昔，想爱人想得痴狂时，耳朵会发生错觉，仿佛听到那熟悉的亲切的呼唤，从而有"回头错应人"或"虚应空中诺"的尴尬。如今这是什么境界："虽云不相见，朝朝帖耳语。"

虽然不能面对面，但拿着听筒咬耳朵，就好比和想象中的爱人对话心中实在，也自在。听到那熟悉亲切的声音，仿佛还耳鬓相磨似的。末句的"朝朝"二字不要草草放过。这等于说天天打电话，是热恋中人的常态。与《子夜歌》时代的女子比较，诗中女主人公真是幸福多了。

第二首开头就用双关："思欢隔欢面，情不绝如线。"这个"情不绝如线"，字面看犹如说藕断丝连，沿袭古乐府以"丝"谐音双关"思"的套路。其实这不绝的情线，又双关着电话线，使"千里姻缘一线牵"那句老话，有了新的意味。

后两句则将前首"虽云不相见，朝朝帖耳语"二句掉转来说："侬唇帖欢耳，闻声不相见"。句次颠倒，意味顿殊。正由于电话缩短了侬欢的空间距离，有天涯咫尺之感，所以恨不得马上见面。然而这是不可能的。打完电话不免思念倍添。

前首道"虽云不相见，朝朝帖耳语"，是憾中有慰；后首道"侬唇贴欢耳，闻声不相见"，是慰中有憾。这样两方面相互补充，就把年轻恋人打电话的复杂心态和盘托处。可谓搔到痒处，令人解颐。

【梁启超】(1873—1929) 字卓如，号任公，别署饮冰室主人，广东新会人。光绪十六年（1890）举人。会试不第，受业于康有为，主张维新变法。失败后，逃亡日本，创办《新民丛报》。辛亥革命后，曾任北洋政府财政总长，参加了讨袁运动。晚年弃政讲学，执教清华大学研究院。积极主张小说、诗歌革命。有《饮冰室文集》。

纪事诗

猛忆中原事可哀，苍黄天地入蒿莱。

何心更作喁喁语，起趁鸡声舞一回。

梁启超是近代卓越的思想家、政治家和文学家，他年轻时即有感于清廷政治腐败，与康有为一起积极从事维新变法运动。戊戌政变失败后，他曾东渡日本，这首诗便是当时写的，诗中强烈反映了他对国事的关怀和振兴中华的决心。

诗中化用了著名的"闻鸡起舞"的故事。据《晋阳秋》和《晋书·祖逖传》，晋代祖逖和刘琨均怀壮志，且同辟司州主簿，中夜闻鸡鸣而俱起，曰："此非恶声（古人以半夜鸡鸣为不祥）也"，遂舞剑习武。后代用这个故事皆借以抒发有志之士及时努力之豪情。

作者在百日维新失败后，东渡日本，远离神州是非之地，已经得到政治上的避难场所，可以暂享片刻安宁。他既可以潜心学问，也可以享受个人生活乐趣。于是他的生活中也就有了一些日常的，与政治无干的话题。然而，作为一个爱国志士，亡命的生活并不能使他意志消磨，也不能使他完全忘记国家民族的苦难。

"猛忆中原事可哀"的"猛忆"两字，就写出了他内心潜伏着深刻的不安。尽管平时未能表现出来，但这种不安却深藏在他的潜意识中。有时中夜梦回，便会突然想起祖国国内的情况，深感哀痛。"苍黄"一词源出《墨子》，本谓丝经染色则易变，引申义为天翻地覆。孔稚圭《北山移文》云："岂期终始参差，苍黄反复。"按天色苍，地色黄，"苍黄反复"就是天翻地覆。

政局动荡，百事荒废，有待治理，有志之士，还有什么心情去谈情说爱呢？"何心更作喁喁语，起趁鸡声舞一回"。诗人将闻鸡起舞的情事，与燕婉温馨的闺房对置，更衬托出爱国志士的顽强意志，及其不可消磨的英雄本色。

【秋瑾】(1875—1907) 字璿卿，别号竞雄，又号鉴湖女侠，浙江绍兴人。1904 年赴日留学，参加光复会、同盟会。回国后在上海创办《中国女报》，提倡妇女解放。后回绍兴，主持大通学堂，组织起义。事泄被捕，英勇就义。有《秋瑾集》。

黄海舟中日人索句并见日俄战争地图

万里乘风去复来，只身东海挟春雷。

忍看图画移颜色？肯使江山付劫灰！

浊酒不销忧国泪，救时应仗出群才。

拼将十万头颅血，须把乾坤力挽回。

本篇一题《日人银澜使者索题并见日俄战地早见地图有感》，作于 1905 年东渡日本途中。当年日本与帝俄为争夺朝鲜和中国东北的霸权，爆发了一场罪恶的战争。战争在中国领土上进行，清廷却无耻地宣布中立。这时，作者从一个日本人那里看到日俄战争示意图，感慨时事，作为本篇，抒发了诗人满腔忧国之情和以身许国之志。

首联言诗人正第二次东渡日本，暗用宗悫志在"乘长风破万里浪"之语，表明东渡之意在寻求救国真理。次联写看到日俄战争地图，痛恨于清廷的丧权辱国，使我山河破碎变色，而不忍坐视旁观。三联否定以酒消忧的消极悲观情绪，而呼唤礼赞出群之才，适见作者以天下为己任，亟愿拯救国家人民于水深火热之中之豪情壮怀。是本篇之警句。然有斗争就有牺牲，末联倡言为了挽狂澜于既倒，将国家从危难中拯救出来，中华儿女当不惜牺牲、前赴后继，"拼将十万头颅血"云者，与"把我们的血肉，筑成我们新的长城"同为豪语。

全诗感情激荡，一气呵成，纯写心事，羌无故实。作者后来用生命和鲜血证果了她的这番誓言，其诗亦可以不朽矣。

对酒

> 不惜千金买宝刀，貂裘换酒也堪豪。
> 一腔热血勤珍重，洒去犹能化碧涛。

诗酒的结缘所来自远，陶潜以来以饮酒为题的诗篇不少，其中大有"醉翁之意不在酒"的托兴深远的作品。秋瑾女士的这一篇，可算是晚近的杰作。

初读本篇，读者很可能只注意到那个"豪"字，将全诗看成这样的三部曲：一是"千金买宝刀"，豪举也；二是"貂裘换酒"，亦豪举也。两句中的"不惜"和"堪豪"是互文，也就是说，不惜金钱，去购买宝刀，堪豪；不惜珍贵的貂皮衣，去换取美酒，也堪豪。三是"洒热血""化碧涛"，意指革命者不惜牺牲去争取胜利，更属豪举。这两句用了一个典故。相传周代忠臣名苌弘，死后三年，其血化作碧色。此后人们就常用碧血来形容烈士的血。看来，首句的"不惜"和次句的"豪"还兼管第三、第四句，这比一般的互文修辞，显然有创新了。

其实这首诗的味道，还并不出在那个"豪"字。关键语尤在"勤珍重"三字，它似乎是针对前二句的"不惜"而言的。意言金钱可以不惜，貂裘可以不惜，然而生命却不可不惜。不过，珍惜不是目的，到必要的时候，则可以"不惜"——"一腔热血勤珍重，洒去犹能化碧涛。"诗人倡言珍惜生命，不是为活着而珍惜，而是为革命而珍惜。只要这一腔热血洒得是地方，就能化成一股巨大的力量。

诗人在写出一个"不惜"后，又写出"勤珍重"，是诗意的跌宕和顿挫，好比将拳头攥紧抽回，当其再打出去，写出另一个"不惜"，方才更见有力。一篇豪情满怀的诗中，由于有了"勤珍重"这样的款语叮咛，更觉有刚柔互济之妙。这首诗似受到唐诗"劝君莫惜金缕衣，劝君须惜少年时"（杜秋娘《金缕衣》）的启发，而富于新意。

【宁调元】(1833—1913) 字仙霞，号大一，湖南醴陵人。1905 年赴日留学，在东京加入同盟会。回国后曾参加萍、浏、醴起义，在岳州被捕。三年后出狱，在北京主编《帝国日报》。辛亥革命后，因参加声讨袁世凯的活动再次被捕，不久牺牲。

读史感书

投河未遂申徒狄，伏剑应期温次房。

不管习风与阴雨，头颅尚在任吾狂。

作者早年即投身革命，1906 年被囚于长沙狱，凡三年。出狱后到北京办《帝国日报》，宣传民主革命思想。1913 年因参加反袁斗争，在武汉被捕入狱，不久遇害。这首诗是他第一次入狱后写的。题为《读史感书》，是因为诗中提到了两个历史故事，其实通篇重在抒发视死如归的革命豪情。

申徒狄是古代传说中的贤者，因不满现实，欲抱石投河而死，崔嘉闻而止之。（见《韩诗外传》卷一）温序字次房，东汉祁人，建武时官至护羌校尉。后为隗嚣别将苟宇所拘，逼他投降，他拒绝说："分当效死，义不贪生。"遂伏剑死。(事见《后汉书》本传)这两个人都可以说是古代的烈士，诗人通过对他们事迹的吟咏，意在引以自况。申徒狄投河被止而未死，故曰"未遂"，这也切合作者当日下狱的情况。温序伏剑杀身，而作者已做好最坏打算，故曰"应期"。这两个词语都下得很有分寸。

三、四句便在咏史的基础上进一步述志："不管习风与阴雨，头颅尚在任吾狂"！"习习谷风，以阴以雨"是《诗经·谷风》的名句，原意系用天气的变化喻人情的反复。这里的"不管习风与阴雨"，意思是不论环境的好坏。而掷地有声的警句是"头颅尚在任吾狂。"正如作者在《丁未正月初十笔记》中说："君子当视死如归，不摇尾乞怜。"这句意即只要头颅尚在，就仍要我行我素，将革命进行到底。

战国时策士张仪早年游说诸侯，被人诬陷而大受笞楚，其妻伤叹道："嘻，子毋读书游说，安得此辱乎！"然而张仪回答说："视吾舌尚在否？"其妻道："舌在也。"仪道："足矣。"(《史记》本传)由于这种失败了再干的勇气，他终于成功了。宁调元的"头颅尚在任吾狂"，言略似之，而其投身的事业的伟大，非张仪可望项背，故其豪迈亦超乎其上。

"狂"，本来是反动派污蔑革命青年的贬词。而诗人则欣然受之，并赋予此字以全然不同的褒贬色彩。说我反，我就是反！说我狂，我就是狂！对反动派造反，便是革命。革命，就不是温良恭俭让，就得有狂劲。这和鲁迅《狂人日记》的命名，是一个道理。

【苏曼殊】(1884—1918)原名玄瑛，字子谷，香山县（广东中山）人。其母为日本人。生于日本。1889年随父归国。后又赴日留学，并参加了革命活动。1903年回国，不久出家为僧，但仍继续与革命党人往来，并参加了南社。具有多方面文学才能，工诗及小说。有《苏曼殊全集》。

以诗并画留别汤国顿

蹈海鲁连不帝秦，茫茫烟水著浮身。
国民孤愤英雄泪，洒上鲛绡赠故人。

这是现存曼殊诗中最早的作品。发表于 1903 年 10 月 7 日《国民日日报》的附张《黑暗世界》署名苏菲菲。1903 年 4 月，沙俄向清政府提出长期控制东北的无理要求，遭到中国人民的强烈反对。曼殊当时正在日本成城学校念书，激于爱国义愤，他参加了留日学生"拒俄义勇队"。为救亡奔走呼号，遭到表哥林紫垣不满，断绝了经济供给，迫使他辍学归国。归国后先在苏州逗留了一段时间，又转到了上海《国民日日报》社任翻译。这组诗是他临行时赠别汤国顿的，汤为广东人，康有为的学生。

诗的前两句系追忆作者在日本投身爱国学生运动及归国后的一段经历和心情。"蹈海鲁连不帝秦"系用《史记》故事，秦兵围邯郸，魏王派辛垣衍劝说赵王尊秦为帝。鲁仲连往见辛垣衍，力陈大义，并言如秦统治天下"仲连则有蹈东海而死身，不忍为之民也"诗中用以比喻自己与沙俄等帝国主义列强势不两立的决心。"蹈海"一词双关诗人当时身在岛国的日本，故用来贴切，倍有意味。

"茫茫烟水著浮身"语承"蹈海"而来，却又自然地转入写渡海归国一事了。诗人是被迫辍学西归的，心情沉痛悲愤，身在远洋船上，大有前路茫茫，不知归程之感。"茫茫烟水"四字含有这种失意的情绪，绝不仅是写归途所见而已。"其生兮若浮，其死兮若休"原是贾谊《鹏鸟赋》慨叹人生无常的句子，"浮身"二字，便意味个人四海飘零，未得归宿，故前二句为全诗笼罩下一片悲凉的气氛，这是为国难当头的大气候所决定的。

"国民孤愤英雄泪，洒上鲛绡赠故人"二句，紧扣题面写"以诗并画留别汤国顿"。据《吴都赋》李注，南海有一种美人鱼叫鲛人，善纺织，曾出水寄寓主人家卖绡。临去，泣珠满盘以赠主人。诗用"鲛绡"一语，不仅借指绘画题诗所用的绢字，而且暗关上句"泪"字。诗中既然没有说明画的内容，但却巧妙地用"国民孤愤英雄泪，洒上鲛绡赠故人"作了有力暗示。

《韩非子》有《孤愤》篇。诗中"国民孤愤"指当时人民群众反帝的义愤，"英雄泪"指爱国者的伤时之泪。"国民孤愤"和"英雄泪"对举，暗示着诗与画的政治内容。"洒上鲛绡赠故人"，就是题面所谓"以诗并画留别汤国顿"的意思。不直接说赋诗绘画，而曲折地表达为将一腔孤愤之泪洒上鲛绡赠别故人，正是风义相期，更耐寻味。

"嘤其鸣矣，求其友声"（《诗经·伐木》），诗中不仅抒发了对清政府的不满和对时局的忧念，同时也激发着"故人"和读者的爱国心和正义感。正因为有这样一笔，全诗才悲凉而不消沉，显得慷慨激昂，忠义奋发，充分表现了一个热血青年的锐气和雄心。

过蒲田

柳荫深外马蹄骄，无际银沙逐退潮。
茅店冰旗知市近，满山红叶女郎樵。

在近代诗人中，曼殊是以七绝擅长的。他的绝句清新俊逸，饶有诗意，在风调上最近晚唐的杜牧，而在内容上则颇有出新。这首《过蒲田》就以异国情调取胜而在语言和意境上都具创造性。蒲田是日本本州地名，在东京都大田内，面临东京湾，今羽田机场所在地。1909 年初秋曼殊因思念义母河合仙而陪她旅行至逗子海湾。本篇即作于探母途中。

前二句就展现出一路海滨景色，成行的柳荫遮蔽着行道，直通海滨。上句从苏轼《西江月》"障泥未解玉骢骄"化出，但不说马骄而说"马蹄骄"，则是闻得马蹄之声来自柳荫深处，不必是眼之所见。然已令人感到可喜。下句才是视觉印象，海水正在退潮，白沙上留下退潮的痕迹，仿佛一步步追随着海水远去，海潮的气势比江潮更大。这句写视觉，也使人如闻潮声；与上句写听觉，却使人见玉骢一样，有通觉效果。"银沙""比白沙"在辞采上华贵，而且能表现出沙白耀眼的光芒。

这两句虽然没有直接写人的行走，但已有人行的感觉。沿着柳阴，他就走近海滨，而且蒲田已在眼前了，读者于是看见了帘招、茅屋、满山红叶和拾叶女郎，市郊景色，清丽如画。这里异国风味的是"冰旗"二字造成的，冰旗是冷饮店的标志，而冷饮是曼殊的嗜好，"尝在日本，一日饮冰五六斤，晚上不能动，明天饮冰如故。"（据郑逸梅《南社丛谈》）在中国古代除寒食节，一般忌冷食，故无冷饮店和冰旗这玩意儿。写出它就暗示出一种当地风俗，引人入胜。

"满山红叶女郎樵"，画面极美，表达也好。若写作"满山红叶女郎拾"或"女郎拾叶作柴烧"，都不成。照亮诗句的，是那个"樵"字。本来"樵"是打柴，与树枝树干发生关系，而不关拾叶之事。而砍樵一般是男子的营生，与女郎本无关涉。可拾叶的目的，在于取得燃料，与砍樵无异，故无妨称之"女郎樵"。这是诗人措语的奇趣。

"满山红叶女郎樵"，还远远超出它所表现的实际生活内容，而成为一幅具有强烈美感的图画。傍海的一片枫林，红叶与女郎相互掩映，一个是秋意的所在、一个则洋溢着青春的活力。诗句将读者的注意力更多地引向美即形式，而不是真即内容。"茅店冰旗知市近，满山红叶女郎樵"创造的意境美，一点也不比"停车坐爱枫林晚，霜叶红于二月花"（杜牧）差劲。虽然没有写他的停步，可知他已不觉停步，可知那叶有"红于二月花"之美，而人之美亦见言外。

【于右任】(1879—1964)，陕西三原人，祖籍泾阳斗口于村。早年为同盟会成员，后长期在国民政府担任高官，同时是近代书法大家。

汶川纪行

往哲辛勤迹未消，流传佳话水迢迢。

曾经玉垒关前望，父子河渠夫妇桥。

《汶川纪行》共七首，此其一，作者自注云："在灌县一日，游伏龙观、二王庙，并观索桥。"灌县即今四川都江堰市，举世闻名的古代水利工程——都江堰在焉。工程由鱼嘴、飞沙堰、宝瓶口三部分组成。鱼嘴建在江心，把岷江劈为内外二江，外江排洪，内江灌溉；飞沙堰泄洪排沙，调节水量；宝瓶口状若瓶颈，为内江总引水口。这项水利工程相传是公元前256年蜀郡太守李冰父子率众修建，历二千余年，至今造福川西平原，而玉垒山麓的二王庙，就是为纪念李冰父子而修的。

二王庙前的安澜桥亦称索桥，是都江堰一大景观，它为行人提供交通和旅游设施。然而在索桥修建之前，此间仅有官渡可通。相传清顺治年间一位姓何的秀才，从妻子纺绩过程中得到启示，首议架桥。办法是以竹为缆，铺以木板，悬于江上。这项工程为两岸群众带来方便，又由于缺乏安全设施，而出了事故——赶集的人群踏翻索桥，落水身亡——于是何秀才银铛入狱，成了牺牲品，索桥亦废。秀才娘子悲痛之余，却不服输。她从幼儿的摇篮不易倾覆得到启示，于嘉庆年间重建索桥，增设了两边的扶栏，获得了成功。后人因称之为"夫妻桥"。今日索桥仍仿原样而固之以钢索，就更加安全了。

无论是古代的李冰父子，还是传说中的秀才夫妇，他们的事迹都反映出中华民族的某些传统的美德和高尚品质，那就是智慧勤劳，前仆后继，勇于献身的精神。作为追随中山先生从事国民革命数十年的元老，作者歌咏先贤往哲，其意固不止于李冰父子与秀才夫妇，这是诗的兴味所在。

这首诗颇具风调。作者对于先贤往哲的事迹，仅仅提到而已，并没有大唱赞歌。他似乎不经意道："曾经玉垒关前望，父子河渠夫妇桥"，一种肃然起敬之意，一种心驰神往之情，溢于言表。而谓艰难劳苦之业绩为"佳话"及"迹未消"三字轻描淡写，无艰难劳苦之态，而有举重若轻之力；"水迢迢"三字兴象超妙，扣佳话之"流传"不绝极切；"父子河渠"与"夫妇桥"的句中自对，更是信手拈来，天衣无缝，越读越有味。

【李大钊】(1889—1927)，字守常，河北乐亭人，1907 年考入天津北洋法政专门学校，1913 年毕业后东渡日本，入东京早稻田大学政治本科学习。中国共产党主要创始人之一，著名学者。

送别幼蘅

壮别天涯未许愁，尽将离恨付东流。

何当痛饮黄龙府，高筑神州风雨楼。

七一节到了，我们来读一首中国共产党创始人之一李大钊的一首绝句。这首绝句有一个很长的题目："丙辰（1916）春，再至江户。幼蘅将返国，同人招至神田酒家小饮，风雨一楼，互有酬答。辞间均见'风雨楼'三字，相约再造神州后，筑高楼以作纪念，应名为'神州风雨楼'，遂本此意，口占一绝，并送幼蘅云。"

一百年前的中国，是一个风雨飘摇的时代。1915 年袁世凯称帝，12月 25 日云南独立，发起护国战争。正在日本留学的李大钊，放弃学业考试，立即回国参加讨袁。他回上海不久，袁世凯就被迫取消帝制，于是李大钊又返回日本，到达江户时，适逢挚友幼蘅准备回国，一帮友人在酒楼为之饯别，适逢风雨天气，唱酬诗中均有"风雨楼"三字，李大钊就做了这首绝句，为幼蘅送行。

"壮别天涯未许愁"一起就颠覆了古人惜别的传统，江淹说是"有别必怨"，李商隐说是"人生死前唯有别"，作者把这次送别叫作壮别。因为在座诸人都是有志青年、热血男儿，不管在留学日本的也好，回国的也好，心里都有一个志向，就是"再造神州"。那个时代的中国，受尽列强欺负，中国革命的第一个动机就是要强国，要振兴中华。所以同志分手，是不许做儿女态的。"未许愁"的"未许"二字下得好，离愁别恨乃人之常情，但革命者不是常人，要守纪律，不准愁就是纪律。

"尽将离恨付东流"，次句紧承"未许愁"。这一句是翻李后主词的，李后主《虞美人》有"问君能有几多愁，恰似一江春水向东流。"这里的"离恨"，亦即离愁别恨，也就是"几多愁"。这里也出现了"东流"的字面，却不是用来状愁的，而是用来消愁的。"付东流"的本义，就是丢进河里冲走。还有一个说法，叫"扔到爪哇国里去"，爪哇国是传说中天涯海角的地方，这话的意思是扔得远远的。"尽将"的说法，亦极富张力，意思是一点点也不留下。因为年轻，所以充满信念，足以驱散忧愁。

"何当痛饮黄龙府"两句，是纪事也是抒情。三句是一问。"何当"是何时、怎能的意思，"痛饮黄龙府"本来是岳飞的话，盖岳飞抗金，曾对部下说："直捣黄龙，与诸君共饮。""黄龙府"指金国的首都。作者用这个话，是师其辞不师其意，是用这句现成的话，来表达相信革命一定会成功，一定会胜利。

"高筑神州风雨楼"是当时在座诸人的一个约定，因为当时有风雨，而诸人唱和诗中均见"风雨楼"三字，又相约再造神州后，筑高楼纪念，当名"神州风雨楼"。这是何等的信念，何等的豪情壮怀。先烈们"再造神州"的愿望，是完全实现了。为此，包括李大钊在内的多少先烈，付出了生命的代价。而建立在北京天安门广场上的人民英雄纪念碑，其意义就等同于"神州风雨楼"。

说到这里，我想起当代巴蜀诗人张榕的一首诗，题为《人民英雄纪念碑前》，诗云："抛头洒血为苍生，青史何曾著姓名（比如与李大钊同饮者，除幼蕊而外，皆不知名矣）。肃立碑前思痛哭，几人无愧对英灵？"这首诗的前三句皆公共之言，末句发人所未发，如斗大橄榄，耐得咀嚼。今之为官者，当熟诵之。

【毛泽东】(1893—1976)，字润之。湖南湘潭人。中国共产党、中国人民解放军和中华人民共和国的主要缔造者和领导人。1949 至 1976 年，担任中华人民共和国最高领导人。

虞美人

枕上

堆来枕上愁何状，江海翻波浪。夜长天色总难明，寂寞披衣起坐数寒星。　　晓来百念都灰尽，剩有离人影。一钩残月向西流，对此不抛眼泪也无由。

毛泽东和杨开慧于 1920 年冬在长沙结婚。1921 年春夏之间，毛泽东就离开长沙，赴湖南岳阳、华容、南县、常德、湘阴等地做社会调查去了。毛泽东是做大事的人，拿得起，放得下。对于新婚的妻子，虽十分挂念，但有很多工作等着他做。比较而言，守在家中的杨开慧日子较为难熬，有一些儿女情态也正常的。在一首《贺新郎·别友》中，毛泽东曾这样描述道："挥手从兹去。更那堪凄然相向，苦情重诉。眼角眉梢都似恨，热泪欲零还住。知误会前番书语。"几句话就活画出一个杨开慧，杨开慧深爱着毛泽东，支持他的事业，但和别的年轻女人一样，她也矛盾、也善感、容易误会、爱哭。

对于《虞美人·枕上》这首词，有一个普遍的误解。就是把词中的抒情主人公，直接定位为毛泽东本人。这样的定位，既非知人论世，也不了解词在文体上的特点。词是一种微妙的文体，长于表现人的内心世界，不像诗那样更多地反映外部世界。所以王国维《人间词话》说："词之为体，要眇宜修，能言诗之所不能言，而不能尽言诗之所能言。诗之境阔，词之言长。"而词所表现的内心世界，并不局限作者自己。如李白《菩萨蛮（平林漠漠）》的主人公，"有人楼上愁"的那个人，到底是一个在旅途的游子，还是一个颙望中的思妇，真是难说得很。

词体产生于歌筵，和女乐有着密切的联系，又多是交给女子唱的，所以唐五代词一开始，天然走一条婉约的道路。闺情，春怨，孤独的女性的心情，就成了词的一个传统的题材。温庭筠如此，花间派也如此。豪放词是词体的另类。毛泽东长于词体，他的自白是："我的兴趣偏于豪放，不废婉约。"（《读范仲淹两首词的批语》，中央文献出版社《毛泽东诗词》210页）这首词就是他的婉约词。

这首词的内容是异地相思，从传统题材的角度看是一首闺情词。为什么这么说呢？首上，"枕上"这个题目就是很强的暗示。当然，写"枕"不必是女性题材，男性也可以这样写，如"枕戈待旦"。但这里写的不是枕戈待旦，而是离愁。"堆来枕上愁何状，江海翻波浪。"两句一起就是对离愁的感性显现。"堆来枕上"这个说法，直接令人联想到头发，尤其是长发。用长发状愁，李白有"白发三千丈"之名句，那是只见头发不见人的。长发堆在枕上，就可以形容为"江海翻波浪"。在近代，只有女子才有这样的长发。用感性显现的手法抒情，是晚唐温庭筠开创的一种词风。毛泽东这首词也沿袭了这种词风。当然，"江海翻波浪"还可有别的解释，那就是比喻心情的不平静。有一首外国歌曲这样唱道：深深的海洋，你为何不平静？不平静就像我爱人那一颗动荡的心……也可以这样理解。

怀着这样的心情，是不能安睡的。"夜长天色总难明，寂寞披衣起坐数寒星。"两句就写失眠的情态。从农历夏至以后，夜晚逐渐增长，到冬至达到最长。这两句使人联想到白居易《长恨歌》"迟迟钟鼓初长夜，耿耿星河欲曙天"，先说夜长难明，然后就是披衣起坐，看天色，看星空。不管是白居易笔下的"耿耿星河"，还是毛泽东笔下的"数寒星"，因为涉及异地相思，所以暗含一层意思——失眠者在夜空中寻找两颗星，隔在银河两边的牛郎星和织女星。这是暗写。也有挑明的，如杜牧《秋夕》"天阶夜色凉如水，卧看牵牛织女星。"用天上双星暗示人间离别的传统所来甚远，《古诗十九首》形容道："河汉清且浅，相去复几许。盈盈一水间，脉脉不得语。"当不眠的人在夜空中寻找牛郎、织女星时，其"寂寞"无聊是可想而知的。

"晓来百念都灰尽，剩有离人影。"两句紧接长夜失眠，写黎明前痛苦的心情。如果把词中抒情主人公直接定位为毛泽东本人，"百念灰尽"的说法，是怎样也说不过去的。就算唐代李商隐有"春心莫共花争发，一寸相思一寸灰"的名句为词人所本，对于一个意志坚强的人，一个以苍生为念的人，一个革命家，一个志愿者，决不会爱情至上。他纵然会想念妻子，怎么会达到"百念灰尽"的程度呢。怀着"百念灰尽"的心情，又怎么去做明天的工作呢？然而，把抒情主人公掉个个儿，把这两句视为为杨开慧写心，"百念灰尽"的说法倒贴切得多。据茅盾回忆，毛泽东和杨开慧给他的第一印象，就是性格反差很大，毛泽东接人待物谈笑风生，非常洒脱；杨开慧在一旁带着孩子十分沉静，有些内向。在毛泽东为革命东奔西走时，杨开慧独自支撑着一个家，有多么艰难是可想而知的。"百念灰尽"，应是出于一种深深的理解和同情。当杨开慧读到这两句的时候，一定会得到一种精神补偿，会为之深深地打动，这是可想而知的。

"一钩残月向西流，对此不抛眼泪也无由。"两句写侵晓时的情景，和词中人悲极而泣。宋代梅尧臣写侵晓的情景，有"五更千里梦，残月一城鸡"（《梦后寄欧阳永叔》）的名句。当鸡声叫起的时候，一钩残月淡出了西边的天空，感觉会更寒冷。词中人想克制自己的感情是不能够了——哭鼻子了。《贺新郎·别友》初稿中，也曾有"我自欲为江海客，更不为昵昵儿女语"之句，这是他真性情的写照。而《虞美人·枕上》的结尾写到的泪，却是"流不尽相思血泪抛红豆"（《红楼梦》）的泪，应该是王昌龄《从军行》所说的那种情况——"无那金闺万里愁！"是对家中妻子深深的理解和同情。

《虞美人》本为唐教坊曲，由霸王别姬的故事得名。曲调本来就是凄苦的，这个曲调以李后主所作"春花秋月何时了"一词最为著名。选这个曲调用来写夫妻的相思离别，是很恰当的。杨开慧很喜欢这首词（因为替她写心了呀），曾把这首词的词稿让好友李淑一看过。三十六年过去，李淑一还不能忘怀。1957年1月，她把自己怀念丈夫柳直荀烈士的一首《菩萨蛮·惊梦》寄给毛泽东，要求毛泽东把《虞美人·枕上》这首词抄给她。毛泽东复信说："大作读毕，感慨系之。开慧所述的那一首不好，不要写了吧。"于是，另作了一首《蝶恋花·游仙》"我失骄杨君失柳"为赠。毛泽东为什么说这首词"不好"呢？原因有二：一是婉约词本非他的长项，同样的题材，古今婉约词佳作甚多，这首词好得到哪儿去呢。另一个原因，就是"晓来百念皆灰尽"这样的句子，容易招致误解，产生不良影响。因此，他特别不愿意披露。不过，毛泽东还是记起了这首词的全文，并抄下来，还对原来的词句作了一些润色（如将"无奈披衣起坐薄寒中"改为"寂寞披衣起坐数寒星"）。可见他在内心还是很难割舍这首词的。到1961年的某一天，毛泽东将这首词的抄件，送给一位名叫张仙朋的卫士，说："这个由你保存吧。"一个人的初恋，是一辈子都忘不了的啊。毛泽东到底也是人，不是神啊。他一面说这首词"不好"，一面又心中藏之。不但心中藏之，还把它抄出来交给了一位可托死生的警卫战士，不让它随时间的流逝而湮灭，用心真是良苦。

忆秦娥

娄山关

西风烈，长空雁叫霜晨月。霜晨月。马蹄声碎，喇叭声
咽。　　雄关漫道真如铁，而今迈步从头越。从头越。苍山
如海，残阳如血。

1935年1月红军占领遵义，中央政治局召开了具有重大历史意义的
遵义会议。最初长征的计划是于四川泸州、宜宾之间渡江，击灭刘湘，
在川西建立根据地。但蒋介石发现了这一行军意图，着川军重兵把守江
岸，红军遂改战略，掉头东进，重占娄山关、遵义城，歼灭敌军两个师。
抢夺娄山关的战役发生在2月25日。词是后来追写的。

诗词之妙在于以兴会为宗，不以实录为贵，而毛泽东此词亦重在抒
情。可以说它有两个背景。小背景是重过娄山关，那只是长征路上的一
次战役而已；大背景则是遵义会议前后的历史风云。不了解这段历史风
云，也就很难懂透这首词。在从江西撤退之前，中共党内领导权主要操
纵在共产国际代表李德和博古手中，尽管毛泽东资格很老、功劳很大，
但他对中国革命持有独到的（后来被证明为唯一正确的）见解，被讥为"山
沟里的马列主义"而遭到排斥。第五次反围剿的军事冒险中，李德、博
古等人把苏区地盘和战士生命作赌注一次次输光，最后不得不退出江西
根据地，只剩下长征一条路。遵义会议之后，毛泽东才掌握了实际指挥
权。娄山关之战是第一个捷报，它使红军摆脱了长征开始以来乌云压顶
的沉闷情绪。但这只是万里长征第一步，摆在眼前的困难不知比顺利大

364

多少倍。《忆秦娥》就形象地概括了毛泽东和红军当时的心境。

南方有好多个省冬天无雪，或多年无雪，而只下霜，长空有雁，晓月不胜寒，正像北方的深秋（毛泽东语）。词中呼啸的西风、凛冽的严霜、嘹唳的雁声、清冷的月光，一系列肃杀的意象构成寒意逼人的悲怆境界，艺术地再现了严峻的现实环境，它使人神情警觉而头脑清醒。"马蹄声碎，喇叭声咽"，写的并不是冲锋陷阵、万马奔腾、军号嘹亮的壮丽场面。当时红军没有骑兵部队，骡马也不多。"马蹄声碎"是不多的马匹在行军的山路上踏出的细促清脆的声音，适增苍凉悲怆之感。"喇叭声咽"不是人为地压低号声，而是"霜重鼓寒声不起"（李贺），虽是冷湿的空气使然，所谓"春阴咽管弦"，亦适增苍凉悲怆之感。总之情绪并不轻松，这应是革命受挫以来的实感。过片音情稍稍振作，"雄关漫道真如铁，而今迈步从头越"，词句妙在既有两过娄山关的字面意义，又具有更深一层的象征意蕴。有乐观自信——那是属于战略上的，也有严肃郑重——那是为现实所决定的，字字都有分量，掷地有声，写出冲决悲凉霜风的大乐观，是"天行健，君子以自强不息"，是百折不挠、失败了再干的大勇。写出沉重的乐观，已属难能。

结尾复于乐观后结以沉重，更为不易。"苍山如海，残阳如血"，如画之句，其意则画图难足。这两句据作者说也是在战争中积累了多年的景物观察，一到娄山关这种战争胜利和自然景物的突然遇合，便得如此容易。又诚如毛泽东本人所说：正确路线的确立，付出了何等大的代价！而前进的征途中还会有障碍，严酷的斗争中还会有流血牺牲。"苍山如海，残阳如血"，还使人想起元曲中关汉卿大手笔："水涌山叠，年少周郎何处也？不觉的灰飞烟灭！可怜黄盖转伤嗟，破曹的樯橹一时绝，鏖兵的江水犹然热，好教我情惨切！这也不是江水，二十年流不尽的英雄血！"（《单刀会》）"残阳如血"也含蓄着历史反思，而反思历史教训，增加了词情的深度。全词没有一句概念化的议论，极度融情于景，可谓"篇终接浑茫"。

365

临江仙

给丁玲同志

壁上红旗飘落照，西风漫卷孤城。保安人物一时新。洞中开宴会，招待出牢人。　　纤笔一枝谁与似？三千毛瑟精兵。阵图开向陇山东。昨天文小姐，今日武将军。

丁玲平生有两件得意的事情。一是她在 1933 年 5 月被国民党特务绑架，解往南京，鲁迅先生听到外间传言，以为她已遇害，写下了《悼丁君》一诗，诗曰："如磐夜气压重楼，剪柳春风导九州。瑶瑟凝尘清怨绝，可怜无女耀高丘。"再就是她在 1936 年经党组织营救出狱，乔装辗转于 11 月初到达保安，在奔赴前线后，毛泽东为她填了一首词——就是这首《临江仙》。

丁玲是经过党组织培养的左翼作家，又刚刚坐过国民党的监狱，所以在她到达党中央所在地保安后，立刻受到了中央领导同志和文化界、妇女界的热烈欢迎。中共中央宣传部特地为她举办了一场欢迎宴会，毛泽东、周恩来、张闻天、博古都到了场。会后，毛泽东一度问丁玲打算做什么，丁玲表示愿意当红军，毛泽东即表赞成道："好呀，最近可能还有一仗要打，正赶得上。"11 月 22 日，苏区第一个文艺团体——中国文艺协会在保安成立，丁玲当选为主任，赓即便随红军总政治部出发，上前方去了。西安事变后，红军前敌总指挥部率主力部队向西安方向运动，丁玲亦随军南下。毛泽东便写了这首词，附在拍给陇东前线聂荣臻将军的电报中，遥赠给她。可见，毛泽东是一直关注着丁玲的。

全词以丁玲行踪为脉络。"壁上红旗飘落照，西风漫卷孤城。"开头两句写丁玲来到了保安，已是初冬的景象。在唐诗中，"孤城"多指边城。而"孤城"与"落日"联系在一起，如"孤城落日斗兵稀"（高适）、"夔府孤城落日斜"（杜甫），又往往与抒情主人公思乡的情绪相关。然而在这首词中，"孤城"指保安，没有传统的意味。因为保安这座昔日的"孤城"，在红军长征胜利到达陕北后，进驻了大批人马，成为中共中央和红军首脑机关的所在地。虽然已经是"西风漫卷"——初冬的天气，保安城却一派生机。"壁上红旗飘落照"，首句就给人以红旗飘飘、森严壁垒的感觉。现在，丁玲已经来到革命大家庭，呼吸着自由的空气了，句中隐含欣慰之意。"红旗"在毛泽东笔下是使用频率很高一个词，是红色政权的象征。巩固红色政权，毛泽东有三大法宝，其一是武装斗争。"壁上"云云，就给人森严壁垒、众志成城的感觉。"西风"也是毛泽东常用的意象之一，本指秋风，也可以指初冬的风。其他的名句还有"西风烈，长空雁叫霜晨月"（《忆秦娥·娄山关》）、"六盘山上高峰，红旗漫卷西风"（《清平乐·六盘山》）等等。古人认为，西方主兵，在五行中对应于金。"是谓天地之义气，常以肃杀而为心。"（欧阳修《秋声赋》）"西风漫卷孤城"，用毛泽东的话说，就是还有仗打，这就为以下写丁玲的从军做了铺垫。

传统诗词写法，是"说一说，加画一画。"（流沙河语）前面两句已经画一画，接下来就说一说——"保安人物一时新"，这句话是由丁玲的到来引起的，是说丁玲的到来为保安的革命队伍增添了新鲜血液。但又不仅仅是说丁玲。自从红军胜利完成了二万五千里长征，在中国的西北竖起了大旗。就不断有人越陌度阡，奔赴延安。在以后的十余年中，一直是这样的——"此路不通，去找毛泽东。"要知道那时候，毛泽东和朱德是被称为"匪"的，所以"去找毛泽东"有逼上梁山的意思。毛泽东曾深情地说："我们都是来自五湖四海，为了一个共同的革命目标走到一起来了。"（《为人民服务》）所以丁玲的到来，才有这样隆重的欢迎仪式。丁玲后来回忆说，那时的感觉完全是被温暖包围着、被幸福浸泡着，只有一个念头：到家了！

"洞中开宴会，招待出牢人。"两句写欢迎宴会的情景。据亲历者讲，当天的宴会是在一个四五十平米的窑洞里举行的。作为窑洞是够大了，可是作为会场还是有限的。这两句可以说是质木无文。却因朴素、转觉真切，甚至有点幽默。"洞中开宴会"，条件是艰苦的，同志爱却是真诚的。这使人想起曹操《短歌行》的吟咏："越陌度阡，枉用相存。契阔谈宴，心念旧恩"、"山不厌高，海不厌深。周公吐哺，天下归心。"词中称丁玲为"出牢人"，当然是实话实说。但至少包含两重意义，一重是丁玲坐过国民党的监牢，为革命吃苦了，有表示慰问的意思。另一重是丁玲终于被营救出来，重新获得自由和新生，有表示庆贺的意思。

　　马克思有句名言："批判的武器不能代替武器的批判。"毛泽东搞武装斗争，也说："枪杆子里面出政权。"但他同时也重视思想战线、文化战线的斗争，重视笔杆子的作用。有人认为，毛泽东思想威力之所以强大，就有一半要归功于他的口才、他的文笔。连胡适都说，在共产党里，毛泽东的白话文是写得最好的。丁玲是一个作家，主要是用笔战斗的。巴尔扎克曾经说：拿破仑用剑做到的，我要用笔来做到！但就是拿破仑，也知道笔杆子的重要，拿破仑说："一支笔可以抵三千毛瑟枪！"这句话很多中国人都知道。近代诗人宁调元《某报出版祝词》云："一线光明漏旧京，九州生气走春霆。微言未绝阳秋在，毛瑟千枝撼可曾！"是化用这句话。孙中山在1922年与报界的谈话中说："欲得真正统一，尚须大家奋斗，今后奋斗之器，不以枪而以笔。常言谓，一支笔胜于三千毛瑟枪。"（《与报界的谈话》，《孙中山全集》第六卷530页）是引用这句话。毛泽东这首词的过片，也引用这句话，特将"一支笔"说成"纤笔一支"，切合女作家身份，形容其文笔细腻。"三千毛瑟精兵"顶住上文，开出下文——丁玲竟然投笔从戎，准确说，是携笔从戎。"阵图开向陇山东"，这句又是画一画。一面描绘军容，巧妙地呼应"三千毛瑟精兵"，一面暗示丁玲的行踪。插说一下，这首词以八庚（"城""兵"）与十一真（"新""人"）十二文（"军"）通押，也倒罢了，但这一句的末字居然用了一东

（"东"）——出韵了。不过不要紧，古人视诗甚高，视韵甚轻。毛泽东喜欢用方音押韵，又正在指挥作战，只要读起来上口就行。

"昨天文小姐，今日武将军。"这两句是对丁玲携笔从戎的高度赞赏。毛泽东一向主张知识分子向工农兵学习，主张劳动群众知识化、知识分子劳动（战斗）化。丁玲心甘情愿当了红军，他怎能不高兴呢。这两句的对仗粗豪。"昨天"对"今日"，文白混用，不甚考究。如在古人，宁肯不管平仄，也要用"昨日"对"今日"的。"文小姐"，也倒罢了。"武将军"，在铸句上是不是有点犯复呢，让人犯嘀咕。不过，这也不要紧。这是率性而为，不计工拙。古代大书家作行草，涂改是难免的，但后人欣赏的就是那一份率性。读毛泽东此词，亦应作如是观。

喜闻捷报

中秋步运河上，闻西北野战军收复蟠龙作。

秋风度河上，大野入苍穹。

佳令随人至，明月傍云生。

故里鸿音绝，妻儿信未通。

满宇频翘望，凯歌奏边城。

重庆谈判结束后，毛泽东预见到蒋介石没有执行"双十协定"的诚意，全面内战将不可避免。果然，1946 年 6 月，国民党军队围攻鄂豫边界的中原解放区，全面内战由此爆发。

1947 年 3 月中旬，胡宗南指挥国民党军十四万余人，加上马鸿逵、马步芳部及邓宝珊部共二十三万余人，向中共中央所在地延安发动进攻。西北野战兵团在彭德怀、贺龙等指挥下，以两万余人的兵力，在延安以南进行了六昼夜的顽强阻击，掩护中共中央机关安全撤离延安。3月18日夜，毛泽东随最后一批中央机关人员撤离延安。19日午后，胡宗南部进入延安，发现是座空城，即派飞机、步兵紧追不放，整编二十七师三十一旅和一个团孤军深入，在青化砭进入我军伏击圈。3月25日，青化砭战役打响，经过一小时多的激战，我军以一比十的伤亡代价，全歼敌军2900多人。此后，又分别于4月14日和4月底5月初，连续进行了羊马河和蟠龙歼灭战，此三战共歼敌14000余人，稳定了西北战局。8月20日，西北野战军（即原兵团）为配合陈谢兵团强渡黄河，在米脂沙家店战役中，歼灭北上增援的国民党整编第三十六师一二三旅、一六五旅6000多人。9月中旬，我军主力南下，袭击进犯陕北之敌的后方，重新占领了青化砭、蟠龙镇。

毛泽东这首五律，就写在得到蟠龙镇收复的捷报之后。这首诗的一个显著特点，就是清空一气，除了末句之外，基本上不涉及战事的吟咏，却含蓄而充分表现出作者收到捷报后的喜悦心情。

前四句写中秋夜河上的景色。"秋风度河上，大野入苍穹。"两句视野开阔，写出了秋高气爽的感觉。"河上""大野""苍穹"几个空间意象，共同的特点都是宏大。而"秋风度河上"，使人联想到作者《采桑子·重阳》"一年一度秋风劲，不似春光，胜似春光"的佳句，并不给人衰飒之感。"大野入苍穹"，写地平线将天地连成一片，又使人联想到《敕勒歌》"天似穹庐，笼盖四野"的名句。总之，这个开头非常大气，读之令人心胸开阔，为末句写奏凯伏笔。

"佳令随人至，明月傍云生。"两句写中秋夜的月色。上句说佳令即中秋的到来，嵌入"随人"二字，耐人寻味。中秋佳节是同什么人一起来到的呢？"随人"的人何指呢？联系诗题，只有一个解释，那就是从前方归来的人，即带来喜讯的人。佳节获佳音，自是喜上加喜。"秋月扬明辉"，特别是中秋节，民间主要的节俗是赏月。天气很重要。天气不好，中秋夜不见月的情形也是有的。而这个中秋，天公作美——天气晴明，虽然有一点云彩，月色却好。"明月傍云生"，又加一重喜悦。这两句严格说来虽属呼应对，但对得很流畅，有一点流水对的意味，很潇洒。

后四句是诗人的感想和抒情。"故里鸿音绝，妻儿信未通。"两句写中秋夜的两地相思，辞若有憾。上句中的"故里"，与其说是作者的故乡湖南，不如说是革命摇篮的延安。这时的延安，还在敌军手中。那里有很多父老乡亲，虽然音信不通，但他们一定在苦盼着红军的归来。下句中的"妻儿"，不必指作者的夫人江青及女儿李讷，因为在转战陕北期间，她们实际上是跟随在主席身边的。当然，也不排除主席和她们也会有暂时分离的情况发生。但总的说来，"妻儿信未通"更多的是代同志立言，代下级立言。换言之，这首诗中的抒情主人公仍不局限于作者个人。这一联在对仗上，出句的"鸿音"与对句的"信"意思犯复，不考究，这是一时兴到，不计工拙，不必苛求。

"满宇频翘望，凯歌奏边城。"两句写捷报传来，使人们感到团圆为期不远。上句由中秋节祈盼团圆的节俗，为所有思念亲人的同志们写心，"满宇"云云，也可以说将普天下人一网打尽。这一句写得很好，有涵盖的力度，使人联想到唐宋诗词名句如："海上生明月，天涯共此时"（张若虚《望月怀远》）、"今夜月明人尽望，不知秋思在谁家"（王建《十五夜望月寄杜郎中》）、"但愿人长久，千里共婵娟"（苏轼《水调歌头》），等等。下句即末句紧扣诗题，写"喜闻捷报"，是曲终奏雅，联系上句，其言外之意是：同志们与家人的团圆，红军与老乡们的团圆，应该为期不远！

这首五律在抒情上很节制，喜不形于色。这使人想到公元383年，东晋对前秦的那一场著名战争即淝水之战，在战争中谢安指挥若定，东晋军队以弱胜强。《资治通鉴》云："谢安得驿书，知秦兵已败，时方与客围棋，摄书置床上，了无喜色，围棋如故。客问之，徐答曰：小儿辈遂已破贼。即罢，还内，过户限，不觉屐齿之折。"这种在重大胜利前的"了无喜色"，实深喜之，最能体现一个统帅的大度、雅量和信心。

全诗起承转合分明，首联秋高气爽，是起；颔联中秋见月，是承；

颈联言若有憾，是转；尾联实深喜之，是合。虽然作者自谦对五律从来没有学习过，但所有的好诗都在告诉他怎样写，因此，才会有这样一首道地的五律。

张冠道中

朝雾弥琼宇，征马嘶北风。

露湿尘难染，霜笼鸦不惊。

戎衣犹铁甲，须眉等银冰。

踟蹰张冠道，恍若塞上行。

1947年3月下旬，党中央在陕北清涧县枣林沟召开会议，会议决定——刘少奇、朱德、董必武等组成中央工作委员会，前往河北平山西柏坡开展工作。毛泽东、周恩来、任弼时组成前委，转战陕北，与敌人周旋。在3月18日夜，毛泽东随最后一批中央机关撤离延安。曾经有人出于安全考虑，建议毛泽东离开陕北，他没有同意，因为转徙在陕北人民中间，他感到十分安全。在撤离前，毛泽东十分自信地对前来送行的西北野战兵团的同志说："我们要以一个延安换取全中国！"

据汪东兴回忆，党中央机关撤出延安后的一年时间里，先后在12个县的40多个村庄住过，的确是如鱼得水。《张冠道中》写的，就是作者在迁徙中一次行军的况味。中央文献出版社1996年出版的《毛泽东诗词集》中，只标出了写作年代即1947年，却把这首诗编在同年写作的《喜闻捷报》之前。这就形成了误导，有的解读文章据此将此诗的写作具体时间定为转战之初，即3月25日青化砭战役之前。这完全错了。请看《喜闻捷报》一诗的"秋风""明月""鸿音"，明显是秋季的物候；而

《张冠道中》的"朝雾""北风""霜笼""银冰",明显是冬季的物候。传统诗词写作,什么季节对应什么物候,是毫不含糊的。像毛泽东这样熟悉古典的人,是不会弄错的。所以这首诗的写作时间,在《喜闻捷报》之后,可以明确标注为:1947年冬。

前六句写部队早行的况味,最突出的感觉是潮湿和寒冷。"朝雾弥琼宇,征马嘶北风。"两句写部队凌晨出发。为什么说是出发呢?这是"马嘶"二字所暗示的。因为马匹在行进中,是顾不上叫的。而在离开一个地方的时候,或突然停下来,则会发出习惯性的嘶鸣。例如"挥手从兹去,萧萧班马鸣"(李白《别友人》)、"马嘶俱醉起,分手更何言"(李白《鲁郡尧祠送吴五之琅琊》)、"吹角动行人,喧喧行人起。笳悲马嘶乱,争渡金河水"(王维《从军行》),便是这样情形。这首诗写马不写人,是因为大雾弥天,一切都笼罩在浓雾中。写马、是因为听得见马嘶,不写人、是因为征人保持着肃静。雾作为一种物候,其特点是弥漫性,诗人用"琼宇"这个词藻来形容晨雾,可见当天的雾很大。"征马嘶北风",容易使人联想到《古诗十九首》的"胡马依北风"(据李善注,这个句子又是本于古逸诗的"代马依北风"),原句有禽兽亦恋故土的意思。这也比较符合人们离开一个驻地,哪怕是暂住地的时候的心情。何况每到一地,老乡都会给自己的部队以极大的帮助和支持,临去时难免依依不舍。

"露湿尘难染,霜笼鸦不惊。"两句写张冠道中行军的情形。"露湿""霜笼"是互文,兼管上下句。《诗经·秦风·蒹葭》有"白露为霜"的名句,所以诗中"霜""露"往往连带出现,这里偏重于霜。由于雾天霜重,空气潮湿,尽管部队在通过,道上却不起尘埃,树林里也听不见寒鸦的叫声。特别提到"鸦不惊",是因为作者在长期的军旅生活中,习惯了早行中听见鸦叫,在月夜尤其如此。骤然听不见鸦叫,反而使征人感觉异样。此外,"尘难染"的另一说法,是一尘不染,这对工农子弟兵的性质是一种有意无意的暗示;"鸦不惊"是不是也有一种有意无意的暗示呢——这支部队纪律严明,秋毫不犯,不像国民党军那样,走到哪里,哪里都鸡飞狗跳。也可以这样理解。

"戎衣犹铁甲，须眉等银冰。"两句写到官兵的感受和形容。突出的感觉是寒冷。"戎衣"即军装。古代军人穿铠甲，唐代诗人岑参写白雪的奇寒，有"都护铁衣冷难著"之句。解放军的军装是棉布制作的，比"铁衣"或"铁甲"保暖性好一些。然而由于太冷，感觉上却彼此彼此，故云"犹铁甲"。紧接着是一个精彩的细节，来表现天气的寒冷，那就是官兵的眉毛、胡子上挂满了银白的冰粒。个个都像老了一头，不免你看我，我看你。写出这样的细节，就使人感到冷得新鲜，寒得有趣，流露出一种乐观的精神。这些诗句颇使人联想到岑参笔下的"马毛带雪汗气蒸，五花连钱旋作冰"及"将军金甲夜不脱，半夜军行戈相拨，风头如刀面如割"（《走马川行奉送出师西征》），写环境的艰苦，同时就突出官兵的不怕艰苦。

后两句是抒情。"踟蹰张冠道"对前六句是一收，描写行军，却用"踟蹰"二字，这是耐人寻味的。"踟蹰"，在词典中的释义是犹豫、徘徊的样子，这表明在张冠道上的行军不是急行军而是慢行军。为什么会慢行军呢？这就必须提到毛泽东的"蘑菇"战术了。原来，在毛泽东撤出延安不到一月，于4月15日发电报给彭德怀指挥的西北野战兵团，确定西北战场作战方针为"蘑菇"战术——"目的在使敌达到十分疲劳和十分缺粮之程度，然后寻机歼灭之。……如不使敌十分疲劳和完全饿饭，是不能最后获胜的。这种办法叫'蘑菇'战术，将敌磨得精疲力竭，然后消灭之。"（《关于西北战场的作战方针》，《毛泽东选集》第四卷1222页）"踟蹰"就是"蘑菇"。"蘑菇"是老百姓的语言，就是磨蹭，磨磨叽叽，消耗，牵制。不过，"踟蹰"还有一读，就是"踌躇"——不是踟蹰不前，而是踌躇满志——牵着敌人的鼻子走，怎能不踌躇满志呢。

所以，毛泽东在张冠道上行军时，有一种好心情。写大雾用"琼宇"来形容，是好心情的体现。写行军用"踟蹰"来形容，也是好心情的体现。怪不得诗意油然而生，概括起来就是一句话——"恍若塞上行"。这句话的意思，与其说是"仿佛走在边塞之上"，不如说是"仿佛走在唐人的诗意中"。按唐人翻汉乐府《出塞》《入塞》曲为《塞上》《塞下》曲，内容多写边塞战争、边塞风光和边塞风土人情。唐诗学家林庚曾经说，边塞题材仿佛是专属于盛唐的一个题材。唐代边塞诗最突出的特点是自豪感、责任感、批判的精神与乐观主义精神，故深为毛泽东喜爱。在张冠道行军时，毛泽东关于战略进攻的一系列构想，已逐渐变成了现实，他又怎能不心情舒畅呢。

毛泽东在 1965 年给陈毅的一封信中说："我对五言律，从来没有学习过，也没有发表过一首五言律。"五言律诗由四联（八句）组成，在章法上天然形成起承转合的程式。一般情况是首句起，次句承，七句转，八句合，中间两联展开深化题目；或首联起，颔联承，颈联转，尾联合。但这首五律前六句写行军，起承并不分明。七、八句作转合，甚是分明，所以在章法上是颇为别致的。

刘蕡

千载长天起大云，中唐俊伟有刘蕡。
孤鸿铩羽悲鸣镝，万马齐喑叫一声。

1958 年起，毛泽东大力提倡解放思想，破除迷信，3 月在成都会议上发表讲话，倡导"振奋敢想、敢说、敢做的大无畏创造精神。"由于 1957 年的"反右"运动刚刚过去，人们谨小慎微，不敢讲真话。毛泽东觉察到这是一个问题。那时，他从《旧唐书·文苑传》读到了刘蕡对策，那篇策论开篇就说："臣诚不佞，有匡国致君之术，无位而不得行，有犯颜敢谏之心，无路而不得进。但怀愤郁抑思，有时而一发耳。常欲与庶人议于道，商旅谤于市，得通上听，一悟主心，虽被妖言之罪，无所悔

375

焉。"意思是他自信有一套治国办法，也深刻地认识到现实政治的弊病，但是不在其位，没有掌握话语权。尽管如此，他依然千方百计地，想要将意见表达出来，反映到皇帝那里去，而不畏惧任何的风险。毛泽东旁批道："起特奇。"其实这个开篇的好处，一句话说完：敢讲真话。毛泽东是喜欢三李诗的。而刘蕡又是被"三李"之一的李商隐称为"平生风义兼师友"的故人，在刘蕡去世后，李商隐曾一连写了四首诗哭吊，可见是怎样的悲恸了。所以，这也是毛泽东咏刘蕡的一个情感因素。

"千载长空起大云"，首句劈空而来，是起兴。因为起得陡然，也可以说是"起特奇"。古谚云："云从龙，虎从风。"这一句的关键词是"起大云"，有点刘邦《大风歌》首句"大风起兮云飞扬"的意思，是写天人感应。"大风起兮云飞扬"，是对"威加海内归故乡"的感应。"千载长空起大云"，则是对"万马齐喑叫一声"的感应——这首诗首尾呼应，是一气贯注的。联想到1958年4月，毛泽东在广州写的《介绍一个合作社》一文中引用了龚自珍《己亥杂诗》中的一首诗，那首诗的开头两句是"九州生气恃风雷，万马齐喑究可哀"，那么，"千载长空起大云"还有一重意思，就是出现了风雷、出现了生气，沉闷的空气被打破了。出现风雷、出现生气，又是因为出现了一个人！

"中唐俊伟有刘蕡"，次句对上句为承接。然而，如果把这两句掉个个儿读呢——"中唐俊伟有刘蕡，千载长天起大云"，前因后果，是不是更顺呢？顺则顺矣，却平了许多，觉得没劲。用书面语说，就是缺乏艺术张力。可见诗句的倒装有时是必需的。"千载长天起大云，中唐俊伟有刘蕡"，是倒装，还有一种说法叫逆折。用传统戏剧比譬，前一句好比是人物出场前的锣鼓、是一阵急急风，把观众的心悬起来，注意力集中起来，又像是人物出场前幕后传出的一句唱腔，烘托一下气氛，好了，然后角儿出场、亮相——"中唐俊伟有刘蕡"，字字掷地有声。"俊伟"，犹言俊彦，即风流人物、英雄人物。据《旧唐书》本传载，刘蕡其人"博学善属文，尤精《左氏春秋》。与朋友交，好谈王霸大略。耿介疾恶，言及世务，慨然有澄清之志。"而他当年的策论传出，士林感动，传阅其文，竟有相对垂泣者，确实刮起过一阵刘旋风。后来，令狐楚、牛僧孺等高官争聘刘蕡为从事，待如师友，寄予重望。知人论世，才知道"中唐俊伟"四字评语之不诬。

"孤鸿铩羽悲鸣镝"，三句是一转。刘蕡的遭遇是一个悲剧，按鲁迅的定义，悲剧把有价值的毁灭给人看。悲剧还有一个定义，是"真"压倒"善"。据唐人笔记记载："刘蕡，杨嗣复门生也。对策以直言忤时，中官尤所嫉妒。中尉仇士良谓嗣复曰：'奈何以国家科第放此风（疯）汉耶？'嗣复惧而答曰：'嗣复昔与刘蕡及第时，犹未风耳。'"（佚名《玉泉子》）又据史传记载，刘蕡应贤良方正直言极谏科考，对策呈上后，三位考官叹服嗟叹，以为汉之晁（错）、董（仲舒）无以过也，当年登科者共二十二人，因为宦官当道，考官叹服归叹服，却不敢录取刘蕡。从这两件事，可以想见当时朝官对宦官怕成什么样子。用"万马齐喑"来形容当时的政治局面，真不为过。总之，诗中用"孤鸿"来形容刘蕡孤立无援的处境，是恰当的；用"铩羽"来形容他的结局，是形象的；用"鸣镝"来象征宦官对刘蕡迫害的凶残，是生动的。

"万马齐喑叫一声"，末句回应首句，是合。悲剧美又称崇高美，崇高体现在何处呢？质言之，就是它表现了人的自尊意识——知其不可而为之。宁为玉碎、不愿瓦全。等等。这一句就表达了类似的抗争精神。三四两句的关系，仍有逆折的关系。如倒过来，作"万马齐喑叫一声，孤鸿铩羽悲鸣镝"，且不管韵字的平仄，虽然更觉可悲，悲剧美反而消失了。因为七绝的末句，乃是诗人的强调所在。强调"万马齐喑叫一声"（"叫一声"喻指刘蕡冒死攻讦宦官），突出人的抗争精神，才能彰显悲剧美，彰显崇高美。"一声"，与"万马齐喑"在量上形成极大反差。然而，正是这种反差，才突显了那"一声"的可贵——因为它打破了沉寂，因为它叫出了生气。《史记·商君列传》云："千人之诺诺，不如一士之谔谔"（谔谔，直言争辩的样子），就是这个道理。通过以上分析，可见这首诗在艺术上之富于张力，逆折的手法起了不小的作用。

重读这首诗，令人心潮澎湃，不能平静。五〇后、乃至六〇后的人，读到这几句话都能会心。1980 年 8 月邓小平在接受意大利记者法拉奇访谈，在充分肯定毛泽东的历史功绩时，指出毛主席后期有一些不正确的思想。这就掘到了问题的根子。原来存在一个悖论——赞美刘蕡的人，一定接受刘蕡。

由此可见，赞美刘蕡不难，接受刘蕡为难。上下几千年，像刘蕡这样直言极谏的人，大多不能善终，更不用说实现其抱负了。读七绝《刘蕡》，如果不正视这一段历史，读了也是白读。

咏贾谊

> 少年倜傥廊庙才，壮志未酬事堪哀。
>
> 胸罗文章兵百万，胆照华国树千台。
>
> 雄英无计倾圣主，高节终竟受疑猜。
>
> 千古同惜长沙傅，空白汨罗步尘埃。

在历代咏史诗中，咏贾谊（贾生）是一个专题，把所有的贾生诗结集起来，可以形成厚厚的一册。最有代表性的名篇，应推李商隐《贾生》："宣室求贤访逐臣，贾生才调更无伦。可怜夜半虚前席，不问苍生问鬼神。"感慨贾生未尽其才。其次当推王安石《贾生》："一时谋议略施行，谁道君王薄贾生？爵位自高言尽废，古来何啻万公卿。"是做反面文章，借贾生酒杯浇自己块垒，谓宋神宗待己不薄。歌咏贾生的诗人，角度可以不同，但有一点是相同的，就是有浓厚的政治兴趣。

毛泽东之咏贾谊，一写就写了两篇，这在毛泽东诗词中属于特例。

他对贾谊的兴趣，除了和别人一样的理由外，还有一重特别的理由——他是湖南长沙湘潭县人，青年时又就读于长沙，对本土的历史人物、尤其是像贾谊这样重量级人物，应该是怀有特殊兴趣的，这也是人之常情。

"少年倜傥廊庙才，壮志未酬事堪哀。"首联是总冒，概括了贾谊的一生。特别强调其年少多才、壮志未酬这样两点。按，贾谊是西汉大政论家和大文学家，所著《过秦论》三篇，详尽分析秦王朝统一中国及其二世而亡的原因，为汉文帝提供改革政治的借鉴，其文气盛言宜，文采斐然，开千古史论之先河。《论积贮疏》指陈朝廷积贮不充，是不安定因素，强调驱民归农的重要性。贾谊写出这些传世的大作时，多大年纪呢？不过二十三岁。那样年轻，就有治国的才能，是国家的栋梁之材（"廊庙才"）。真是人才难得。据载，贾谊为博士，汉文帝或有咨询，诸老博士欲语不能，而年纪最轻的他却能专对，所以破格提拔为太中大夫。然而，当文帝二年（前178）贾谊将进一步被提拔"任公卿之位"时，却激起朝中大臣一致的反弹。参与攻讦贾谊的，有平定诸吕、拥立文帝的元老级重臣绛侯周勃、颍阴侯灌婴等人，问题就严重了。文帝不得不做出让步，贾谊竟被贬谪到长沙，远离了政治中心，这是命运对他的第一次沉重打击。文帝七年（前173）贾谊被召回长安，任命为文帝少子梁怀王太傅。不幸的是，在四年后（前169）的一天，梁怀王因朝见皇上，途中不幸坠马而死，这一场飞来的横祸，彻底终结了贾谊的政治生命，不到一年，他就在抑郁中悄无声息地死去。怎么不是"事堪哀"呢！

"胸罗文章兵百万，胆照华国树千台。"颔联上承"廊庙才"，展开铺叙。贾谊文章，在汉初为第一。除了前面提到的《过秦论》《论积贮疏》外，在贾谊被召回长安的几年中，他又曾多次向王朝上疏，建言献策，写下了著名的《陈政事疏》（又称《治安策》）。这篇长文一反"天下已安已治"之说，指出当时种种社会隐患，如不及时消除，则如"抱火厝之积薪之下而寝其上"，随时可能转化为政治危机。毛泽东称其"胸罗文章"，并不指一般意义上的文才，而是说有经世致用之才。虽然并没有证据表明贾谊具有何等军事才能，但治国与用兵这两件事往往连类而及。"兵百万"一语的出处，来自西夏人语范仲淹："今小范老子腹中自有数万甲兵"（朱熹《五朝名臣言行录》引《名臣传》）。当然，还有一种讲法，是说贾谊文章，当得起百万雄兵，相当于"一支笔当三千毛瑟枪"那个意思。"胆照华国树千台"，乍看不知所云。细读《陈政事疏》，方知所谓"树千台"，乃指疏中提出的"欲天下之治安，莫若众建诸侯而少其力。"意思是当时各大诸侯王势力膨胀已成隐患，分封更多的诸侯以削弱各大诸侯国的实权，才能巩固中央集权。汉制，封国设三台，"千台"乃极言分封诸侯国之多。毛泽东从巩固中央集权的角度出发，肯定贾谊"众建诸侯"的意见，是古人咏贾生的名篇中没有说过的话。

"雄英无计倾圣主，高节终竟受疑猜。"颈联上承"壮志未酬"，为贾生抱屈。上句说贾谊如此杰出，却并未得赢得汉文帝的真赏。说句公道话，汉文帝对贾谊的破格任用，已算得上非常的恩典了，所以王安石有"谁道君王薄贾生"之慨。汉文帝有汉文帝的难处，一个皇帝要做出重大决定，能不听一听身边人和大臣的意见吗，不听，就能搁得平吗？《文选》李善注引应劭《风俗通》说，贾谊与邓通俱侍中同位，忠奸不能互容，邓通进谗，导致文帝对贾谊的疏远。所记虽不见于《史记》《汉书》，当有一定根据。何况还有周勃、灌婴这样的耆旧重臣也站在对立面上，叫文帝怎么办才好呢。"受疑猜"，指当时反对派加给贾谊的两条罪名，一条是"专欲擅权"，这是以小人之心度君子之腹；一条是"纷乱诸事"，这是欲加之罪，何患无辞。

"千古同惜长沙傅，空白汨罗步尘埃。"尾联十四字一气贯注，总束全诗。用"长沙傅"来称呼贾谊，因为贾谊被贬长沙的这一段经历，是他由得志到蹭蹬的转折点。"千古同惜"，也就是古今同惜，一个"惜"字，概括了关于贾生的咏史诗的共同基调，当然也包括作者自己对贾生的同情。在绛、灌这样的"大人物"面前，贾谊这个"小人物"遭到了压制，汉文帝却不能为之撑腰，这使作者感到非常不满、非常惋惜。于是联想到贾谊

《吊屈原赋》，屈原得不到楚怀王的信用，被放江潭，与贾谊的命运处境极为相似。所以在赋中，贾谊引屈原为同调。后来司马迁把两个人的传记合起来，写了一篇《屈原贾生列传》，后世遂以屈、贾并称。"空白汨罗步尘埃"紧接上句，意思是古今诗人都同情贾谊，徒然地说贾谊是步了屈原的后尘。用"空白"二字，意味着后人的爱莫能助。贾谊也是生不逢时啊。诚如鲁迅所说："文帝守静，故贾生所议，皆不见用，为梁王傅，抑郁而终。晁错则适遭景帝，稍能改革，于是大获宠幸，得行其言。"又说："使易地而处，所遇之主不同，则其晚节末路，盖未可知也。"（《汉文学史纲要》）

这又使人想到，毛泽东平生同情"小人物"（据说这种心态与他自己青年时代在北京大学作图书管理员的经历有关），特别同情那些受到"大人物"压制的"小人物"，1954年，他在《关于红楼梦问题研究的信》中说：事情是两个"小人物"做起来的，而"大人物"往往不注意。他在评说历史时，对青年人的作用特别重视，一再提到"青年人比老年人强""青年人打倒老年人"，如1953年接见第二次全国团代会主席团的谈话时，曾说：三国时曹操带领大军攻打东吴，那时周瑜是个"青年团员"、当东吴的统帅，程普等老将不服，结果打了胜仗。这首诗就在一定程度上反映了毛泽东爱惜人才的心情。

【朱德】(1886—1976) 字玉阶，中国人民解放军和中华人民共和国的主要缔造者之一。中国人民解放军总司令，中华人民共和国十大元帅之首。

赠友人

北华收复赖群雄，猛士如云唱大风。

自信挥戈能退日，河山依旧战旗红。

1941 日本军国主义发动太平洋战争，想要尽快结束对中国的战争，将中国作为战争基地，加强了对华北地区的大扫荡，抗日形势异常艰苦。当时以朱德为总司令的八路军将士，主要在华北战场作战。所以他写了这首抒情言志的诗，送给友人。

"北华收复赖群雄"，"北华"即是华北，因为协调平仄的需要写作"北华"，成为诗歌的语汇。"收复"二字，使人联想到岳飞的"还我河山"，可谓壮志凌云。"赖群雄"，依靠所有抗日将士。从字面上讲，"群雄"指赫赫有名的将领，这是必须运用的诗词语汇，但在理解上读者不能死抠。作者虽然不说普通一兵，读者也可以认为包含普通一兵。

"猛士如云唱大风"，"猛士"直接承上"群雄"，活用刘邦《大风歌》"大风起兮云飞扬"、"安得猛士兮守四方"诗意，既表现了抗战形势风起云涌，更表明国家需要军人效忠。本来《大风歌》是刘邦衣锦还乡之作，但"安得猛士兮守四方"这句话，用在这里是非常贴切的。而作者本人，也是"猛士"中的一员，而且是重要的一员。直启"自信"二字。

"自信挥戈能退日"，这句抒发对抗战前途的信念，用了一个典故，即鲁阳挥戈退日的故事。《淮南子·览冥训》载："武王伐纣……鲁阳公与韩（国）构难，战酣、日暮，援戈而挥之，日为之反三舍。"后来人们用"挥戈退日"来譬喻力挽危局，或抓紧时间。而此诗用典之妙，在于一语双关。即从字面上，可以讲成自信必定战胜日本侵略者，取得战争胜利。好在信手拈来，用得如此自然贴切。成为此诗一大亮点。

"河山依旧战旗红"，最后一句以景结情，写抗战形势之如火如荼。写抗日主题，"河山"二字必不可少。"依旧"两字居中，可以属上，"河山依旧"，使人联想到杜甫的"国破山河在"、表现的是华夏的信念；也可以属下，"依旧战旗红"，是说尽管日寇扫荡更加疯狂，抗日形势依旧大好。"战旗红"表明八路军是共产党领导的军队，是抗战的中坚力量。

总之这首诗写得文从字顺，神完气足，又有"挥戈退日"的活用，堪称佳作。特别值得一提的，这是一首和韵之作。所和之诗，即杨朔《寿朱德将军》(1939)："立马太行旌旗红，雪云漠漠飒天风。将军自有臂如铁，力挽狂澜万古雄。"这首诗首句"旗"字当仄，总体上比朱德诗也逊色一些，朱德的和韵之作反更像原唱。